Claudia Carroll
Der männliche Makel

PIPER

Zu diesem Buch

Eloise Elliot ist es gewohnt, ihr Leben selber in die Hand zu nehmen, und so verläuft für sie auch die Familienplanung gewohnt pragmatisch: Da sie nur für ihre Karriere lebt und darin kein Platz für einen Mann ist, lässt sie sich künstlich befruchten. Als ihre kleine Tochter Lily die Welt erblickt, ist sie überglücklich. Lily ist ein richtiger Sonnenschein, hat blonde Locken und blaue Augen und lernt auffallend schnell. So weit, so gut. Doch Lily beginnt auch früh, unangenehme Fragen zu stellen, und bald beschäftigt sie nur noch ein Thema: Wo ist ihr Papa? Voller Neugier auf den Mann, der so viele großartige Eigenschaften an ihre kleine Lily vererbt hat, spürt Eloise den Samenspender auf und findet ihn. Im Gefängnis. Lilys Vater Jake sitzt im Knast, hat weder eine glanzvolle Karriere vor sich noch einen richtigen Job. Doch Eloise ist überzeugt, dass Jake das Zeug zu mehr hat. Mit allen Mitteln versucht sie aus dem Verlierer aus der Unterschicht einen smarten Gentleman zu machen – es beginnt ein langer, harter, hitziger Prozess, in dessen Verlauf ganz schön die Funken sprühen …

Claudia Carroll lebt in Dublin und ist erfolgreiche Theater- und TV-Schauspielerin. Ihre Romane stehen ganz oben auf den irischen Bestsellerlisten und werden in zahlreiche Sprachen übersetzt.

Claudia Carroll

Der männliche Makel

Roman

Aus dem Englischen von
Karin Dufner

Piper München Zürich

Mehr über unsere Autoren und Bücher:
www.piper.de

MIX
Papier aus verantwortungsvollen Quellen
FSC® C014496
FSC
www.fsc.org

Deutsche Erstausgabe
September 2012

Titel der englischen Originalausgabe:
»A Very Accidental Lovestory«,
Avon, a division of HarperCollins Publishers, London

Umschlaggestaltung: semper smile, München
Umschlagabbildung: bürosüd, München (Frosch),
Steve Gortor/Getty Images (Krone)
Satz: Kösel, Krugzell
Gesetzt aus der Granjon
Papier: Munken Print von Arctic Paper Munkedals AB, Schweden
Druck und Bindung: GGP Media GmbH, Pößneck
Printed in Germany ISBN 978-3-492-27408-1

»Achte auf deine Gedanken, denn irgendwann sind sie Worte,
achte auf deine Worte, denn irgendwann sind sie Taten,
achte auf deine Taten, denn irgendwann sind sie Gewohnheiten,
achte auf deine Gewohnheiten, denn irgendwann sind sie deine Persönlichkeit,
achte auf deine Persönlichkeit, denn irgendwann ist sie dein Schicksal.«

Anonymus

»Man kann das Leben entweder hinnehmen oder ändern.
Was nicht hinnehmbar ist, muss verändert werden.
Und was sich nicht verändern lässt, muss man hinnehmen.«

Winston Churchill

Prolog

Es heißt ja, dass kein Mensch eine Insel ist, aber glauben Sie mir, Eloise Elliot war eine.

Nicht, dass sie das groß gestört hätte, schließlich legte sie auch gar keinen Wert auf soziale Kontakte.

Allerdings war es heute Abend anders.

Es war nämlich ihr dreißigster Geburtstag, und abgesehen von einigen Sachbearbeiterinnen war niemand zu dem Umtrunk gekommen.

Niemand vom Vorstand, für den sie sich krummschuftete. Niemand aus der Redaktion, Kollegen, mit denen sie nun seit drei mörderischen Jahren Seite an Seite arbeitete. Ja, nicht einmal die – sehr – wenigen Mitarbeiter, die sie zwar nicht direkt als Freunde einstufte, die aber wenigstens nicht mit Möbelstücken nach ihr warfen.

Stattdessen hatten nur zwei junge Frauen aus der Buchhaltung, gefolgt von einer neuen Praktikantin, die Köpfe zur Tür hereingesteckt. Die drei hatten sich sofort miteinander verbündet und ausführlich über die gestrige Folge von *X Factor* gefachsimpelt. Sie hatten sich zwar verlegen bemüht, das Geburtstagskind in ihre Unterhaltung miteinzubeziehen, Eloise hatte es allerdings nicht übers Herz gebracht, ihnen zu erklären, dass sie den Fernseher zu Hause nur einschaltete, um sich die Nachrichten auf BBC oder SKY anzuschauen, und auch das nur, um sicherzugehen, dass sie auch kein aktuelles Ereignis verpasst hatte. Immerhin waren sie ja so nett gewesen, der Einladung zu folgen.

Und so verbrachte Eloise Elliot ihren dreißigsten Geburtstag im Konferenzraum der *Post* damit, inmitten Tabletts voller Häppchen mit Ei und Kresse, die sich bereits an den Rändern wellten, aufgesetzten Smalltalk mit mehr oder weniger wildfremden Frauen zu betreiben. Hinzuzufügen ist, dass alle sich mit der Begründung, dass sie am nächsten Tag früh aufstehen müssten, bald verdrückten. Aller Wahrscheinlichkeit nach wollten sie in Wirklichkeit jedoch nichts wie raus, sobald der Gratisalkohol zur Neige ging.

»Möchtest du tatsächlich keinen Windbeutel mehr?«, fragte Eloise eine Blondine mit Smileygesicht, deren Namen sie nicht richtig verstanden hatte. »Ihr könnt jetzt nicht verschwinden, schaut euch nur die Mengen von Essen an! Ihr müsst mir helfen, wenigstens einen Teil davon zu vertilgen.«

»Äh«, stammelte die Blondine und warf den anderen einen hilfesuchenden Blick zu. »Tja … ich würde ja gern, aber weißt du … ich habe morgen in aller Herrgottsfrühe ein Meeting und muss wirklich los …«

»Ja, ich auch, es ist schon so spät«, stimmte ihre Freundin Isabelle ein, eine hochgewachsene Modelschönheit, an die Eloise sich vage aus der Kantine erinnerte.

»Ihr wollt doch sicher vorher noch ein Stück vom Geburtstagskuchen!«, drängte Eloise, wobei sie sich bemühte, den leicht hysterischen Unterton in ihrer Stimme zu unterdrücken. Allerdings nicht sehr erfolgreich.

»Ich kann nicht. Leider wohne ich schrecklich weit weg, und wenn ich meinen Bus verpasse …«

»Und was ist mit dir?«, wandte sich Eloise an die neue

Praktikantin, die, soweit sie wusste, Susan hieß, und hielt ihr ein Vanillecremeteilchen unter die Nase.

»Oh … äh … vielen Dank«, antwortete Susan, die Einzige, die ein wenig mit Eloise mitzufühlen schien, höflich. »Aber ich muss mich wirklich sputen. Es war ein langer Tag …«

Schlacht verloren, dachte Eloise. Zeitverschwendung, sie zum Bleiben aufzufordern. Stattdessen blickte sie den dreien nach, wie sie auf ihren viel zu hohen Absätzen aus dem Büro zu den Aufzügen staksten. Ihr fiel auf, dass sie mit jedem Meter Abstand ausgelassener wurden.

»Was haltet ihr von Lanagan's auf einen kurzen Absacker, Mädels?«, hörte sie die Blondine, die irrtümlich glaubte, weit genug entfernt zu sein, deutlich sagen. Lanagan's war der Pub gegenüber und sehr beliebt bei allen, die nach Feierabend noch dringend einen Drink brauchten.

»Oh ja, bitte«, sagte Susan. »Ich habe mich noch nie so nach einem Gin Tonic gesehnt wie nach dieser Veranstaltung.«

»Ich dachte, sie würde uns gar nicht mehr gehen lassen.«

»Nun, wenigstens waren wir dort.«

»Wir sind eben unverbesserliche Gutmenschen und hätten uns eine Ausrede einfallen lassen sollen wie die anderen.«

Da dann der Aufzug kam, konnte Eloise den Rest nicht mehr belauschen.

Also gut, dachte sie. Das war also der Anfang eines neuen Jahrzehnts. Nur, dass es bis jetzt eher den Eindruck eines wahr gewordenen Albtraums machte.

Eigentlich hatte Eloise gar keine Lust auf eine Feier gehabt, keine Zeit, vielen Dank auch. Aber schließlich war sie ja dafür berüchtigt, keine zwischenmenschlichen Kontakte zu pflegen, solange sie nicht beruflich bedingt waren und wirklich kein Weg daran vorbeiführte. Und selbst dann kam sie als Letzte, ging als Erste, klammerte sich in der Stunde ihrer Anwesenheit ungeduldig an ihr Wasserglas und fragte etwa alle zehn Minuten die Mails auf ihrem iPhone ab.

Gut, sie hatte sich auf der Weihnachtsfeier blicken lassen, hauptsächlich deshalb, weil ihr nichts anderes übrig geblieben war. Immerhin war sie die Chefin hier, und selbst sie wusste, dass ihr Fernbleiben einen miserablen Eindruck gemacht hätte. Aber im Grunde genommen war sie ihre eigene beste Freundin und mit diesem Zustand auch völlig zufrieden. Sie war eine Insel, und Beliebtheit war nun einmal ein Thema, für das Inseln sich nicht zu interessieren brauchten. Eine Einstellung, die, als sie so an einem leeren Schreibtisch zwischen vielen Reihen unberührter Weingläser saß, recht nützlich sein konnte.

Geistesabwesend nestelte sie an der Schnur eines kitschigen rosafarbenen Ballons mit der Aufschrift *Happy Birthday* herum, der neben ihr in der Luft schwebte. Und dabei gestattete sie sich zum ersten Mal seit Jahren einen seltenen Moment der Selbstreflexion.

Willkommen in meinem Leben, dachte sie. Dreißig Jahre alt und absolut allein. Keine Freunde. Kein Mann. Keine Kollegen, die – welch anmaßender Wunsch – freiwillig ihre Zeit mit mir verbringen wollen. Einfach niemand. Natürlich hatte sie eine Familie, die sie allerdings so selten sah, dass sie kaum eine Rolle spielte. Da war eine Mutter, die inzwischen in einer Doppelhaushälfte in Marbella wohnte, ihre Sonnenbräune pflegte und die besorgniserregende Angewohnheit entwickelt hatte, tagsüber zu trinken. Doch trotz der wöchentlichen Telefonate und der zahlreichen Einladungen, »einfach in den nächsten Flieger zu steigen und ein bisschen Sonne zu tanken«, besuchte Eloise sie nur zu Weihnachten. Wenn überhaupt. Sie hatte noch eine jüngere Schwester namens Helen, aber die war vor einigen Jahren nach Cork gezogen. Außerdem war es zwischen ihnen eine unausgesprochene Übereinkunft, dass sie eigentlich nichts gemeinsam hatten, weshalb sie nur selten miteinander redeten, und auch das nur aus Gründen der Höflichkeit.

Offen gestanden störte es Eloise nur selten, dass sie keine Freunde hatte, denn wie kann man etwas vermissen, das man ohnehin nicht kennt? Das ging schon seit der Grundschule so, als sie immer Klassenbeste gewesen und von den anderen Kindern, mies und grausam, wie Kinder eben sind, ausgegrenzt und gemobbt worden war. Wer wollte schon mit einem Mädchen befreundet sein, das den Lehrern ständig damit in den Ohren lag, dass es mehr und schwierigere Hausaufgaben aufbekommen möchte?

Und so wuchs sie, was nicht überraschend war, sehr unabhängig auf und brauchte eigentlich keine anderen Menschen. Schließlich war sie mit ihrem Beruf verheiratet, ja, sie und ihr Beruf waren eins. Übrigens war sie auch die jüngste Chefredakteurin, die die *Post* jemals beschäftigt hatte, und konnte das sogar mit einigen stressbedingten Magengeschwüren belegen. Innerhalb weniger Jahre hatte sie nicht nur die Auflage verdreifacht, sondern dem Blatt auch eine neue Leserschaft erschlossen. Morgens war sie die Erste am Schreibtisch, abends die Letzte, die ging, denn sie war keine Frau für beschauliche Stunden, Freunde, Familie oder geselliges Beisammensein. Niemals. Tut mir leid, keine Zeit.

Im Laufe der Jahre war sie von vielen Kollegen darauf angesprochen worden, warum sie so besessen von ihrem Beruf sei. Doch Eloise empfand solche Fragen, als hätte sich jemand erkundigt, warum sie sich überhaupt die Mühe machte, Luft zu holen. Sie liebte ihren Job, weil er sie beflügelte und ihrer Seele Nahrung gab wie sonst nichts anderes auf der Welt. Deswegen hatte sie nichts dagegen, oft noch länger in der Redaktion zu sitzen. Und darum begriff sie einfach nicht, wieso ihre Mitmenschen sich nicht mit dem gleichen Elan ins Zeug legten.

Kein Wunder, dass die Leute nicht mit ihr warm wurden. Hinter ihrem Rücken hatten ihre Untergebenen bereits einige Spitznamen für sie erfunden, von denen sich allerdings keiner hielt, da allein der Satz »Eloise Elliot möchte Sie sofort in ihrem Büro sehen« eine einschüchternde Wirkung hatte. Schnörkellos, geradeheraus und absolut ausreichend, damit jeder bedauernswerte Mitarbeiter erbleichte und zitternd verstummte.

Allerdings musste man ihr fairerweise zugutehalten, dass sie auch viele Anhänger hatte, die sie für die beste lebende Blattmacherin hielten. Für eine moderne Feministin des einundzwanzigsten Jahrhunderts, die Journalisten dazu ermutigte, die Leserschaft in regelmäßigen Abständen vor den Kopf zu stoßen. Außerdem schrieb sie bissige Leitartikel, die in bildungsbürgerlichen Kreisen zur Pflichtlektüre geworden waren.

Obwohl man hinzufügen muss, dass die meisten Fans von Eloise sie nicht persönlich kannten und ihr noch nie begegnet waren.

Und wie war sie eigentlich? Eloise gab nur selten Interviews oder tat etwas für ihr Image. Bei der jüngsten Verleihung des Preises »Vorbildlichste Geschäftsfrau des Jahres« hatte ein tapferer Journalist gewagt, sie zu fragen, wie sie mit den Gerüchten zurechtkäme, dass sie bei der *Post* unbeliebt sei. Jeder andere hätte auf diese Unverblümtheit konsterniert reagiert, nicht aber Eloise.

»Ich bin noch jung«, erwiderte sie achselzuckend. »Und ich habe eine der exponiertesten Stellungen in der Zeitungsbranche dieses Landes inne. Natürlich führt das zu Missgunst. Damit muss man leben.«

Allerdings hat das Schicksal die unangenehme Angewohnheit, sich sogar in das wohlgeordnete Leben der erfolgreichsten Menschen einzumischen. So auch offenbar bei Eloise.

Eigentlich wäre es gar nicht so schlimm gewesen, denn dieses grässliche Geburtstagstheater hatte als ganz gewöhnlicher und normaler Arbeitstag angefangen. Genauso hätte es auch bleiben sollen, denn von kitschigen Luftballons mit der marktschreierischen Aufschrift *Du bist dreißig!*, kombiniert mit einem billigen Sandkuchen, hätte sie vermutlich Ausschlag bekommen. Das Problem war nur, dass ihr Redaktionsleiter, ein reizender, jungenhafter Mann, sich gewaltige Mühe gegeben hatte, um diesen jämmerlichen Umtrunk anlässlich des meilensteinhaften Geburtstagsdatums zu organisieren. Vermutlich hauptsächlich getrieben von irregeleitetem Pflichtgefühl.

Auch wenn das Eloise ganz und gar nicht in den Kram passte, hatte sie gute Miene zum bösen Spiel gemacht – wenn auch mit der Begeisterung einer Geisel, der man eine Pistole an den Kopf hält.

Herausgekommen war eine absolute Katastrophe. Den ganzen Tag lang war ihr ausgeklügelter Terminplan ständig davon unterbrochen worden, dass Leute, die sie kaum kannte und auch nicht sonderlich mochte, anriefen, um ihre Teilnahme an fraglichem Umtrunk aus verschiedenen, nicht sehr glaubwürdigen Gründen abzusagen.

Die mieseste Ausrede lautete wie folgt: »Ich wünsche dir eine schöne Geburtstagsfeier und würde gern dabei sein, aber, weißt du, ich habe versprochen, meinen Dad im Krankenhaus zu besuchen. Ihm geht es nämlich nicht gut, und es müssen einige Untersuchungen gemacht werden …«

Diese Begründung war es, die für Eloise das Fass zum Überlaufen brachte. Als ihr Vater vor einigen Jahren gestorben war, hatte sie am folgenden Morgen um sechs am Schreibtisch gesessen und war pünktlich auf die Minute zur ersten Redaktionssitzung des Tages erschienen. Gefasst und absolut professionell, ganz gleich, wie sehr es ihr auch das Herz gebrochen haben mochte.

Und dann war ausgerechnet der arme abgehetzte Redaktionsleiter, der den ganzen Tag hinter Eloises Rücken auf ihre Kollegen eingeredet und sie angefleht hatte, doch wenigstens für ein paar Minuten bei ihrer Geburtstagsfeier vorbeizuschauen, mit besorgter Miene in ihr Büro gekommen, um ihr mitzuteilen, dass er leider auch absagen müsse, weil bei seiner Frau verfrüht die Wehen eingesetzt hätten. Eloise konnte nur noch die Augen zur Decke verdrehen.

Und da stand sie nun. Allein mit etwa zweihundert unverzehrten Cocktailwürstchen von Marks & Spencer und im Stich gelassen von ihren »Gästen«, von deren hastiger Flucht nur noch eine Staubwolke zeugte. Und es war erst halb neun.

Eine schwächere Frau als sie wäre wohl verzweifelt gewesen und hätte sich gezwungen gesehen, ihr Leben einer Bestandsaufnahme zu unterziehen. Sie hätte sich gefragt, warum niemand privat Zeit mit ihr verbringen wollte und sich kein Mensch für ihren Geburtstag interessierte oder wer sie … nein, so etwas durfte sie nicht einmal denken … wirklich gernhatte. Aber nicht Eloise.

Erstaunlicherweise eilte sie an diesem desolaten Abend anders als sonst nicht einmal zurück an ihren Schreibtisch, um die versäumte Zeit nachzuarbeiten. Stattdessen blieb sie, tief in Gedanken versunken, im leeren Konferenzraum zurück. Dabei darf man nicht vergessen, dass sie eine Frau war, die nur selten Gefühle zeigte und sich seit ihrer frühesten Kindheit nicht mehr öffentlich hatte gehen lassen.

Plötzlich hatte sie ihr künftiges Leben vor sich, und zwar so deutlich, als wäre es bereits Vergangenheit. Glasklar sah sie sich mit vierzig und dann mit fünfzig, bis hinein ins Rentenalter. Immer noch als Chefredakteurin, immer noch achtzehn Stunden täglich im Büro und immer noch allein. Und Jahr für Jahr tat sie so, als feiere sie bei lauwarmem Sekt einen Tag, der ihr eigentlich nichts bedeutete, inmitten von Fremden, in deren Mienen sich ein Ausdruck malte, der sie inzwischen überallhin verfolgte: eine Mischung aus Mitleid und Grauen.

Manchmal erkennen wir die wichtigsten Momente unseres Lebens erst, wenn sie schon längst vorbei sind, doch nicht Eloise. Es war zwar nur schwer vorstellbar, dass dieser traurige Abend ihr ganzes wohlgeordnetes Leben verändern sollte, aber genau das würde geschehen.

Wenn sie viele Jahre später zurückblickte, würde sie diesen Moment als denjenigen benennen, in dem der Himmel ihr etwas ins Ohr geflüstert und sie plötzlich genau gewusst hatte, was zu tun war: Sie musste ihr Leben ändern und das Problem lösen. Denn genau so stellte es sich für einen Menschen mit ihrem scharfen mathematischen Verstand dar: als Problem, das gelöst werden musste wie eine Gleichung.

Und um keine Missverständnisse aufkommen zu lassen – genau das sollte auch passieren.

Und so wischte sich Eloise Elliot, erfüllt von der blendenden Klarheit, die man nur an den Scheidewegen des Lebens empfindet, die brennenden, geröteten Augen ab, holte tief Luft und traf eine der schnellen, vernünftigen und rationalen Entscheidungen, für die sie berühmt war.

Es war Zeit, die Ärmel hochzukrempeln.

Teil eins

Eloise

Kapitel eins

Knapp vier Jahre später

Nicht heute. Bitte nicht heute. Ich kann gar nicht sagen, wie wenig ich das heute gebrauchen kann.

Obwohl es kaum halb sechs Uhr morgens ist, droht mein Leben aus den Fugen zu geraten, etwas, das in letzter Zeit mit beängstigender Häufigkeit geschieht. Das Unheil nimmt seinen Lauf, als ich versuche, mich im Morgengrauen aus dem Haus zu schleichen, denn Elka, mein polnisches Kindermädchen, sucht sich ausgerechnet diesen verflixten Tag aus, um mir eine Szene zu machen.

Ich pirsche mich also barfuß nach unten, um ja niemanden zu wecken, wohl wissend, dass ich zu spät zur morgendlichen Redaktionssitzung kommen werde, ohnehin kein guter Start in den Tag. Im nächsten Moment kommt Madam, noch im Morgenmantel, aus ihrem Zimmer marschiert und bittet nicht etwa um ein »kurzes Gespräch«, sondern fordert es ein.

»Äh … ja, natürlich, Elka«, antworte ich. Sofort schwant mir Übles, und ich senke die Stimme zu einem Flüstern, um Lily nicht zu stören.

Lily ist übrigens meine kleine Tochter, knapp drei Jahre alt und der Sonnenschein im Leben ihrer abgekämpften und erschöpften Mummy.

»Ist alles in Ordnung?«, frage ich, beiße mir auf die Zunge und mache mich auf das Schlimmste gefasst. Elka ist bis jetzt das einzige Kindermädchen, das Lily vergöttert. Ihr zuliebe benimmt sie sich sogar, und Elka scheint sie wirklich gernzuhaben.

»Ich muss reden mit dir, und ich dich sehe nur um diese verruckte Uhrzeit«, verkündet sie in ihrem noch immer gebrochenen Englisch. Und das, obwohl ich in den letzten Monaten ein kleines Vermögen in Hörbücher und Privatunterricht investiert habe.

Bitte sag jetzt nicht, dass du gehst ... bitte, lieber Gott, mach, dass nicht wieder eine verschwindet ...

»Schieß los, Elka«, erwidere ich äußerlich ruhig, obwohl mir davor graut, was nun als Nächstes kommt.

»In Vertrag steht, dass du mich bezahlst für aufpassen Lily«, fährt sie in anklagendem Ton fort. »Aber du musst verstehen, dass das vernunftige Stunden heißt.«

»Du meinst, vernünftige Arbeitszeiten«, antworte ich. »Dürfte ich wissen, wie du plötzlich darauf kommst?«

»Du hast Nerven, mich zu fragen das.«

»Pst! Geht das auch ein bisschen leiser? Sonst wacht Lily auf.«

»Ich großes Problem mit den Arbeitszeiten, die du von mir verlangst. Meine Freundinnen, die auch Kindermädchen sind, müssen alle nicht arbeiten so lange wie ich.«

»Aber, Elka, so viel arbeitest du nun auch wieder nicht ... zumindest nicht verglichen mit mir ...«

»Schau auf Uhr! Halb sechs! Und schon willst du ins Büro, und ich muss mich um Lily kümmern. Eigentlich solltest du abends um sieben zu Hause sein, und ich habe frei, aber das bist du nie. Nie!«

Gut, dazu fällt mir im Moment nichts ein, denn das Mädchen hat recht. Theoretisch war vereinbart, dass ich abends gegen sieben eintrudle und Elka Feierabend macht ... doch in letzter Zeit ist es immer ein klein wenig später geworden. Elf vielleicht. Oder sogar Mitternacht.

»Alle anderen Kindermädchen haben abends frei! Sie sich treffen für Bier oder Kino. Alle haben Spaß in Irland. Aber ich nicht! Nie habe ich Spaß. Ich habe satt, mir reicht es!«

»Pst! Elka, bitte sprich leiser«, raune ich ihr zu, aber Madam will nichts davon wissen. Stattdessen steigert sie sich in einen Wutanfall hinein und ist nicht mehr zu bremsen.

»Nein, du hörst mir jetzt zu. Wegen dir ich muss so lange arbeiten ... es ist zu viel, und ich will kündigen!«

»Ich verstehe dich ja, aber darf ich dich daran erinnern, dass mein Beruf das eben so mit sich bringt?«, versuche ich sie so gut wie möglich zu beruhigen, wohl wissend, dass sie mich in der Hand hat. Denn wenn sie geht ... oh, mein Gott, ich wage gar nicht, daran zu denken. »Wenn dir meine Arbeitszeiten nicht gefallen, Elka, dann ... dann weiß ich auch nicht, was ich sagen soll. Ich kann nichts dagegen tun, und glaube mir, ich arbeite genauso ungern bis in die Nacht hinein wie du. Wenn du also einen Schuldigen suchst, beschwer dich bei den Politikern der Eurozone und der Weltwirtschaftskrise ... oder beim arabischen Frühling im Nahen Osten, für den ich nun wirklich nichts kann.«

»Ich verstehe nicht ... du darfst nicht so schwierige Worter benutzen.«

Noch einmal tief durchatmen.

»Es tut mir leid, Elka«, spreche ich so ruhig wie möglich weiter. »Aber wenn etwas Wichtiges passiert, muss die Chefredakteurin da sein und sich darum kümmern. Das ist mein Leben, und dir war das bekannt. Nachrichten machen keinen Feierabend, und deshalb kann ich es auch nicht tun. Ich habe dir das beim Vorstellungsgespräch klipp und klar gesagt.

Darf ich dich außerdem darauf hinweisen, dass ich dich gut bezahle und dass du bei mir mehr verdienst als die anderen Kindermädchen? Wenn es allerdings«, füge ich fröhlich hinzu, »um eine weitere Gehaltserhöhung geht, können wir später gerne darüber reden.«

Nein, nicht einmal das überzeugt sie. Ich könnte genauso gut mit der Wand sprechen.

»Du arbeitest zu lang, und das nicht nur schlecht für mich, sondern auch für Lily«, entgegnet sie. Der Rabenmuttertrumpf, der älteste Trick, um einer berufstätigen Mutter ein schlechtes Gewissen einzuimpfen.

»Sie vermisst ihre Mama so sehr, wenn du bist weg. Dauernd sie mich fragt, wann Mama nach Hause kommt.«

»Aber Elka, das ist einfach lächerlich und außerdem sehr kränkend ...«

»Sogar Wochenende arbeitest du, anstatt zu sein bei ihr. Immer nur Arbeit.«

Das war ein Seitenhieb in einer immer hitziger werdenden Debatte, der mir im ersten Moment die Sprache verschlägt. Ja, natürlich würde ich gern vierundzwanzig Stunden am Tag mit Lily verbringen. Wer würde das nicht? Doch wie soll ich das hinkriegen? Kurz muss ich an ihr erstes Lebensjahr denken, in dem ich es irgendwie geschafft habe. Ich war das ganze Wochenende zu Hause und habe es meistens sogar zustande gebracht, verhältnismäßig früh aus der Redaktion zu kommen. Deshalb hielt ich es für möglich, die beiden Welten miteinander zu vereinbaren. Ich konnte Superwoman sein. Arbeitszeit und Privatleben waren perfekt ausbalanciert, und ich kann aufrichtig sagen, dass ich noch nie im Leben so glücklich gewesen war wie damals. Bei Weitem.

Aber dann kam die Rezession und mit ihr der Arbeitsplatzabbau, und Schluss war es mit der Idylle. Plötzlich hatte ich die Wahl, für dasselbe Gehalt für drei zu arbeiten oder meinen Hut zu nehmen. Pech gehabt. Ich stand vor einem unlösbaren Dilemma. Denn sosehr ich Lily auch anbete, ist mir mein Beruf ausgesprochen wichtig. Gegen meine neuen Arbeitszeiten kann ich nicht viel tun, außer zu kündigen. Und wenn ich schonungslos Bilanz ziehe, weiß und akzeptiere ich, dass ich ein Mensch bin, der ohne beruflichen Erfolg als Seelennahrung in weniger als einer Woche verrückt werden würde. Ja, es ist etwas Tolles, Mutter zu sein, doch das gilt auch für meinen Job. Warum also kann ich nicht beides haben?

Allerdings habe ich in der Redaktion klare Grenzen gesetzt und allen unmissverständlich mitgeteilt, dass meine Sonntage mit Lily heilig sind. Es ist der einzige Tag in der Woche, an dem ich Gelegenheit habe, ihr vorzulesen, ihr zum Frühstück Pfannkuchen zu machen, mit ihr im Kino einen Disney-Film anzuschauen oder im Park die Enten zu füttern. Sie also nach Strich und Faden zu verwöhnen und eine richtige Mummy zu sein.

Doch ich muss zugeben, dass Elka recht haben könnte, durch den letzten Stellenabbau wurde nämlich sogar die kostbare Mummyzeit am Sonntag stark in Mitleidenschaft gezogen. Nehmen wir zum Beispiel letzte Woche. Ich hatte Lily ihr Frühstück gemacht und spielte Teetrinken mit der kleinen Armee von Puppen, die ich ihr geschenkt hatte. Gerade wollte ich mit ihr in den Spielzeugladen fahren, um ihr eine kleine Freude zu bereiten, als die Redaktion anrief. Ich müsse sofort kommen, denn es sei wegen der neuen Entwicklungen in Afghanistan eine Notfallsitzung anberaumt worden. Was hätte ich tun sollen? Ich musste einfach hin. Das gehört zu meinem Beruf dazu.

Auch wenn ich es mir vielleicht nicht anmerken lasse, liebe ich meine kleine Lily so sehr, dass es mir fast körperliche Schmerzen bereitet, von ihr getrennt zu sein. Herrje, ich fühle mich ohnehin schon schuldig genug und habe es deshalb nicht nötig, mir das von jemandem, den ich bezahle, auch noch unter die Nase reiben zu lassen.

»Ich habe einen Vorschlag, Elka«, sage ich ruhig und mit so tiefer Stimme wie möglich, weil ich gelernt habe, dass man auf diese Weise Konflikte am besten aus der Welt schafft. Und damit sollte ich mich eigentlich auskennen, schließlich habe ich im Laufe meines Lebens so einige Klippen umschifft. »Ist es zu viel verlangt, wenn ich dich bitte, einfach deine Arbeit zu machen und mich meine machen zu lassen? Wenn ich heute Abend nach Hause komme, haben wir Zeit, ausführlich darüber zu reden. Was meinst du?«

Aber Madam hat keine Lust, vernünftig zu sein.

»... und wie ich zu den anderen Kindermädchen sage, hast du keinen Mann und keinen Freund, sondern bist verheiratet mit deiner Arbeit.«

Und ... peng.

»Verzeihung, was war das gerade?«

»... alle anderen Kinder, die ich kenne, haben Mutter und Vater, nur Lily nicht. Sie hat nur Mutter. Also muss Mutter mehr für sie da sein. Viel, viel mehr.«

Gut, das hat sich jetzt angefühlt wie eine kräftige Ohrfeige, die so wehtut, dass ich im ersten Moment wie erstarrt bin. Und daher fauche ich sie an, sobald ich wieder zu mir komme. In letzter Zeit fauche ich sowieso alle nur noch an. Doch das ist nun mal das Ergebnis, wenn man immer und dauernd erschöpft ist und unter Stress steht.

»Elka, ich habe dir von Anfang an erklärt, dass ich alleinerziehend bin«, entgegne ich spitz. »Ich habe damit kein Problem und Lily auch nicht. Falls es dich stört, hättest du mir das gleich sagen sollen.«

»Alleinerziehende Eltern müssen mehr Zeit für ihre Kinder haben, nicht weniger.«

So, inzwischen koche ich vor Wut. Denn sie hat mit der Treffsicherheit einer Fliegerbombe genau meinen wunden Punkt erwischt. Ja, ich bin alleinerziehend, und ja, das kann auch gewaltige Nachteile haben. Aber ich vertrete die Einstellung, dass ich damit irgendwie klarkommen muss. Lilys Vater ist ein Tabuthema. Und zwar für immer und ewig.

Ich darf gar nicht daran denken, wie viel Geld ich Elka jeden Monat in den Rachen werfe. Und wofür? Dafür, dass sie sich hinstellt, Werturteile über mein Leben fällt und mich demütigt, bis ich mich so klein mit Hut fühle? Damit sie den ganzen Tag mit einem knapp dreijährigen Mädchen spielen kann? Glaubt sie denn, ich würde nicht sofort zugreifen, wenn sich mir die Gelegenheit böte, dass ich zu Hause bleibe und Vollzeitmutter werde? Ist ihr nicht klar, dass es sich jedes Mal anfühlt wie ein Schlag in die Magengrube, wenn ich Lilys Blondschöpfchen zum Abschied küsse? Am schlimmsten ist es, sich die vielen Nachrichten anzuhören, die sie auf meiner Mailbox in der Redaktion hinterlässt. Mit ihrem engelsgleichen Babystimmchen sagt sie immer wieder dasselbe. Ich vermisse dich, Mama. Wann kommst du nach Hause? Manchmal möchte ich sie einfach nur umarmen und ihr erklären, dass sie sich das Erwachsenwerden sparen soll. Es ist die Mühe nicht wert. Bleib einfach so. Bleib für immer mein kleines Mädchen.

Versteht denn niemand, wie sehr ich darunter leide, so vieles bei ihr verpasst zu haben? Ihre ersten Schritte. Die ersten

Wörter … nie bin ich dabei. Entweder sitze ich in einem Meeting, schreibe einen Leitartikel oder halte eine Pressekonferenz ab. Immer arbeite ich. Natürlich habe ich mich bewusst dafür entschieden, alleinerziehende Mutter zu werden. Ich wusste, dass sich in meinem Leben einiges verändern würde. Deshalb habe ich ja auch ein Kindermädchen, das im Haus wohnt, und außerdem noch zwei Ersatzbabysitter für Notfälle eingestellt. Nur, um mit ansehen zu müssen, dass eine nach der anderen das Handtuch warf. Und zwar aus denselben Gründen, die Elka nun umtreiben.

Allerdings muss ich zu meiner Verteidigung vorbringen, dass ich keine Hellseherin bin. Woher hätte ich wissen sollen, dass sich meine Arbeitsbelastung wegen des massiven Stellenabbaus in den letzten beiden Jahren verdoppeln würde? Außerdem, so denke ich, inzwischen absolut gereizt und erschöpft, begreift Elka offenbar nicht, warum ich mir diesen Wahnsinn antue. Doch nur, um nicht den Verstand zu verlieren und um meiner kleinen Tochter so viel wie möglich bieten zu können. Es ist ja wohl nicht meine Schuld, dass ich nicht an zwei Orten gleichzeitig sein kann. Nicht angesichts der Arbeitsleistung, die man von mir erwartet. Und ganz bestimmt nicht, solange meine Vertragsverlängerung, die in einem halben Jahr fällig wird, nicht in trockenen Tüchern ist. Nicht jetzt. Denn abgesehen von all den anderen Problemen, liegt auch in der Redaktion etwas im Argen, obwohl ich über solche Dinge eigentlich nur sehr ungern spreche.

Das Problem hat einen Namen, und zwar Seth Coleman, der neue Redaktionsleiter der *Post*.

Ach, Seth Coleman, wo soll ich anfangen? Er sitzt noch gar nicht so lange auf seinem Posten und wurde von Headhuntern von der *Sunday Press* abgeworben, als sein sympathischer

Vorgänger die *Post* verließ. Ich habe den Verdacht, dass ich ihn vertrieben habe, und nun vermisse ich ihn mehr als meine rechte Hand. Sein offizieller Kündigungsgrund lautete »Ungleichgewicht zwischen Arbeit und Privatleben«, und offen gestanden kann ich ihm daraus keinen Vorwurf machen. Wenn man mich offiziell nach meiner Meinung zu Seth fragt, lächle ich gekünstelt, lobe seine Führungsqualitäten und seine Branchenkenntnisse und füge hinzu, er sei stets beruflich sehr engagiert.

Doch unter der Dusche, inzwischen der einzige Ort, wo ich ein wenig Zeit für mich habe, beschimpfe ich Seth Coleman als scheinheiliges A… mit übergroßem Ego. Er ist ein Vertreter nahezu sämtlicher Eigenschaften, die ich an der Spezies Mann verabscheue, und schafft es sogar, immer wieder neue Widerwärtigkeiten zu entwickeln. Mir gegenüber verhält er sich herablassend, aber ich weiß, wie sehr es ihn wurmt, eine Frau als Vorgesetzte zu haben. Und es geht das Gerücht um, dass er bereits an meinem Stuhl sägt.

Er ist die Missgunst in Person, merkt sich jeden meiner beruflichen Patzer und zählt sorgfältig meine Fehler, während er meine Erfolge unter den Tisch fallen lässt. Außerdem lästert er hinter meinem Rücken über mich, was mir natürlich prompt zu Ohren kommt: Seit Lilys Geburt hätte ich abgebaut und nicht mehr den Biss von früher. Außerdem identifizierte ich mich nicht mehr mit meinem Job. Man braucht mich nicht eigens darauf hinzuweisen, dass er auf Zeit spielt und nur darauf wartet, dass ich mir eine Blöße gebe. Und deshalb darf ich mir keine Schwäche erlauben.

Also tue ich, was nötig ist. Ich gehe in die Redaktion, mime die peitschenknallende Domina und verhalte mich so, wie man es von mir erwartet. Allerdings fällt mir das von Tag zu Tag schwerer, so sehr ich meinen Beruf auch liebe. Und dennoch ist der schönste Moment meines Tages, wenn ich nach Hause komme und das blonde Köpfchen meiner Tochter sehe, die, an ihren Lieblingsteddy gekuschelt, schlafend wie ein Engel in ihrem Bettchen liegt. Dann betrachte ich ihr niedliches sommersprossiges Gesicht und flüstere ihr zu, dass ich sie so sehr liebe und dass wir eines Tages mehr Zeit füreinander haben werden.

Aber nun zurück zu Elka, die immer noch auf dem Treppenabsatz steht und, beinahe ohne Luft zu holen, Gift und Galle spuckt.

»Lily ist wunderschone kleine Mädchen«, schleudert sie mir entgegen, »und ich traurig bin, weil ich mich von ihr verabschieden muss. Doch die Zeiten, die du mich arbeiten lässt, sind verruckt. Verruckt! Und sie machen mich verruckt!«

»Entschuldige«, falle ich ihr ins Wort, da ich es nicht mehr aushalte. »Ich komme zu spät zur Arbeit. Können wir bitte später weiterreden?«

»Ich bin noch nicht fertig! Meine Freundinnen sagen, du musst mir eine Steuerbescheinigung über alle bisherigen Gehaltsanspruche ausstellen, bevor ich gehe.«

Interessant, denke ich spöttisch, während ich nach dem Autoschlüssel greife. Elkas Englisch ist so miserabel, dass sie im Supermarkt kaum zurechtkommt, und dennoch wirft sie locker mit beeindruckenden Wörtern wie »Steuerbescheinigung über alle bisherigen Gehaltsansprüche« um sich?

»Elka«, erwidere ich, um die Sache abzukürzen, denn inzwischen bin ich eine gute Viertelstunde zu spät dran. »Darf ich dich darauf hinweisen, dass du Lily schließlich nicht jeden und den ganzen Tag hüten musst? Sie ist gerade in den Kindergarten gekommen und täglich bis zum frühen Nachmittag dort, weshalb du gute fünf Stunden Pause hast. Außerdem erwartet niemand von dir, dass du auch noch Hausarbeit machst. Ich beschäftige eine Putzfrau, einen Gärtner und einen Hausmeister, die hier alles im Griff haben. Also verzeih mir, wenn ich finde, dass du verglichen mit vielen anderen Leuten ein ziemlich lockeres Leben führst.«

Doch der feuerspeiende Drache lässt sich nicht erweichen. Mit verschränkten Armen und zusammengekniffenen Augen steht sie da.

»Du horst mir nicht richtig zu. Ich kündige. Ende der Woche bin ich weg. Tut mir leid, aber es ist Schluss.«

Mir bleibt nichts anderes übrig, als kurz zu nicken, der Versuchung zu widerstehen, die Haustür hinter mir zuzuknallen, und so ruhig wie möglich ins Auto zu steigen. Sie darf nicht merken, was für einen Magenschwinger sie mir gerade verpasst hat.

Als ich auf dem Weg zur Arbeit an einer roten Ampel halte, stelle ich fest, dass ich links ranfahren muss, denn plötzlich spüre ich ein Brennen in der Magengrube und bin machtlos dagegen, dass mir die Tränen kommen. Ja, da ist sie wieder, meine tägliche Panikattacke. Herrje, ich könnte beinahe die Uhr danach stellen. Und schon ist es da, das scheußliche, nicht zu unterdrückende Schluchzen, ausgelöst von Erschöpfung und Müdigkeit. Grund ist, dass ich mir seit … oh, mittlerweile sieben Jahren … keine Atempause gegönnt habe. Ich kann nichts dagegen tun.

Gütiger Himmel, noch nicht mal sechs Uhr morgens, verdammt, und ich werde beim bloßen Gedanken an den bevorstehenden Tag bereits niedergeschlagen.

Ich bin mir noch nie im Leben so zerrissen vorgekommen. Nicht nur in zwei Hälften, das heißt zwischen der Redaktion und zu Hause. Das würde ich schaffen, das wäre kein Problem. Die Sache ist nur, dass mein Job nicht einfach nur ein Job ist, sondern mit neunhundertneunundneunzig Unterjobs einhergeht, weshalb es sich so anfühlt, als würde aus tausend Richtungen an mir gezerrt. Und offen gestanden gibt es inzwischen viel zu häufig Momente, in denen ich nicht mehr weiß, wie lange das noch so weitergehen kann.

Ach, was zum Teufel ist nur los mit mir?, frage ich laut, während ich panisch meine Handtasche nach einem Taschentuch durchwühle. Bin das wirklich ich, Eloise Elliot, die sich hier so gehen lässt? Es gab einmal eine Zeit, in der ich genauso viel gearbeitet habe wie heute, ohne dass es mich belastet hätte.

Doch das war AL ... ante Lily ... inzwischen ist Eloise Elliot ein Schatten ihrer selbst, eine düstere Frau, die von Schuldgefühlen zerfressen wird. Denn heute Nachmittag wird ein knapp dreijähriges kleines Mädchen aus dem Kindergarten nach Hause kommen, übersprudelnd von Geschichten, die seine Mummy nie zu hören kriegen wird.

Und hinzu kommt, dass ich kein Kindermädchen mehr habe. Wieder einmal.

Als im Autoradio die Sechs-Uhr-Nachrichten beginnen, weiß ich, dass dieser Anfall von unverzeihlichem Selbstmitleid jetzt ein Ende haben und ich mich dem neuen Tag stellen muss. Also reiße ich mich nach Kräften zusammen, nehme einen großen Schluck Rescue-Tropfen (der beste Freund einer Redakteurin), verteile mit zitternden Händen Make-up rings um meine verschwollenen und geröteten Augen und fahre weiter.

Unterwegs nehme ich mir so ruhig wie möglich vor, mir eine andere Kinderbetreuungsagentur zu suchen, und hinterlasse Rachel, meiner Assistentin, eine Nachricht, sie solle Vorstellungstermine vereinbaren, sobald sie im Büro ist. Allerdings ist das leichter gesagt als getan, denn die letzte Agentur, bei der ich war, hat mich vor etwa zwei Jahren rausgeschmissen. Ja, ganz richtig, ich bin es, die rausgeschmissen wurde. Natürlich brach daraufhin sofort der Dritte Weltkrieg aus. Ich warf den Leuten dort vor, sie würden viel beschäftigte, berufstätige, alleinerziehende Mütter diskriminieren, deren Job nun einmal diese abstrus langen Arbeitszeiten nötig mache. Die Retourkutsche bestand darin, mich als arbeitssüchtige Zwangsneurotikerin darzustellen, mit der kein Kindermädchen, das etwas auf sich hielte, unter einem Dach leben wolle.

Das tat zwar ein wenig weh, doch es gelang mir, mir nichts anmerken zu lassen. In meiner Branche ist ein Pokerface ein absolutes Muss.

Um Viertel nach sechs haste ich aus der Tiefgarage des Redaktionsgebäudes der *Post* nach oben, inzwischen die einzige sportliche Betätigung, für die ich noch Zeit finde.

Allerdings ist diese Schinderei in der Zeitungsbranche mittlerweile Normalzustand, denn seit der Rezession ist unsere Auflage in den Keller gefallen. Das ist auch ein Grund für schlaflose Nächte, wenn man zufällig Chefredakteurin ist, deren Arbeitsvertrag noch in diesem Geschäftsjahr zur Verlängerung ansteht.

Das Problem ist, dass den Leuten der Geldbeutel nicht mehr so locker sitzt wie früher. Marktforschungsanalysen zufolge haben die Leser, die in besseren Zeiten zum Zeitungskiosk gegangen sind, um nicht nur ihre tägliche Ausgabe der *Post*, sondern, je nach Lust und Laune, auch einen Kaffee zum Mitnehmen oder Zigaretten zu kaufen, so massiv zu sparen angefangen, dass sie nun auf kostenlose Nachrichtenquellen wie das Fernsehen, das Radio oder das Internet zurückgreifen.

Und was habe ich getan? Das Einzige, was ich kann. Ich habe die Herausforderung angenommen. Um dieser beunruhigenden Tendenz die Stirn zu bieten, habe ich stark in unsere Online-Ausgabe investiert, die im Grunde genommen noch in den Kinderschuhen steckt. Sie schlägt sich zwar recht wacker, ist aber nicht der große Knaller, auf den ich gehofft habe. Ein Punkt, auf den Seth Coleman mich regelmäßig hinweist. Außerdem habe ich einige Topjournalisten von Konkurrenzblättern abgeworben, damit sie für ein Erpresserhonorar stattdessen für uns schreiben. Auch das hat den Negativtrend ein wenig aufgehalten. Kommentatoren, Nachrichtenleute und Autoren mit hohem gesellschaftlichem und politischem Bekanntheitsgrad sind jeden Penny wert, den ich ihnen bezahle.

Denn, wie ich gegenüber dem Verlagsvorstand, vor dem ich mich letztlich verantworten muss, immer wieder leidenschaftlich beteuere, hat sich die Welt der Nachrichten verändert. Ob es uns nun gefällt oder nicht, Nachrichten sind im Gegensatz zu früher nicht mehr das exklusive Vorrecht der Zeitungen, sondern überall zu haben. Jeder Idiot, der ein Handy besitzt, kann sich bei Twitter einklinken und eine Geschichte schneller verbreiten als wir. Und, glauben Sie mir, das geschieht ständig. Wer keine Zeitung kaufen will, schaut sich die Nachrichten auf SKY an, wo sich die Ereignisse auf dieser Welt pünktlich zu jeder Stunde vor seinen Augen entfalten. Eine Zeitung, die jeden Abend um elf in den Druck geht und alle Vorfälle während der Nacht ausblendet, ist nur fünf Stunden später beinahe überholt und hat etwas reizend Altmodisches an sich.

Ich habe mich Tag und Nacht krummgeschuftet, um diesem Problem durch unsere Online-Ausgabe entgegenzuwirken. Doch Nachrichten schlafen nicht, weshalb die Tatsache, dass wir irgendwann einen Schlussstrich ziehen und drucken müssen, weiterhin die Wurzel allen Übels ist.

Allerdings wird es inzwischen immer schwieriger, unserem Vorstand, der ausschließlich männlich ist und ein Durchschnittsalter von fünfundsechzig Jahren hat, das Geld dafür abzuschwatzen. Ich nenne sie die Tyrannosaurier, da sie mich wirklich an Relikte aus einer längst vergangenen Ära erinnern, in der in einer Zeitungsredaktion nur das laute Geklapper klobiger mechanischer Schreibmaschinen zu hören war. Aus einer Zeit, in der Chefredakteure noch angesäuselt von ausgiebigen und alkoholgeschwängerten Geschäftsessen zurückkehrten, bei denen sie Bellinis und Wein in sich hineinschütteten und dicke Spesenkonten hatten, um Anzeigekunden zu bewirten. Wenn sie dann am späten Nachmittag sturzbetrunken in die Redaktion gewankt kamen, zuckte niemand mit der Wimper.

Das war eine andere Epoche, die Blütezeit der Zeitungsbranche. Offen gestanden fühle ich mich inzwischen manchmal wie die tapfere Nachhut, die für den Erhalt eines sterbenden Mediums kämpft. Das Internet hat mittlerweile sogar schon die Regenbogenpresse überflügelt. Mit jedem Tag wächst mein Eindruck, dass ich einen Öltanker durch ein Minenfeld steuere und dass es nur noch eine Frage der Zeit ist, bis die Presse ausstirbt.

Der Vorstand stuft unterdessen allein das nackte Überleben schon als Erfolg ein, was meiner Ansicht nach nicht ausreicht, zumindest nicht in diesem Klima. Und dennoch klammern sich die Vorstandsmitglieder an die altmodische

Auffassung, dass die *Post* ein Hort der Tradition ist, ohne den uns der Himmel auf den Kopf fallen wird. Das mag einmal so gewesen sein, heute aber eindeutig nicht mehr. Die Zeiten ändern sich, und wenn wir uns nicht mit ihnen ändern, werden wir zugrunde gehen. So einfach ist das.

Noch schlimmer ist, dass eine weitere Entlassungswelle in der Luft liegt. Bald drohen wieder Stellenkürzungen, und wieder wird man einige Leute auffordern, für viel weniger Geld und in einer Dreitagewoche genau dieselbe Arbeit zu erledigen wie bisher. Und das sind noch die, die Glück haben, schließlich behalten sie ihren Job und haben eine Chance, weiter die Raten fürs Haus und das Schulgeld zu bezahlen und von den im schwindelerregenden Tempo steigenden Lebenshaltungskosten nicht abgehängt zu werden. Was wird aus denen, die ohne viel Federlesen vor die Tür gesetzt werden und von denen man nie wieder etwas hört?

Oh Gott, denke ich. Bei der bloßen Vorstellung, dass die Tage einiger Kollegen, denen ich tagtäglich auf dem Flur begegne, gezählt sein könnten, wird mir ganz flau. Und was noch schlimmer ist: Ich bin die Einzige, die verhindern kann, dass sie in der Schlange auf dem Arbeitsamt landen. Auch wenn sie es nicht ahnen, hängt ihr Überleben einzig und allein von mir ab. Dieser Druck ist manchmal unerträglich.

Ich weiß, dass ich recht unangenehm werden kann, wenn nicht jemand so auf Zack ist, wie er sein sollte, wenn er nicht so fleißig wie möglich arbeitet und wenn er in der Redaktion privat telefoniert oder im Internet surft.

Keuchend und schnaufend beschleunige ich meinen Schritt. Ich muss mir mehr Mühe geben, denke ich. Auch wenn ich nicht weiß, wie ich das anstellen soll, muss ich einen Weg finden, mehr Stunden in den Tag zu packen. Denn selbst wenn es mich umbringt, wird hier niemand arbeitslos, solange ich das Sagen habe.

Mein Büro ist ganz oben im vierten Stock, ein wunderschöner, luftiger Eckraum mit hohen Fenstern, die Aussicht auf die geschäftige Tara Street bieten. Nicht, dass ich je eine Sekunde Zeit hätte, den Blick zu genießen. Jeden Morgen zeige ich an der Pforte meinen Ausweis vor, durchquere auf dem Weg in meine Höhle das Großraumbüro und werde an der Wand über meinem Schreibtisch von einem riesigen Porträt begrüßt, das Douglas Merriman, den Gründer und ersten Chefredakteur des Blattes, darstellt. Vor hundertfünfzig Jahren hatte er in dem Büro gesessen, das nun meines ist. Er war ein alter Kauz, und wenn ich seinen Eulenblick durch die strenge viktorianische runde Brille auf mir spüre, schaue ich zurück und denke dasselbe wie jeden Tag, seit ich hier arbeite. Mistkerl. Du musstest dich nie mit dem digitalen Zeitalter herumschlagen, mit E-Mails und Handys, die dich selbst am Sonntag um zwei Uhr morgens an die Redaktion ketten. Richtig? Du warst nicht gezwungen, mit Sendern zu konkurrieren, die rund um die Uhr Nachrichten bringen. Du hast nie versucht, in der schlimmsten Rezession seit der Weltwirtschaftskrise Zeitungen zu verkaufen, oder?

Gerade klappe ich meinen Aktenkoffer auf und hole meine Anmerkungen zur heutigen Ausgabe heraus. Wir fangen immer den Tag damit an, dass wir die heutige Frühausgabe durchgehen und feststellen, wo wir einen Treffer gelandet haben, was wir anders hätten machen können und wo es noch Raum für Verbesserungen gibt. Alle Ressortchefs müssen zu dieser Sitzung erscheinen, was bedeutet, dass etwa zwölf Personen – von Innenpolitik bis zu Ausland, Sport und Feuilleton – um einen Konferenztisch sitzen.

Ehe ich mich versehe, steht Seth Coleman in meiner Tür. Das Anklopfen hat sich der Widerling gespart. Wie immer ist er angezogen, als hätte seine Mummy ihm die Sachen rausgelegt. Interessanterweise habe ich ihn lange für einen verkappten Schwulen gehalten, denn kein Heteromann würde eine Hose mit Bügelfalten tragen. Allerdings hat er bei der letzten Weihnachtsfeier den Fehler gemacht, mich plump anzubaggern. Ich weiß noch, wie entgeistert ich ihn angestarrt habe. Dass er es fertiggebracht hat, meine tiefe Abneigung gegen ihn als Begierde zu missdeuten, ist für immer in der Komikabteilung meines Gehirns abgespeichert.

Schade, dass Sie das nicht mit eigenen Augen gesehen haben, aber glauben Sie mir, es war einfach zum Totlachen.

»Morgen, Eloise, was machen Sie denn noch hier? Sie haben noch genau eine Minute.«

Als ob wir hier in der Fernsehserie *24* wären. Und ich wäre der Terrorismusexperte Jack Bauer.

»Alle sind bereits im Konferenzraum«, näselt er und streicht sich dabei das Haar zurück, obwohl es bereits von schätzungsweise einem halben Pfund Pomade zusammengehalten wird. »Alle Ressortchefs sind vollständig versammelt. Hoffentlich fehlt Ihnen nichts. Unpünktlichkeit passt so gar nicht zu Ihnen.«

Anstelle einer Antwort nicke ich nur knapp und lächle mit zusammengebissenen Zähnen.

»Haben Sie noch einmal über mein Angebot nachgedacht, Sie dieses Jahr zum Vorstandswochenende zu begleiten?«

Kurz schwebt ein unausgesprochener Gedanke zwischen uns in der Luft, denn eigentlich möchte er mir Folgendes mitteilen: »Sei doch ehrlich, etwas Besseres als mich kriegst du sowieso nicht mehr.«

Ich achte nicht darauf und tarne meinen Ärger hinter einem Blatt Papier. Anschließend schiebe ich mich rasch an ihm vorbei, um mich dem Tag zu stellen.

Und immer wenn ich schon glaube, dass es nicht mehr schlimmer werden kann – dann kommt es natürlich besonders dicke. Was habe ich auch anderes erwartet? Inzwischen ist es halb drei. Ich bin schon wieder im Konferenzraum, habe das Gefühl, ihn nie verlassen zu haben, und leite die erste Sitzung des Tages, um den Entwurf der morgigen Ausgabe zu erörtern.

In dieser Besprechung sitzen wir zusammen, schlagen mögliche Themen vor und reden darüber, welche Story morgen auf die Titelseite soll, was sich gerade tut und in den nächsten Stunden gründlich im Auge behalten werden muss und welche Artikel und Kommentare auf welche Seite gehören. Sämtliche Ressortchefs sind meiner Aufforderung gefolgt, stellen ihre Artikel vor und kämpfen um möglichst viele Spalten, wobei die Titelseite den Status des Heiligen Grals genießt.

Für gewöhnlich empfinde ich diese Sitzungen als sehr anregend. Emotionen kochen hoch, und es wird leidenschaftlich gestritten – eine Praxis, die ich ermutige. Es ist immer ein Genuss, mitanzuhören, wie jeder Redakteur die Werbetrommel für sein Thema rührt. Darin sind wir ein wenig wie ein Debattierclub ohne Alkohol, denn die Ressortchefs vertreten ihre Ansichten so lautstark, wortreich und aggressiv wie Kneipengäste am Freitagabend, kurz bevor eine Schlägerei losbricht.

Doch aus irgendeinem Grund bin ich heute Nachmittag nicht auf Zack.

Ich kann mich nicht konzentrieren und schweife immer wieder ab. Nach allen Ereignissen an diesem Tag des Grauens, der schon mit einer Katastrophe begonnen hat, schaffe ich es einfach nicht, bei der Sache zu bleiben. Gut, natürlich war ich noch gegen acht Uhr heute Morgen felsenfest davon überzeugt, dass ich bis zum Abend Ersatz für Elka gefunden haben würde. Und zwar jemanden, der noch viel besser zu uns passt, wie ich sogar selbstzufrieden zu denken wagte. Eine Frau, die vielleicht ein kleines bisschen weniger launisch und anspruchsvoll ist und versteht, was es bedeutet, für eine alleinerziehende Mutter zu arbeiten.

Um halb elf – inzwischen hatte ich die ersten Bewerberinnen unter die Lupe genommen – war ich zwar etwas desillusioniert, allerdings noch immer verhältnismäßig sicher, dass ich nur ein wenig würde aussieben müssen, um auf meine Mary Poppins zu stoßen. Mit Kandidatin eins und zwei hatte ich sicher einfach nur kein Glück gehabt. Ich musste einfach nur ein Weilchen weitersuchen, also bestand überhaupt kein Grund zur Panik.

Um Viertel vor zwölf ... nun, mittlerweile war die Stimmung umgeschlagen, und allmählich wurde ich ein wenig nervös. Außerdem wollte es mir einfach nicht in den Kopf, warum es mitten in einer Wirtschaftskrise so verdammt schwierig sein sollte, einen wirklich nicht anspruchsvollen Arbeitsplatz zu besetzen. Aber ich klammerte mich noch an die Hoffnung, dass ich bisher eben Pech gehabt hatte. Damit das optimale Kindermädchen in mein Leben spazierte – und blieb –, brauchte ich nur beharrlich zu sein.

Jetzt, um zwei, nach dem letzten desaströsen Vorstellungsgespräch, bin ich absolut in Panik ... anders kann ich es leider nicht in Worte fassen. Ein gutes Dutzend Stimmen debattieren hitzig und kämpfen um meine Aufmerksamkeit, während ich am Kopf des Konferenztischs sitze und so tue, als würde ich aufmerksam lauschen. Doch in Wirklichkeit bin ich ganz weit weg.

Denn nun weiß ich es. Endlich ist es offiziell. Ich stehe am Rande des Abgrunds. Ich. Habe. Keine. Kinderbetreuung. Ab Ende dieser Woche wird es niemanden mehr geben, der auf Lily aufpasst. Keinen einzigen Menschen. Was, in Gottes Namen, soll ich dann tun? Die Kleine mit in die Redaktion nehmen und sie mitten in meinem Büro in einen Laufstall setzen, in der Hoffnung, dass sie niemand bemerkt? Klar, tolle Idee. Wenn ich so etwas auch nur im Traum in Erwägung ziehen sollte, könnte ich mir genauso gut gleich eine Leuchtreklame um den Hals hängen, auf der *Bin total durchgedreht. Bitte schmeißt mich raus!* steht. Seth Coleman würde sich die Hände reiben.

Je länger ich über das Problem nachgrüble, desto trockener wird mein Mund, und obwohl ich verzweifelt versuche, mir nichts anmerken zu lassen, spüre ich, wie sich auf meiner Stirn kleine Schweißperlen bilden und wie mein Herz vor Angst schneller schlägt. Also öffne ich eine Wasserflasche und konzentriere mich aufs Ein- und Ausatmen. Ich muss am Ball bleiben. Niemand in diesem Raum darf je erfahren, dass ich gerade eine Panikattacke habe. Aber sosehr ich mich auch bemühe, läuft in meinem Kopf immer wieder derselbe schreckliche Gedanke ab wie auf Endlosschleife. Es gibt kein Entrinnen.

Alle verfügbaren Kindermädchen sind absolut inakzeptabel. Ich stecke in der größten Krise seit Lilys Geburt. Da ist niemand, ich wiederhole, niemand, der mir hilft. Was zum Teufel soll ich jetzt nur machen?

Heute Vormittag hat Rachel, meine leidgeprüfte Assistentin, die wenigen Kinderbetreuungsagenturen abgeklappert, bei denen ich noch nicht auf der schwarzen Liste stehe, und ganze vier Bewerberinnen aufgetrieben. Ja, richtig gehört, vier. Mitten in der Wirtschaftskrise und bei ständig steigenden Arbeitslosenzahlen.

Und hier sitze ich, bereit und willens, ein Topgehalt plus Bestechungsgeld an jede Frau zu zahlen, damit sie ein knapp dreijähriges Kind betreut und in ein modern ausgestattetes Haus in Rathgar mit eigenem Zimmer und Bad zieht. Das ist doch nicht zu viel verlangt. Dazu muss man doch weder Nobelpreisträgerin noch in der Lage sein, einen multinationalen Konzern zu leiten. Ich suche doch nur eine vernünftige, verantwortungsbewusste Frau, die dafür sorgt, dass ein kleines Mädchen sein Gemüse aufisst, pünktlich in den Kindergarten kommt und brav sein Mittagsschläfchen hält, und es außerdem von Kinderserien im Fernsehen fernhält … und dennoch kann ich niemanden finden, der die Stelle haben will?

Es ist nicht zu fassen. Heute habe ich insgesamt drei Vorstellungsgespräche geführt, und jedes einzelne davon war die totale Katastrophe. Also führt kein Weg daran vorbei: Wenn Elka sich Ende der Woche verdrückt, habe ich niemanden, der Lily betreut. Niemanden. Niemanden. Und glauben Sie mir, ich habe alles getan. Ich habe sogar meinen Stolz heruntergeschluckt, Elka angerufen und ihr das doppelte Gehalt und mehr Freizeit geboten, wenn sie es sich nur anders überlegt. Aber nichts da. Sie hat eben genug und will gehen, so einfach ist das. In meiner Verzweiflung habe ich mir sogar überlegt, meine Schwester Helen anzurufen, doch ich weiß, dass ich mir die Mühe sparen kann. Da läuft nichts.

Wenn ich gnadenlos ehrlich mit mir bin, muss ich zugeben, dass wir beide nur sehr wenig gemeinsam haben und einander nie sehr nahestanden. Folglich ist sie nicht der Mensch, an den ich mich in der Stunde der Not wenden kann. Außerdem hat Helen nach Lilys Geburt einen Typen namens Darren kennengelernt, der in Cobh eine kleine Pension am Meer betreibt. In erschreckend kurzer Zeit hat sie ihre Zelte abgebrochen und verkündet, sie werde aufs Land ziehen und mit ihm zusammenarbeiten. Für ihn hat sie alles aufgegeben. Ihren Job, ihre Wohnung, alles. Doch so ist meine Schwester eben. In meinen Augen war sie in Sachen Männer schon immer von Torschlusspanik getrieben, und nun muss sie sich mit den Folgen abfinden … in Cobh, viele Kilometer weit weg von ihren alten Freunden und ihrem früheren Leben.

Der absolute Irrwitz, das war mein erster Gedanke damals wie heute. Obwohl ich Darren nur wenige Male an Weihnachten oder anlässlich ihrer seltenen Besuche bei mir getroffen habe, frage ich mich, ob Helen in einem dreihundert Kilometer entfernten, winzigen abgelegenen Dorf wirklich glücklich mit ihm ist. Allerdings ist es schwierig, einander auf dem Laufenden zu halten, und abgesehen von den gelegentlichen Anrufen (»Hallo, schön von dir zu hören, aber kann ich dich zurückrufen, ich habe gleich eine Sitzung?«) haben wir seit Jahren nicht mehr miteinander gesprochen.

Und nein, ich war mit Lily noch nie in Cobh zu Besuch, sosehr die Kleine auch bettelt und ihre Tante vergöttert. Schließlich kann ich die Redaktion nicht im Stich lassen. Hin und wieder schickt Helen mir eine Mail, in der sie entweder ein wenig über Darren jammert oder mich unverblümt um ein Darlehen bittet. Anscheinend ist die Hotellerie von der Wirtschaftskrise noch härter betroffen als wir anderen. Ich tue ihr stets den Gefallen und schicke ihr einen Scheck, ohne das Geld zurückzuverlangen. Sie nimmt dankend an und mailt dann fröhlich und vergnügt, Lily und ich könnten doch auf Kosten des Hauses ein Wochenende bei ihr verbringen, wann immer wir wollen. Das ist ein netter Vorschlag, und ich weiß das Angebot auch zu schätzen, aber ich bitte Sie ... Ein ganzes Wochenende freinehmen? Samstag und Sonntag? Am Stück? Das soll wohl ein Scherz sein?

Außerdem weiß ich, dass sie in ihrer Pension in Arbeit versinkt. Also hat sie sicher genug um die Ohren, weshalb ich ihr nicht auch noch Lily aufhalsen kann. Hinzu kommt, dass ich mein kleines Mädchen dann gar nicht mehr zu Gesicht bekommen würde. Und offen gestanden ist der kurze Blick auf ihr schlafendes Köpfchen morgens und abends das Einzige, was mich die tägliche Tretmühle bei einigermaßen intakter geistiger Gesundheit überstehen lässt. Sie gibt mir den Antrieb, der den Rest ein wenig erträglicher macht.

Also zurück zu dem Problem, was zu tun ist, wenn Elka Ende der Woche verschwindet. Ich werde untergehen. Und zwar sehr schnell.

»Barack Obamas Kampf um eine zweite Amtszeit muss einfach morgen auf die Titelseite, Eloise«, dröhnt Robbie Turners Stimme und reißt mich damit aus meinen grüblerischen Gedanken. Robbie ist der kettenrauchende, ständig heisere Auslandspolitikchef der *Post*, ein sympathischer Mensch, noch recht jung, aber aus unerfindlichen Gründen nicht von jugendlichem Äußeren. Tag und Nacht drückt er sich im Büro herum und hat so verschwollene Augen wie wir anderen auch. Allerdings erfordert der Zeitunterschied, dem man bei Berichten zu außenpolitischen Themen Rechnung tragen muss, dass er beinahe genauso aberwitzige Arbeitszeiten hat wie ich. Wenn ich die Stellung halte, bis um elf der Schlussredakteur übernimmt, kann ich meistens noch einen Blick auf Robbies dichten weißen Haarschopf und seine John-Lennon-Brille erhaschen, da er gerade am Schreibtisch sitzt und den ersten Entwurf einer Meldung über ein Ereignis im Nahen Osten verfasst, während der Rest der westlichen Welt friedlich schläft.

Deshalb weiß ich, dass Robbie nur selten Zeit für seine junge und wachsende Familie hat, ein Umstand, über den er sich anerkennenswerterweise nie beklagt. Auch wenn ich es mir nicht anmerken lasse, schätze ich ihn wirklich, wie ich dem Vorstand auch schon des Öfteren mitgeteilt habe. Robbie ist ein Mensch, der beständig gute Arbeit leistet und bei fast allen beliebt ist.

Der einzige Wermutstropfen bei diesen Sitzungen besteht darin, dass sich hier deutlich Robbies einzige Schwäche zeigt: Er vergöttert Barack Obama derart, dass es schon beinahe krankhaft ist. In der Redaktion wird bereits gewitzelt, er sei ein wenig in ihn verliebt. Das ist kein Scherz. Beim Essen, Trinken, Schlafen und Atmen denkt er nur an Barack Obama, und der bisherige Höhepunkt seines Lebens bestand darin, seinem Helden anlässlich dessen Besuchs in Irland die Hand schütteln zu dürfen. Gut, es befanden sich etwa vierhundert andere Leute im Raum, aber Robbie hat es trotzdem geschafft, sich an den Bodyguards vorbeizuschummeln und den Kleidersaum des Erwählten zu berühren. Dennoch hat er es dargestellt, als wäre es eine Privataudienz gewesen, in deren Rahmen die beiden unter vier Augen bei einem Tässchen Tee und Plätzchen seine Wahlkampfstrategie erörtert hätten. Im letzten Jahr hat er sogar das Foto, das diesen denkwürdigen Augenblick darstellte, als Weihnachtskarte drucken lassen.

»Eloise, hör mir zu«, beharrt Robbie. Sein Gesicht rötet sich, als er versucht, sich trotz des Radaus Gehör zu verschaffen. »Die Story ist zu wichtig, um sie auf Seite drei zwischen den Weltnachrichten zu verstecken, zum Beispiel neben einem Bericht über David Camerons Besuch in einem Krankenhaus für Landminenopfer in Angola wie gestern«, überschreit er das Tohuwabohu im Raum. »Die Vorwahlen stehen vor der Tür, weshalb es allmählich Zeit wird, es auf der Titelseite zu bringen! Darf ich dich daran erinnern, dass jede amerikanische Zeitung inzwischen täglich damit titelt, und das schon seit Wochen? Warum hinken wir hinter der amerikanischen Berichterstattung her? Wir müssen am Ball bleiben!«

Robbie mag nervig und aggressiv wirken, aber das ist er nicht. Inzwischen kenne ich ihn gut genug, um zu wissen, dass er niemanden unterbuttern will. Das Thema liegt ihm einfach am Herzen. Das zeichnet einen guten Politredakteur aus.

Er redet sich immer mehr in Rage und wirft mit Statistiken um sich, die den Wahlkampfetat der Demokraten, verglichen mit dem der Republikaner, darstellen, und erntet dafür Zwischenrufe wie »Oh, nicht schon wieder! Immer dieselbe Leier!« von den restlichen Anwesenden, die schließlich höhnisch die amerikanische Nationalhymne anstimmen. Seth Coleman lehnt sich mit verschränkten Armen zurück und muss natürlich auch seinen Senf dazugeben.

»Ja, wir alle sind uns dessen bewusst, dass in den USA bald Wahlen stattfinden, vielen Dank, Robbie«, ätzt er, während er mich mit starren eidechsenähnlichen Augen fixiert. »Und wie immer ist Ihr umfassendes Verständnis des Offensichtlichen sehr hilfreich. Könnten wir vielleicht jetzt auf die aktuellen Nachrichten zu sprechen kommen?«

Obwohl ich nicke und den Eindruck vermittle, als würde ich mich für das Ringelspiel interessieren, muss ich zu meiner Schande gestehen, dass ich völlig von meinen persönlichen Sorgen in Anspruch genommen bin.

Ich nehme nur als Hintergrundgeräusch wahr, dass unsere Nordirlandkorrespondentin Ruth O'Connell es geschafft hat, Robbie niederzuschreien, die Diskussion an sich zu reißen und leidenschaftlich für einen zweihundert Wörter langen Artikel über eine gestern Nacht in Newry losgegangene Autobombe zu plädieren, die ein Mitglied der PNSI verletzt hat.

Ruth ist aus Belfast, mager und sehnig und hat pechschwarzes Haar. Sie trägt hautenge Hosen, stets in verschiedenen Schwarz- oder Grautönen, wie eine Uniform. Und in ihrem bleichen, farblosen Gesicht malt sich der gleiche erschöpfte Ausdruck wie bei uns allen.

Außerdem ist sie eine brillante Journalistin mit Biss und Beharrlichkeit, wenn sie einer guten Story auf der Spur ist. Sie hat ein ans Unheimliche grenzende Gespür dafür, was in der nächsten Woche auf die Titelseite gehört. Allerdings hat sie den Nachteil, dass sie den Klang ihrer eigenen schrillen Stimme zu gerne hört und dazu neigt, die Sitzungen zu dominieren, indem sie ihr Thema auf die Methode durchdrückt, dass sie die anderen einfach übertönt. Trotzdem bin ich froh, dass ich sie habe, denn obwohl es kaum zu glauben ist, sind wir beide die einzigen Frauen im Raum. Heute ist sie mir eine große Hilfe: Dass sie auf der Frage herumhackt, ob Katholiken andere Motive als Protestanten hätten, der PNSI beizutreten, und welche sozioökonomischen Folgen das für die Gemeinden habe, gibt mir nämlich die Zeit, die katastrophalen Bewerbungsgespräche von heute Revue passieren zu lassen.

Oh mein Gott. Wo soll ich anfangen? Ich nicke, um einen aufmerksamen Eindruck zu erwecken, kann aber nur mein Blut in den Ohren rauschen hören. Vielleicht hat Rachel ja versehentlich eine Schauspieleragentur angerufen und verbreitet, ich wolle ein Casting für die Rolle der dritten Gangsterbraut von rechts in einer Krimiserie veranstalten. Dann könnte ich vielleicht verstehen, warum ich heute nur mit Psychopathinnen zu tun hatte. Unvorstellbar, dass diese Frauen tatsächlich von einer Agentur für Kindermädchen ausgesucht worden sind. Ich fasse es noch immer nicht.

Bewerberin Nummer eins kam zehn Minuten zu spät hereinspaziert. Sie trug einen Trainingsanzug und darüber eine enge Lederjacke mit der Aufschrift … nein, es ist kein Scherz … *Rachegöttin* in geflammten Buchstaben auf dem Rücken. Oh, und als ob das noch nicht genug gewesen wäre, hatte sie ein Nasen- und ein Augenbrauenpiercing und eine schwarze Tätowierung seitlich an der Hand. Allein von ihrem Anblick im Empfangsbereich vor meinem Büro wurde mir mulmig, und ich wusste, dass Lily entweder zu weinen anfangen oder mich in aller Unschuld fragen würde, wer denn die gruselige Frau sei und warum sie einen Ohrring in der Nase habe. Keine Chance. Also rief ich Rachel an und forderte sie unmissverständlich auf, die Kandidatin wegzuschicken. Falls sie sich weigern sollte zu gehen, könne sie ihr mit dem Sicherheitsdienst drohen.

Ihr auf den Fersen folgte Bewerberin Nummer zwei, die sich bleich und zitternd in mein Büro schlich und nach Zigarettenqualm stank. Kein Lebenslauf, keine Berufserfahrung, nichts. Wie sie mir sofort mitteilte, habe ihr Freund sie gerade verlassen, weshalb sie nicht nur kein Dach über dem Kopf habe, sondern auch keinen Sinn mehr im Leben sehe.

Um nicht noch näher auf ihr Privatleben eingehen zu müssen, erkundigte ich mich, was sie denn in den letzten Jahren so gemacht hätte, worauf sie erwiderte, sie sei wegen einer manischen Depression stationär behandelt worden. Die gute Nachricht laute, dass sie nun offiziell nicht mehr als selbstmordgefährdet gelte und gern bereit sei, für vierzig Euro die Stunde mein Kind zu hüten. Da ich befürchtete, sie könnte sich an Ort und Stelle aus dem Fenster stürzen, wenn ich ihr sagte, dass sie nicht unbedingt die Richtige sei, flüchtete ich mich feige in ein »Ich melde mich bei Ihnen« und scheuchte sie so schnell wie möglich hinaus.

Das wäre ein Thema für die Titelseite, schimpfe ich lautlos vor mich hin. Die Tatsache, dass es nicht die geringsten Betreuungsangebote für beruflich stark eingespannte Alleinerziehende gibt. Währenddessen redet Ruth unbeirrt weiter. Inzwischen hat sie die Ärmel hochgekrempelt, bei ihr immer ein schlechtes Zeichen, weil das heißt, dass die Zeichen auf Sturm stehen. Sie spult die Ergebnisse einer kürzlichen Umfrage herunter, der zufolge die eingetragenen Mitglieder der PNSI nur zu einer winzigen Minderheit Katholiken seien. Das sei unfair und würde den Friedensprozess um mindestens ein Jahrzehnt zurückwerfen.

Da ist noch so eine Sache mit Ruth. Ich bin noch nie jemandem mit einem so stark ausgeprägten Selbstbewusstsein begegnet. Sie ist phantastisch in ihrem Job, doch manchmal habe ich den Verdacht, dass ihr Leben eine große geballte Faust ist.

Jetzt wirft Kian O'Sullivan, Sportredakteur, ehemaliger Spieler in der irischen Rugbynationalmannschaft und Objekt der Begierde aller alleinstehenden Sekretärinnen in diesem Haus, die ihm, wie ich zufällig weiß, den Spitznamen

Don Draper verpasst haben, im Scherz eine Papierkugel nach ihr, fordert sie auf, den Mund zu halten, und fragt, warum bei der Planung der morgigen Ausgabe der Sport immer an letzter Stelle kommt.

»Weil sich die Leute nur sonntags nach den Spielen am Samstag für Sport interessieren, du Blödmann«, knurrt Robbie mit einer Stimme, der man die zwanzig Zigaretten am Tag anhört. Doch aus seinem Mund klingt das eher wie ein Kosename.

»Wirklich, Eloise, du musst mich anhören!« Ruth kreischt beinahe, um den Lärm zu übertönen, und schwenkt ein Bündel Aufzeichnungen, um sich meine Aufmerksamkeit zu sichern. »Das gehört auf die Titelseite, und wenn wir es nicht bringen, tut es der *Chronicle*, und ich werde einen Kopf kürzer gemacht.« Immer weiter tobt sie und schlägt dabei zornig mit der Faust auf den Tisch. Alle sehen mich an und warten darauf, dass ich die Anwesenden zur Ordnung rufe.

»Eloise?«, sagt Seth Coleman, der mir am Tisch gegenübersitzt. »Wir müssen allmählich zum Ende kommen. *Tempus fugit.*«

Seth hat eine Schwäche für lateinische Sentenzen, doch ich unterdrücke meinen Ärger und weise ihn darauf hin, dass unser Wirtschaftsredakteur noch nichts beigetragen hat. Damit erteile ich Jack Dundon das Wort, einem älteren, grauhaarigen, blassen, zurückhaltenden Herrn mit Brille, der als Wirtschaftsexperte mehrere Preise gewonnen hat. Er tut sich auf Sitzungen nur selten hervor, hat aber stets gute Ideen und schreibt gut recherchierte Artikel in einer Sprache, die die Leser auch verstehen. Ganz im Gegensatz zu den Wirtschaftsseiten einiger unserer Konkurrenten, für deren Lektüre man beinahe Betriebswirtschaft in Harvard studiert haben muss, um sich einen Reim darauf zu machen.

Er holt tief Luft und wendet sich an die inzwischen mucksmäuschenstillen Anwesenden. »Die Europäische Zentralbank hat eine Zinserhöhung von einem halben Prozent angekündigt«, lautet sein ruhiger Einleitungssatz. »Vielleicht ist das als Titelgeschichte nicht unbedingt sexy, wird aber Hunderttausende von Eigenheimbesitzern betreffen, weshalb sie ausgesprochen wichtig ist.« Während er fortfährt, habe ich Zeit, mich wieder mit meinen panischen Sorgen und drängenden Fragen zu beschäftigen, und erinnere mich an den heutigen Mittag, als eine Bewerberin für die Stelle Kindermädchen/Lebensretterin hereingeschneit kam, die mich ein wenig zuversichtlicher stimmte.

Allerdings meine ich mit »ein wenig zuversichtlicher« nur, dass sie jung und einigermaßen gepflegt war und sogar die Höflichkeit besaß, in angemessener Bekleidung zum Vorstellungsgespräch zu erscheinen, auch wenn ihr Lippenstift die Farbe von Giftmüll hatte. Das Problem war nur, dass sie fast keine Erfahrung mit kleinen Kindern hatte, und als ich wissen wollte, warum in ihrem Lebenslauf nur eine einschlägige Stelle vermerkt sei, antwortete sie, sie sei in Wirklichkeit arbeitslose Schauspielerin und hoffe, sich auf diese Weise bis zu ihrem großen Durchbruch etwas dazuzuverdienen.

»Es geht ja nur darum, ein Kind zu beaufsichtigen, richtig? Außerdem habe ich Horden von Nichten und Neffen und weiß, dass ich mit ihnen zurechtkomme«, teilte sie mir kühl mit. »Und mein Empfehlungsschreiben ist gut. Meine Tante hat sich große Mühe damit gegeben. Ach, und übrigens«, fügte sie hinzu und trieb damit einen weiteren Nagel in ihren Sarg, »falls mein Agent wegen eines Vorsprechens anruft, muss ich freinehmen. Und ich arbeite nicht nach sieben Uhr abends und an den Wochenenden. Ich sollte Ihnen wahrscheinlich besser auch noch sagen, dass ich für die ersten beiden Juniwochen eine Urlaubsreise gebucht habe. Ich fliege mit meinem Freund nach Spanien. Also kann ich da ebenfalls nicht. Ist das für Sie in Ordnung?«

Mir verschlägt es ja nicht oft die Sprache, doch diesmal antwortete ich nicht, weil mir tatsächlich die Worte fehlten. Stattdessen starrte ich sie nur ungläubig an und dachte: »Die Nächste bitte!«

Und das Meisterstück? Kurz nach dem Mittagessen (also in meinem Fall ein am Schreibtisch zwischen Telefonaten heruntergeschlungener Müsliriegel, wenn ich sehr viel Glück habe) rief Rachel an und meldete, die allerletzte Bewerberin, die die Agentur ihr habe bieten können, warte geduldig am Empfang. Ich eilte aus meinem Büro, um sie zu begrüßen.

Der erste Eindruck war positiv, da mir zumindest beim Anblick der Person, die da neben Rachels Schreibtisch stand, nicht flau im Magen wurde. Mrs. Adele Patterson war über sechzig und hatte eine so eng gekrauste graue Dauerwelle, als hätte ihr jemand eine Dose weiße Bohnen über den Kopf geschüttet. Ihr Mantel schien aus demselben Stoff zu bestehen, mit dem auch die Sitze in Bussen bezogen sind, und sie war mit zwei Einkaufstüten von Marks & Spencer bepackt. Allerdings war sie die einzige Bewerberin, die zumindest aussah wie ein echtes Kindermädchen, weise, ruhig und erfahren, also eine Frau, der man ohne zu zögern sein Kind anvertrauen würde. Außerdem konnte sie einem direkt in die Augen schauen und war so freundlich, sofort auf den Punkt zu kommen.

»Ich arbeite nicht bei anderen Leuten zu Hause«, verkündete sie, ohne mit der Wimper zu zucken, und in einer Art, die mir Respekt abnötigte, obwohl mir bei ihren Worten der Angstschweiß ausbrach. »Sie können Ihre Tochter – Lily, richtig? – gern morgens um neun zu mir bringen. Aber nicht früher. Und was die Abholzeiten angeht, bin ich ebenfalls streng. Nicht später als sechs Uhr abends bitte. Das ist für ein Kind ein ziemlich langer Tag, glauben Sie mir. Und für mich auch, wie ich hinzufügen möchte, schließlich werde ich nicht jünger.«

»Mrs. Patterson, ich fürchte … nun, das dürfte ein Problem werden … wissen Sie, ich brauche … tja, sagen wir mal, dass ich Sie hin und wieder auch am Abend bräuchte … nur gelegentlich, mehr nicht … weil es sein könnte, dass ich nicht pünktlich aus der Redaktion komme … deshalb suche ich eigentlich jemanden, der bei mir wohnt … das Haus ist übrigens sehr gut ausgestattet … in Rathgar …«, fügte ich hinzu, in der Hoffnung, dass sie das überzeugen würde.

»Und wenn Sie in der Penthousesuite des *Four Seasons* wohnen würden, meine Liebe«, schleuderte sie mir entgegen, als sei der bloße Vorschlag eine Zumutung.

»Oh … ich würde Ihnen natürlich ein Spitzengehalt zahlen, und über einen freien Tag lässt sich immer reden …«, behauptete ich kühn und war selbst erstaunt darüber, wie unverfroren ich lügen konnte.

Freier Tag? Ich glaube, Elka hatte im letzten Jahr einen einzigen Tag frei, und zwar an Weihnachten. Und selbst da musste sie Lily für ein paar Stunden übernehmen, während ich in die Redaktion hastete, um mir das Layout für die Feiertagsausgabe anzusehen.

Allerdings stehe ich mit dem Rücken zur Wand. Das

Einzige, was Mrs. Patterson noch aus dem Rennen werfen könnte, wäre ein Polizeibericht, der sie des Amoklaufs an einer Grundschule bezichtigt.

»Dann tut es mir sehr leid, dass ich Ihre Zeit verschwendet habe, Miss Elliot, aber ich fürchte, daraus wird nichts. Wissen Sie, ich betreue auch meine beiden Enkelkinder zu Hause. Deshalb kann Ihr kleines Mädchen nur tagsüber bei mir bleiben und muss spätestens um sechs abgeholt werden, daran führt kein Weg vorbei. Ich beabsichtige nicht, mit Ihnen zu verhandeln oder Ihnen eine Alternative anzubieten. Außerdem muss ich jetzt los. Ich habe nämlich eine Nachbarin gebeten, auf die Kinder aufzupassen, damit ich mich mit Ihnen treffen konnte.«

Gut, ab diesem Punkt gewann die Verzweiflung die Oberhand, und ich vermochte meinen flehentlichen Tonfall nicht mehr zu verbergen. Diese Frau war meine letzte Hoffnung. Ich durfte sie einfach nicht gehen lassen.

»Mrs. Patterson, wie Sie sehen, gibt es in meinem Beruf keine regelmäßigen Arbeitszeiten. Doch wenn Sie bereit wären, zu mir zu ziehen, natürlich nur vorübergehend, würde ich Ihnen gerne viel mehr als den üblichen Agenturtarif bezahlen …« Ich sah sie mitleidheischend an und bettelte mit Blicken darum, dass sie Ja sagen möge. »Lily ist so ein braves Mädchen«, beteuerte ich. »Alle finden, dass sie sich sehr gut benimmt. Also ist es wirklich kein Problem, sie zu hüten …«

»Ich fürchte, die Antwort lautet trotzdem Nein«, entgegnete Mrs. Patterson mit Nachdruck. »Auf keinen Fall werde ich meinen Mann und meine Enkelkinder im Stich lassen und zu einer wildfremden Frau ziehen, ganz gleich, wie viel Sie mir auch bezahlen. Sie müssen verstehen, dass es im Leben Dinge gibt, die wichtiger sind als jeder Arbeitsplatz oder Geld, zum Beispiel eine Familie«, fügte sie mit einem vielsagenden Blick auf mich hinzu.

Dann griff sie nach ihrer Handtasche und ihren Einkäufen, nickte mir kurz zu und marschierte aus meinem Büro zurück zum Empfang, während ich dastand wie ein begossener Pudel.

Also zurück zur Sitzung, denn offenbar hat Seth Coleman Verdacht geschöpft.

»Erde an Eloise? Sind Sie noch bei uns?« Seine knochigen Finger umfassen einen Kugelschreiber, mit dem er ungeduldig auf den Aktenstapel vor sich klopft. »Wir müssen wirklich fertig werden. Es gibt hier auch Leute, die noch zu arbeiten haben.«

Plötzlich wird mir klar, dass alle mich anstarren und mir die Kontrolle über die Anwesenden zu entgleiten droht. Es ist beängstigend still geworden. Die Leute mustern mich hüstelnd und brennen offenbar darauf loszulegen. Und das heißt, dass ich jetzt gefragt bin. Ich muss wenigstens so wirken, als sei ich am Ball.

»Gut, vielen Dank, Seth«, entgegne ich so zackig wie möglich. »Also sieht die Titelseite der morgigen Ausgabe wie folgt aus: Wir titeln mit der Schlagzeile, dass die Europäische Zentralbank die Zinsen erhöht hat.«

Am Tisch wird laut gestöhnt, aber mir bleibt nichts anderes übrig, als die Einwände abzutun.

»Jack, du schreibst den Artikel. Ich brauche den Ausdruck spätestens um vier auf meinem Schreibtisch. Die zweite Schlagzeile ist Nordirland, Ruth, aber nicht mehr als sechshundert Wörter auf Seite eins und einen Kommentar im Inlandsteil auf Seite vier.«

»Seite vier? Das ist ja so unfair!«, ruft Ruth enttäuscht aus, doch ich gebe ihr keine Chance.

Tut mir leid, aber in diesem Geschäft lernt man rasch, Prioritäten zu setzen.

»Die amerikanischen Vorwahlen bleiben bis zur Woche, in der sie stattfinden, im Auslandsteil auf den Seiten sieben und acht, und damit basta«, verkünde ich, während Robbie Turner versucht, mich mit Blicken zu erdolchen. Doch ich lasse mich davon nicht beeindrucken.

»Die Story mag in den USA eine Titelgeschichte sein, Robbie, aber wir sind hier nicht in Washington, richtig? Das USA-Thema für Seite drei ist Obamas Äußerung, er könne sich trotz des schrittweisen Truppenabzugs vorstellen, die Rebellen weiterhin aus Afghanistan verjagen zu wollen. Im Weißen Haus findet um fünf Uhr Ostküstenzeit eine Pressekonferenz dazu statt, was eine lange Nacht für dich bedeutet, Robbie. Ich brauche den fertigen Artikel für den Schlussredakteur, bevor die Spätausgabe in den Druck geht.«

Ein Seufzer aus tiefster Seele von Robbie, der in den letzten Monaten fast immer bis spät in die Nacht gearbeitet und inzwischen vermutlich vergessen hat, wie seine Kinder aussehen. Als ich sein eingefallenes, bleiches Gesicht betrachte, werde ich kurz von Mitleid ergriffen. Doch ich bin darüber erhaben und schreite voran. Weil ich muss. Ja, ich weiß, dass er seine Kinder nie zu sehen kriegt. Aber das trifft auf mich und Lily ebenfalls zu, richtig?

Also marschiere ich unerschrocken weiter.

»Vergesst nicht, dass ich einen Kommentar zum Thema *Irish Life and Permanent* brauche, und zwar darüber, dass der Versicherungskonzern als Ergebnis des Bankenstresstests möglicherweise verkauft wird. Seth? Setzen Sie Miriam Douglas darauf an, siebenhundert Wörter. Den Lokalteil möchte ich mit dem Autounfall in Kerry aufmachen, bei dem am Wochenende drei Kinder ums Leben gekommen sind. Mit Fotos. Finden Sie heraus, wie alt sie waren, und sprechen Sie mit ihren Mitschülern. Wenn möglich, befragen Sie auch die Familien. Die Story muss wirklich ans Herz gehen. Ich will außerdem sechshundert Wörter über die beiden vermissten Jugendlichen, die neuesten Entwicklungen, und zwar in einer Stunde bitte. Wir müssen auch aktuelle Fotos von den beiden bringen. Derek Maguire soll sich sofort darum kümmern. Die Presseerklärung ist unterwegs, und ich will sie sehen, sobald sie da ist. Für die Gerichtsseite will ich dreihundert Wörter darüber, warum, um Gottes willen, ein verurteilter Drogendealer gestern auf Bewährung freigelassen worden ist. Aber keine Fotos, auf denen er wie ein Finsterling aussieht oder eine Kapuze über dem Kopf hat. Das ist zu abgedroschen und vermutlich das, was der *Independent* bringen wird. Also besorgen Sie mir ein besseres. Die Weltnachrichten eröffnen wir damit, dass Japan vier seiner beschädigten Reaktoren dichtmacht, gefolgt vom Fall Berlusconi, jeweils sechshundert Wörter und Fotos, eine Viertelseite. Aber ich möchte die Abzüge zuerst auf meinem Schreibtisch. Seth, teilen Sie der Bildredaktion mit, dass ich da nicht mit mir reden lasse. Entwürfe nicht später als vier Uhr. Vielen Dank.«

Und da ist es wieder, das vertraute Hochgefühl, das entsteht, wenn ich das tue, was ich am besten kann. Es putscht mich auf wie ein Adrenalinstoß.

Es ist kurz vor drei, und wie immer übe ich mich in Multitasking. Genau genommen mache ich drei Dinge gleichzeitig. Ich sitze in meinem Büro, überprüfe die Entwürfe für die

Anzeigenseiten und schreibe dabei die Rohfassung des morgigen Leitartikels, was beides schon längst fertig sein müsste. Außerdem befinde ich mich in einer Besprechung mit Marc Robinson, dem Chef des Feuilletons unserer Zeitung, einer Beilage im Zeitschriftenformat, die samstags erscheint, aber schon am Montag Redaktionsschluss hat. Also heute. Deshalb ist Marc jetzt hier und streitet mit mir herum. So, wie es in letzter Zeit alle zu halten scheinen.

»Ich muss darauf bestehen, Eloise«, verkündet er, läuft auf und ab und bedenkt mich, um der dramatischen Wirkung willen, mit lodernden Blicken. »Bitte vertrau mir. Ich weigere mich kategorisch, die Titelseite des Kulturteils einem Disney-Film für Kinder zu überlassen ... und dabei ist gerade Wim Wenders' neuer Film herausgekommen. Das beleidigt unsere Leser und ... und ist einfach ... eine Demütigung. Darf ich dich daran erinnern, dass Kommerz im Feuilleton nichts zu suchen hat. Wir wollen am Puls der Zeit und avantgardistisch sein. Und dieser dämliche Kinderfilm ist in etwa so avantgardistisch wie Großmütterchen erzählt.«

Marc ist, wie sofort klar wird, ein leidenschaftlicher Filmfreund von Anfang dreißig und schafft es sogar, auszusehen wie ein europäischer Filmemacher. Er hat ein kluges Gesicht, eine exzentrische Frisur und eine ... sagen wir mal ... gewöhnungsbedürftige Brille. Außerdem lautet die allgemeine Auffassung hier im Haus, dass er der offizielle Inhaber des Titels *Drückeberger des Jahres* ist, denn alle sind genervt, weil er mitten am Tag loszieht, um sich intellektuelle Filme anzuschauen und anschließend eine Kritik darüber zu schreiben. Das heißt, er verfasst dreiseitige Dossiers über Regisseure, von denen ich noch nie gehört habe und deren obskure untertitelte oder schlecht aus dem Finnischen synchronisierte Streifen in Kinos in irgendwelchen Seitengassen laufen.

Meine Aufgabe besteht dann darin, seine Elaborate zu kürzen und sie, na, nennen wir es einmal leserfreundlicher zu machen.

Außerdem befinde ich mich in einem ständigen Tauziehen mit ihm, da wir auch über Kulturangebote berichten sollten, die unsere Leser kennen, also über Bücher, Filme und Konzerte, die populär oder gerade angesagt sind. Für jemanden wie Marc ist das wie ein rotes Tuch, denn in seinen Augen ist ein Film überbewerteter und kommerzieller Hollywoodschund, sobald ihn mehr als ein Dutzend Menschen gesehen haben.

»Pech, Marc«, teile ich ihm streng mit. »Die Osterferien stehen vor der Tür. Also interessieren sich Eltern dafür, welche kinderfreundlichen Filme gerade neu herausgekommen sind. Tut mir leid, doch du musst deinen künstlerischen Anspruch auch hin und wieder herunterschrauben und dich auf Kommerz einlassen.«

»Eloise, nimm das jetzt bitte nicht persönlich, aber was verstehst du von Kultur? Du gehst ja nie irgendwohin.«

Verdattert starre ich ihn an. Es geschieht nicht oft, dass mich jemand auf mein Privatleben anspricht, und obwohl er recht hat, höre ich es nicht unbedingt gern. Gut, Marc und ich kennen uns schon sehr lange, wir waren nämlich zusammen auf dem College. Deshalb weiß er, dass er bei mir kein Blatt vor den Mund zu nehmen braucht.

Was er jedoch nicht weiß, ist, dass die Kosten, die in seinem Ressort auflaufen, dem Vorstand ein Dorn im Auge sind. Wenn das Fallbeil kommt, was ganz sicher geschieht, wird das Feuilleton sicher zuerst einige Einschnitte hinnehmen müssen. Und Marc, der schon so lange hier arbeitet wie ich und ein nach Auffassung des Vorstands viel zu hohes Gehalt bezieht, könnte dem Stellenabbau zum Opfer fallen.

Marc sei ein guter Journalist, habe ich schon oft beteuert. Und außerdem habe er Kultstatus. Die Leser kauften die Samstagsausgabe nur wegen seiner Kolumnen und Kritiken. Das ist offen gestanden der wichtigste Grund, warum er sich in diesem Spiel schon so lange hält. Doch er könnte in Schwierigkeiten geraten, wenn er sich nicht besinnt und aufhört, so ein Kultursnob zu sein.

Und ich bin nur so brutal zu ihm, weil ich nicht möchte, dass er seinen Job verliert. Nicht, solange ich hier etwas zu sagen habe.

»Oh, natürlich fördere ich die Künste.« Ich lächle ihn an. »Indem ich Schecks ausschreibe. Ich habe nur kein großes Interesse daran. Und um eines klarzustellen: Wer sich in meiner Position am Wochenende ins Kino schleicht, findet sich auf dem Arbeitsamt wieder, ehe er sichs versieht. Disney kommt auf den Titel, Marc, und damit basta.«

Im nächsten Moment surrt plötzlich die Gegensprechanlage. Ich sage Marc, dass ich mich darum kümmern muss, worauf er sich trollt. Er weiß, dass er verloren hat. Diesmal.

Wenn das interne Telefon läutet, kann das nur eines heißen.

Oh, gütiger Himmel, mach, dass es nicht wahr ist … nicht heute. Aber es gibt kein Entrinnen. Der Albtraum wird Realität. Die Assistentin des Vorstandsvorsitzenden zitiert mich nach oben in eine Vorstandssitzung. Zu den Tyrannosauriern. Sofort. Normalerweise geschieht das nicht spontan, und man braucht kein Einstein zu sein, um dahinterzukommen, warum sie sich so kurzfristig versammelt haben.

Die Online-Ausgabe der *Post*. Etwas anderes kann es nicht sein. Mir ist bekannt, dass sie dem Vorstand ein Dorn im Auge ist. Als ich letztens zufällig Sir Gavin Hume traf, seit Urzeiten unser geschätzter Vorstandsvorsitzender, teilte er mir gütigerweise mit, man müsse sich dringend mit dieser Angelegenheit befassen. Sie koste zu viel und verlöre immer mehr Leser. Das bringt mich in eine unangenehme Lage, weil ich meinen guten Ruf darauf verwettet habe. Also zaubere ich die dicke Akte hervor, die ich zum Thema Online-Ausgabe zusammengestellt habe, und bereite mich innerlich auf das anstehende Verhör vor. Gerade verlasse ich mit klappernden Absätzen mein Büro und will zum Aufzug gehen, um in die oberste Etage zu fahren, als meine Assistentin Rachel mich aufhält.

»Eloise?«, sagt sie und erhebt sich mit entsetzter Miene hinter ihrem Schreibtisch. »Gott sei Dank, dass ich dich noch erwische. Ein Anruf für dich. Es ist dringend.«

Seltsam, denke ich, dass der Anrufer Rachel so erschreckt hat. Und dabei ist es doch immer dringend und ein Notfall, wenn hier das Telefon läutet. Außerdem bewahrt sie immer einen klaren Kopf, so heiß es auch hergehen mag. Das ist nicht nur der Grund, warum ich sie eingestellt habe, sondern auch dafür, dass sie unbeschadet aus all den Stellenkürzungen hervorgegangen ist.

Nur, dass sie mir jetzt mit einer ruckartigen Bewegung den Hörer hinhält und so kreidebleich ist, als hätte sie einen schweren Schock erlitten.

»Glaub mir, diesen Anruf musst du annehmen.«

»Ich bin unterwegs zum Vorstand!« Beinahe hätte ich sie ungeduldig angefaucht, aber ich bitte Sie … Rachel ist doch wirklich schon lange genug hier, um zu wissen, dass man in diesem Fall alles stehen und liegen lässt.

»Tut mir leid, Rachel, aber richte demjenigen, der dran ist, aus, dass er warten muss, bis ich ihn zurückrufe.«

»Eloise, so hör mir doch zu. Bitte reg dich nicht auf … es geht um deine kleine Tochter.«

Kapitel zwei

Und so walzt der Tag des Grauens gnadenlos weiter über mich hinweg.

Inzwischen sitze ich in dem schäbigen kleinen Wartezimmer vor dem Büro der Leiterin des Embassy-Kindergartens, den Lily nun seit etwa drei Wochen besucht. In ihrem Notruf forderte Miss Pettifer, Leiterin der Einrichtung, mein sofortiges Erscheinen. Nachdem sie mir versichert hatte, Lily sei weder erkrankt noch in einen Unfall verwickelt worden, sondern wohlbehalten zu Hause bei ihrem Kindermädchen, teilte ich ihr so ruhig wie möglich mit, ich müsse nun zu einer Vorstandssitzung und hätte jetzt keine Zeit zu reden. Ich fügte hinzu, Elka werde sich sofort mit ihr in Verbindung setzen, um die Sache aus der Welt zu schaffen. Ich nahm ohnehin an, dass Elka sowieso nur zu Hause vor dem Fernseher herumlungerte, sich die Nägel feilte und sich an meiner Kosmetik bediente. Also würde ich sie dazu anhalten, zu tun, wofür ich sie bezahlte, während ich meinen Hintern auf schnellstem Wege zu den Tyrannosauriern in den Konferenzsaal bewegte.

Doch Miss Pettifer blieb hartnäckig und ließ nicht mit sich reden.

»Ich bedaure es wirklich sehr, wenn ich Ihnen Umstände mache, Miss Elliot«, entgegnete sie unverblümt, »aber ich fürchte, dass in dieser Angelegenheit die Eltern, und nur die

Eltern, gefragt sind. Es gibt Dinge, die man nicht an ein Kindermädchen delegieren kann. Mir ist klar, wie beschäftigt Sie sind, doch das gilt auch für mich. Da wir in einer knappen Stunde schließen und die Sache keinen Aufschub duldet, würde ich dringend vorschlagen, dass Sie auf der Stelle herkommen. Sicher stimmen Sie mir zu, dass das Wohl Ihres Kindes wichtiger ist als eine Vorstandssitzung.«

Allerdings rückte sie nicht mit weiteren Informationen heraus und verriet mir nicht, was denn so wichtig sein könnte. Warum gebärdet sich die Leiterin eines Kindergartens wegen der Launen eines knapp dreijährigen Mädchens so, als hätte die Kleine versucht, den Laden anzuzünden, oder, ein Schrotgewehr schwenkend, einen Amoklauf angedroht? Was zum Teufel kann also passiert sein, wenn Lily weder krank noch verletzt ist?

»Ah, Miss Elliot, bitte kommen Sie herein. Tut mir leid, dass Sie warten mussten.«

Ich blicke von dem Wartezimmerstuhl hoch, auf dem ich ungeduldig kauere, und da ist sie, die berühmte Miss Pettifer. Wir sind uns noch nie persönlich begegnet. Als ich vor ein paar Monaten vorbeigeschaut habe, um mir ein Bild von der Einrichtung zu machen und anzufragen, ob ich Lily anmelden könne, hatte ich nur mit ihrer Assistentin zu tun. Und natürlich bringt Elka Lily seitdem hin und holt sie ab.

Miss Pettifer, eine rüstige Frau Anfang fünfzig, die ihr krauses graues Haar zu einem Dutt zusammengefasst hat, hält mir nun die Hand hin und führt mich in ein winziges Büro. Die bunt gestrichenen Wände sind mit zahlreichen Gruppenfotos und niedlichen Buntstiftzeichnungen dekoriert.

Sie bittet mich mit zackiger Stimme, auf dem bunten Plastikstuhl vor ihrem Schreibtisch Platz zu nehmen, womit sie mich sofort auf dem falschen Fuß erwischt. Normalerweise sitze ich nämlich auf der anderen Seite des Schreibtischs. Ich bestimme, wann eine Besprechung beginnt und worum es geht.

Ein seltsames, unwirkliches Gefühl.

»Miss Elliot, darf ich Sie Eloise nennen?«

Ich nicke wortlos. Herrje, denke ich dabei. Jetzt komm endlich auf den Punkt und erzähl mir, was los ist. Ich habe keine Zeit für das ganze Drumherum. Ich habe überhaupt keine Zeit.

Zum Glück scheint sie nicht zu den Menschen zu gehören, die die Dinge beschönigen, und redet nicht lange um den heißen Brei herum.

»Eloise, ich fürchte, wir haben Schwierigkeiten mit Lily, von denen Sie meiner Ansicht nach unbedingt erfahren sollten. Deshalb ist es meine Pflicht als Leiterin dieser Einrichtung, Ihnen einige ... sagen wir mal persönliche Fragen zu stellen.«

Ich starre sie entgeistert an und traue meinen Ohren nicht. Was kann ein knapp dreijähriges kleines Mädchen angestellt haben, dass man gleich die spanische Inquisition auffahren muss?

»Schießen Sie los«, erwidere ich so ruhig wie möglich, obwohl mein auf stumm geschaltetes Telefon auf meinem Knie seit meiner Ankunft ununterbrochen blinkt, weil ich Anrufe aus dem Büro verpasst habe.

Doch Miss Pettifer reißt mich aus meinen Grübeleien.

»Eloise, ich möchte ganz offen zu Ihnen sein. Sie sind alleinerziehend, das weiß ich, und außerdem beruflich stark eingespannt. Sie leisten Großartiges. Ich lese täglich begeistert die *Post* und bewundere Ihre Leitartikel sehr ...«

Ich nicke mechanisch und bin wegen der Vorschusslorbeeren erleichtert und dankbar.

»Aber abgesehen von Ihrer Karriere ist Mutter der vermutlich anspruchsvollste Beruf, den es gibt. Darf ich fragen, ob Sie Unterstützung bekommen? Außer Ihrem Kindermädchen? Von Ihrer Familie? Ihren Eltern vielleicht?«

»Nein, ich fürchte nicht.«

»Es gibt nämlich einige wundervolle Selbsthilfegruppen für Alleinerziehende hier. Ich würde Ihnen gerne eine empfehlen …«

Selbsthilfegruppen? Ich starre sie verdattert an. Für wen hält die mich eigentlich? Eine Sozialhilfeempfängerin?

»Dort könnten Sie Hilfe bei vielen Problemen finden, die sich einer viel beschäftigten berufstätigen Mutter so stellen. Es wäre sicher eine Erleichterung für Sie. Ich muss Ihnen nämlich leider etwas Unangenehmes mitteilen. Das tue ich wirklich ungern. Es ist ein Problem für uns, das für Sie bedauerlicherweise ein noch größeres Problem werden könnte.«

Ich bin machtlos dagegen, dass ich ihr über den Schreibtisch einen panischen Blick zuwerfe. Doch zum Glück setzt sie ohne große Umschweife sofort zum Todesstoß an.

»Es gab hier heute einen bedauerlichen Zwischenfall, weshalb ich mich gezwungen sah, Sie herzubitten.«

»Was ist passiert?«

Gut, inzwischen kauere ich auf der Stuhlkante. Meine Handflächen sind schweißnass, mein Atem geht stoßweise, und es krampft mir die Eingeweide zusammen. Ich mache mich auf das Schlimmste gefasst.

»Leider hatte Lily einen heftigen Streit mit Tim O'Connor, einem kleinen Jungen in ihrer Gruppe. Es flossen Tränen, und es wurde herumgeschrien. Aber das Besorgniserregendste war, dass Lily ihn verprügelt hat, bis er weinte …«

»Was hat sie? Sind Sie sicher?«

»Ansonsten hätte ich Sie nicht angerufen«, entgegnet sie und betrachtet mich unverwandt.

»Das ist ja unfassbar! So etwas hat Lily bis jetzt noch nie getan!«

Ich will mich schon empören, dass ich es doch sicher wüsste, wenn sie zu einem solchen Verhalten neigen würde. Aber dann halte ich mir plötzlich voller Schuldgefühle vor Augen, woher ich das denn wissen sollte. Wann habe ich, abgesehen von unseren kostbaren gemeinsamen Sonntagen, denn die Zeit, um mich mit dem armen Kind zu beschäftigen? Von Schwierigkeiten zu Hause würde ich nur erfahren, wenn Elka es mir erzählt, und Elka erzählt mir seit einiger Zeit gar nichts mehr. Inzwischen komme ich so spät nach Hause, dass wir meistens nur per Post-it-Zettel an der Tür der Mikrowelle kommunizieren.

Also sage ich nichts, sondern sitze nur still da und lausche dem Rauschen des Blutes in meinem Kopf, während Miss Pettifer gnadenlos weiterredet.

»… natürlich können wir so ein Verhalten nicht dulden. Bei uns gilt eine Null-Toleranz-Regel, was schlechtes Benehmen betrifft. Außerdem erwarten wir von den Kindern hier, dass man ihnen bereits die Grundlagen von guten Manieren und höflichem Umgang mit anderen beigebracht hat …«

»Aber … warum hat Lily ihn denn gehauen? Wissen Sie, wieso sie gestritten haben?«

»Ach ja, nun wird es ein wenig heikel und persönlich. Ich hoffe, dass Sie sich jetzt nicht gekränkt fühlen, aber das Thema war Lilys Vater.«

Vor Panik, Stress und Schock verschlägt es mir vollends die Sprache.

Es herrscht Schweigen. Ein schreckliches Schweigen, das mir alles zusammenkrampft.

»Sie ziehen Lily alleine groß, und Sie können mir glauben, dass ich weiß, wie schwierig das ist, Eloise«, sagt Miss Pettifer. Dabei klingt sie beinahe sanft, wofür ich ihr in meinem momentanen Zustand seltsam dankbar bin. »Darf ich Ihnen eine persönliche Frage stellen?«

Ich nicke wortlos.

»Haben Sie noch Kontakt mit Lilys Dad?«

Lilys Dad.

Oh Mist, verflixt und zugenäht. Ich traue meinen Ohren nicht. Und nun schaut sie mich erwartungsvoll an.

»Nein … nicht wirklich …«, ist das Einzige, was mir einfällt. Jetzt hat sie mich erwischt.

»Denn in den kommenden Jahren wird Lily aller Wahrscheinlichkeit nach mehr über ihn erfahren und auch Zeit mit ihm verbringen wollen. Was natürlich ihr gutes Recht ist. Auch Kinder, die bei nur einem Elternteil aufwachsen, müssen Mutter und Vater kennen. Ungeachtet der Umstände haben sie einen Anspruch darauf.«

Dazu kann ich absolut nichts sagen, weshalb ich sie nur so ruhig wie möglich ansehe.

»Verzeihen Sie mir meine Beharrlichkeit, Eloise. Mir ist klar, wie unangenehm Ihnen das ist. Aber ich will nur Lilys Bestes und muss Ihnen darum diese Fragen stellen. Auch wenn Ihre Trennung von diesem Mann noch so unschön war, ist er dennoch der Vater des Kindes und hat aus diesem Grund Rechte.«

»Ja, ich weiß … aber Sie müssen verstehen …«

Viel Spaß beim Beenden dieses Satzes, denke ich.

Wie soll ich ihr das nur erklären?

»Sicher haben Sie triftige Gründe dafür, dass Sie ihm den Kontakt mit ihr verweigern, daran besteht kein Zweifel. Ich habe so etwas schon öfter erlebt, als Sie sich vorstellen können, und ich versichere Ihnen, dass es unumgänglich ist. Vergessen Sie nicht, dass er sich an das Familiengericht wenden und ein Umgangsrecht einklagen kann, wenn er das möchte. Und kein Richter in diesem Land würde einem Vater diesen Wunsch verweigern. Glauben Sie mir, Sie möchten nicht erleben, dass Lily Ihnen als Jugendliche Vorwürfe macht, weil Sie ihr verbieten, ihren Dad zu sehen. Das wäre einfach nicht richtig und außerdem nicht gesund für sie. Gut, es geht mich nichts an, aber ich bitte Sie inständig, auf mich zu hören. Bauen Sie eine Brücke zu diesem Mann, ganz gleich, wie schwer Ihnen das auch fallen mag. Denn, und denken Sie an meine Worte, Lily wird das selbst in die Hand nehmen, wenn Sie es nicht tun.«

»Nein, wird sie nicht.«

Erstaunt mustert sie mich über den Schreibtisch hinweg. Offenbar ist sie Widerspruch nicht gewohnt.

»Verzeihung?«

»Das heißt, Lily wird ihren Vater nicht finden können.«

»Ich fürchte, ich verstehe nicht ganz.«

»Sie wird nicht in Erfahrung bringen können, wer er ist oder wo er wohnt, weil ich das selbst nicht weiß. Ich hatte nie eine Beziehung mit ihm. Das heißt ... ich kenne seinen Namen und seinen Wohnort nicht ... ich weiß gar nichts über ihn.«

Plötzlich bereue ich meine Offenheit und würde meine Worte am liebsten zurücknehmen. Ich klinge ja wie eine dieser billigen blondierten Tussis mit aufgesprühter Sonnenbräune, die bei einem One-Night-Stand geschwängert worden sind und den Namen des Typen vergessen haben.

Inzwischen betrachtet Miss Pettifer mich neugierig.

»Und nein, ich schwöre, es ist auch nicht so, wie Sie denken«, fahre ich mit einem tiefen Seufzer fort, wohl wissend, dass ich mich nicht länger vor dem Thema drücken kann. Die Stunde der Wahrheit ist da.

Allerdings fällt es mir nicht leicht, sie auszusprechen, weil ich nie darüber rede und meistens nicht einmal daran denke. Außer meiner Familie kennt nämlich niemand die Wahrheit, die ganze Wahrheit und nichts als die Wahrheit, und eigentlich möchte ich, dass das auch so bleibt. Doch da Miss Pettifer mich weiter erwartungsvoll anblickt, habe ich keine andere Wahl, als ihr reinen Wein einzuschenken.

»Ich habe mich künstlich befruchten lassen.«

Ich gebe mir Mühe, das ruhig und ohne Verlegenheit zu sagen. Ach herrje, habe ich seit Bekanntgabe meiner Schwangerschaft in der Redaktion nicht genug Gerüchte und hinterhältige Anspielungen auf Lilys Vater erdulden müssen? Natürlich samt und sonders total übertrieben und völlig daneben.

Die wahre Geschichte lautet nämlich folgendermaßen: Vor knapp vier Jahren, an dem desaströsen Abend meines dreißigsten Geburtstags, habe ich eine Entscheidung getroffen, die mein Leben verändern sollte. Nicht etwa zu heiraten oder mir einen Lebenspartner zu suchen, um die Einsamkeit zu vertreiben … nein, das Alleinsein störte mich nicht. Anders als viele meiner gleichaltrigen Kolleginnen wollte ich nicht auf Biegen und Brechen jemanden kennenlernen. Das Singledasein schreckte mich nicht.

Wenn ich, was selten geschah, mit einem Mann ausging, konnte ich das Ende der Romanze jedes Mal schon von Anfang an voraussehen. Ich war schon immer ein Mensch, der die eigene Gesellschaft der der wenigen Männer vorzog, die den Mumm hatten, sich überhaupt mit mir zu verabreden. Außerdem hatte ich keine Lust auf Liebeschaos.

Natürlich hatte ich früher Beziehungen und konnte mir wie jede andere etwas darauf einbilden, dass mir im College das Herz gebrochen worden war. Vor Lilys Geburt bin ich hin und wieder mit jemandem ausgegangen. Doch die Verabredungen endeten für mich immer wie ein Vorstellungsgespräch ohne Ergebnis. Wie hoch ich meine Chancen einschätze, je einen Lebenspartner zu finden? Sehr gering.

Nein, das heißt nicht, dass ich je einsam war … jemand, der achtzehn Stunden am Tag arbeitet, kann gar nicht vereinsamen. Allerdings war ich seit dem Abend meines kläglichen und traurigen dreißigsten Geburtstags von einer düsteren und unerklärlichen Angst davor erfüllt, irgendwann einmal ganz allein zu sein. Denn wie mir zu meinem Entsetzen dämmerte, besteht ein gewaltiger Unterschied zwischen der grundlegenden Einsamkeit, vor der ich mich fürchtete, und dem Alleinsein.

Und in diesem Moment wurde mir eines klar. Ganz gleich, was die Zukunft auch für mich bereithalten mochte, und obwohl ich manchmal unter dem Gewicht der an mich gestellten Anforderungen zusammenzubrechen glaubte, gab es da etwas, auf das ich auf keinen Fall verzichten wollte, und das war, Mutter zu werden. Für mich stand fest, dass ich mir das am meisten wünschte. Ein eigenes Kind. Für die Unannehmlichkeiten, die ein Mann so mit sich bringt, gab es in meinem Leben keinen Platz. Nein, danke. Ich wollte nur ein

Baby, und damit basta. Und nachdem dieser Entschluss gefallen war, fühlte ich mich, als wäre das eiserne Band um mein Herz zersprungen. Es stand außer Frage, dass es nicht nur das Richtige, sondern das einzig Richtige war.

Gut, ich hatte zwar keine engen Freundinnen oder überhaupt welche, denen ich mich hätte anvertrauen können, hatte jedoch in der Redaktion genug Horrorgeschichten aufgeschnappt, um zu wissen, wie jemand in meiner Situation am besten vorgehen musste. Ich hatte am Wasserspender wahre Schauerromane belauscht, leise geraunte Tragödien von Frauen, die mit Partnern, die plötzlich Ex-Partner wurden, Kinder hatten. Und anschließend verbrachten diese Ex-Partner Jahre damit, die Mutter ihres Kindes vors Familiengericht zu zerren und Besuchsrechte zu fordern. Die immer und in allen Fällen gewährt wurden.

Offenbar war ein Übernachtungsbesuch der erste Schritt. Darauf folgte dann der Wochenendbesuch … was schon genügte, um mir einen kalten Schauder über den Rücken zu jagen. Gemeinsames Sorgerecht wäre, wie ich wusste, für mich niemals in Frage gekommen. Und so entschied ich mich für die nächstbeste Lösung.

Und zwar eine Samenbank, wo ich erfolgreich befruchtet wurde. Zum großen Erstaunen aller Mitarbeiter in der Klinik wurde ich schon beim ersten Versuch schwanger. Bis heute habe ich noch den Spruch meiner Mutter im Ohr, dass bei mir sogar die Eileiter nach Plan funktionierten.

Und nun hatte ich sie, meine kleine Lily Elizabeth Emily, das einzig Persönliche, was ich mir nur für mich und für mich allein je im Leben gewünscht habe. Ich habe meinen Beschluss niemals bereut. Lily ist, wie ich es sehe, das Wunderbarste, was mir je passiert ist. Sollen die Leute sich doch die Mäuler darüber zerreißen, wer ihr Dad ist. Denn sie ist meine Seelenverwandte, die wahre Liebe meines Lebens, der Grund, warum ich jeden Abend nach Hause komme. Unsere kostbaren gemeinsamen Sonntage sind das, wofür ich lebe.

Eine sehr lange Pause entsteht, während Miss Pettifer die Nachricht mit einem nachdenklichen Nicken verdaut.

»Ich verstehe. Danke, dass Sie es mir gesagt haben. Weiß Lily Bescheid?«

»Äh, nein … sie ist ja noch nicht einmal drei. Das ist doch nicht unbedingt ein Thema, das man mit einem kleinen Kind erörtert, oder?«

»Sie wären überrascht, wie viel sie in diesem Alter schon begreifen. Der bedauerliche Zwischenfall von heute könnte ein Hinweis sein. Miss Simpson, unsere Kindergärtnerin, hat mit der Gruppe eine kleine Übung gemacht. Jeder sollte den anderen erzählen, was er am Wochenende unternommen hat. Also haben die Kinder berichtet, sie hätten mit Mum und Dad die Großeltern besucht oder, wieder mit Mum und Dad, im Park die Enten gefüttert. Lily wurde wirklich aufgebracht, als alle so offen über ihre Väter redeten. Das arme Kind hat wirklich die Welt nicht mehr verstanden. Die Situation eskalierte, als Tim O'Connor Lily ziemlich grob vorwarf, sie hätte ja gar keinen Dad. Dann hat er sie gefragt, ob ihr Dad tot sei.«

»Und was hat Lily geantwortet?«, erkundige ich mich mit zitternder Stimme. Inzwischen ist meine Kehle ganz trocken, und mir graut vor der Antwort.

»Wie ich es gehört habe, hat Lily beteuert, sie habe einen Dad, und eines Tages werde er sie holen kommen. Daraufhin hat Tim sie provoziert, sie eine Lügnerin genannt und gesagt, alle Kinder in der Gruppe hätten einen Dad, nur sie nicht. Da hat Lily nach ihm geschlagen, ihn getreten und geboxt und dabei laut geschrien. Das volle Programm. Der Gerechtigkeit halber muss ich hinzufügen, dass Tim sich auch nicht richtig verhalten hat. Er hätte sich nicht so benehmen dürfen, und Sie können mir glauben, dass seine Eltern ebenfalls verständigt worden sind. Schlechte Manieren, ganz gleich, welcher Art, werden hier nicht geduldet.«

Das, was ich gerade gehört habe, hat mich so vor den Kopf gestoßen, dass ich nicht antworten kann. Ich kann nicht vergessen, wie Lily sich ausgedrückt hat. Sie habe einen Dad, der eines Tages kommen würde, um sie zu holen. Sind das wirklich die Gedanken, die ihr durch den Kopf gehen?

Und wenn ja, seit wann?

Ich gerate in Panik, sodass ich plötzlich keine Luft mehr bekomme. Meine Kehle ist wie zugeschnürt. Es fühlt sich an, als hätte jemand auf mich geschossen. Ein scharfer, brennender Schmerz, der mich zerreißt.

Denn Lily hat mich bis jetzt nie nach ihrem Vater gefragt. Nie, kein einziges Mal. Vielleicht weil sie seit ihrer Geburt so behütet aufgewachsen ist. Immer nur zu Hause und mit einem Kindermädchen. Erst seit sie in den Kindergarten geht, ist ihr offenbar klar geworden, dass die anderen Kinder zwei Elternteile haben, die sie hinbringen und später wieder abholen. Etwas, das sie eindeutig nicht hat. Und was hat meine kleine Tochter stattdessen? Eine Mutter, die sie eigentlich nur einmal pro Woche wirklich sieht, und eine endlose Reihe von Kindermädchen, von denen sie nur eines wirklich zu mögen scheint – und das uns in wenigen Tagen verlassen wird.

Ich habe einen Dad, und eines Tages kommt er, um mich zu holen.

Fast kann ich hören, wie ihr hohes Babystimmchen das stolz, trotzig und im Singsangton verkündet.

Ja, ich wusste, natürlich wusste ich es, dass ich dieses unangenehme Gespräch irgendwann mit ihr führen und ihr würde erklären müssen, warum ich aus freien Stücken alleinerziehend bin … Ich habe nur nicht geahnt, dass es so bald sein würde. Und wie soll ich einem unschuldigen kleinen Kind erklären, dass ich seinem Vater nie begegnet bin? Dass er eine namenlose, gesichtslose Petrischale in einem Industriegebiet in Sandyford ist? Ich besitze eigentlich nur die Basisinformationen über ihn: Größe, Augenfarbe, Haarfarbe, Beruf und IQ. Und das Schlimmste ist, dass er nie kommen wird. Wie sollte er auch? Er weiß ja nichts von ihrer Existenz. Oder von meiner.

Du heiliger Strohsack, was hat dieses Kind für Chancen? Keinen Vater und, nach dem, was ich mühelos zwischen den Zeilen von Miss Pettifers Worten lese, außerdem eine Rabenmutter. Als ich sie über den Schreibtisch hinweg betrachte, kann ich die Sprechblase buchstäblich aus ihrem Kopf aufsteigen sehen. Und in der steht, dass es vermutlich in den Bergen Afghanistans eine bislang noch unentdeckte Terrorzelle gibt, die fürsorglicher ist als ich.

Es führt kein Weg daran vorbei. Ich bin eine schlechte Mutter, deren Kind nicht einmal weiß, wer seine wahren Eltern sind. Ein Kind, das ich, wie ich zu meiner Schande gestehen muss, kaum zu Gesicht bekomme. Und nun schlägt meine Lily, mein kleiner blonder Engel, nach anderen Kindergartenkindern, die sie hänseln, weil sie keinen Dad hat. Oh mein Gott.

Gerade wische ich mir die winzigen Perlen Angstschweiß weg und überlege, wie ich das wieder hinkriegen und was ich tun soll, als Miss Pettifer mich aus meinen Gedanken reißt, als käme da noch mehr … und Schlimmeres.

»Verstehen Sie jetzt, warum ich Sie angerufen habe, Eloise?«

»Ja, natürlich, und vielen Dank, dass Sie mich informiert haben …«

Als ich mit weichen Knien aufstehen will, hebt sie die Hand, um mich zurückzuhalten.

»Da wäre noch etwas …«

Benommen sehe ich sie an. Mir graut vor ihrem nächsten Satz. Doch sie setzt sich neben mich, nimmt meine Hand und spricht wie ein normaler Mensch mit mir.

»Kopf hoch, Eloise, ich weiß, dass es nicht leicht war, sich das anzuhören. Es war auch nicht einfach für mich, es Ihnen zu sagen, doch ich hätte weder Ihnen noch Lily einen Gefallen getan, wenn ich es Ihnen verschwiegen hätte. Glauben Sie mir, Sie sind keine schlechte Mutter. Sie sind nur völlig überlastet. Und Lily ist im Grunde ihres Herzens ein reizendes Mädchen, das wir alle sehr gernhaben. Allerdings dürfen Sie nicht vergessen, dass diese kostbaren Jahre mit Ihrem Kind sehr kurz sind und im Nu vorbei sein werden. Ehe Sie sich versehen, wird sie eine unabhängige junge Dame sein, die Sie nicht mehr braucht. Also hören Sie bitte auf meinen Rat, bevor es zu spät ist. Erklären Sie ihr die Sache mit ihrem Vater. Sie brennt darauf zu erfahren, warum ihr Leben sich von dem anderer Kinder unterscheidet, und ich weiß, dass Sie es nicht bereuen werden. Ansonsten wird sie versuchen, ihn selbst aufzuspüren, wenn sie älter ist, und Sie möglicherweise hassen, weil Sie nicht offen mit ihr waren.«

Ich sehe sie flehentlich an und bin dankbar, dass sie nicht noch Salz in meine Wunden streut.

Miss Pettifer richtet sich auf, ein Zeichen, dass die Besprechung zum Glück vorbei ist. Ich rapple mich ebenfalls hoch und hebe mit zitternden Händen meine Tasche vom Boden auf … und dann, als ich glaube, keine weitere Hiobsbotschaft mehr verkraften zu können, kommt der Todesstoß.

»Natürlich werden Sie Verständnis dafür haben, dass wir ein Verhalten wie das, was wir heute erleben mussten, im Embassy-Kindergarten nicht dulden können. Wie Sie wissen, sind wir völlig überfüllt und haben eine lange Warteliste. Ich habe Lily nur dazwischengeschoben, weil Sie so beharrlich waren.«

Ich nicke und erinnere mich, dass ich beinahe eine Niere hatte spenden müssen, um einen Betreuungsplatz für Lily zu ergattern. Und selbst dann war es nur zur Probe.

»Wir werden sehen, was die Zeit bringt. Wenn Sie meinen Rat befolgen und sich Lilys Umgang mit anderen Kindern grundlegend bessert, könnten wir sie vielleicht wieder aufnehmen …«

»Was soll … Moment mal … sagten Sie gerade: *wieder* aufnehmen?«

»Wir bedauern es zwar sehr, aber wir haben nicht den Eindruck, dass es ihr in unserer Einrichtung gefällt. Ich denke dabei in erster Linie an das Wohl Ihrer Tochter. Also wünsche ich Ihnen und Lily für die Zukunft alles Gute, Eloise. Doch ich fürchte, dass ich ihren Platz angesichts der derzeitigen Situation an ein anderes Kind vergeben muss.«

Zehn Minuten später biege ich in die Auffahrt meines Hauses ein. Ich ignoriere das wütende Blinken meines Telefons, auf dem schon wieder ein Anruf eingegangen ist. Ein Blick aufs

Display verrät mir, dass ich insgesamt fünfunddreißig Anrufe und achtundzwanzig Nachrichten verpasst habe, alle von der Redaktion. Dabei habe ich die eingetroffenen E-Mails noch gar nicht mitgezählt. Ach herrje, denke ich. Jetzt bin ich seit einer knappen Stunde weg, und die führen sich auf, als würde gleich das ganze Gebäude in die Luft gehen.

Ich beschließe, keinen dieser angeblich dringenden Anrufe zu beantworten. Wenn ich zurückkomme, werde ich mir eine Ausrede einfallen lassen. Natürlich werde ich frei improvisieren und hemmungslos schwindeln müssen, doch ich werde mich sicher aus der Affäre ziehen und mich auf meine bis jetzt makellos weiße Weste berufen. Meinetwegen bleibe ich bis zwei Uhr morgens, um die Zeit nachzuarbeiten … aber zuerst muss ich etwas Wichtiges erledigen.

Und so komme ich zum ersten Mal seit etwa einem Jahrzehnt bei Tageslicht nach Hause, fahre durch das Tor und parke auf der winzigen mit Kies bestreuten Auffahrt. Ich habe das Haus kurz nach meiner Beförderung zur Chefredakteurin gekauft, in dem Irrglauben, dass ich Gelegenheit haben würde, tatsächlich Zeit hier zu verbringen. Wie naiv ich damals doch war. Es ist ein hübsches Reihenhäuschen aus rotem Backstein und liegt im reizenden, grünen Rathgar. Zwei Stockwerke, ein Souterrain, ein Arbeitszimmer, das ich nie betrete (keine Zeit, ich nutze dieses Haus eigentlich nur als Schlafplatz), ein geschmackvoll angelegter Garten (dito) und eine wunderschöne, sonnige kleine Terrasse. Früher habe ich einmal davon geträumt, hier draußen zu sitzen und zu frühstücken wie ein zivilisierter Mensch.

Frühstück? Wer, wenn ich fragen darf, hat Zeit zu frühstücken? Wenn ich Glück habe, schaffe ich es, eine Banane runterzuwürgen, während ich im Morgengrauen zur Arbeit fahre … und das ist an den guten Tagen, falls ich unterwegs nicht gleichzeitig eine Telefonkonferenz abhalten muss.

Ich habe ein traumhaftes Wohnzimmer mit Schiebefenstern und einer hohen Decke, in dem ich nie Gäste empfange. Soll das ein Scherz sein? Gäste? Äh … wann denn? Und nicht nur das. Ich habe sogar ein kleines Vermögen für einen hinreißenden viktorianischen Esstisch und Stühle für zwölf Personen hingeblättert, auf denen bis jetzt erst ein einziges Mal jemand gesessen hat. Niemals werde ich den peinlichen Versuch vergessen, zur Hauseinweihung ein paar Leute zum Abendessen einzuladen. Auf der Gästeliste standen auch einige der Tyrannosaurier und ein paar Kollegen aus der Redaktion, die zwar nicht unbedingt Freunde, aber wenigstens Leute waren, die mich nicht zu verabscheuen schienen. Ganz davon abgesehen, dass es ohnehin nicht leicht war, jemanden zum Kommen zu überreden. Vermutlich gingen die Kollegen automatisch davon aus, dass es sich um ein Letztes Abendmahl handelte, in dessen Rahmen die Kündigung bei mir zu Hause und nicht im Büro ausgesprochen werden würde, weshalb sie lieber absagten.

Natürlich war das Ergebnis einer der anstrengenden Abende, an denen sich, abgesehen von Arbeitsthemen, niemand etwas zu sagen hatte. Irgendwann erkundigten sich alle nach dem Namen des nächsten Taxiunternehmens … um halb zehn. Bis heute erröte ich, wenn ich daran denke, wie ich Kaffee anbot und dafür einen Chor von Gegähne und »Oh, weißt du, ich glaube, besser nicht, wenn du nichts dagegen hast. Es ist schon so spät« erntete.

Und dann ließen sie mich allein in meinem nagelneuen Zuhause zurück, die Außenseiterin, der alle die kalte Schulter zeigen, mit einem Berg von Nachspeisen und einer unberührten Käseplatte, so eilig hatten sie es alle, zu verschwinden. Mein Gott, noch Jahre später erschaudere ich bei der Erinnerung daran. Es war noch schlimmer als die allein verbrachten Weihnachtsabende vor Lilys Geburt. Die Hölle.

Wie ich also bereits sagte, komme ich meist erst weit nach Mitternacht nach Hause. Nun schleppe ich mich die steinerne Vortreppe hinauf, stecke den Schlüssel ins Schloss, schiebe die Tür mit dem Fuß auf – und es trifft mich fast der Schlag. Das Chaos ist ausgebrochen. Ja, ich gebe viel Geld dafür aus, dass jeden Morgen eine Putzfrau hier erscheint, was man beim Anblick des Tohuwabohus, das ich hier vor mir sehe, jedoch nie glauben würde. Vor Staunen bleibt mir der Mund offen stehen.

Am Fuß der Treppe liegt ein Pizzakarton mit einer halb gegessenen Pizza. Vor der Wohnzimmertür türmt sich ein Wäscheberg mit darum herum verstreuten schmutzigen Höschen, von denen keines mir und mit Sicherheit auch nicht Lily gehört. Als mir ein widerwärtiger Gestank in die Nase steigt, bemerke ich, dass ich neben zwei überfüllten schwarzen Müllsäcken stehe, die sich hinter der Eingangstür befinden, also viele Kilometer entfernt von den Mülltonnen draußen, wo sie, dem Geruch nach zu urteilen, schon vor Stunden hingehört hätten.

Niemand zu sehen. Niemand hört mich, und niemand weiß, dass die Chefin in geheimer Mission unerwartet nach Hause gekommen ist. Langsam pirsche ich mich den Flur entlang, begleitet von Adeles *Someone Like You*, das aus der obersten Etage herunterdröhnt.

Elka.

Doch das verschiebe ich auf später und mache mich stattdessen weiter auf die Suche, die sich inzwischen in eine

Sicherstellung von Beweisen verwandelt hat. Die mit einem eleganten cremefarbenen Teppich bedeckte Treppe führt hinunter ins Souterrain. Ich habe das gesamte Untergeschoss in eine große Wohnküche verwandelt, die Küchenzeile befindet sich am Ausgang zur Terrasse, die Sitzecke auf der anderen Seite. Man braucht nicht eigens zu erwähnen, dass ich hier weder koche noch esse oder Zeit mit meiner Familie verbringe. Aber so ist eben der Stand der Dinge.

Ich sehe Lily, bevor sie mich sieht. Ganz allein lümmelt sie in einem grellrosafarbenen Sitzsack vor dem Fernseher und trägt noch den Kittel, den sie immer im Kindergarten anhat. Sie dreht eine blonde Lockensträhne um ihren pummeligen Finger und hat den bleichen, schwammigen und stumpfen Gesichtsausdruck eines Menschen, der schon seit einer Ewigkeit reglos vor dem Fernseher verharrt. Wie immer treten mir beim Anblick meines kleinen Schätzchens, das nur mir gehört, fast die Tränen in die Augen.

Niemals würde man Lily für meine Tochter oder mich für ihre Mutter halten, da wir uns absolut nicht ähnlich sehen. Wir haben wirklich überhaupt keine optischen Gemeinsamkeiten. Während ich schlank und drahtig bin, ist Lily pummelig und kuschelig und hat dichte blonde Locken und leuchtend blaue Augen; meine Haare sind dünn und dunkel und meine Augen schwarz. Außerdem ist meine Haut meistens fahl, das runde Gesichtchen von Lily mit Sommersprossen übersät. Sie ist der Inbegriff der Niedlichkeit.

Ich habe noch nie besonders irisch ausgesehen und mich auch nicht so gefühlt. Meine Haut wird nach dreißig Sekunden in der Sonne nicht krebsrot (vielleicht, weil ich nie in die Sonne gehe?). Ich trinke auch kein Guinness (igitt), bin keine Anhängerin der Gaelic Athletic Association (verschont mich, bin ich etwa ein Landei?), wähle nicht die Irische Republikanische Partei und gehe auch nicht zur Kirche (das wäre ja noch schöner). Aber wenn ich mir Lily so anschaue, kann dieses Kind nur aus Irland stammen.

Wir ähneln einander so wenig, dass uns in den Anfangstagen, als ich mir noch die Zeit freikämpfen konnte, sie im Kinderwagen spazieren zu fahren, niemand für Mutter und Tochter hielt. »Was für ein reizendes kleines Mädchen«, verkündeten die Leute. »Bei wem sind Sie denn Babysitterin?«

Während Lily nun mit leerem Blick in den Fernseher starrt, steht neben ihr ein Karton mit überteuerten Spielsachen, für die ich beim Zentrum für frühkindliches Lernen ein Vermögen ausgegeben habe. Eigentlich sollten Elka und sie mit diesen Spielsachen spielen. Doch sie liegen unberührt und unbeachtet herum, denn das Kind stiert mit ausdrucksloser Miene auf den Bildschirm. Und zwar auf den Bildschirm des Fernsehers, dessen Betrieb, wie ich Elka ausdrücklich mitgeteilt habe, tagsüber in diesem Hause strengstens verboten ist.

Lily wirkt müde, gelangweilt und vernachlässigt ... und zwar so, dass jede Mutter sich in einem Loch verkriechen und still an ihren Schuldgefühlen sterben möchte, bevor das Jugendamt kommt und ihr das Kind wegnimmt. Mich hingegen packt eine kalte Wut.

Ich entlohne Elka fürstlich dafür, dass sie Lily tagsüber richtig betreut. Sie soll mit ihr an der frischen Luft spazieren gehen und im Park die Enten füttern. Ansonsten soll sie mit ihr zu Hause bleiben und sie beschäftigen. Und zwar immer. Ich erwarte, dass sie mit Lily Lesen übt und ihren Wortschatz erweitert, sie gesund mit Biolebensmitteln ernährt und sie vor allem nie aus den Augen lässt. Und wenn sie so benommen und müde wirkt wie jetzt, hat Elka strikte Anweisung, sie zum Mittagsschlaf ins Bett zu legen, der einzige Zeitraum, in dem sie sie nicht beaufsichtigen muss.

Aber das ist noch nicht alles. Was mich wirklich so wütend macht, dass ich vor lauter Zorn Sternchen sehe, ist, dass Elka mir, was ihre täglichen Aktivitäten mit Lily betrifft, Märchen aufgetischt hat.

Beim Grabe meines Vaters, ich werde diese verlogene, freche, überbezahlte und arbeitsscheue kleine Madam erdrosseln, wenn ich sie in die Finger kriege. Oh Gott, wenn das Jugendamt das sähe, wären meine Tage als Mutter gezählt.

»Mama!«

Plötzlich hebt Lily freudestrahlend den Kopf. Im nächsten Moment schließe ich sie fest in die Arme, wundere mich, wie schwer sie geworden ist, und drücke sie fest an mich.

»Mama, du bist daheim!«, jubelt sie, kuschelt das blasse sommersprossige Gesicht an meine Schulter und schlingt mir die pummeligen Ärmchen um den Hals.

»Ja, ich bin daheim, Schatz ...«

Innerhalb einer Nanosekunde wechselt ihr Gesichtsausdruck von Glückseligkeit zu betretenem Schuldbewusstsein.

»Bist du da, weil ich im Kindergarten böse war?«

»Nun ... zum Teil schon, Schatz.«

»Der Kindergarten ist doof. Ich will da nie wieder hin, und du kannst mich nicht zwingen.«

Ihre Miene ändert sich so schlagartig von zerknirscht zu zornig, dass ich beinahe lachen muss. Sie verschränkt die Arme, reckt das Kinn, schiebt die Unterlippe vor, stemmt die Fersen in meine Hüften und blickt mich trotzig an.

Hat sie den Dickkopf von mir? Hat sie sonst nichts von

mir geerbt?, frage ich mich, während meine Schuldgefühle plötzlich ins Unermessliche steigen.

»Nein, Lily, du weißt doch, dass ich dich zu nichts zwinge, Liebes …«

»Miss Pettifer ist gemein, und ich hasse sie, aber wen ich wirklich hasse, noch mehr als Brokkoli, ist …«

»Lass mich raten … ein Junge im Kindergarten, der Tim O'Connor heißt. Richtig, Liebes?«

Ein erbostes Nicken. Dann fängt sie an, sich verlegen zu winden, als wisse sie, was nun kommen wird, und wolle körperlich Abstand dazu gewinnen. Offenbar läuft so der Denkprozess eines Kleinkindes ab: Wenn ich vor dem Problem davonlaufe, verschwindet es von selbst.

»Weißt du, Lily«, meine ich zu ihr und ziehe sie sanft zurück in meine Arme, damit sie sich nicht verdrücken kann. »Ich war gerade bei Miss Pettifer, und sie hat mir erzählt, was passiert ist.«

Die untertassengroßen blauen Augen betrachten mich besorgt wie die eines Welpen, der gerade auf den Teppich gepinkelt hat und genau weiß, dass es jetzt Ärger gibt.

»Möchtest du mir nicht deine Seite der Geschichte schildern, Schatz? Keine Sorge, Mama ist nicht böse«, füge ich hinzu, streiche ihr eine störrische Strähne aus dem Gesicht und warte auf die Antwort.

»Tim hat gesagt, dass ich keinen Daddy habe«, erwidert sie schließlich verlegen. »Er hat gesagt, alle anderen Kinder hätten einen Dad, nur ich nicht. Dann hat er gesagt, ich hätte nur eine Mummy und ein Kindermädchen, das mich abholt. Deshalb habe ich ihn gehauen. Er hat ganz schön geweint. Da hat Miss Pettifer mich bis zur Mittagspause auf die stille Treppe geschickt …«

»Lily«, entgegne ich liebevoll, »du weißt doch, dass Hauen nicht in Ordnung ist, vor allem nicht bei anderen Kindern.«

Ein schuldbewusstes Nicken.

»Es tut mir leid, Mama.«

»Das weiß ich, Schatz.«

»Ich mache es nie wieder.«

»Braves Mädchen.«

Dann werden wieder trotzig die Ärmchen verschränkt und das Kinn gereckt.

»Aber in den doofen Kindergarten gehe ich nicht mehr. Nie wieder. Okay?«

»Das ist absolut in Ordnung. Niemand, auch ich nicht, werden dich zwingen, etwas zu tun, was du nicht willst.«

Sie überlegt kurz und scheint mit der Antwort zufrieden zu sein. Da sie jetzt nicht mehr in Schwierigkeiten steckt, schenkt sie mir ein Lächeln und kuschelt sich eng an mich.

Ich lasse sie gewähren. Meine Gedanken überschlagen sich. Denn wie soll ich das andere, viel heiklere Thema aufs Tapet bringen? Ihre Äußerung von heute Vormittag, die Miss Pettifer zitiert hat und die mir nun ständig im Kopf herumgeht?

Ich habe einen Dad, und eines Tages kommt er, um mich zu holen.

Wie, zum Teufel, erklärt man so etwas einem kleinen Kind?

»Lily?«, beginne ich zögernd.

»Mummy«, erwidert sie benommen und schmiegt den Kopf tief unter meinen Arm.

»Du weißt doch, dass alle Familien verschieden sind, oder? In manchen Familien gibt es eine Mum und einen Dad, in anderen nur einen Dad, und dann sind da noch Familien wie wir, wo Mummy der Boss ist.«

Bei diesen Worten merkt sie auf und ist wieder hellwach.

»Aber ich habe einen Dad. Ich habe einen. Alle Kinder haben einen. Tim sagt, um auf die Welt zu kommen, muss man eine Mummy und einen Daddy haben.«

Mist. Tief Luft holen. Neuer Versuch. Besserer Versuch.

»Nun, das stimmt, aber nur in gewisser Weise.«

»Was heißt in gewisser Weise?«

»Dass manche Familien einen Daddy haben, der auch dort wohnt, und das ist schön. Doch viele Familien wohnen, so wie wir, ohne Daddy, und das ist auch schön.«

»Aber wo ist mein Daddy? Ist er weggegangen? Hat ihn jemand gestohlen?«

Inzwischen mustert sie mich aufmerksam. Ihr sommersprossiges Gesichtchen ist sorgenvoll verzogen.

»Irgendwo muss er doch sein, Mama!«

»Natürlich ist er irgendwo, allerdings wissen wir nicht wo, und wir brauchen es auch nicht zu wissen.«

»Versteckt er sich? Wie beim Spielen? Spielt er Verstecken mit uns, Mama?«

Verdammt, das habe ich jetzt richtig in den Sand gesetzt.

»Nein, Schatz, er weiß nicht, dass es uns gibt. Doch das ist nicht wichtig, weil wir ihn nicht brauchen, oder? Wir kommen ohne ihn auch gut klar, richtig?«

»Aber wo ist er hin, Mama?«, fleht sie und wirkt inzwischen, als sei sie den Tränen nah. »Warum besucht er mich nicht? Liegt es daran, dass ich böse war?«

Meine knapp dreijährige Tochter sieht mich aus großen Augen an und fordert verzweifelt Antworten, die ihre Mutter ihr nicht geben kann. Bitte, bitte, bitte, ertappe ich mich bei einem Stoßgebet an den lieben Gott, an den ich nicht glaube. Schick mir die richtigen Worte, um diesem Menschenkind, das sich da an mich kuschelt und mir absolut vertraut, die unerklärliche Situation zu erklären. Bitte, nur dieses einzige Mal.

Noch ein tiefer Atemzug.

»Gut, Lily, dann drücke ich es einmal so aus. Bevor du auf die Welt gekommen bist, habe ich mich so auf dich gefreut, dass ich in ein ganz besonderes Krankenhaus gehen musste, um dich zu bekommen. Sie haben dich in meinen Bauch eingepflanzt, und neun Monate später wurdest du geboren. Ganz klein und wunderbar und so brav, dass du fast nie geweint hast.«

»Also …«, meint sie, runzelt konzentriert die Stirn und zieht ihr Näschen hoch. »Hast du dir meinen Daddy ausgesucht, als du in dem besonderen Krankenhaus warst? Hast du ihn dort getroffen?«

Nicht zum ersten Mal erschreckt es mich, wie klug dieses Kind ist. Obwohl meine Tochter erst in einigen Monaten drei wird, kann sie so etwas Kompliziertes und schwer zu Erklärendes erfassen. Voller Stolz drücke ich sie an mich. Sie steckt den Daumen in den Mund und schlingt die Ärmchen fest um meine Taille.

»Nein, Liebes, ich habe deinen Dad nie getroffen. Manchmal müssen Mummys das nicht, verstehst du? Und das ist völlig okay. Mums und Dads müssen einander nicht immer kennen oder befreundet sein, damit Mummys Babys kriegen können.«

Ein langes Schweigen, als sie versucht, das zu verdauen.

Und dann kommt es.

»Aber … ich will ihn sehen, Mama. Ich will, dass er mein Freund ist. Ich will ihn sehen. Ich will, dass er mit mir spielt … und … ich will, dass mein Dad mit mir in den Park und ins Kino geht wie die anderen Dads im Kindergarten. Können wir ihn nicht einfach suchen und Hallo sagen?«

»Lily … ich glaube nicht, dass das möglich ist …«

Inzwischen zittert ihre Unterlippe gefährlich, ein rotes Warnlämpchen, das darauf hinweist, dass Tränen nicht mehr fern sind.

»Mama, bitte! Liegt es daran, dass ich im Kindergarten böse war?«

»Nein, natürlich nicht …«

»Ich will ihn doch nur kennenlernen. Ich bin dann auch ganz brav, Ehrenwort!«

Ich seufze tief auf. Einerseits soll man Kindern nie Versprechen machen, die man nicht halten kann. Andererseits wird sie schon morgen alles wieder vergessen haben. Aber am wichtigsten ist, dass ich nie wieder diesen enttäuschten Blick in den Augen meiner Tochter sehen will.

»Gut, Schatz, ich versuche mein Bestes.«

Mein Lohn ist ein breites Lächeln. Und dann schiebt sie die ganze Angelegenheit einfach beiseite, wie nur kleine Kinder es können, steckt den Daumen in den Mund und kuschelt sich hin, um ihr Mittagsschläfchen zu halten. Ihre Sorgen sind verschwunden, als hätte es sie nie gegeben. Ich nehme eine Kaschmirdecke von der Sofalehne, wickle sie hinein, stecke sie um ihre pummeligen Beinchen fest und lasse sie schlafen.

Als ich gerade vorsichtig von der Couch aufstehen will, um sie nicht zu wecken, höre ich auf der Hintertreppe das Klappern von Schritten.

Ha, die kann sich auf etwas gefasst machen.

Ich erhebe mich, verschränke die Arme und warte in aller

Seelenruhe ab. Jetzt kommt es vor allem auf das Überraschungsmoment an.

Und schon einen Augenblick später trottet Elka herein. Sie trägt meinen seidenen Morgenmantel und hat eine algengrüne Paste im Gesicht, die der Creme auf meinem Frisiertisch verdächtig ähnelt.

Als sie sieht, dass ich gelassen neben meiner schlafenden Tochter stehe und ihr auflauere wie eine Gottesanbeterin, macht sie vor Schreck einen Satz.

»Eloise!«, ruft sie in ihrem abgehackten, übertrieben artikulierten Englisch. »Was machst du denn zu Hause? Ich mit dir gerechnet viel später ...«

»Sicher erinnerst du dich noch, dass du heute Morgen gekündigt hast«, entgegne ich kühl und gemessen und fixiere sie mit einem vielsagenden Blick. Dem, den ich mir normalerweise für besondere Gelegenheiten in der Redaktion aufspare, wenn ich jemanden wirklich zu Tode ängstigen will. Er wirkt fast immer und hat schon erwachsenen Männern die Tränen in die Augen getrieben.

»Äh ... ja ... natürlich ...«

»Nun, da habe ich eine wundervolle Nachricht für dich, Elka. Du kannst früher gehen als geplant. Oh ... lass mich überlegen ... was hältst du von sofort? Vergiss nicht, deine dreckige Wäsche aus dem Flur und deine angebissene Pizza mitzunehmen. Ach, und da wäre noch etwas. Ich würde dir dringend davon abraten, mich um ein Empfehlungsschreiben zu bitten. Das wäre wirklich keine gute Idee, darauf kannst du dich verlassen.«

Schließlich entpuppt sich ausgerechnet meine Schwester Helen als rettender Engel. In meiner Verzweiflung schieße ich nicht nur eine Leuchtkugel ab, sondern funke SOS in die finstere Einöde von Cork. Ich kann gar nicht sagen, wie erstaunt und unendlich dankbar ich bin, als sie antwortet, ich solle mir keine Sorgen machen, denn sie werde den nächsten Zug nach Dublin nehmen.

Meine unermessliche Erleichterung mischt sich mit einem schlechten Gewissen, wenn ich bedenke, wie wenig ich sie in den letzten Jahren beachtet habe. Und dennoch lässt sie alles stehen und liegen, um mir zu Hilfe zu eilen.

Viele Stunden später – ich bin noch immer zu Hause – beantworte ich die aufgestauten Anrufe und Mails aus der Redaktion und verabschiede gleichzeitig Madam Elka, während mich weiterhin Schuldgefühle plagen.

Hätte ich für Helen das Gleiche getan?

Die Antwort liegt auf der Hand. Das wäre überhaupt nicht in die Tüte gekommen.

Rabenmutter, treulose Schwester … die Selbstreflexion ist ein Luxus, zu dem mir normalerweise die Freizeit fehlt. Doch aus unerklärlichen Gründen gibt es heute keinen Weg daran vorbei.

Und dann ist da noch die kleine Lily, die friedlich auf dem Sofa schläft und sich dabei an ihre geliebte Schmusedecke klammert, völlig erschöpft nach den dramatischen Ereignissen dieses Tages.

Die andere Sache wird sie sicher vergessen, denke ich selbstzufrieden. Der angenehme Anblick, wie Elka endlich verschwindet und ihren Hintern in ein Taxi hievt, stimmt mich fröhlich. Bald wird Lily ausgeruht und glücklich aus ihrem Nickerchen aufwachen. Dann wird jeder Gedanke an ihren Vater aus ihrem Köpfchen verschwunden sein, als hätte es ihn nie gegeben.

Das glaube ich auch weiterhin, während ich das Gästezimmer aufräume und für Helen vorbereite. Und die Überzeugung hält sich, als Lily aufsteht, strahlt, weil ich noch zu Hause bin, und sofort nach oben in ihr Zimmer geht.

Sie verbringt eine Ewigkeit dort, und während ich Seth Coleman eine Mail schicke und das Gästebett frisch beziehe, fällt mir auf, dass sie verdächtig still ist. Also werfe ich einen raschen Blick ins Kinderzimmer, um nach ihr zu sehen.

»Schau mich an, Mama!«, jubelt sie aufgeregt und wirbelt in den Sachen herum, die sie gerade angezogen hat. Ein rosafarbener Ballettanzug, ein mit Strasssteinen besetztes, passendes Ballettröckchen und Kinderpumps mit Glitzer – in welcher Farbe wohl? Richtig, Kaugummirosa.

»Du bist sehr hübsch, Schätzchen«, sage ich geistesabwesend. »Jetzt komm mit runter. Ich möchte, dass du etwas zu Abend isst …«

»Nein! Abendessen ist doof! Ich spiele jetzt Verkleiden.«

»Du kannst auch noch später Verkleiden spielen. Hast du dich für Tante Helen so hübsch gemacht?«

»Nein, Mama!«, schreit sie, einem hysterischen Anfall nah, und stampft dabei mit dem Fuß auf, eine theatralische Geste, die sich selbst eine schlechte Schauspielerin in einem Stummfilm niemals gestattet hätte. »Das ziehe ich an, wenn wir uns mit Daddy treffen. Wie du versprochen hast. Weißt du noch? Du hast es versprochen!«

In diesem Moment läutet das Telefon in der Tasche meines Hosenanzugs.

Und diesmal sehe ich nicht einmal nach, wer dran ist.

Kapitel drei

»Achte einfach nicht darauf«, sage ich zu Helen, sobald sie sich häuslich eingerichtet und akklimatisiert hat. »Lily hat sich gerade in den Kopf gesetzt, dass sie einen Dad hat, den sie vielleicht sogar kennenlernen wird. Mehr ist nicht dabei. Sicher wird sie die Sache bald vergessen haben, hab Geduld.«

Bis zum folgenden Wochenende hält sich mein Glaube, dass das Thema »wenn ich Daddy kennenlerne« ad acta gelegt ist. Leider ergibt sich trotz all meiner Bemühungen erst dann ein Zeitfenster, in dem ich Ruhe von der Arbeit habe, sodass ich mich ein wenig zu Hause aufhalten kann. »Ein wenig« bedeutet, dass ich es am Freitagabend schaffe, die Titelseite für die Samstagsausgabe verhältnismäßig früh abzusegnen.

Jedenfalls hetze ich nach Hause, um Lily in die Badewanne und ins Bett zu stecken, und sehne mich danach, sie ein bisschen zu bemuttern. Allerdings muss ich zu meiner Enttäuschung feststellen, dass ich zu spät komme.

Helen erwartet mich unten in der Wohnküche vor dem Fernseher. Sie hört nicht, dass ich den Raum von der anderen Seite her betrete. Als ich sie betrachte, kann ich nur denken, wie seltsam ich es finde, dass Helen sich in den letzten Jahren sehr verändert hat und dennoch die Alte geblieben ist. Sie hat zugenommen, aber das Glück, dass es ihr steht. Ihr Gesicht ist weicher geworden, sodass sie sogar jünger wirkt. Ihr Haar ist immer noch seidig, fein und blond, ihre Augen sind graublau. Außerdem hat sie sich die Ausgeglichenheit und die durch nichts zu erschütternde gute Laune bewahrt. Sie hat auch weiterhin eine positive Lebenseinstellung, ist also das genaue Gegenteil von mir.

Helen ist adoptiert, was mir schon immer das Gefühl vermittelt hat, nicht gut genug für meine Eltern zu sein, weshalb sie das Bedürfnis hatten, sich eine zweite Tochter zu besorgen. Zumindest habe ich das damals so gesehen. Es hat mich als kleines Mädchen sehr gekränkt, und zwar mehr, als ich es mir habe anmerken lassen. Bis heute steht mir die Erinnerung schmerzhaft klar vor Augen und kann mir noch immer wehtun. Als ich aus der Grundschule nach Hause kam, teilte mein Dad mir mit, im Wohnzimmer warte eine »Überraschung« auf mich. Natürlich war ich sehr aufgeregt und wurde kurz darauf bitterlich enttäuscht, als ich nur mein zerschrammtes altes Bettchen mit einem schlafenden Baby darin vorfand. Ich hatte gedacht, dass ich mindestens ein Mäppchen mit Zirkel, Geodreieck, Lineal und Taschenrechner für den Matheunterricht kriegen würde. Etwas Nützliches eben.

Im Laufe der Zeit dämmerte mir dann allmählich die Wahrheit: Mum und Dad hatten eine kleine Tochter nach Hause gebracht, die – so erschien es mir zumindest mit fünf – ihrem Idealbild eher entsprach. Eine Tochter, die hübsch und blond war, lispelte und kicherte, gerne Rosa trug und überallhin eingeladen wurde. Und die sie eindeutig lieber hatten als mich, auch wenn sie das nur über ihre Leiche zugegeben hätten. Ich habe noch im Ohr, wie die drei Abend für Abend fröhlich lachten und herumalberten wie eine richtige Familie, während sie sich unten im Fernsehen die Show anschauten, auf die sie sich hatten einigen können. Unterdessen saß ich allein oben in meinem Zimmer, machte Hausaufgaben und unterdrückte die Wuttränen, weil ich so offensichtlich ausgeschlossen wurde. Mit fünf ist man noch ziemlich jung, um zu lernen, was Zurückweisung bedeutet, doch mir blieb leider nichts anderes übrig.

Viele Jahre später vertraute mir meine Mutter nach einigen Gin Tonics an, dass ich die Situation wirklich missverstanden hätte. Dad und sie seien nur von den vielen Anforderungen, die es mit sich bringe, ein hochbegabtes Kind großzuziehen, völlig ausgelaugt und erschöpft gewesen – die Förderkurse, die ständigen Intelligenztests, die Geigen-, Cello- und Klarinettenstunden und dass ich offenbar nur wenige Stunden Schlaf gebraucht und stattdessen in den langen und einsamen Nächten ein Buch nach dem anderen verschlungen hätte.

Laut Mum wäre das ja noch in Ordnung gegangen. Doch es hätte ihnen wirklich zu schaffen gemacht, ständig von Geburtstagsfeiern, gemeinsamen Kinobesuchen oder Ausflügen in den Zoo zu hören, zu denen ich von meinen Mitschülern nie eingeladen worden sei. Aber sobald sie die kleine Helen adoptiert hätten, hätte sich all das geändert. Denn sie sei, Gott sei Dank, ein normales Kind gewesen, das Matheproben verpatzt und mit dem Lesenlernen gekämpft habe, dafür aber fröhlich, freundlich und überall beliebt gewesen sei. Sie konnte sich vor Spielterminen nicht retten und übernachtete ständig bei irgendeiner Schulfreundin. War mit anderen Worten das genaue Gegenteil von mir. Und, obwohl sie es beide abstritten, ihr Lieblingskind. Sie hängten das zwar nie an die große Glocke, doch ich wusste es. Herrgott, schließlich war ich nicht auf den Kopf gefallen. Natürlich wusste ich es.

Und jetzt leben wir zum ersten Mal seit unserer Jugend

wieder unter einem Dach. Nur, dass ich inzwischen keine kindliche Eifersucht auf sie mehr empfinde, sondern sie als eine Art Heilige betrachte. Ich kann gar nicht in Worte fassen, wie unbeschreiblich dankbar ich ihr bin, weil sie mir hilft und mich erträgt, wozu nicht viele bereit wären. Ich bin so froh, dass sie alles stehen und liegen gelassen hat, um mich aus meiner Notlage zu retten, auch wenn ich darauf bestanden habe, ihr viel mehr zu bezahlen, als Elka je bekommen hat. Außerdem habe ich betont, dass es nur vorübergehend ist, bis ich eine dauerhafte Lösung gefunden habe. (Keine einfache Aufgabe, weil ich bei fast allen Vermittlungsagenturen der Stadt auf der schwarzen Liste stehe.)

»Hallo, da bin ich. Na, wo ist Lily?«, frage ich, immer noch atemlos von der Hetze hierher, obwohl ich die Antwort schon kenne. Das Haus ist viel zu still. Also muss sie bereits im Bett sein.

»Sie schläft schon seit Stunden.« Helen, die auf dem Sofa vor dem Fernseher liegt und Eiscreme direkt aus der Packung isst, lächelt mich fröhlich an. »Oh, du hättest sie in der Wanne sehen sollen! Sie war ja so niedlich! Wir hatten solchen Spaß. Dann hat sie ihren rosafarbenen Schlafanzug angezogen und darauf bestanden, dass ich ihr *Dornröschen* vorlese. Wusstest du, dass das inzwischen ihr Lieblingsmärchen ist? Und seit Kurzem erzählt sie nach dem Vorlesen die ganze Geschichte nach. Es ist erstaunlich, wie sie sich jedes Wort merken kann. Sie hat ein unglaubliches Gedächtnis, beinahe fotografisch wie deines …«

Und so redet sie immer weiter, während ich wie angewurzelt dastehe und sie entgeistert anstarre. Nein, ich wusste nicht, dass *Dornröschen* ihr Lieblingsmärchen ist. Auch nicht, dass es ihr Freude macht, es gleich nach dem Vorlesen nachzuerzählen. Woher auch? Sogar an dem Abend, an dem ich mich relativ früh habe loseisen können, komme ich zu spät.

»Ich hätte das alles sehr gern mit ihr gemacht«, entgegne ich grundlos patzig, da ich so enttäuscht bin. »Nur ein einziges Mal, nur heute Abend. Und du wusstest das genau. Ich habe fast das Auto zu Schrott gefahren, so sehr habe ich mich beeilt. Außerdem musste ich mir eine Tonne Ausreden einfallen lassen, um früher gehen zu können …«

»Aber es ist halb acht!«, beharrt Helen. »Das arme Kind war todmüde. Wir waren heute Nachmittag im Park, um die Enten zu füttern. Weil das Wetter so schön war, sind wir viel länger geblieben als geplant. Dann sind wir nach Hause gegangen und haben zu Abend gegessen. Sie ist praktisch über ihren Spaghetti eingeschlafen. Was hätte ich tun sollen?«

Ich seufze tief und schicksalsergeben auf und sage ihr, dass alles in Ordnung und nicht ihre Schuld ist. Ich hätte mich nur so darauf gefreut, mein kleines Mädchen zu sehen. Doch sie kenne mich ja nur allzu gut und wisse, dass sie mich nicht ernst nehmen dürfe, wenn ich wegen Schlafmangels schlechte Laune hätte. Und so wendet sie sich rasch wieder ihrer Fernsehsendung zu.

Die Rollenverteilung in unserer Geschwisterbeziehung war von Anfang an geregelt. Ich bin die böse Gesetzeshüterin, während ihr der Part der guten Polizistin auf den Leib geschrieben ist. So hat das Besetzungsbüro schon in unserer Kindheit entschieden, und offenbar wird das auch so bleiben.

Hinzu kommt, dass sie offenbar in ständigem und täglichem Kontakt mit unserer Mutter steht und sich bemüßigt fühlt, mir ausführlich darüber Bericht zu erstatten. Gut, in jeder Familie gibt es jemanden wie Helen, die Person, die alles zusammenhält und ihr Bestes tut, damit jeder ständig über jeden im Bilde ist, ganz gleich, auf wie viel Desinteresse und Achselzucken sie auch stößt. Seit ihrem Einzug versorgt Helen mich ununterbrochen mit den neuesten Nachrichten. »Weißt du was, Mum hat sich gerade hübsche neue Terrassenmöbel für den Garten gekauft. Die aus Holz sind nach dem Dauerregen, den sie letztens in Marbella hatten, einfach auseinandergefallen. Und sie hatte ja schon seit … oh … Ewigkeiten ein Auge auf welche aus Schmiedeeisen geworfen.«

Habe ich mit meiner Mutter je ein Gespräch über Gartenmöbel geführt? War mir überhaupt bekannt, dass sie einen Garten hat? Meine letzte Unterhaltung mit ihr liegt eine gute Woche zurück, und selbst da hat sie nur angerufen, um mit Lily zu reden.

Ach, Lily. Offenbar ist selbst ein kleines Kind nicht immun gegen Helen und ihre Charmeoffensive. So etwas habe ich noch nie erlebt. Lily warf einen Blick auf die ihr mehr oder weniger fremde Frau, an die sie sich vage von Weihnachtsfeiern und den vielen Geburtstagskarten und Geschenken erinnert, die sie im Laufe der Jahre aus Cork bekommen hat, und hat ihre Tante Helen vom ersten Moment an angebetet. Wie sich herausstellt, hat Helen von Natur aus ein Händchen für den Umgang mit Kindern, so wie sie ein Händchen für den Umgang mit allen Menschen hat. Wenn ich nun, was selten vorkommt, zu Hause bin, kriege ich von Lily inzwischen nur einen kräftigen Schubs, gefolgt von den Worten: »Nein! Nicht du! Ich will, dass Tante Helen mir vorliest. Dann kann Tante Helen mich baden und ins Bett bringen.«

Verstehen Sie mich nicht falsch. Natürlich könnte ich Helen die Füße küssen, doch das heißt nicht, dass es mir nicht schrecklich wehtut. Seit Miss Pettifers Gardinenpredigt will ich einfach mehr Zeit mit Lily verbringen. Ich will diejenige sein, die sie erzieht und sie mit der Aufmerksamkeit überschüttet, die sie braucht. Und dennoch werde ich mittlerweile weggestoßen, während Helen die Rolle der Mutter übernimmt, die ich gerne wäre. Die ich zu sein versuche, wenn ich es nur könnte.

Wie soll man es in Worte fassen, wenn man sich plötzlich daheim unerwünscht fühlt? Wenn man unter seinem eigenen Dach überflüssig geworden ist?

»Nein, bitte hetz dich nicht mit dem Nachhausekommen, Eloise«, hat Helen mir diese Woche mehrmals gesagt. »Du brauchst deine Sitzung nicht zu streichen, um dich früher aus dem Büro loszueisen. Lily und ich verstehen uns prima. Bleib nur in der Redaktion. Ich weiß, wie wichtig dir das ist. Und mach dir keine Sorgen. Hier ist alles in Butter, und wir haben viel Spaß!«

Inzwischen waren die beiden zusammen im Park, im Kino und im Spielzeugmuseum. Sie haben mit allen Puppen, die Lily besitzt, im Garten Tee getrunken und am Sandymount-Strand gepicknickt. All die Dinge, die ich gerne mit Lily unternehmen würde, aber nicht kann.

Wenn ich also gnadenlos ehrlich bin … bin ich zu gleichen Teilen dankbar … und auch ziemlich eifersüchtig. Schmerzhafte Kindheitserinnerungen kommen wieder hoch. Zum Beispiel, dass alle, ja, absolut alle, sie lieber hatten als mich. Sogar meine eigene Tochter, wie es scheint.

»Weißt du, Eloise, ich habe nachgedacht.« Strahlend blickt Helen über die Sofalehne und macht den Fernseher leiser. Wie ich inzwischen herausgefunden habe, kein gutes Zeichen, da dann meist eines ihrer emotionsgeladenen Gespräche im Stil von Lady Di droht.

»Hm?«, brummle ich und beuge mich tief über den Briefstapel, den ich demonstrativ sortiere.

»Lily hört einfach nicht auf, über ihren Dad zu reden. Das ist mittlerweile eine fixe Idee bei ihr.«

Übrigens wird dieser Satz von einem Blick begleitet, der wohl »Wenn du öfter da wärst, hättest du es schon mitgekriegt« bedeuten soll.

»Ach, nein, nicht das schon wieder …«

»Doch, das schon wieder. Du musst mir zuhören, Eloise. Es ist morgens beim Aufwachen ihr erstes Thema und das Letzte, wonach sie mich beim Ins-Bett-Bringen fragt. Wann treffe ich ihn, wo ist er, habt ihr ihn schon gefunden, wo sucht ihr? Die arme Kleine lässt nicht locker. Und um ehrlich zu sein, glaube ich nicht, dass sich das von selbst wieder legt, wie du gedacht hast.«

Gut, jetzt bin ich ganz Ohr.

»Überleg mal«, spricht Helen weiter, »wäre es denn so schlimm, wenn wir ein bisschen Detektiv spielen und ihn aufspüren würden? Ich biete mich gern an, die Telefonate und die ganze andere Arbeit zu übernehmen. Mir ist klar, wie beschäftigt du bist, aber vertrau mir. Du müsstest keinen Finger krummmachen. Außerdem würde ich dir immer Bericht erstatten und nichts ohne dein Einverständnis tun …«

Ich stehe stocksteif da und werfe ihr einen eisigen Blick zu.

»Nein … das heißt … das ist natürlich absolut klar …«, rudert sie hastig zurück, als sie bemerkt, wie wenig ich diesem Geschwätz abgewinnen kann. »Selbstverständlich wollen wir nicht, dass er ständig Umgang mit ihr hat. Lily soll doch nur seinen Namen und sein Gesicht kennen. Mehr nicht. Damit sie einen Schlussstrich unter die Sache ziehen kann … und dann die Angelegenheit vergisst. Inzwischen macht mir ihre Obsession wirklich Sorgen, und ich halte das für die beste Problemlösung …«

Ihre Stimme erstirbt, und sie wartet auf meine Antwort. »Also … äh … was hältst du davon?«, fügt sie sicherheitshalber hinzu.

»Helen«, beginne ich langsam. Ich habe die Arme verschränkt und fange vor lauter Müdigkeit schon an zu schwanken. »Bist du vollständig übergeschnappt? Wie kannst du dieses Thema überhaupt zur Sprache bringen? Warum sollte ich mir diese Mühe machen? Lily ist noch nicht einmal drei. In ein paar Tagen wird sie es vergessen haben.«

»Aber sie vergisst es nicht, warum will das nicht in deinen Schädel?«, beharrt Helen. »Du arbeitest die ganze Woche rund um die Uhr und kriegst gar nicht mit, dass sie pausenlos nach ihm fragt …«

»Ach, so ist es also.« Mit einem tiefen Seufzer lasse ich mich in den Sessel ihr gegenüber fallen. »Los, dann spiel schon den Rabenmuttertrumpf aus.«

Wut steigt in mir auf, und die Müdigkeit ist plötzlich wie weggeblasen. Muss ich mir so etwas von einer Frau anhören, die erst seit ein paar Tagen hier wohnt? Und die mir jetzt erzählen will, was das Beste für meine Tochter ist? Begreift sie denn nicht, wie gerne ich mich selbst um sie kümmern würde? Doch dann besinne ich mich auf meine guten Manieren und erinnere mich daran, wie viel ich ihr schulde, weil sie als Einzige für mich in die Bresche gesprungen ist.

»Tut mir leid, ich wollte nicht so patzig sein.« Ich nehme mich zusammen, entschuldige mich und zwinge mich, mit tiefer Stimme zu sprechen und nicht emotional zu werden, koste es, was es wolle. »Ich wollte dich wirklich nicht anpflaumen.«

»Schon gut, ich denke, nach knapp achtundzwanzig Jahren bin ich an dich gewöhnt.« Sie lächelt gütig.

Als sie mich erwartungsvoll ansieht, da sie offenbar mit einem ausführlicheren Gespräch rechnet, seufze ich wieder tief.

»Die Sache ist, dass ich sehr müde bin. Und offen gestanden habe ich keine Lust, immer wieder dasselbe Thema mit dir durchzukauen. Lilys Vater aufzuspüren kommt überhaupt nicht in Frage. Und um absolut ehrlich zu sein, würde ich mich sehr freuen, wenn du die Sache endlich auf sich beruhen lassen könntest …«

»Ich mache das doch nur für Lily.« Wieder ein reizendes Lächeln. Sie weigert sich, sauer zu werden. Wie Doris Day unter Zen-Einfluss.

»Du kannst dich nicht einfach davor drücken«, redet sie fröhlich weiter, ohne die aufgestaute Wut zu beachten, die aus meiner Richtung zu ihr hinüberweht. »Früher oder später wird sie sich selbst auf die Suche nach ihm machen …«

»Ja klar, vielleicht mit achtzehn. Warum befasse ich mich nicht mit dem Problem, wenn es so weit ist? Wie oft soll ich dir noch erklären, Helen, dass es absolut ausgeschlossen ist. Ich werde nicht dulden, dass irgendein Fremder sich entweder in ihr Leben drängt oder sie enttäuscht, indem er nichts mit ihr zu tun haben will. Dazu wäre er nämlich berechtigt.«

Im nächsten Moment fällt mir noch etwas ein.

»Es könnte auch noch schlimmer kommen«, füge ich hinzu, richte mich auf und fixiere sie mit Blicken. »Was, wenn er sie liebt und vergöttert und beschließt, dass er eine Rolle in ihrem Leben spielen will? Was dann? Denn eines sage ich dir jetzt schon. Ich habe nicht so hart gearbeitet und es so weit gebracht, um das Sorgerecht für meine kleine Tochter mit jemandem teilen und jede Entscheidung absprechen zu müssen. Ich habe mich aus einer Reihe von triftigen Gründen für ein Leben als alleinerziehende Mutter entschieden …«

»Eloise.« Helen lächelt mich so nachsichtig an, als stünde sie hinter einer Servicetheke und müsste eine durchgedrehte Kundin beruhigen. »Keine Angst, die ganze Welt weiß, wie ungern du die Kontrolle abgibst …«

»Moment mal«, stammle ich. Inzwischen kann ich vor lauter Erschöpfung kaum noch geradeaus schauen. »Stempel mich nicht als kontrollsüchtig ab, nur weil ich mein Baby schützen will …«

»Du verstehst einfach nicht, was Sache ist«, erwidert Helen ruhig und vernünftig. »Sie ist nämlich kein Baby mehr, sondern ein kleines Mädchen. Alle Kinder wollen normal sein. So wie die anderen. Wenn du es nicht für dich tust, dann wenigstens Lily zuliebe. Sorg dafür, dass sie das Wort Daddy mit einem Gesicht verbinden kann, und lass es dann auf sich beruhen. Sie ist in der Lage zu verstehen, dass du nicht mit ihrem Daddy zusammen bist. Gib ihr einfach die Chance, dieses Problem für sich zu lösen. So kann sie, wenn die anderen Kinder auf dem Spielplatz sie das nächste Mal nach ihrem Vater fragen, wahrheitsgemäß antworten, wo er ist und wie sie ihn findet. Jetzt kennt sie weder ihn noch seinen Namen. Das Geheimnisvolle ist es, warum sie so besessen von dem Thema ist.«

»Du übertreibst. Sie ist nicht besessen.«

»Ach ja? Ist dir klar, dass jedes Bild, das sie mit ihren neuen Buntstiften gemalt hat, ihren Dad darstellt? Und als wir heute mit dem Bus in den Park gefahren sind, ist sie nach vorne gegangen und hat den Fahrer gefragt, ob er ihr Dad ist. Dasselbe hat sie bei dem Kassierer im Supermarkt gemacht. Seit sie heute die DVD von *Shrek* gesehen hat, während ich ihr Abendessen gekocht habe, hat sie es sich in den Kopf gesetzt, dass ihr Vater König in einem weit entfernten Königreich ist.«

»Ach … das ist nur eine Phase. Das vergeht wieder.«

»Woher willst du das wissen?«

»Weil es bei Kindern immer so ist.«

»Nun, bei mir war es nicht so.«

Ich schrecke zusammen.

»Äh, Verzeihung, was hast du gerade gesagt?«

»Eloise, glaubst du im Ernst, dass ich nicht meine ganze Kindheit und auch mein Erwachsenenleben damit verbracht habe, mich zu fragen, wer meine leiblichen Eltern sind? Was für Menschen sie waren und woher sie kamen? Warum sie mich zur Adoption freigegeben haben? Denkst du wirklich, dass mich das nicht beschäftigt, seit ich mich erinnern kann?«

»Aber … du hast nie darüber geredet …«

Meine Stimme wird immer leiser und erstirbt schließlich. Denn der Gedanke steht unausgesprochen im Raum. Warum hätte Helen ausgerechnet mir davon erzählen sollen? Weshalb sollte sich überhaupt jemand die Mühe machen, mir Einzelheiten aus seinem Privatleben anzuvertrauen? Selbst wenn sie mich angerufen hätte, hätte sie vermutlich nur meinen Anrufbeantworter oder meine Assistentin erreicht, die ihr versprochen hätte, es mir auszurichten. Und – wie ich zu meiner Schande eingestehen muss – die Wahrscheinlichkeit eines Rückrufs von mir wäre sehr gering gewesen.

Ich muss zugeben, dass ich mich im Moment sehr, sehr

jämmerlich fühle. Das ist etwas, das in letzter Zeit viel zu häufig geschieht und äußerst unangenehm ist.

»Weißt du«, fährt sie fort, hebt gedankenverloren eine von Lilys Plüschkatzen vom Fußboden auf und nestelt daran herum, »unsere Eltern waren so wunderbar zu mir, und ich habe sie beide so geliebt, dass ich mir fast undankbar vorkam, weil ich meine leiblichen Eltern kennenlernen wollte. Aber das verhindert nicht, dass man sich ständig Fragen stellt und später im Leben fest entschlossen ist, die Wahrheit über sie herauszufinden. Wer waren sie? Warum haben sie mich weggegeben? Und so weiter und so fort.«

»Aber, Helen«, sage ich, inzwischen ein wenig sanfter, »Mum und Dad haben dich angebetet, dich vergöttert. Du warst ihr kleiner Sonnenschein …« Am liebsten würde ich hinzufügen, dass ich nur ihre Nebentochter war, doch irgendwie ist das nicht nötig. Wir brauchen es nicht auszusprechen. Sie weiß es ohnehin.

»Das ist mir klar, und glaube mir, ich hätte keine glücklichere Kindheit haben können. Trotzdem verstehst du nicht ganz. Denn egal, wie sehr man auch von seiner Familie geliebt wird, hinterlässt es eine Narbe, adoptiert zu sein. Man grübelt sehr viel. Überleg mal, die eigene Mutter, also die Person, die einen mehr als jeder andere in der Welt lieben und beschützen sollte, gibt einen weg. Man kommt auf die Welt und macht als Erstes die Erfahrung, zurückgewiesen zu werden. Deshalb musste ich einfach erfahren, warum. Außerdem sollte sie wissen, dass es mir gut ging und sich mein Leben positiv entwickelt hatte. Ich habe Jahre gebraucht, um den Mut dafür aufzubringen. Aber irgendwann habe ich beschlossen, Detektivin zu spielen. Natürlich habe ich es Mum gesagt. Ich würde lieber sterben, als etwas hinter ihrem Rücken zu tun. Doch sie hat verstanden, dass ich es unbedingt tun musste, und mich unglaublich dabei unterstützt. Sie hat mich sogar zur Adoptionsagentur begleitet.«

»Und …?«, stoße ich hervor. Die Schuldgefühle, weil ich nicht für sie da war und bis jetzt überhaupt nichts davon wusste, überschwemmen mich wie eine Welle.

»Es war zu spät. Meine leibliche Mutter war etwa zwei Jahre zuvor gestorben. Sie hatte Brustkrebs und war noch ziemlich jung, Anfang fünfzig. Als sie mich zur Welt gebracht hat, war sie erst sechzehn. Mein leiblicher Vater, ihr Freund, war kurz zuvor von einem Betrunkenen totgefahren worden. Aus diesem Grund wurde ich zur Adoption freigegeben. Wahrscheinlich hat sie getrauert und sich in ihrer Situation mit einem Baby überfordert gefühlt. Ich mache ihr keinen Vorwurf daraus und hätte unter diesen Umständen vermutlich das Gleiche getan. Sie war ja selbst noch ein Kind.

»Also hör bitte auf mich, Eloise«, sagt sie dann liebevoll, beugt sich vor und sieht mich eindringlich an. »Nun muss ich den Rest meines Lebens aushalten, dass ich zu spät gekommen bin. Dass ich, wenn ich schon Jahre früher versucht hätte, meine leibliche Mutter zu finden, sie vielleicht kennenlernen und eine persönliche Beziehung zu ihr hätte aufbauen können. Oder sie zumindest vor ihrem Tod noch einmal sehen. Doch ich habe es immer vor mir hergeschoben und muss jetzt mit dem ›Was wäre, wenn?‹ leben. Deshalb bitte ich dich, Lily nicht das zuzumuten, was ich durchgemacht habe. Es ist keine fixe Idee von ihr, dass sie ihren Dad finden will. Ebenso wenig wie bei mir damals, und das geht nicht einfach so weg. Also kümmere dich ihr zuliebe darum, solange noch Zeit ist. Sie hat ein Recht, es zu wissen. So wie ich damals. Unsere Mum hat mich bei der Suche nach der

Wahrheit unterstützt. Warum tust du also nicht das Gleiche für Lily?«

Oh mein Gott, denke ich, als ich sie mitfühlend betrachte. Es ist schrecklich, was sie alles hat ertragen müssen. Könnte sie vielleicht recht haben? Hat Lily wirklich eine fixe Idee entwickelt, die erst wieder verschwinden wird, wenn sie ihren Dad kennenlernt? Ein schauerliches Bild nach dem anderen sehe ich vor Augen. Wie sie heute im Bus sitzt und den Fahrer fragt, ob er ihr Dad ist … sich überlegt, ob es vielleicht der Typ an der Supermarktkasse sein könnte … und nicht einmal in der Lage, sich einen harmlosen Film im Fernsehen anzuschauen, ohne von ihrem Dad zu träumen … Bilder von ihm zu malen. Wer weiß, was in ihrem Köpfchen vorgeht?

Helen kennt mich gut und spürt offenbar, dass ich ins Wanken gerate, denn im nächsten Moment sitzt sie in Buddhahaltung auf dem Sofa und macht, das blonde Haar ordentlich über die Schultern gebreitet, ein weises und ernsthaftes Gesicht.

»Bist du denn selbst überhaupt nicht neugierig?«, hakt sie nach. »Willst du gar nichts über ihn wissen? Schließlich muss er etwas draufhaben. Lily hat sicher nicht alles nur von dir geerbt. Schau sie doch nur an. So aufgeweckt und reif für ihr Alter, findest du nicht?«

Ich nicke, und der Stolz treibt mir aus heiterem Himmel die Tränen in die Augen. Lily ist hochintelligent, daran besteht kein Zweifel. Sie hat nie Babysprache benutzt, sondern die Wörter schon mit achtzehn Monaten klar und deutlich ausgesprochen. Mit zwei waren es sogar schon ganze Sätze wie bei einer richtigen jungen Dame. Sie lernt bereits lesen, setzt ihre Spielsachen allein zusammen und kann sich, was noch bemerkenswerter ist, selbst beschäftigen, ohne dass es ihr, wie so vielen anderen Kindern, langweilig wird. Zu meiner Überraschung war sie sehr früh musikalisch, und als ich ihr ein Klavier gekauft habe, hat sie sich sofort darauf gestürzt. Noch ist sie zu klein für Klavierunterricht, doch sobald sie so weit ist, lasse ich sofort einen Klavierlehrer kommen. Um ehrlich zu sein, kann ich es gar nicht erwarten, dass sie endlich drei wird, weil dann erst ein richtiger Intelligenztest möglich ist. Denn ich weiß, dass sie eine hohe Punktzahl erreichen wird. Das ist so sicher wie das Amen in der Kirche.

»Ich wette, ihr Vater ist ... Chefarzt in der Kardiologie der Blackrock Clinic«, verkündet Helen träumerisch. »Vielleicht ist er auch Dirigent, weil sie so musikalisch ist. Bei den Philharmonikern in der New Yorker Met. Oder er ist ein mit Preisen ausgezeichneter Physiker, der womöglich sogar den Nobelpreis gewinnen wird ... aber eines steht fest, er sieht sicher spitze aus. Sie ist ja so ein reizender kleiner Engel ...«

»Hm«, brummle ich nur und muss zugeben, dass ich neugierig geworden bin.

»Wie dem auch sei«, fährt sie fort, weiterhin in ihre Phantasiewelt versunken. Ich glaube, inzwischen nimmt sie mich kaum noch wahr. »Würdest du es an seiner Stelle nicht wissen wollen, dass du so eine wundervolle kleine Tochter hast?«

Offen gestanden weiß ich selbst so wenig über Lilys Vater, dass es ans Lächerliche grenzt. Und zu meinem eigenen Erstaunen mache ich mir inzwischen Gedanken darüber, was eigentlich nicht meine Art ist. Nach Lilys Geburt habe ich die Frage, wer er wohl sein könnte, aus meinem Kopf verbannt. Sie ist mein, sagte ich mir. Ganz allein mein. Doch eines steht fest: Wer und wo er auch sein mag, er ist sicher ein ganz besonderer Mensch, Lily ist schließlich der lebende Beweis dafür.

Die Fruchtbarkeitsklinik, an die ich mich gewendet habe, trug den unsäglichen Namen Reilly Institute, was mir damals sehr gefiel. Für mich klang das nach einer Einrichtung, in der man Abendkurse besucht. Nicht nach einem Krankenhaus, wo man alles über sein Privatleben und seine Krankengeschichte preisgeben, sich splitternackt ausziehen und dann den möglicherweise peinlichsten medizinischen Eingriff der Menschheitsgeschichte über sich ergehen lassen muss. Ich erspare Ihnen die Einzelheiten und verrate nur, dass man dazu mit entblößtem Unterleib auf einen eiskalten Metalltisch gelegt und mit unzähligen, ebenfalls eiskalten Spekula traktiert wird. Den Rest überlasse ich Ihrer Phantasie. Nur eines können Sie mir glauben: Keine der Foltermethoden, denen Hexen im Mittelalter ausgesetzt waren, kann qualvoller, schmerzhafter und herabwürdigender gewesen sein.

Mittlerweile kennen Sie mich ja. Davor hatte ich natürlich meine Hausaufgaben gemacht, und zwar gründlich. Zuerst brachte ich von der besorgten und zum Glück einfühlsamen Schwester in Erfahrung, ob die Samenbank wirklich nur, sagen wir mal, einen gewissen Spendertyp akzeptiere. Denn da war ich wählerisch. Ich wollte einen weißen, intelligenten und begabten Mann aus guter Familie, wie Helen es ausdrücken würde. Also bombardierte ich die arme, geduldige Schwester mit Tausenden von Fragen. Wie alt seien die Spender im Durchschnitt? (Wie ich aus meinen eigenen ausführlichen Recherchen zu diesem Thema wusste, ist unter vierzig vorzuziehen. Die Spermien sind dann beweglicher.) Auf welche Weise und wann verzichten die Spender schriftlich auf sämtliche mit ihrem Sperma gezeugten Kinder? Und, was am wichtigsten war, wie genau würde die Vertraulichkeit gewährleistet? Mein Verhör brachte die Frau sicher fast zur

Verzweiflung. Ich verlangte eine vollständige Liste der Spenderprofile und forderte dann Informationen über die körperlichen Merkmale, die Rasse, den ethnischen Hintergrund, die Schulbildung, den Beruf, den allgemeinen Gesundheitszustand und die Hobbys und Interessen jedes Kandidaten. Einige Samenbanken stellen sogar Fotos zur Verfügung, die ich rasch begutachtete und dann beiseitelegte. Irgendwie vereinfachte es die ganze peinliche Prozedur, mit der Nummer auf einem Spenderprofil kein Gesicht verbinden zu können.

Es vermittelte mir das Gefühl, die Kontrolle zu behalten, wenn das irgendwie verständlich klingt.

Es ist keine Übertreibung, dass die Angelegenheit einige Wochen in Anspruch nahm, denn ich durchforstete jedes einzelne Profil, wohl wissend, dass ich vermutlich die wichtigste Entscheidung meines Lebens traf. Und endlich, endlich, endlich stieß ich auf den Richtigen. Keinen Namen, nur eine Nummer, doch er schien alle Anforderungen zu erfüllen. Ire, weiß, blond, blauäugig und hellhäutig, genau so, wie ich mir mein Baby immer vorgestellt hatte. Gene aus dem Supermarkt, zum Leben erwacht.

Außerdem war der Auserwählte offenbar auch sportlich und durchtrainiert. Er hatte Goldmedaillen im Zweihundertmeterlauf gewonnen und war Mitglied der Rudermannschaft des Trinity College gewesen. Das war ein Pluspunkt. Falls das Kind ein Junge wurde, würde er so muskulös aussehen, als führe er überall mit dem Ruderboot hin. Im Profil des Spenders hieß es, er habe seine Doktorarbeit über Irlands ökonomischen Niedergang und den Weg zur Besserung geschrieben, woraus ich sofort schloss, dass er vielleicht ein gut verdienender Fernsehwirtschaftsexperte oder einer dieser schuljungenhaften Fachleute war, die ernst in die Kamera schauen und verkünden, dass wir allesamt dem Untergang geweiht sind, allerdings mit so viel überzeugendem Charme, dass es einen eigentlich gar nicht ängstigt.

Was mich wirklich überzeugte, war dann, dass er laut Profil darüber hinaus auch noch musikalisch war und Klavier auf Konzertniveau spielte. Beinahe konnte ich ihn mir vorstellen. Hochgewachsen, begabt, glatt rasiert, eloquent und ein Allroundtalent. Ein richtiger Renaissancemann. Ein Mann, der mich, sollten wir uns zufällig in einer Kneipe begegnen, keines zweiten Blickes würdigen würde, da er von Blondinen mit Modeloptik, sonnengebräunter Haut und makellosem Hollywoodlächeln umringt wäre.

Allerdings nicht in diesem Fall. Denn im Reilly Institute lag die Entscheidung bei mir. Und ich entschied mich für ihn. So einfach war das. Er war sportlich, akademisch gebildet und kultiviert … was sollte ich mehr verlangen? Vielleicht, dass er es mit fünfundzwanzig schon zum Multimilliardär gebracht hatte?

Und dann war die Wissenschaft an der Reihe. Ein Dr. Casement, der mich betreute, meinte, wir müssten herausfinden, wie viele Schwangerschaften das Sperma dieses Spenders bereits erzeugt hatte. Das teilte er mir mit dem kühlen, klinischen Gleichmut eines Menschen mit, der nur selten mit seinen Zeitgenossen zu tun hat und den ganzen Tag mit dem Auge am Mikroskop klebt. Zehn ist offenbar die empfohlene Obergrenze, um die Wahrscheinlichkeit zu senken, dass der Nachwuchs eines Spenders sich irgendwann begegnet und selbst miteinander ein Kind bekommt. Aber ich hatte Glück. Erstaunlicherweise war ich die erste Frau, die sich für dieses erstklassige Exemplar entschieden hatte. Ein Stein fiel mir vom Herzen.

Danach vergewisserte ich mich zu meiner Zufriedenheit, dass die Probe auf familiäre Herkunft, genetische Makel, sämtliche Erbkrankheiten und nicht zu vergessen ansteckende Erkrankungen wie Chlamydien, HIV, Hepatitis B, Syphilis und natürlich auch Nettigkeiten wie Gonorrhö medizinisch untersucht worden waren. Wahrscheinlich habe ich die Mitarbeiter in der Klinik in den Wahnsinn getrieben. Doch sobald alles geklärt war, war der Rest ein Kinderspiel.

Man erklärte mir, dass die Behandlung einige Male wiederholt werden müsse, bis der Erfolg einträte, weshalb ich nicht enttäuscht sein dürfe, wenn es nicht beim ersten Mal klappte. Aber das kam für mich nicht in Frage. Auf gar keinen Fall würde ich dieses Theater noch einmal durchmachen. Daher suggerierte ich meiner Gebärmutterschleimhaut, dicker zu werden und ihre Pflicht zu tun, und ich hatte zum allgemeinen Erstaunen schon beim ersten Mal Glück.

Lily wurde auf den Schlag neun Monate später geboren, und damit endeten meine Beziehungen zum Reilly Institute.

Das heißt, bis jetzt.

Kapitel vier

Anfangs hat sich Helen tapfer erboten, mir die Detektivarbeit abzunehmen. Doch ich habe ihr erklärt, dass das überflüssig sei. Erstens funktionieren die Dinge nur, wenn man sie selbst in die Hand nimmt, wie Ihnen jeder Zwangsneurotiker, der etwas auf sich hält, bestätigen wird. Und zweitens gibt es eine todsichere Methode, wenn man aufs Geratewohl vertrauliche Informationen am Telefon erfragen will. Der Zauberspruch lautet: »Hallo, ich bin die Chefredakteurin der *Post* und rufe in folgender Sache an …«

Das wirkt jedes Mal. Wenn die Leute, insbesondere Iren, erkennen, dass man von der Presse ist, öffnen sie ihre Herzen und erzählen einem absolut alles, nur damit ihr Name in der Zeitung erscheint. Oder noch besser, ihr Foto. In Farbe. Damit Mutti und alle Freunde es sehen.

Der erste Schritt ist erstaunlich einfach. Am nächsten Tag in der Redaktion schließe ich meine Bürotür und telefoniere. Dabei senke ich die Stimme und bemühe mich um einen diskreten, ruhigen und sachlichen Tonfall.

»Hallo, Reilly Institute, an wen kann ich Sie weiterverbinden?«

Die Stimme der Frau klingt knapp und sachlich. Also erkläre ich ihr die Situation und sage, ich müsste dringend meine Patientenakte von vor vier Jahren einsehen. Es tut mir schrecklich leid, kommt die Antwort wie aus der Pistole geschossen, doch ich fürchte, solche Informationen können wir nicht weitergeben. Zufällig aber habe ich dieses bürokratische Gelaber vorhergesehen und bin bereit.

Ja, das sei mir bewusst, erwidere ich, doch die Situation sei recht außergewöhnlich. Ich säße nämlich gerade an einem Artikel über Fruchtbarkeitskliniken in und um Dublin und müsse dafür recherchieren. Natürlich werde der Artikel auf meinen persönlichen Erfahrungen basieren. Ich füge sogar hinzu, wobei mich meine unverfrorene Lüge selbst erstaunt, dass ich vorhätte, ein Farbfoto vom Reilly Institute mit allen Schikanen zu bringen.

Komisch, wie einem der kreative Umgang mit der Wahrheit in Fleisch und Blut übergeht, wenn man lange genug bei der *Post* arbeitet.

Und es ist tatsächlich ein Kinderspiel. Eine kurze, zögerliche Pause, dann wird ein Vorgesetzter ans Telefon geholt. Das Gespräch wird, einschließlich Bestechungsversuch, wörtlich wiederholt, und schon sind wir im Geschäft.

Meine Akte wird wieder geöffnet, und zwar mit folgendem Ergebnis: Sein Name ist, sage und schreibe, William Goldsmith.

Natürlich heißt er William, denke ich ein wenig selbstzufrieden, lehne mich in meinem Bürostuhl zurück und blicke träumerisch aus dem Fenster, ein Luxus, den ich mir nur selten gönne. Der Name William hat mir schon immer gut gefallen. Sportliche, schneidige, kultivierte Männer haben immer Namen wie William. Plötzlich steht mir das Bild von Prinz William an seinem Hochzeitstag vor Augen. In seiner scharlachroten Uniformjacke mit den vielen Orden auf der durchtrainierten Brust sah er einfach hinreißend aus.

Das Beste ist, dass er, zumindest zum Zeitpunkt, als er im

Reilly Institute das Formular ausgefüllt hat, Doktorand am Trinity College war. Es folgen einige Einzelheiten, die ich bereits kannte und an die ich mich noch gut erinnere. Er ist genauso alt wie ich, eins fünfundachtzig groß, blond und blauäugig. Natürlich steht keine Adresse dabei, doch das ist die geringste Herausforderung.

Herrje, warum habe ich das nicht schon vor Jahren getan?

Es ist nicht nur, dass Lily ihn kennenlernen will. Inzwischen kriege ich auch Lust dazu.

Also gut. Nächste Haltestelle: Trinity College.

Bevor ich wieder Zeit für mich und den Schritt zwei habe, muss ich erst mal zwei Redaktionssitzungen erdulden. Mittlerweile kauere ich auf der Stuhlkante und kann es kaum erwarten, mich wieder in mein Büro zu flüchten. Wieder knalle ich die Tür hinter mir zu, rufe das Trinity College an und lasse mich mit der Studentenkanzlei verbinden. Ich stelle Nachforschungen über einen Doktoranden namens William Goldsmith an, verkünde ich selbstbewusst. Haben Sie Kontaktdaten oder vielleicht eine Adresse?

Während ich eine Ewigkeit in der Warteschleife hänge, kann ich weiter in meinen Phantasien schwelgen. Ich wette, William hat eine tolle Wohnung in der Innenstadt, bequemerweise nur einen Katzensprung vom College entfernt und mit malerischem Blick auf die Stadt, wo er elegante Abendgesellschaften und Dinnerpartys veranstaltet, bei denen alle über den Niedergang unserer Wirtschaft und den Wertverlust ihrer Häuser sprechen. Hallo, schön, dich zu sehen! Wie laufen denn deine Vorlesungen? Hey, ich bin heute Abend bei William eingeladen. Du kennst doch William, William Goldsmith? Natürlich tust du das, jeder kennt ihn. Er ist gerade vom Literarischen und Historischen Debattierclub zum beliebtesten Redner aller Zeiten gewählt worden. Kommst du auch? Die Partys bei William sind immer die besten …

Ob er eine Frau oder Freundin hat? Möglich. Vielleicht sogar andere Kinder.

Aber mein nach jahrelanger Fron im Bergwerk des Journalismus geschärftes Bauchgefühl sagt Nein. Denn wir wollen doch mal ehrlich sein: Sperma an eine Samenbank zu spenden ist nicht unbedingt die typische Freizeitbeschäftigung von Männern, die in einer festen Beziehung leben. Falls meine Antennen nicht total verstellt sind, also eher nicht. Nein, wahrscheinlich hielt es jemand, der so klug und zweifellos begabt ist wie William (es ist so schön, den Namen immer wieder auszusprechen; ich bin machtlos dagegen, William, William, William), für einen selbstlosen humanitären Akt, ein wenig von sich mit seinen Mitmenschen zu teilen. Denn ein Genpool, der so selten und exquisit ist wie der von William, muss sich doch einfach weiterverbreiten.

»Verzeihung, dass es so lange gedauert hat«, entschuldigt sich die freundliche Dame, die schließlich wieder an den Apparat kommt.

»Keine Ursache.« Ich lächle, fest überzeugt, dass William vermutlich mit einer Bestnote abgeschlossen hat und womöglich inzwischen sogar dem Lehrkörper angehört. Wer weiß?

»Allerdings fürchte ich, dass wir hier ein kleines Problem haben.«

»Oh?«

»Es tut mir schrecklich leid, aber offenbar hatten wir unter unseren Doktoranden keinen William Goldsmith, zumindest nicht in den letzten vier Jahren. Laut unseren Unterlagen hat nie jemand dieses Namens hier studiert.«

Mist, Mist, Mist. Was wird hier gespielt?

»Sind Sie ganz sicher? Eine Verwechslung vielleicht?«

»Auf gar keinen Fall, das kann ich Ihnen versichern. Ich habe unsere Computerdateien aus diesem Zeitraum zweimal durchgeschaut. Bei uns hat niemals ein William Goldsmith studiert. Bedaure, aber ich kann Ihnen nicht weiterhelfen.«

Sehr seltsam. Warum gibt es keine Aufzeichnungen über ihn im Computer? Doch ich fasse mich rasch wieder. Okay, eine Sackgasse, denke ich. Mehr nicht. Ein kleiner Verwaltungsfehler, eine Hürde, die es zu überwinden gilt, weiter nichts. Ich bedanke mich höflich, lege auf und lasse mich sofort von der Zentrale des Trinity College mit dem Sicherheitsdienst verbinden. Schließlich muss jeder Student einen Ausweis haben, und ich weiß aus meiner eigenen Studentenzeit, dass man ohne Ausweis weder hinein- noch hinauskommt.

Also noch einmal dasselbe Spiel. Ich setze zu einem »Hallo, ich bin die Chefredakteurin von ...« an. Allerdings öffnet sich diesmal nicht plötzlich die Geheimtür in der Wand. Weit gefehlt. Stattdessen wird sie mir so schwungvoll vor der Nase zugeknallt, dass es sich wirklich wie eine Ohrfeige anfühlt.

»Tut mir leid, meine Liebe«, erwidert ein gelangweilt klingender Mensch, der offenbar zwanzig Zigaretten am Tag raucht. »Das sind vertrauliche Informationen.«

»Ich glaube, Sie verstehen nicht ganz«, versuche ich es noch mal und unterdrücke dabei meinen flehentlichen Tonfall. »Ich rufe von der *Post* an. Wir planen einen Artikel ...«

»Hören Sie, meine Liebe. Und wenn Sie aus dem Weißen Haus anrufen würden, würde es mich auch nicht sonderlich interessieren. Ich darf keine persönlichen Daten ehemaliger Studenten herausgeben. Dazu ist mir mein Job zu wichtig.«

Okay. Aus meinen Tagen als kleine Anfängerin weiß ich noch, wie man solche Situationen meistert. Zugegeben, es ist nicht ganz koscher, aber manchmal … nur manchmal knackt man so den Jackpot, wenn man bloß nicht die Nerven verliert und die Ruhe bewahrt.

»Wissen Sie«, entgegne ich, während ich rasch im Computer nachschaue, welche Revuen, Veranstaltungen, Filmpremieren in nächster Zeit in Dublin stattfinden. Irgendetwas Schickes und Elegantes, alles, was gerade angesagt ist, »natürlich würde ich nie von Ihnen verlangen, dass Sie etwas tun, womit Sie nicht leben können«, fahre ich in meinem besten einschmeichelnden Tonfall fort. »Aber wenn Sie mir diesen gewaltigen Gefallen täten, würde ich mich natürlich revanchieren. Quidproquo sozusagen.«

»Quidprowas?«

»Wenn Sie zum Beispiel …« Ich scrolle den Computerbildschirm hinunter. Bingo, genau, was ich gesucht habe. »Wenn Sie zum Beispiel ein Fan von U2 wären? Wir werden hier bei der *Post* mit Freikarten geradezu bombardiert. Falls Sie also jemanden kennen, der auch ein Fan ist, könnte ich Ihnen sicher zwei Stück beschaffen.«

Ich weiß, dass ich mit schmutzigen Tricks arbeite. Doch der Journalismus ist eben auch ein schmutziges Geschäft. Ich verstumme, hole tief Luft und warte ab.

Noch immer keine Antwort.

»Natürlich für das erste Konzert«, füge ich voller Hoffnung hinzu. »Selbstverständlich VIP-Karten. Dass Sie anschließend die Band kennenlernen, versteht sich von selbst. Backstage.«

Doch ich ernte nur ein gelangweiltes Gähnen vom anderen Ende der Leitung.

»Diese Idioten würde ich mir nicht antun, und wenn sie in meinem Garten auftreten würden.«

Ach, verdammt!

Und was nun?

Aber nach einer weiteren endlosen Pause wird mir ein Rettungsseil zugeworfen.

»Mal ein Vorschlag meinerseits, meine Liebe. Wenn Sie mit zwei Karten für die Liveshow von *X Factor* in London rüberkommen würden, dann könnte ich … dann könnte ich vielleicht etwas für Sie tun. Natürlich streng vertraulich, verstehen Sie? Das muss unbedingt unter uns bleiben. Falls mir jemand draufkommt, bin ich nämlich meinen Job los.«

»Natürlich ist es streng vertraulich und, ja, ich besorge Ihnen so viele Karten für *X Factor*, wie Sie wollen.«

Wie ich das in Gottes Namen anstellen soll, weiß ich nicht, aber darüber zerbreche ich mir später den Kopf.

»Also gut. Geben Sie mir Ihre Nummer. Ich rufe Sie an.«

Ich gehorche, hänge erleichtert auf und gehe in die nächste Besprechung.

Es wird fünf Uhr, und immer noch keine Antwort. Halb sechs, und weiterhin nichts. Mein Telefon ist zwar auf stumm geschaltet, aber das verhindert trotzdem nicht, dass ich alle fünf Minuten verstohlen einen Blick darauf werfe.

Warum hat er sich noch nicht bei mir gemeldet? Wie kann so eine einfache Sache derart lange dauern?

Es ist schon weit nach halb sieben, als der Anruf endlich kommt. Ich bin unten in der Druckerei und begutachte den ersten Entwurf des morgigen Layouts, als mein Handy läutet und die Nummer des Trinity College angezeigt wird.

»Verzeihung, ich muss rangehen«, teile ich dem Chef vom Dienst mit, sehe mich verzweifelt nach einem ruhigen Eckchen um, wo ich den Anruf ungestört entgegennehmen kann, und entdecke es am Fuße einer zum Glück menschenleeren Treppe.

»Und?«, zische ich wie in einem Spionagefilm. »Was haben Sie für mich?«

»Sie werden sich kaputtlachen, meine Liebe. Ich habe mich nicht mehr eingekriegt.«

»Sagen Sie es mir einfach!«

»Ja, wie sich herausgestellt hat, hatten Sie recht. Hier im Trinity hat einmal ein William Goldsmith gearbeitet, allerdings nicht lang, nur etwa ein halbes Jahr.«

Er hat dort gearbeitet?, denke ich, und meine Gedanken überschlagen sich. Als was? Dozent?

»Ich habe zwar keine Telefonnummer, aber eine Adresse.«

»Wunderbar, mehr brauche ich nicht.«

»Aber eines muss ich Ihnen noch sagen, meine Liebe. Falls der Mann Ihnen weisgemacht hat, dass er hier Student war, hat er Ihnen ganz schönen Mist erzählt.«

»Verzeihung, was soll das heißen?«

»Der William Goldsmith, den wir in den Akten haben, war beim Reinigungsdienst drüben in den Studentenwohnheimen tätig.«

»Was?«

»Er hat hier geputzt.«

Alles ist gut, alles ist in Ordnung. Kein Weltuntergang. Meinetwegen, dann hat William eben einen unterqualifizierten Job gemacht, um sich seine Brötchen zu verdienen. Was ist daran so schlimm? Schließlich habe ich als Studentin auch gekellnert, ohne dass es mir geschadet hätte. Dann hat er eben nie offiziell am Trinity College studiert. Doch er fühlte sich offenbar zur akademischen Welt hingezogen. Ob er sich die Studiengebühren nicht leisten konnte?

Plötzlich werde ich von heftigem Mitleid mit William ergriffen und habe deutlich das Bild von Matt Damon in *Good Will Hunting* vor Augen. Ein kluger Mann mit hohem IQ und ohne das Geld für ein Studium, der sich verzweifelt an den eigenen Haaren aus dem Sumpf zieht, um es in der Welt zu etwas zu bringen. Dass mich seine falschen Angaben auf dem Formular des Reilly Institute ein wenig ärgern, schiebe ich beiseite. Immerhin nehmen es viele Leute in diesen Dingen mit der Wahrheit nicht so genau. Und es liegt auf der Hand, dass es auf einem Antragsformular einer Samenbank besser aussieht, sich als Doktorand auszugeben, anstatt dazu zu stehen, dass man Toiletten schrubbt.

Bis jetzt kann ich ihm noch verzeihen und seine Beweggründe verstehen.

Bis jetzt.

Das Glück ist mir hold, denn laut Adresse wohnt er nicht weit von der Redaktion entfernt. Pearce Square 24, gleich hinter dem Trinity College, Wohnung Nummer 2. Also nur zehn Minuten Fußweg von hier. Eine Stunde später sitze ich wieder oben in meinem Büro, gebe den morgigen Leitartikel frei und rede gleichzeitig mit Robbie aus dem Auslandsressort. Allerdings schaffe ich es einfach nicht, mich auf eine dieser beiden Tätigkeiten zu konzentrieren. Oder wie sonst Multitasking zu betreiben.

Inzwischen ist es kurz nach halb sieben. Ich habe bis zur nächsten Sitzung ein Zeitfenster von genau dreißig Minuten.

Das würde doch klappen, oder? Ich könnte mich für eine halbe Stunde davonschleichen und zum Pearce Square eilen.

Dann wäre ich rechtzeitig zurück, und niemand würde es bemerken. Da bin ich sicher.

Verdammt noch mal. Hör auf zu grübeln und es zu zerpflücken. Schluss mit den Zweifeln. Tu es. Denk an Lily. Vergiss nicht, dass du es ihr schuldig bist.

Die Entscheidung ist gefallen. Ich schnappe mir Tasche und Mantel und husche aus dem Büro zum Aufzug. Da alle auf ihre Computerbildschirme starren, hebt niemand den Kopf oder würdigt mich auch nur eines Blickes. So weit, so gut. Schließlich werde ich nicht lange wegbleiben. Ich will ja nur Antworten auf eine Handvoll einfacher Fragen. Wer ist er? Woher kommt er? Warum hat er dem Trinity College so bald den Rücken gekehrt, und was hat er anschließend gemacht? Und vor allem: Wo ist er jetzt?

Gut, das sind vielleicht mehr als eine Handvoll Fragen, doch das ist der alte Journalistentrick. »Darf ich Sie nur ganz schnell etwas fragen?« Und dann schmuggelt man die anderen fünfzehn Fragen dazwischen und hofft, dass das Gegenüber es nicht merkt.

Eines steht jedenfalls fest: Die Antwort ist nur einen Katzensprung entfernt, und ich kenne mich selbst. Solange ich keine Lösung gefunden habe, werde ich nicht lockerlassen können. Meine Gedanken überschlagen sich, und mein Herz klopft, als ich in meinen Regenmantel schlüpfe. Gerade habe ich die Sicherheitskontrolle am Eingang des Redaktionsgebäudes hinter mir und strecke die Hand nach der Drehtür aus, als mich jemand von hinten anspricht.

»Eloise, Sie wollen uns doch nicht schon so früh verlassen?«

Ich brauche mich nicht umzudrehen, um zu wissen, wer es ist. Es gibt nur einen einzigen Menschen, der mit diesem nasalen, aufgesetzt westbritischen Akzent spricht.

Natürlich, Seth Coleman, der mich wie immer von Kopf bis Fuß mustert. Seinen starren Eidechsenaugen entgeht nichts.

»Natürlich verlasse ich Sie nicht, Seth.« Ich zwinge mich zu einem Lächeln. »Ich gehe nur rasch mal vor die Tür …«

»Sie gehen raus?«, entsetzt sich Seth, wobei er das letzte Wort absichtlich betont. »Aus dem Gebäude? Warum, um Himmels willen?«

Äh, gute Frage. Um mir einen Kaffee zu holen, kann ich nicht sagen, denn wir haben eine Starbucks-Filiale im Haus. Und wenn ich persönliche Gründe angebe, wird er hundertprozentig verbreiten, dass ich einen Nervenzusammenbruch hatte und mich heimlich zum Psychiater schleiche.

Überleg dir was …

»Streng vertraulich«, erwidere ich schließlich gekünstelt fröhlich. »Den Namen der Person, mit der ich mich treffe, darf ich nicht nennen. Aus Sicherheitsgründen müssen wir uns auf neutralem Gebiet sehen.«

»Ich fürchte, ich verstehe nicht ganz«, näselt Seth. »Hätten Sie damit nicht einen der Dutzenden von Reportern beauftragen können, die sich noch im Gebäude aufhalten und sich über eine neue Story freuen würden?«, bohrt er nach und zieht die Augenbrauen – ich könnte schwören, dass er sie zupft – in Richtung Himmel. »Als Chefredakteurin hat man doch nicht die Zeit, jedem Hinweis nachzugehen, der hier eintrudelt. Ihre Talente wären anderswo besser eingesetzt, finden Sie nicht?«

»Danke für Ihre Besorgnis«, fauche ich ihn an und spare mir die Mühe, meine Gereiztheit zu verbergen. »Doch mein Informant wollte mich nur persönlich treffen, und ich habe offen gestanden keine Lust, die Angelegenheit weiter mit Ihnen zu erörtern.«

Neugieriger Schleimer. Für wen hält der sich eigentlich? Will er mir etwa sagen, wie ich meine Arbeit machen soll?

»Tja, dann sehen wir uns in einer halben Stunde bei der Redaktionssitzung«, entgegnet er, offenbar noch immer nicht überzeugt, während ich auf dem Absatz kehrtmache und verschwinde.

Nicht auszudenken, was passiert, wenn ein Typ wie der zu einer Samenbank gehen würde, sage ich mir erbost, als ich den Gürtel meines Regenmantels fester zusammenziehe und die Straße entlangmarschiere. Mein Gott, und dann bringt irgendeine arme, ahnungslose Frau ein Kind von ihm auf die Welt? So etwas darf ich mir nicht einmal vorstellen. Es ist eiskalt, scheußlich und windig. Zum Pearce Square, der von der geschäftigen Pearce Street abgeht, brauche ich etwa zehn Minuten. Der Berufsverkehr lässt gerade nach. Nummer 24 ist nicht schwer zu finden. Ein kleines zweistöckiges Reihenhaus, roter Backstein, nichts Besonderes, in einer Häuserzeile, die genauso aussieht. Kein schmückendes Beiwerk weit und breit. Weder Blumenbeete noch Blumenkästen, nichts.

Ich klingle und warte. Und warte. Klingle noch einmal, wieder nichts. Also warte ich noch ein wenig, schaue dann besorgt auf die Uhr und komme zu dem Schluss, dass ich hier nur meine Zeit verschwende und besser wieder in die Redaktion gehen sollte, bevor mich jemand vermisst. Aber dann nähert sich eine alte Frau mit Kopftuch. Sie stemmt sich gegen den Wind und zieht eine dieser karierten Einkaufstaschen auf Rädern hinter sich her, die alte Damen so lieben. Als sie mich bemerkt, bleibt sie ruckartig stehen.

»Wollen Sie zu Michelle, meine Liebe?«, fragt sie. Sie scheint meinetwegen wirklich besorgt, da ich mit meinem schwarzen Businesskostüm und dem Aktenkoffer nicht unbedingt in diese Reihenhaussiedlung passe.

Offenbar glaubt sie, dass ich hier bin, um einen Kreditvertrag zu kündigen.

»Verzeihung, haben Sie Michelle gesagt?«, erwidere ich. Michelle? Vielleicht Williams Freundin?

»Ja, das ist die Besitzerin von Nummer 24. Sie vermietet Zimmer, um sich etwas dazuzuverdienen. Nur Bargeld, aber das wissen Sie ja bestimmt.« Im nächsten Moment schlägt sie die Hand vor den Mund, als wäre ihr die Tragweite ihrer Worte eben erst bewusst geworden und als wolle sie sie nun unbedingt wieder zurücknehmen.

»Äh … Sie sind nicht zufällig vom Finanzamt?«

»Nein, bin ich nicht …«

»Denn als ich gesagt habe, dass sie nur Bargeld nimmt, habe ich es nicht so gemeint … ich wollte wirklich nicht …«

»Alles in Ordnung«, versichere ich ihr. Sie ist so starr vor Angst, dass ich mir ein Lächeln verkneifen muss. »Ich schwöre, dass ich nicht vom Finanzamt bin. Ich möchte nur jemanden finden, der früher einmal hier gewohnt hat oder vielleicht noch immer hier wohnt.«

»Hier geben sich die Mieter die Klinke in die Hand, gute Frau.«

»Ja, schon, aber ich suche jemand Bestimmten.«

»Dann sprechen Sie am besten mit Michelle. Doch um diese Uhrzeit ist sie nie zu Hause.«

»Wissen Sie, wo sie jetzt ist?«

»Natürlich, meine Liebe. Inzwischen sicher bei der Arbeit. Sie geht immer früher hin, etwa um diese Zeit. Dort müssten Sie sie antreffen.«

»Und wo arbeitet sie?«

»Im Pub Widow Maguire. Das ist nur zehn Minuten von hier. Ihr Nachname ist Hughes.«

»Vielen Dank, Sie waren mir eine große Hilfe.«

»Kein Problem.«

Wie auf ein Stichwort öffnet im nächsten Moment der Himmel seine Schleusen. Natürlich kann ich kein Taxi erwischen, weshalb ich aussehe wie eine getaufte Maus, als ich mich endlich aus dem Platzregen in den Pub flüchten kann. Obwohl es Dienstagabend ist, ist ziemlich viel los. Allerdings sind die Gäste mehrheitlich männlich und haben einen Altersdurchschnitt von etwa fünfundsiebzig.

Es ist wie in einem Western. Sobald ich hereinkomme, klatschnass und eine durchweichte Ausgabe der heutigen *Post* als Schirmersatz in der Hand, wenden sich mir alle Blicke zu. Und wenn mich nicht alles täuscht, lässt auch der Geräuschpegel nach. Raue Stimmen senken sich zu einem Flüstern, als mich alle begutachten. Offenbar falle ich wirklich unangenehm auf.

Wohl wissend, dass die Zeit läuft und ich auf schnellstem Wege zurück in die Redaktion muss, gehe ich auf die vollbusige Frau mittleren Alters mit der hochgegelten Igelfrisur zu, die hinter dem Tresen demonstrativ Biergläser poliert und mich dabei vom Scheitel bis zur Sohle mustert.

»Verzeihung, sind Sie zufällig Michelle Hughes?«

»Wer will das wissen?«, entgegnet sie abweisend. Sie beäugt mich argwöhnisch und verschränkt die Arme. Offenbar rechnet sie mit Schwierigkeiten.

Wieder spule ich mein Sprüchlein ab, ich sei von der *Post* und suche nur nach einem Mieter, der anscheinend bei ihr gewohnt hat. Einem gewissen William Goldsmith. Dabei lasse ich zwischen den Zeilen durchklingen, dass ich absolut gar nichts mit dem Finanzamt zu tun habe und mich auch nicht im Geringsten für die geschäftlichen Transaktionen unter ihrem Dach interessiere.

»William wer? Nein, definitiv nicht. Nie von ihm gehört«, entgegnet sie patzig, als sei das Gespräch für sie damit beendet, und wendet sich wieder ihren Gläsern zu.

»Ach, kommen Sie schon. An irgendwas müssen Sie sich doch noch erinnern. Alles wäre hilfreich. Ein großer Typ? Vermutlich blond? Blauäugig? Hat hier gleich um die Ecke im Trinity gearbeitet?«, flehe ich sie an. Nur für den Fall, dass sie davor zurückscheut, sich mir anzuvertrauen, füge ich hinzu: »Ich bin nicht von irgendeiner Behörde, und es steckt auch niemand in Schwierigkeiten. Ich muss ihn einfach nur finden, mehr nicht. Bitte. Jede Kleinigkeit würde mich weiterbringen.«

Dass sie sich nun halb abwendet, weckt in mir den Verdacht, dass ich auf der richtigen Spur bin.

»Tja, wenn ich es mir genau überlege, hatte ein Typ, der so ähnlich aussah, vor zwei oder drei Jahren bei mir ein Zimmer gemietet«, sagt sie. »Der ist längst über alle Berge, aber ich erinnere mich an ihn. Sehr zurückhaltend, ein Eigenbrötler, hatte immer die Nase in irgendeinem Buch.«

»Ja, ich bin sicher, dass er es ist«, erwidere ich aufgeregt. Ich habe keine Ahnung, warum, aber ich habe mir William immer als Bücherwurm vorgestellt. Lily ist ganz sicher einer, und sie kann noch nicht einmal richtig lesen.

»Doch der Name stimmt nicht.«

»Verzeihung?«

»William … wie soll er noch mal geheißen haben?«

»Goldsmith.«

»Nein«, sagt sie, wirft sich das Geschirrtuch über die breite

Schulter und überlegt. »So hat er sich wenigstens hier nicht genannt. Der Typ, an den ich denke, hieß anders … Billy, Billy irgendwas …«

»Du meinst Billy O'Casey«, mischt der Barmann sich von hinten in unser Gespräch ein. Er trägt einen Schnurrbart, ist Mitte fünfzig und unglaublich sonnengebräunt.

»Genau, danke!«, sagt Michelle und versetzt ihm einen spielerischen Klaps mit ihrem Geschirrtuch. »Billy O'Casey. Mein Gott, wie konnte ich diesen Namen vergessen? Und ich erzähl Ihnen noch etwas. Jetzt fällt es mir wieder ein. Der Dreckskerl ist einfach abgehauen, ohne die letzte Monatsmiete zu bezahlen.«

»Und das ist noch nicht alles«, ergänzt der Barmann. »Muss ich dich an die Höhe der Zeche erinnern, die er hier geprellt hat?«

Im nächsten Moment kehrt ein Dicker, der aussieht, als hätte er zwei Hintern, vom Rauchen zurück und setzt sich wieder an den Tresen.

»Redet ihr über Billy O'Casey?«, will er wissen. »Wenn der mir noch mal unter die Augen kommt, mach ich ihn einen Kopf kürzer.«

»Wie viel schuldet er dir denn?«, erkundigt sich Michelle, die inzwischen ganz Ohr ist.

»Fast zweihundert Euro, mein Schatz. Seit ich das Geld beim Dartsturnier hier gewonnen habe und er mich gebeten hat, es ihm zu leihen. Das war etwa um die Zeit, in der er sich in Luft aufgelöst hat. Hab nie mehr wieder was von ihm gehört.«

»So ein Schwein.«

»Ein richtiges Arschloch.«

»Miese Drecksau.«

»Falls der sich jemals wieder hier blicken lässt, kriegt er einen Tritt, dass er wieder in Darndale landet …«

»Ich helfe dir gern dabei.«

Da das noch eine Weile so weitergehen würde, unterbreche ich die drei.

»Verzeihung, aber ich bin ein bisschen in Eile. Wissen Sie vielleicht, wo er jetzt sein könnte?«

»Sind Sie wahnsinnig?«, empört sich der Mann am Tresen. »Wenn ich das wüsste, würde ich mir doch sofort mein Geld von ihm zurückholen, richtig? Und dann würde ich ihn ordentlich vermöbeln. In dieser Reihenfolge.«

Gut, improvisiere ich, während ich durch den Regen in die Redaktion haste, um noch pünktlich zu meiner Sitzung zu kommen. Also ist er kein unverstandenes Genie, das Pech im Leben gehabt und im Trinity College niedere Arbeiten verrichtet hat, um Universitätsluft zu schnuppern.

Nein, er ist ein Luftikus, der verschwindet, ohne seine Miete zu bezahlen, die Zeche prellt und sich Geld leiht, das er nicht zurückgibt. Und außerdem hat er noch die ärgerliche Angewohnheit, unter falschem Namen aufzutreten.

Soll ich Ihnen etwas verraten? Je mehr ich über Lilys Vater höre, desto weniger faszinierend finde ich ihn und umso dringender will ich ihn aufspüren. Ich muss feststellen, mit wem ich es hier zu tun habe. Und da ich nun einmal gern alles im Griff habe, möchte ich sehen, ob ich eventuellen Problemen möglicherweise vorbeugen kann, bevor es zu spät ist.

Denn Helen hat zweifellos recht. Wenn ich jetzt nichts unternehme, wird Lily es eines Tages tun. Und es würde mich umbringen, wenn sie erführe, dass ihr Dad womöglich ein Junkie auf Methadon ist, der in Hauseingängen und auf Parkbänken übernachtet. Offen gestanden habe ich nämlich den Verdacht, dass diese moderne griechische Tragödie genau darauf hinausläuft.

Darndale … der Barmann hat doch Darndale erwähnt …

Am Mittwoch habe ich etwa fünfzehn Suchanfragen nach einem Billy oder Bill O'Casey aus Darndale gestartet. Die Datenbank, die wir in der Redaktion verwenden – eine ähnliche, wie auch die Polizei sie benutzt –, liefert mir sage und schreibe neunundfünfzig Männer dieses Namens, alle wohnhaft in Darndale. Keine heiße Spur, aber besser als nichts. Ich enge den Kreis ein wenig ein, indem ich sein Alter eingebe. Und plötzlich habe ich überschaubare drei Personen vor mir. Einer ist ein Friseur, der schon seit fünfzehn Jahren einen Salon in der Coolock Lane betreibt, weshalb ich ihn sofort ausschließe.

Also bleiben nur noch zwei übrig.

Am Donnerstag verschaffe ich mir wieder schamlos Zugriff auf die Datenbank der Redaktion und finde prompt die Adressen. Und am Freitag habe ich eine Stunde … eine ganze Stunde, was bei mir ein kleines Wunder ist … zu meiner freien Verfügung. (Ein weiteres gnadenloses Herumschieben von Sitzungen und eine unverfrorene Lüge gegenüber Rachel am Empfang. Ich habe ihr erzählt, ich müsse jemanden persönlich treffen und sei in einer Stunde zurück.) Bitte, lieber Gott, lass alle annehmen, dass es sich um einen superschüchternen Informanten handelt, den ich sanft dazu verleiten muss, mir streng geheime Fakten zu bestätigen. Die Story, die wir bald bringen werden, halte ich für bedeutsam, und die Mühe wird sich durch eine Vervierfachung unserer Auflage bezahlt machen.

Obwohl verhältnismäßig wenig Verkehr ist, brauche ich

knapp zwanzig Minuten nach Darndale, nicht unbedingt ein teures Pflaster. Die Hauptstraße wird von Pubs und Imbissläden gesäumt … und das sind die Ladengeschäfte, deren Eingang nicht mit von Graffiti strotzenden Metallrollos verrammelt ist. Es gibt hier auch keine eleganten Eingänge, flankiert von hübschen nachgemachten viktorianischen Blumenkübeln mit Lorbeerbäumchen darin. Überteuerte Bistros mit Spezialangeboten für frühe Gäste und Autos mit Allradantrieb sucht man ebenfalls vergeblich. Es besteht kein Zweifel: Ich bin in einer anderen Welt.

Nur ein Beispiel für die rauen Sitten, die hier herrschen. Als ich von der Coolock Lane in die Hauptstraße einbiege und an einer roten Ampel halten muss, drücken zwei höchstens sieben Jahre alte Kinder in Trainingsanzügen die Nasen an der Autoscheibe platt. »Mein Gott, mach schnell! Sie hat einen Satellitennavi! Verfolgt sie!«, rufen sie.

Heilige Mutter Gottes, steh mir bei.

Die erste Adresse lautet Primrose Grove, eine riesige Sozialbausiedlung. Überall laufen Kinder herum, spielen Fußball auf der Straße, schreien mich an und schlagen mit der Faust auf meine Motorhaube, weil mir nichts anderes übrig bleibt, als im Schritttempo zwischen ihnen hindurchzufahren, um ihren Ball nicht zu überrollen. Ich sehe sogar eine hochschwangere Frau, die einen Kinderwagen schiebt und dabei an einer Zigarette zieht.

Das heißt nicht, dass ich mich leicht einschüchtern ließe. Schließlich habe ich mich als Jungreporterin in viel schlimmeren Gegenden herumtreiben müssen, das kann ich Ihnen sagen. Und ich habe es überlebt. Die Sache ist nur, dass mir plötzlich bewusst wird, wie sehr ich auffalle und wie viel Aufmerksamkeit ich in meinem neuen Wagen und meiner

Arbeitsuniform, bestehend aus einem schwarzen Kostüm, schwarzen Gucci-Schuhen mit flachem Absatz, schwarzer Brille, schwarzer Bluse und schwarzer Strumpfhose, errege. Eigentlich ist alles an mir schwarz, einschließlich meiner schwarzen Seele, wenn man der Mehrheit meiner Mitarbeiter Glauben schenkt. Aber als ich mich jetzt umsehe, wird mir klar, dass es eine gute Idee gewesen wäre, mich so zu verhalten wie früher auf Recherche. Das heißt, verdeckt zu ermitteln, ein bauchfreies Oberteil und hautenge Jeans anzuziehen und, eine Zigarette in der Hand, einen Kinderwagen zu schieben. Das heißt, falls ich mich wirklich unters Volk hätte mischen wollen.

Ich suche eine Ewigkeit und muss immer wieder wenden, doch endlich finde ich das richtige Haus. Zum Glück steht vor dem Haus ein Taxi, was bedeutet, dass, mit ein wenig Glück, jemand zu Hause ist. Also springe ich aus dem Auto und läute. Und warte. Aus dem Wohnzimmerfenster neben mir dringt das Plärren eines Fernsehers. Irgendeine Verkaufssendung.

Ich läute wieder. Und warte weiter. Und plötzlich frage ich mich, was ich überhaupt sagen soll, falls er zu Hause ist und die Tür aufmacht.

Hallo, Sie kennen mich nicht, aber ich bin die Mutter Ihres Kindes? Äh, so geht das nicht. Hallo, haben Sie vielleicht vor über drei Jahren Sperma gespendet? In diesem Fall habe ich nämlich eine gute Nachricht für Sie …

Habe ich mir das wirklich gut überlegt? Ich werde nervös, und höchst ärgerlicher Angstschweiß rinnt mir den Brustkorb hinunter. Denn ich weiß über diesen Billy O'Casey nur, was ich der Datenbank entnehmen konnte: seine Sozialversicherungsnummer, dass er vier Punkte in der Verkehrssünderkartei hat und er vom Geschworenendienst befreit wurde, weil er einen alten Verwandten pflegen musste.

Und das mir, die ich dafür berüchtigt bin, dass ich immer alles perfekt durchplane. Bis ins letzte Detail. Und jetzt stehe ich vor der Tür eines wildfremden Menschen und fühle mich unwohl in meiner Haut. Ich habe nicht die leiseste Ahnung, wie ich das, was ich ihm sagen will, in Worte fassen soll.

Ich weiß nur, dass das Gespräch, das wir führen werden, ein ziemlicher Schock für ihn sein wird. Gütiger Himmel, wahrscheinlich wird er glauben, dass ich Alimente und Kindesunterhalt von ihm will. Aber da ich nun schon so weit gekommen bin und nichts mehr zu verlieren habe, klopfe ich ein letztes Mal laut an die Tür. Noch immer nichts. Nur die Fernsehsendung, in der gerade eine Vase aus den Fünfzigern für sage und schreibe achtzehn Euro angeboten wird. Ich will gerade umkehren, als sich direkt über mir ein Fenster öffnet.

»Hallo? Was soll der verdammte Krach da unten?«, ruft eine Männerstimme.

Ich blicke auf und sehe einen Mann, der den Kopf aus dem Schlafzimmerfenster streckt. Er ist etwa in meinem Alter und trägt, wie ich feststelle, nicht viel mehr als ein Unterhemd.

»Äh, entschuldigen Sie die Störung«, erwidere ich. »Ich hätte nur eine Frage.«

»Muss das ausgerechnet jetzt sein? Lassen Sie uns doch in Ruhe. Ich komme gerade von der Schicht. Seit zwei Uhr heute Morgen bin ich im Taxi gesessen, Schätzchen …«

Wie mir klar ist, bleibt mir nur noch eine Sekunde, bevor er das Fenster zumacht und sich wieder ins Bett legt. Also werde ich aktiv.

»Ich suche einen Billy oder Bill O'Casey. Wissen Sie vielleicht, wo ich ihn finden kann?«

»Sie sprechen gerade mit ihm.«

»Verzeihung, Sie sind Bill O'Casey?«

»Ja. Warum interessiert Sie das?«

»Äh ... es ist nichts. Eine Verwechslung ... tja, es tut mir schrecklich leid, dass ich Sie belästigt habe. Ich fürchte, man hat mir eine falsche Adresse gegeben. Ich bitte Sie vielmals um Entschuldigung ... ich wollte Sie wirklich nicht stören ...«, stammle ich, während ich zurückweiche und auf mein Auto zusteuere.

»Heißt das, ich darf jetzt weiterschlafen?«, höhnt er.

»Ja, natürlich. Entschuldigen Sie vielmals ...«

Ich springe ins Auto und lege den Rückwärtsgang ein. Ich bin zwar enttäuscht, aber gebe mich nicht geschlagen. Noch nicht. Da eine SMS von Helen eintrifft, die wissen will, ob ich weitergekommen bin, rufe ich sie an.

»Nun?«, ruft sie, um Lily zu übertönen, die im Hintergrund das Klavier bearbeitet. Sobald sie bemerkt, dass Tante Helen mit mir telefoniert, höre ich, wie sie mit ihrem engelsgleichen Kinderstimmchen sagt: »Hat sie meinen Daddy schon gefunden? Kommt er mich bald besuchen?«

Es ist wie ein Messerstich in die Magengrube. Mir schießt ein unbeschreiblicher Schmerz durchs Herz, und ich frage mich, was wohl in dem armen Kind vorgehen mag.

»Pst, Schätzchen. Lass mich kurz mit Mummy reden.« Helen beruhigt sie und gibt ihr dicke, schmatzende Küsse aufs Köpfchen.

Unter gewöhnlichen Umständen würde ich diese Geräusche auch als Messerstich empfinden. Wie ich zu meiner Schande gestehen muss, aus reiner Eifersucht. Weil jemand anderer, nicht ich, Lily in diesem Moment bemuttert, während ich wie eine Idiotin mitten im tiefsten Darndale in einer

Sozialbausiedlung herumkurve und möglicherweise einer falschen Fährte folge.

Aber nicht jetzt. Nicht, wenn ich all das nur Lily zuliebe veranstalte.

Und wer weiß. Vielleicht kann ich diesem Mann ja helfen, ganz gleich, wer er auch sein mag. Ich kann ihn unterstützen, damit er sich wieder fängt. Dann wird er, wenn der Tag, an dem Lily ihn kennenlernt, unweigerlich kommt, ein Mensch sein, auf den sie stolz sein kann. Mit einem Beruf, einem Auto, einem Eigenheim und einer Kranken- und Rentenversicherung. Kein zwielichtiger Typ, der falsche Namen benutzt und seine Schulden nicht bezahlt. Bis jetzt habe ich im Leben anderen nicht viel Gutes getan. Doch es gibt keinen Grund, warum sich daran nichts ändern sollte.

Und da ist noch etwas, das mich wirklich überrascht. Denn so ermüdend, anstrengend und sogar beängstigend die Sucherei auch sein mag, sie erinnert mich an ein anderes Leben, nämlich an meine Zeit als Jungreporterin, in der ich ständig von Tür zu Tür geschickt wurde. Das heißt, lange, lange bevor ich in Rekordgeschwindigkeit in die luftigen Höhen der Chefredaktion aufgestiegen bin.

Für gewöhnlich schauen Journalisten auf Tätigkeiten wie diese herab und strafen sie mit Verachtung. Aber ganz gleich, ob es einem nun passt oder nicht, jeder muss diese Lehrzeit durchlaufen. Man muss sich erst beweisen, bevor man gemütlich an einem Schreibtisch sitzen und dort seine Artikel verfassen darf. Und das Seltsamste daran ist, dass mir gar nicht klar war, wie sehr ich diese Jahre vermisse. Rückblickend betrachtet erscheinen sie mir beinahe sorglos. Das aufregende Gefühl, wenn man einer Story auf den Fersen war und versuchte, die Leute dazu zu überreden, ihren Namen anzugeben. Dann hastete man zurück in die Redaktion, um den Artikel vor Redaktionsschluss dem zuständigen Redakteur vorzulegen. Und schließlich die Begeisterung, ihn gedruckt zu sehen. Dazu den eigenen Namen unter der Zeile »redaktionelle Mitarbeit«.

Natürlich musste ich damals wie alle anderen Anfänger in der Stadt über die endlos langen Arbeitstage jammern und klagen. Doch wenn ich jetzt zurückdenke und diese Zeit mit dem Hamsterrad vergleiche, in das sich mein Leben inzwischen verwandelt hat, sage ich mir: Mein Gott, was war das damals schön. Ich habe es nur nicht geahnt. Das Beste am Erfolg ist manchmal nicht das Ankommen, sondern der Weg dorthin.

»Nein, Schätzchen«, beschwichtigt Helen Lily am Telefon. »Schokopudding gibt es erst, wenn du deine Nudeln aufgegessen hast wie ein braves Mädchen. Eloise, bist du noch dran? Entschuldige.« Ihre Stimme klingt nun deutlicher, als sie wieder an den Apparat kommt. »Also, was tut sich bei dir? Irgendwas gefunden?«

»Keine Chance«, seufze ich. »Vergiss es.«

»Was soll das heißen? Hast du Bill O'Casey nicht aufspüren können?«

»Doch, schon. Aber es war der Falsche.«

»Woher weißt du das? Hast du ihn gefragt? Haben Alter, Größe und Augenfarbe gestimmt?«

»Oh, das Alter hätte gepasst. Aber er ist eindeutig nicht Lilys Vater.«

»Was macht dich so sicher?«

»Das war nicht so schwierig festzustellen. Er ist nämlich schwarz.«

Es ist ein Wettlauf mit der Zeit. Es gibt nur noch eine Spur, der ich folgen kann. Und wenn sie auch in die Irre führt … dann ist Schluss. Ich habe keinen Plan B. Nur eine weitere Adresse in einer Sozialbausiedlung in Darndale, die völlig unpassend alle Blumennamen tragen. Hier herrschen offenbar die schlimmsten Zustände, denn in den anderen Siedlungen standen wenigstens keine ausgebrannten Autos am Straßenrand. Ich muss sogar eine Matratze umrunden, die mitten auf der Straße liegt. Die Häuser sind rings um eine Grünfläche angeordnet, und ich scherze nicht, wenn ich sage, dass es dort aussieht wie auf der ultimativen Müllkippe, von der jeder Umweltsünder träumt. Von Fußball spielenden Kindern fehlt jede Spur. Vermutlich finden sogar sie es zu gefährlich.

Ich gebe Gas, denn ich will meine Mission hinter mich bringen und so schnell wie möglich wieder von hier verschwinden. Die Häuser unterscheiden sich nur durch die Graffiti, mit denen die meisten von ihnen besprüht sind. Endlich finde ich das Richtige, halte an, parke, steige entsetzt aus und klopfe, so zartfühlend ich kann, an die Tür.

Botschaft: Vertrau mir. Ich komme weder von einem Inkassounternehmen noch möchte ich deine Möbel pfänden.

Über diesen Bill O'Casey weiß ich am wenigsten. Keine Sozialversicherungsnummer, was merkwürdig ist. Es gibt überhaupt keine Daten über ihn, so als sei er nur eine schemenhafte Gestalt, ein Geist, hinter dem ich herjage. Wer lebt den heutzutage noch ohne Sozialversicherungsnummer?

Ich muss nicht lange warten. Gott sei gelobt und gepriesen, denn ich habe Glück. Die Tür geht auf, und eine uralte Frau steht, gekrümmt von Arthritis, vor mir. Ihre Haut ist dünn wie Pergament, und ihr Haar hat die Farbe von Stahlwolle. Sie wirkt so gebrechlich, dass ich sofort ein schlechtes Gewissen bekomme, weil ich sie an die Tür geholt habe. Am liebsten würde ich sie wieder ins Haus schieben, sie in eine kuschelige warme Decke wickeln, sie vor einer Seifenoper parken und ihr einen Kaffee machen.

»Wollen Sie den Stromzähler ablesen?«, fragt sie mit leiser Stimme.

»Nein, entschuldigen Sie die Störung …«

»Essen auf Rädern?«

»Ich fürchte, nicht. Ich suche einen gewissen Billy O'Casey. Man hat mir gesagt, dass er hier wohnt. Sie wissen nicht vielleicht zufällig, wo ich ihn finde?«

»Können Sie lauter sprechen?«

»Verzeihung … wissen Sie zufällig, wo ich Bill O'Casey finde?«

»Wen, sagten Sie?«

»Bill O'Casey.«

Eine Pause entsteht, während sie überlegt. Ihre hellgrauen Augen mustern mich für den Bruchteil einer Sekunde. Offenbar fragt sie sich, ob man mir trauen kann.

Und kommt zu dem Schluss, dass das nicht der Fall ist. Langsam schüttelt sie den Kopf.

»Nein, nein, tut mir leid, meine Liebe. Sie haben sich sicher in der Adresse geirrt.«

Als sie die Tür schließen will, halte ich sie zurück.

»Bitte, ich muss dringend mit ihm sprechen. Ich schwöre, dass er nicht in Schwierigkeiten steckt. Ich möchte ihm nur ein paar Fragen …«

»Hier gibt es keinen Bill O'Casey, meine Liebe, und es gab auch nie einen …«

»Haben Sie vielleicht eine Nachsendeadresse oder, noch besser, eine Telefonnummer?«

»Ich muss jetzt wieder reingehen.«

Die Tür fällt ins Schloss. Gespräch zu Ende.

Allmählich habe ich genug.

Da den restlichen Tag die Hölle los sein wird, muss ich die Suche nun abbrechen und in die Redaktion zurückkehren. Doch während der Sitzungen, die sich den ganzen Nachmittag und bis in die Nacht hinein hinziehen, geht mir immer wieder derselbe Gedanke im Kopf herum wie auf Endlosschleife.

Die alte Dame wusste eindeutig etwas und hat jemanden gedeckt. Aber warum?

Eines steht fest, sage ich mir, während ich am Schreibtisch sitze und die Rohfassung des morgigen Leitartikels heruntertippe. Im Moment habe ich nichts in der Hand. Kein Fitzelchen Informationen mehr. Fehlanzeige. Als Helen anruft und sich nach Neuigkeiten erkundigt, berichte ich ihr alles.

»Das war es also?«, fragt sie enttäuscht. »Anscheinend stecken wir fest.«

»Machst du Witze?«, entgegne ich mit Nachdruck. »Lass mich dir etwas erklären, Helen. Einer Fährte zu folgen ist stets ein von Katastrophen wimmelnder Albtraum. Ständig werden einem Türen vor der Nase zugeknallt, und man landet immer wieder in Sackgassen. Weißt du, was einen guten Reporter von der Masse abhebt?«

»Nein, was?«, erwidert sie automatisch.

»Er bohrt immer weiter, lässt sich nicht mit einem Nein abspeisen, und vor allem … fährt er schweres Geschütz auf.«

Inzwischen bin ich zu tief in die Sache verstrickt, um das Handtuch zu werfen. Sie können mich für eine Zwangsneurotikerin halten (und, glauben Sie mir, damit wären Sie nicht allein), doch ich werde Lilys Dad finden, und wenn es die letzte Tat meines Lebens ist. Ich werde ihm helfen. Gut, er mag nicht der nette Mensch sein, den ich mir in ihrer Nähe wünsche, aber Helen hat recht. Eines Tages wird der Moment kommen, an dem Lily es wissen wollen wird. Und ich wünsche mir mehr als alles andere, dass sie stolz auf ihn ist, wenn sie ihm begegnet. Und dass das auch so bleibt. Meinetwegen, der Typ hat eine zwielichtige Vergangenheit, doch ich werde ihn von seinen Lastern befreien, sobald ich ihn in die Finger gekriegt habe. Ich mache ihn zu einem anständigen Menschen, und wenn es mich umbringt.

In den kommenden Jahren wird er mir dankbar sein, weil ich ihm zu einem normalen, gesellschaftskonformen Leben verholfen habe. Eben zu einem, in dem er nicht ständig Namen, Adresse und Arbeitsplatz wechseln muss. Wer und wo du auch immer sein magst, schicke ich eine lautlose Botschaft hinaus ins Universum, du ahnst ja nicht, dass diese Phase deines Lebens nun vorbei ist. Es ist Zeit für den zweiten Akt, Baby. Und diesmal, mein Junge, bestimme ich, wo es langgeht.

Zufällig habe ich noch einen letzten Trumpf im Ärmel. Es ist zwar an den Haaren herbeigezogen, könnte aber klappen. Wenn ich als Jungredakteurin mit einem Artikel kämpfte, hatte ich immer einen Plan B. Und der hieß Jimmy Kelly, ein Beschaffer von Informationen, der freiberuflich für verschiedene Zeitungen arbeitete. Seit er sich mehr oder weniger zur Ruhe gesetzt hat, taucht sein Name immer wieder als »unter Mitarbeit von« bei Enthüllungsberichten im Fernsehen und Skandalsendungen auf.

Ich kenne Jimmy schon lange. Ja, jeder kennt ihn. Er ist ein faltiger alter Reporter aus der Marlboro rauchenden und am Schreibtisch Wodka trinkenden Generation, der sich seine

Sporen als verdeckter Ermittler in den Kreisen des organisierten Verbrechens verdient hat. Er hat maßgeblich dazu beigetragen, mehr als einen Gangsterboss unschädlich zu machen. Gerüchten zufolge hat der Chef eines wichtigen Verbrechersyndikats, der im Drogenhandel Millionen verdient hat und deshalb derzeit eine Haftstrafe in einem Hochsicherheitsgefängnis verbüßt, einen Preis auf Jims Kopf ausgesetzt. Und zwar einen so besorgniserregend hohen, dass die Polizei Jimmy angeboten hat, ihn in ein Zeugenschutzprogramm aufzunehmen.

Doch unerschrocken, wie er nun einmal ist, hat er ihnen gesagt, wohin sie sich ihren Vorschlag schieben können, und arbeitet trotzdem weiter.

Sobald ich eine freie Minute habe, rufe ich ihn an und schildere ihm die Situation.

Ein langer Anfall von Raucherhusten. Dann meldet er sich keuchend wieder.

»Ich kann dir nichts versprechen«, antwortet er mit rauer, kehliger Stimme. »Aber ich tue, was ich kann.«

Dankbar gebe ich ihm die wenigen Informationen, die ich besitze. Ich höre, wie sein Stift kratzend über den Notizblock fährt, als er sich alles aufschreibt. Jimmy ist der Beste in seinem Metier. Wenn er den Kerl nicht findet, schafft es keiner.

»Da wäre noch etwas«, brummt er, bevor er auflegt.

»Ja?«

Kein weiteres Wort ist nötig, denn ich weiß, was jetzt kommen wird, und mache mich auf das Schlimmste gefasst.

»Warum? Wer ist dieser Typ? Was bedeutet er dir?«

Ich seufze auf und bemühe mich um einen lockeren Tonfall.

»Jim, sagen wir einfach, dass es persönlich ist?«

Die nächste Woche vergeht wie immer in einem Wirbel aus Sitzungen, Redaktionsschlüssen und Konferenzen, sodass ich kaum Zeit habe, an die Sache zu denken. Sie kommt mir nur wieder zu Bewusstsein, wenn ich tagsüber Lily anrufe, um ein bisschen mit ihr zu plaudern. »Mama, Mama!«, ruft sie dann in aller Unschuld. »Es ist so toll mit Tante Helen. Ich will nie wieder ein anderes Kindermädchen! Sie soll für immer bei uns wohnen!«

»Das wäre wundervoll, aber du weißt doch, dass Tante Helen bald wieder zurück nach Cork muss. Mama wird ein anderes Kindermädchen für dich suchen ...«

»Nein!!! Kein anderes Kindermädchen! Ich will nur Tante Helen. Für immer!«

Ich seufze tief auf und lege das Problem in Gedanken unter »zur späteren Wiedervorlage« ab.

»Und soll ich dir noch was sagen, Mama?«

»Ja, Schatz, was ist?«

»Ich weiß jetzt, was ich anziehe, wenn ich mich mit Daddy treffe. Und ich habe heute ein neues Lied auf dem Klavier gelernt, das ich ihm vorspielen kann. Und ich habe ein Bild von uns beiden zusammen gemalt!«

»Nun, weißt du, Schatz«, antworte ich so beschwichtigend wie möglich, »wir tun unser Bestes, um ihn zu finden. Aber vielleicht wohnt er ja gar nicht mehr hier, sondern ist ins Ausland gezogen«, versuche ich verzweifelt, sie vor der Enttäuschung zu schützen. Doch sie ist ja noch nicht einmal drei und kennt die Bedeutung des Wortes Enttäuschung noch nicht.

»Du findest ihn schon, Mummy«, verkündet sie stolz. »Du kannst alles! Du bist wie Superwoman, nur besser!«

Donnerstagnachmittag, und noch immer keine Nachricht von Jim. Kein Zwischenbericht, nichts. Als ich ihm eine SMS schicke, erhalte ich eine knappe Antwort: »Lass mich in Ruhe meine Arbeit machen!«

Recht hat er. Also kneife ich brav den Schwanz ein und gehorche.

Das Wochenende kommt und geht. Noch immer nichts. Dann, ich habe die Hoffnung schon aufgegeben und frage mich, wie ich es Lily beibringen soll, ruft Jimmy mich am Montagabend aus heiterem Himmel an.

»Wo bist du?«, erkundigt er sich barsch.

»In der Redaktion.« Wo sonst?

»Kannst du dich für eine halbe Stunde loseisen? Ich muss persönlich mit dir reden.«

Ich schaue auf die Uhr. Ich rufe den heutigen Plan auf dem Computer auf, aber ich bin total ausgebucht. Ich setze schon zu der Frage an, ob ich mir einen Termin freiboxen und ihn später zurückrufen kann, doch er will nichts davon wissen.

»Ich bin in zehn Minuten in der Tiefgarage an der Abbey Street. Du solltest da sein.«

Herrgott, wenn mich jemand sieht. Irgendwie gelingt es mir, mich aus dem Büro zu schleichen und der armen verdatterten Rachel mitzuteilen, sie solle ausrichten, dass ich gleich zurück bin, falls mich jemand suchen sollte. Ihre ungläubige Miene, als sie diese noch nie da gewesenen Worte hört, spricht Bände. Es ist, als hätte ich gerade verkündet, ich hätte das Handtuch geworfen und würde von nun an die Obdachlosenzeitung an der Ecke der Tara Street verkaufen.

Durchgeschwitzt, mit rasendem Puls und einem Herzen, das so heftig klopft, dass das Rauschen des Blutes in meinen Ohren fast alle anderen Geräusche übertönt, steige ich ins Auto und schlängle mich durch den dichten Feierabendverkehr bis zur Tiefgarage in der Abbey Street.

Ganz bestimmt hat er Neuigkeiten für mich. Das muss einfach so sein …

Unterwegs läutet die ganze Zeit mein Mobiltelefon, doch ich achte nicht darauf, sondern fahre einfach weiter und konzentriere mich auf die Straße.

Mit trockenem Mund und bebender Brust komme ich endlich an. Zum Glück ist an der Einfahrt keine Schlange. Ich rolle mit dem Wagen die Rampe hinunter, ziehe eine Karte und fahre dann langsam im Kreis herum. Im nächsten Moment bleibt mir fast das Herz stehen, denn die Beifahrertür wird aufgerissen, und Jimmy springt ins Auto.

»Park da drüben und stell den Motor ab«, befiehlt er, was ich brav befolge. Allerdings gibt es nicht viele Leute, die es wagen, Jimmy zu widersprechen.

Dann kramt er in seiner Jackentasche, fördert ein abgegriffenes Notizbuch zutage, klappt es auf und fängt mit seinem Bericht an.

»Nur aus reiner Neugier, Eloise«, beginnt er, »wie bist du nur an diesen Scheißkerl geraten? Ich meine, schau dich doch an. Und die Art, wie du lebst. Ich kapiere nicht, was du von diesem Burschen willst. Was kann so ein Wichser nur mit dir zu tun haben?«

Ich sehe ihn flehentlich an.

»Ist es in Ordnung, wenn ich dich bitte, nicht weiterzufragen und es dabei zu belassen?«

Als er den Kopf schüttelt, fliegen seine Schuppen in alle Richtungen. Er greift wieder zum Notizbuch.

»Gut, also erstens ändert der Idiot ständig seinen Namen. Ich habe ihn von Darndale, wo er sich Bill oder Billy O'Casey nannte, zur DCU verfolgt …«

»DCU?«, unterbreche ich ihn. Das ist die Dublin City

University. Was zieht diesen Typen nur immer zu Universitäten?

Plötzlich habe ich wider aller Vernunft Hoffnung. Ich wusste es. Mir war gleich klar, dass wir es mit einem ungeschliffenen Diamanten zu tun haben, mit jemandem, den es nach Wissen dürstet und der es in der Welt zu etwas bringen will …

»… wo er wieder seinen Namen geändert hat. Diesmal nannte er sich James Archer.«

»Tatsächlich?«

»Er hat sich für ein Seminar in kreativem Schreiben angemeldet, aber nach nur drei Wochen abgebrochen …«

»Abgebrochen? Warum?«

»Herrgott, lass mich doch endlich ausreden. Das war vor etwa zwei Jahren. Nach einer Weile ist er wieder aufgetaucht. Er hat in einer Statoil-Werkstatt in der Long Mile Road gearbeitet und mit zwei anderen Typen zusammengewohnt, die, sagen wir mal, polizeibekannt sind.«

Gut, »polizeibekannt« ist nicht unbedingt ein Wort, das man hören möchte, wenn man dabei ist, den Vater seines Kindes aufzuspüren.

»Ab diesem Punkt wurde die Suche wirklich interessant. Ich habe mich ein bisschen umgehört, Fragen gestellt und mit einigen meiner Kontaktleute gesprochen. Wie sich herausgestellt hat, hat er sich mit wirklich finsteren Gestalten eingelassen.«

»Wie … wie schlimm ist es?« Meine Stimme klingt so dünn, als käme sie aus dem Nebenzimmer.

»Sie haben alle ein ellenlanges Vorstrafenregister und waren immer wieder im Erziehungsheim, seit sie aus den Windeln sind. Nichts Schwerwiegendes, keine langen Aufenthalte. Allerdings hat die Bande, mit der dein Typ sich rumtreibt, bereits Haftstrafen wegen Einbruchs, Ladendiebstahls, Autodiebstahls und so weiter hinter sich. Also habe ich weitergesucht …«

»… und?« Inzwischen kauere ich auf der Kante des Sitzes und fürchte mich vor dem, was jetzt kommen wird.

»Und er hat wieder seinen Namen geändert, was meinen Job nicht gerade leichter macht. Er nennt sich jetzt Oscar Butler …«

»Oscar Butler?«, wiederhole ich unwillkürlich. Das klingt so erfunden, wie Lily es ausdrücken würde.

»Richtig.« Jimmy nickt zustimmend. »Wenn man sich anschaut, wo er verkehrt und mit welchen Leuten er sich umgibt, wundert es mich, dass sie ihm wegen dieses überkandidelten Namens nicht schon die Fresse poliert haben. Jedenfalls hat er nach nur wenigen Monaten bei der Autowerkstatt aufgehört. Wie ich hinzufügen muss, schuldet er vielen Arbeitskollegen Geld. Und dann wird es still um ihn. Ich habe volle zwei Tage gebraucht, um dem Dreckskerl wieder auf die Spur zu kommen. Doch ich habe erfahren, dass ein Kumpel von deinem Typen in einen Bankraub verwickelt war. Und dein Typ hat das Fluchtfahrzeug gelenkt. Nur, dass er da mittlerweile schon wieder anders hieß.«

»Ach herrje«, murmle ich und lasse den Kopf aufs Lenkrad sinken.

»Also habe ich mich an einen Kontaktmann von mir gewendet, der bei der Polizei ist. Und plötzlich – Volltreffer. Es kam etwas in Bewegung. Deshalb habe ich noch ein bisschen herumgefragt, und vor etwa einer Stunde hatte ich ein Ergebnis.«

Wortlos und voller Angst sehe ich ihn an.

»Erstens heißt er mit richtigem Namen Jake Keane.«

»Und weißt du, wo er ist?«

»Oh ja, das war das Einfachste. Zufällig kann ich dir genau sagen, wo er sich in dieser Minute aufhält.«

Oh Gott, ich glaube, ich muss gleich in eine Papiertüte atmen.

»Krieg keinen Schock, okay?«

»Sag es mir«, erwidere ich mit heiserer Stimme. »Ich muss es wissen.«

Jimmy betrachtet mich mit gütiger, ja, fast väterlicher Miene.

»Hör mir zuerst einmal zu. Ganz gleich, was da läuft, Eloise, nimm meinen Rat an und lass sofort die Finger davon. Vertrau mir, er ist es nicht wert, und wenn du die Sache weiter vorantreibst, handelst du dir nichts als Schwierigkeiten ein.«

»Bitte ... bitte erzähl es mir.«

»Jake Keane ist im Gefängnis. Er hat seine zweijährige Haftstrafe fast hinter sich. Und ich denke, er sitzt nicht deshalb, weil er seine Rundfunkgebühren nicht bezahlt hat, das kann ich dir versichern.«

Als ich mich bei ihm bedanken will, bringe ich aus irgendeinem Grund keinen Ton heraus.

Teil zwei

Kapitel fünf

Was einem niemand über die Zeit drinnen verriet, dachte Jake Keane oft, war, dass es die kleinen Dinge waren, die einem halfen, jeden Tag zu überstehen. Auch noch so unbedeutende Erfolgserlebnisse, die einen weiterleben ließen, anstatt in einem den Wunsch auszulösen, sich an der Deckenlampe aufzuhängen, nur um rauszukommen und frei zu sein, bevor man vergaß, wie sich das anfühlte.

So überstand man wieder einmal einen endlosen Tag, jeder davon so lang, dass sich sogar eine Stunde hinzog wie ein Monat. In letzter Zeit hatte Jake viel von Virginia Woolf gelesen, einer Autorin, die es wirklich zu verstehen schien, was es hieß, eingesperrt zu sein. Er konnte ihren Satz voll und ganz nachvollziehen, dass einen Tag auszuhalten verhältnismäßig einfach sei. Es seien die Stunden dazwischen, die einen fast umbrächten.

Und das war kein Scherz. Manchmal schaute er um acht Uhr abends auf die Uhr und beglückwünschte sich dazu, dass er die volle Stunde seit sieben überlebt hatte. Die nächste Herausforderung war dann die kommende Stunde bis neun. So schlug man sich durch, wie er inzwischen wusste. Man hangelte sich von Minute zu Minute, von Stunde zu Stunde. Bis es dunkel wurde, bis zum Einschluss, bis endlich Ruhe einkehrte und er sich zu seiner tiefen Freude sagen konnte: Ja, geschafft. Wieder ein Tag vorbei. Wieder ein Tag abgehakt.

Und so klammerte man sich an die kleinen Freuden des Alltags. Zum Beispiel, wenn man im Speisesaal einen Fensterplatz ergatterte. Wenn es etwas zu essen gab, das tatsächlich genießbar war und nicht aussah und schmeckte wie in geronnenem Fett schwimmendes Katzenfutter. Wenn man beim Hofgang ein bisschen Sonne abbekam. Selbst wenn der Himmel seine Schleusen öffnete und es goss wie aus Eimern, ging Jake hinaus und nutzte die eine Stunde, die man ihm zugestand, obwohl er hinterher bis auf die Haut durchnässt war. Er hätte alles für frische Luft gegeben. Es wunderte ihn selbst, wie sehr ihm das fehlte und wie wenig er es damals als freier Mann zu schätzen gewusst hatte.

Es war ein guter Tag, wenn es ihm gelang, eine Zigarette zu schnorren und sie gegen ein ordentliches Buch einzutauschen, das ihn dann eine Weile beschäftigte. Keines aus der Bibliothek, die zu nichts zu gebrauchen waren, weil oft Seiten daraus fehlten. Bücher, die die Aufseher von draußen einschmuggelten, waren viel besser. Sie kosteten zwar Geld, doch das waren sie wert. Das hatte Jake schon sehr früh gelernt.

Lesen half ihm, das alles zu ertragen. Es war das Beste, die Nase in ein Buch zu stecken und sich nicht einzumischen. Denn wenn hier eine Überlebensregel galt, dann lautete sie: Kopf runter, Mund zu, sich weder Freunde noch Feinde schaffen, so neutral sein wie die Schweiz und so wenig auffallen wie die Tapete an der Wand. Gib dir Mühe, jemand zu sein, den die anderen weder mögen noch ablehnen, sondern den sie vergessen, sobald sie dir den Rücken zukehren. Und vor allem, halt dich aus allem raus.

Er kam auch verhältnismäßig gut mit den Aufsehern zurecht, die ihm hin und wieder einen Gefallen taten. Einer schrieb ihn sogar für ein Fernstudium ein, Englisch und Psychologie, woran er große Freude hatte, sodass er sich große Mühe gab. Im ersten Jahr hatte er auch einen Kurs im Unterrichten von Englisch als Fremdsprache belegt. Zu seiner eigenen Überraschung hatte es ihm wirklich Spaß gemacht, sich mit den unzähligen Feinheiten der englischen Sprache zu beschäftigen. Und außerdem war sein Fleiß von Erfolg gekrönt gewesen, denn er hatte mit der Bestnote abgeschnitten.

Das Studium war eine wundervolle und willkommene Ablenkung, die ihm auch ein wenig Privatsphäre verschaffte. Wenn die anderen ihn drängten, in der Pause auf dem Hof Fußball zu spielen, verdrehte er nur die Augen zur Decke und deutete auf den Bücherstapel auf seinem Knie, den er noch durcharbeiten musste. Und so hänselten sie ihn als Professor und ließen ihn in Ruhe. Was ihm sehr recht war.

Man lebte für den Besuchstag. Das taten alle hier. Er war eine Unterbrechung des Alltagstrotts und brachte ein wenig Abwechslung. Jeden Mittwoch zwischen zwei und vier. Das Problem war nur, dass man seine Angehörigen nur etwa eine halbe Stunde davon zu Gesicht bekam. Die restliche Zeit standen sie vor dem Gebäude Schlange oder mussten sich Sicherheitskontrollen unterziehen. Am meisten taten Jake die Ehefrauen und Freundinnen leid, die bei Wind und Wetter mit ihren Kinderwagen eintrafen und stundenlang draußen in der Eiseskälte warteten, nur um ihren Liebsten dreißig jämmerliche Minuten lang zu sehen. Und das nicht einmal unter vier Augen, denn man saß im Besucherzimmer, wo einen das halbe Gefängnis beobachtete. Aber wenn man drinnen war, bedeutete diese halbe Stunde einem alles.

Inzwischen war seine Mam Imelda seine wichtigste Besucherin. Mit ihren fünfundsechzig Jahren nahm sie noch immer die anstrengende Fahrt mit zwei Bussen und dann den anderthalb Kilometer weiten Fußmarsch bergauf von der Haltestelle zum Gefängnistor auf sich, nur um ihren jüngsten Sohn einmal in der Woche eine halbe Stunde lang zu besuchen. Sie hatte noch keinen einzigen Termin verpasst und war so zuverlässig, dass es ihm fast das Herz brach. Immer war sie da und schenkte ihm ein zittriges Lächeln, machte gute Miene zum bösen Spiel und ließ sich nicht anmerken, wie entsetzlich sie sich schämte.

Außer ihr hatten nur Anwälte ein Besuchsrecht. Wenn ein Prozess oder eine Berufungsverhandlung anstand, durfte der Verteidiger einen jederzeit sehen, ohne dass das Wachpersonal Einspruch erheben konnte. Allerdings war Jake noch nie in den Genuss dieses Privilegs gekommen, weil sein Prozess fast zwei Jahre zurücklag. Damals war er auf einen kostenlosen Pflichtverteidiger angewiesen gewesen, was hieß, dass ein wohlmeinender, aber völlig unerfahrener Hochschulabsolvent seinen Fall betreute. Der junge Mann hatte beim Anblick des Richters und der Geschworenen vor Lampenfieber fast einen Schlaganfall erlitten und bei der Urteilsverkündung zu zittern angefangen. Er war so den Tränen nah gewesen, dass Jake Mitleid mit dem armen Kerl bekommen und ihn getröstet hatte, während er in Handschellen auf seinen Abtransport ins Cloverhill Detention Center wartete, die erste Station, bevor in einer richtigen Haftanstalt ein freies Bett gefunden war.

Wenn es nicht so tragisch gewesen wäre, hätte es komisch sein können.

Und so war Jake völlig perplex, als man ihm an einem sonnigen Frühlingstag kurz nach Ostern mitteilte, er habe Besuch und solle sich sofort durch die Sicherheitsschleuse in den Besucherraum begeben. Ein Anwalt war es ganz bestimmt nicht, da war er sich völlig sicher. Jake kannte den Aufseher, der ihn zur Kontrollstelle brachte. Er hieß Cagney und war ein netter Kerl, wenn man ihn richtig behandelte.

»Haben Sie eine Ahnung, wer es ist?«, erkundigte sich Jake, während er durchsucht, abgetastet und dann auf dem Weg aus Zellenblock C durch den Metalldetektor geschleust wurde.

Cagney zuckte die Achseln.

»Ihr Bewährungshelfer vielleicht?«

Allerdings hielt Jake das für höchst unwahrscheinlich. Seine Bewährungsanhörung stand erst Ende des Monats an, weshalb es noch viel zu früh war, um dieses Thema mit ihm zu erörtern.

»Wissen Sie«, fuhr Cagney in dem freundlichen Ton fort, der zwischen ihnen normalerweise herrschte, »das ist jetzt natürlich nur unter uns, aber Ihre Chancen, hier vorzeitig rauszukommen, stehen gut. Wenn sich jeder Häftling so gut führen würde wie Sie, wäre mein Job ein Kinderspiel. Ich werde Sie in den höchsten Tönen loben, wenn es so weit ist. Darauf können Sie sich verlassen. Ehrenwort.«

Darauf war Jake noch gar nicht gekommen. Gute Nachrichten nahm er selten wahr. Hier war es um einiges ungefährlicher, immer vom Schlimmsten auszugehen. So ersparte man sich den dumpfen Schmerz der Enttäuschung, wenn es nicht lief wie geplant. Was in seinem Leben ohnehin nur selten der Fall gewesen war.

Als er endlich die Sicherheitskontrolle hinter sich hatte und den Besucherraum betrat, sah er kein bekanntes Gesicht und auch niemanden, der ein Mitglied des Bewährungsausschusses hätte sein können. Nur ein paar Jungs aus anderen Zellenblocks, die in angespannte Gespräche mit ihren Verteidigern vertieft waren. Offenbar stand bei ihnen die Hauptverhandlung noch aus. Das war aus ihren erhobenen Stimmen, den geröteten Gesichtern und dem nervösen Vibrieren zu schließen, das von ihnen ausging. Währenddessen saßen ihre Anwälte ihnen ruhig gegenüber, die Fingerspitzen aneinandergelegt, mit gelangweilten Mienen und die Ohren auf Durchzug geschaltet. So, als hätten sie jede abgedroschene, alte, überstrapazierte Ausrede schon tausendmal gehört und überlegten nur, wie schnell sie sich wieder in ihre gemütlichen Kanzleien verdrücken und so viel Abstand wie möglich zwischen sich und die schmuddelige Tristesse von Wheatfield bringen konnten.

So angestrengt Jake auch Ausschau hielt, er entdeckte niemanden, der ihn hätte erwarten können. Immer wieder schritt er den schmalen Flur auf der Häftlingsseite ab und spähte durch jedes Gitterfenster. Nichts.

Als er schon aufgeben und umkehren wollte, ließ ihn eine Stimme schlagartig innehalten.

Eine Frauenstimme, klar, deutlich und sachlich.

»Verzeihung, aber sind Sie zufällig Jake Keane?«

Die Frau war ganz sicher nicht vom Bewährungsausschuss. Sie war noch ziemlich jung, schätzungsweise Anfang dreißig, sehr schlank und geisterhaft bleich, wodurch ihre pechschwarzen Augen noch stärker betont wurden. Feines dunkelbraunes Haar, ordentlich zurückgebunden, ein elegantes schwarzes Kostüm, schwarzer Aktenkoffer, alles schwarz. Attraktiv, obwohl sie aussah, als hätte sie seit drei Jahren nicht mehr geschlafen. Doch wenn sie etwa drei Kilo zugenommen und sich ein wenig in die Sonne gesetzt hätte, dachte Jake, wäre sie hübsch, ja, sogar eine Schönheit gewesen. Anwältin, vermutete er. Jedenfalls hatte sie die gleiche offizielle, förmliche und steife Ausstrahlung wie die Anwälte, die sonst hier aufkreuzten.

»Guten Morgen«, begann sie mit Anspannung in der Stimme. »Äh ... es tut mir leid, dass ich Sie störe, aber ich würde mich freuen, wenn Sie mir ein paar Minuten Ihrer Zeit opfern würden.«

»Nun, wenn Sie es noch nicht bemerkt haben sollten« – Jake lächelte sie durch das Gitter spöttisch an –, »habe ich alle Zeit der Welt. Also bin ich, wie man sagen könnte, ein aufmerksamer Zuhörer.«

Mit diesen Worten schob er sich das blonde Haar aus dem Gesicht, verschränkte die Arme und spitzte die Ohren. Dabei musterte er sie von Kopf bis Fuß. Mit der war nicht gut Kirschen essen, so lautete seine erste Einschätzung. Das erkannte er schon daran, wie kerzengerade sie dasaß, als wolle sie jeden Moment eine Sitzung leiten.

Dann jedoch bemerkte er, dass ihre mageren, knochigen Finger nervös auf das schmale Sims vor ihr klopften. Also beschloss er, es ihr leicht zu machen, um sie zu beruhigen.

»Hören Sie«, meinte er, ein wenig freundlicher. »Ich habe keine Ahnung, wer Sie sind. Doch falls Sie von der Organisation der Pflichtverteidiger kommen, hätten Sie sich den Weg sparen können. In ein paar Wochen steht meine Bewährungsanhörung an ...«

»Ich bin keine Anwältin. Ich heiße Eloise Elliot«, entgegnete sie mit kultiviertem Akzent. Aus irgendeinem Grund war Jake dieser Name vertraut.

»Eloise Elliot«, wiederholte er und zermarterte sich das Hirn danach, woher er diesen Namen kennen könnte.

»Chefredakteurin der *Post.*«

Endlich ging ihm ein Licht auf. Natürlich. Schließlich las er jeden Tag in der Gefängnisbibliothek die Online-Ausgabe. Wahrscheinlich hatte er ihren Namen schon tausendmal im Impressum gesehen. Gut, nun konnte er sie immerhin besser einschätzen. Offenbar war sie mit ihrem Beruf verheiratet, eine dieser Arbeitssüchtigen, die an ihren Schreibtisch gekettet waren, eine Frau, die für ihren Job lebte. Konzentriert, scharfer Verstand, und wenn ihn nicht alles täuschte, eine alte Jungfer. Einen Ehering trug sie jedenfalls nicht. Auch keinen anderen Schmuck oder irgendwelche Accessoires oder Make-up. Nichts, um ihr fahles Äußeres aufzulockern. Aus Erfahrung wusste er, dass nur Frauen in Toppositionen das Selbstbewusstsein hatten, sich so ein erschöpftes, abgearbeitetes Aussehen zu gestatten. Unter wettbewerbsorientierten Alphatierchen war das fast so etwas wie eine Tapferkeitsmedaille.

Übrigens hatte er diese Insiderinformationen aus den Psychologiebüchern, die er in den letzten Monaten verschlungen hatte. Sie machten das Beobachten seiner Mitmenschen, wozu er hier ausreichend Gelegenheit hatte, für ihn als Zuschauer um einiges interessanter.

»Es geht um Folgendes«, fuhr Eloise Elliot fort. »Ich bin gerade dabei, eine Serie über ehemalige Sträflinge zu konzipieren. Darüber, wie sie nach ihrer Entlassung mit dem Leben draußen zurechtkommen. Und deshalb wollte ich Sie fragen, ob Sie Interesse hätten, daran mitzuwirken. Natürlich hieße das, dass Sie sich in den nächsten Monaten würden begleiten lassen müssen. Wie es bei Ihnen funktioniert. Wie sich die Dinge für Sie entwickeln. Alles wäre anonym, Ihr Name würde nicht in der Zeitung erscheinen. Sie würden uns nur

Hintergrundinformationen für unsere … äh … Serie liefern. Mehr nicht. So … äh … was halten Sie davon?«

Zunächst schwieg Jake. Er lehnte sich zurück und betrachtete sie. Hut ab vor diesem Mädchen. Die meisten Leute waren bei ihrem ersten Besuch hier von den Bedingungen mehr als schockiert. Insbesondere die Frauen, die es kaum schafften, Blickkontakt mit einem aufzunehmen, ihr Sprüchlein abspulten und sich so schnell wie möglich aus dem Staub machten.

Aber nicht Miss Eloise Elliot. Sie saß ihm einfach gegenüber und wartete kühl und gefasst auf seine Antwort. Dass sie sich in einem Gefängnis befand und mit einem leibhaftigen Sträfling sprach, schien sie nicht im Mindesten zu berühren. Offenbar war sie nicht nur eine starke Frau, sondern hatte auch ebensolche Nerven.

Zu seinem Erstaunen war Jake beeindruckt.

Allerdings war es ihm immer noch rätselhaft, warum sie hier war. Was konnte die Chefredakteurin einer großen Zeitung wie der *Post* nur von ihm wollen? Er begriff es nicht. Es ergab einfach keinen Sinn.

»Darf ich Sie Eloise nennen?«, fragte er nach einer Weile und sah sie aufmerksam an.

»Natürlich.«

»Heißt das, Sie bestehen nicht auf ›Frau Chefredakteurin‹ wie auf der Leserbriefseite?«, erwiderte er grinsend.

»Eloise genügt«, meinte sie und schien beeindruckt, dass er nicht nur ihre Zeitung, sondern sogar auch die Leserbriefseite kannte.

»In diesem Fall, Eloise, muss ich Ihnen mitteilen, dass das, was Sie gerade gesagt haben, wie der größte Haufen Pferdescheiße klingt, den man auf einer Rennbahn finden kann.«

»Wie bitte?«

Aha, dachte er. Die Frau war es nicht gewohnt, dass man so mit ihr sprach. Doch andererseits hatte sie ihn hierherholen lassen, was verglichen mit dem Herumsitzen in seiner engen Zelle eine gewaltige Verbesserung war. Und so beschloss er, die Gelegenheit zu nutzen, sich ein bisschen zu amüsieren.

»Also erstens«, begann er lässig und streckte die langen Beine aus, als habe er alle Zeit der Welt, was ja auch den Tatsachen entsprach. »Warum, um alles in der Welt, sollte sich die *Post* für jemanden wie mich interessieren? Ich lese Ihre Zeitung jeden Tag und kann Ihnen deshalb eines sagen: Ihre Leser kommen hauptsächlich aus der Mittelschicht, habe ich recht?«

Sie nickte. Wieder schien sie beeindruckt, wie intelligent er wirkte.

»Wenn Sie die Chefredakteurin der *Daily Sun* oder des *Star* wären, könnte ich Ihre Motive zumindest halbwegs verstehen. Doch Ihr Blatt hat überhaupt keine Berührungspunkte mit einer Boulevardzeitung.«

»Schon ... aber ... ich verstehe nicht ganz, worauf Sie hinauswollen.«

»Eloise, mir ist rätselhaft, warum Sie glauben, dass der durchschnittliche Leser der *Post* etwas über meinesgleichen wissen wollen könnte. Oder darüber, was draußen aus mir wird. Abgesehen von meiner Mutter kümmert es nicht einmal meine eigene Familie. Weshalb also scheren Sie sich einen Scheißdreck um einen Ex-Knacki auf freiem Fuß?«

»Nun, ich tue es eben«, entgegnete sie mit Nachdruck und erwiderte unverwandt seinen Blick. Offenbar hatte sie mit diesem Einwand gerechnet. »Und ich bin sicher, dass es vielen anderen Menschen auch so gehen wird, Jake. Ich will diese Serie bringen, weil so etwas noch nie versucht worden ist. Und Sie sind genau der richtige Mann für uns. Ich habe den Direktor angerufen und ihn gebeten, mir jemanden zu empfehlen, mit dem ich sprechen könnte, und er meinte, Sie seien bei Weitem der beste Kandidat. Ein mustergültiger Häftling, so hat er Sie genannt.«

Im nächsten Moment zog sie einen Notizblock aus der Tasche und studierte ihre Aufzeichnungen.

»Ach herrje«, stöhnte Jake. »Jetzt sagen Sie nicht, dass Sie sofort anfangen wollen.«

»Schauen Sie nur«, fuhr sie fort, ohne auf ihn zu achten. Inzwischen klang sie um einiges emotionaler. »Der Direktor hat auch erwähnt, dass Sie Ihren Abschluss als Englischlehrer als Jahrgangsbester gemacht haben. Jake, das ist ja wunderbar! Und nicht nur das, Sie arbeiten auch fleißig für Ihr Examen an der Fernuniversität. Seiner Ansicht nach sind Ihre Aussichten auf vorzeitige Haftentlassung und Ihre Zukunftsprognosen ausgezeichnet ...«

Er seufzte tief auf, während sie weitersprach. Gut, dann wusste sie also alles über ihn, auch, warum er überhaupt hier war. Sie hatte ihre Hausaufgaben gemacht. Allerdings war es nicht das, was ihn störte. Das Recht auf Privatsphäre war das Erste, was man hier an der Garderobe abgeben musste, daran hatte er sich längst gewöhnt.

Doch Ms. Eloise Elliot hatte etwas an sich, das ihn ein wenig aus dem Konzept brachte. (Ganz sicher bestand sie auf die ehestandsneutrale Anrede Ms. Das war ihm auf Anhieb klar gewesen. Niemals würde sie den Titel Miss dulden. Darauf hätte er seine Bewährung verwettet.) Das lag weniger an dem, was sie sagte, als an dem eindringlichen Blick, mit dem sie ihn währenddessen musterte. So als wolle sie sich seine

Gesichtszüge in allen Einzelheiten einprägen und erkenne jemand anderen darin.

Und obwohl sie selbst es nicht bemerkte, zögerte sie stets leicht, wenn sie von ihrer sogenannten Serie sprach, so als nähme sie es mit der Wahrheit nicht so genau. Jedes Mal errötete sie leicht, und ihre Augen wanderten nach links. Es war kaum wahrnehmbar, und vermutlich war sie sich dessen gar nicht bewusst. Es wäre auch ein Leichtes gewesen, es zu übersehen. Doch Jake entging es nicht. Während der beiden langen Jahre im Knast war er Experte darin geworden, solche verräterischen Gesten zu deuten.

Aber aus welchem Grund kam sie den ganzen Weg hierher, nur um ihn anzulügen? Das ergab, ganz gleich, wie man es auch drehte und wendete, keinen Sinn.

»Also, was halten Sie davon, Jake?«

Ich werde Ihnen genau sagen, was ich davon halte, Ms. Eloise Elliot, dachte er. Meiner Ansicht nach steckt mehr in Ihnen, als man auf den ersten Blick erkennt. Und außerdem sind Sie die schlechteste Lügnerin, der ich je begegnet bin, und ich habe schon einige gesehen.

Dann jedoch nahm er ihren verzweifelten, ja, fast flehentlichen Gesichtsausdruck wahr und bekam Mitleid. Schließlich war sie hier. Sie hatte sich solche Mühe gemacht, etwas über ihn herauszufinden. Sei nett zu ihr, nahm er sich daher vor.

»Wissen Sie was, könnte ich eine Nacht darüber schlafen?«, antwortete er, worauf sie lächelte. Sie schien erleichtert, dass er ihr nicht sofort einen Korb gegeben hatte.

»Natürlich. Aber darf ich Ihnen, bevor ich gehe, noch ein paar Fragen stellen. Nur wegen der … äh … Hintergrundinformationen?«

»Schießen Sie los«, forderte er sie lässig auf.

»Haben Sie Angehörige?«

»Wollen Sie mich auf den Arm nehmen? Klar, zu viele.«

»Leben Ihre Eltern noch?«

»Ja, aber mein Dad ist abgehauen, als ich noch ein Baby war. Deshalb habe ich nur noch meine Mutter.«

»Oh«, entgegnete sie, in dem offensichtlichen Versuch, ihre Neugier zu verhehlen.

»Und Ihre Adresse?«

»Wenn ich rauskomme? Wie es immer in Ihrer Zeitung heißt, derzeit ohne festen Wohnsitz. Mit ein bisschen Glück auf dem Sofa meiner Mam.«

»Was ist mit Ihren Großeltern. Leben die noch?«

Er stellte fest, dass sie sich auf die Zunge biss, als wisse sie, dass sie zu weit gegangen war und zu neugierig klang.

»Brauchen Sie diese Einzelheiten wirklich für Ihre Serie?« Jake grinste sie keck an.

»Verzeihung, nein, natürlich nicht. Aber würde es Sie stören, mir trotzdem ein wenig von sich zu erzählen? Womit verbringen Sie hier drin so Ihre Zeit? Ich weiß, dass Sie studieren, also lesen Sie sicher viel. Mich würde nur interessieren, ob Sie noch andere Hobbys haben. Sport vielleicht? Oder spielen Sie ein Instrument?«

Und so machte er ihr zuliebe mit, obwohl sie so oft das Wort »warum« gebrauchte, dass er allmählich ein mulmiges Gefühl in der Magengrube bekam. Ganz ähnlich wie in einem Polizeiverhör, eine Erinnerung, die er schon lange zu verdrängen versuchte.

»Ach, noch etwas, warum ändern Sie ständig Ihren Namen?«, erkundigte sie sich aus heiterem Himmel. Anscheinend war das ein Punkt, der ihr besonders zu schaffen machte.

»Das wissen Sie auch?«

»Äh … ja … vom Direktor.«

Er nickte, auch wenn er ihr nicht ganz glaubte, denn wieder verriet sie sich dadurch, dass sie kurz zur Seite blickte.

»Okay, ich werde es einmal so ausdrücken. Wenn dieselben Leute hinter Ihnen her wären, die mir in den letzten Jahren an den Kragen wollten, würden Sie sich Mary Smith nennen, ohne Rückfahrkarte nach Neuseeland auswandern und sich hinter einer Staubwolke tarnen.«

Bei diesen Worten grinste sie breit, was ihr ganzes Gesicht weicher und sie selbst um Jahre jünger wirken ließ, wie er unwillkürlich dachte.

»Tut mir leid, aber ich muss Sie das einfach fragen. Warum William Goldsmith?«

»Ganz einfach. *She Stoops to Conquer* ist eines meiner Lieblingsstücke«, erwiderte er achselzuckend. »Und als ich vor dem Trinity College die Statue des Autors Oliver Goldsmith sah, hat mir die Idee gefallen, Goldsmith als Familiennamen anzunehmen. Dazu William wie William Blake, ein anderer Schriftsteller, den ich sehr mag.«

»Wirklich? Ich auch! Ich habe mich auf dem College sehr mit ihm beschäftigt und meine Abschlussarbeit über ihn geschrieben. Und was ist mit Bill O'Casey? Wo haben Sie das her?«

»Die Leute, mit denen ich mich herumgetrieben habe, haben mich nie William, sondern immer nur Bill oder Billy genannt. O'Casey wie Sean O'Casey. Ich habe damals gerade *Shadow of a Gunman* gelesen und war begeistert.«

Wieder ein Schmunzeln.

»Aber … James Archer?«

»Nun, das hören Sie jetzt sicher nicht gern. Doch ich habe ziemlich viel von Jeffrey Archer gelesen. Der wird zwar gnadenlos durch den Kakao gezogen, schreibt aber trotzdem ausgesprochen spannend.«

»Gut, und was ist mit Oscar Butler? Moment, lassen Sie mich raten, da war gerade Oscar Wilde dran«, sagte sie spöttisch, doch er bemerkte ihr leichtes Schmunzeln.

Wieder zuckte er die Achseln und nickte.

»Also ist jede Ihrer falschen Identitäten eine Respektsbezeugung gegenüber einem lebenden oder verstorbenen Schriftsteller?«

»So ähnlich«, erwiderte er und lehnte sich mit verschränkten Armen zurück. Obwohl es aussah, als mustere er sie, war er in Gedanken ganz weit weg. Warum interessierte sie das? Weshalb wollte sie das wissen? Und was wurde hier eigentlich gespielt?

Und so ging es immer weiter mit den Fragen, als hätte sie ein bestimmtes Bild von ihm im Kopf, eine Wunschvorstellung, wie er sein und wie er sich verhalten sollte, und sei nun auf der Suche nach Bestätigung. Bei Gott, sie schien ihre Hausaufgaben wirklich gemacht zu haben. Und zwar gründlich. Offenbar war sie besser über ihn im Bilde als seine eigene Mutter.

Allerdings irrte er in diesem Punkt, denn als sie sich gerade zum Gehen anschickte, hatte sie offenbar noch eine drängende Frage auf dem Herzen.

»Also ... äh ...«, begann sie und legte sich ihre Worte sorgfältig zurecht. »Da wäre noch eine letzte Sache, falls es Sie nicht stört.«

»Schießen Sie los.«

»Nun ... ich bin neugierig, welche Pläne Sie für die Zeit nach Ihrer Entlassung haben. Möchten Sie vielleicht Ihr Studium beenden und Ihren Abschluss beruflich nutzen?«

Die Andeutung hing zwischen ihnen in der Luft, und Jake war inzwischen sehr gut darin, zwischen den Zeilen zu lesen.

Wollte er draußen ehrlich werden? Doch das konnte er ihr nicht beantworten. Zu diesem Zeitpunkt wusste er es ja selbst noch nicht.

Kurz darauf verabschiedete sich Ms. Eloise Elliot. Sie schien sehr zufrieden mit sich zu sein, so als hätte alles großartig geklappt.

Auf dem Rückweg in seine Zelle gingen Jake zwei Gedanken im Kopf herum.

Entweder beschäftigte diese Frau ein Heer von Psychiatern. Oder sie führte etwas im Schilde.

Kapitel sechs

Einen Monat später hatte Ms. Eloise Elliot zu Jakes völliger Überraschung Wort gehalten. Niemand mit Ausnahme von ihm selbst war erstaunt, als er die Anhörung vor dem Bewährungsausschuss mit Bravour bestand. Und nach einem Gespräch mit seinem Bewährungshelfer Ben Casey, der ihm sämtliche Unterstützung anbot und im Laufe der Jahre ein Freund für ihn geworden war, war er endlich wieder ein freier Mann.

Er konnte nirgendwo unterkommen als bei seiner Mam, und genau das wollte er nicht. Zumindest noch nicht. Dort konnten sie ihn nämlich zu leicht aufspüren und wieder in Schwierigkeiten bringen. Und diesmal stand für Jake fest, dass es kein Zurück mehr gab, obwohl er wusste, wie beängstigend einfach es war, wieder abzurutschen.

Aber nein. Diesmal nicht. An seinem Entschluss war nicht zu rütteln. Er hatte den höchstmöglichen Preis dafür bezahlt, dass er so dumm gewesen war, auf die falschen Leute hereinzufallen, und dass er die Haft überstanden hatte, sollte nicht vergebens gewesen sein. Er hatte wieder eine weiße Weste und eine Chance für einen Neuanfang bekommen. Nun musste er nur noch standhaft bleiben.

Seine Mam schien es zu begreifen, auch wenn ihn die Trauer und Enttäuschung in ihrem Blick fast umbrachten, als er ihr erklärte, er werde nicht nach Hause in sein altes Zimmer und sein altes Leben zurückkehren. Immerhin war er ihr Jüngster, um den sie sich die meisten Sorgen machte und den sie in ihrer Nähe haben wollte. Noch schlimmer war die Gewissheit, dass sie zu Hause sicher alles für ihn vorbereitet hatte, um ihn beschützen und im Auge behalten zu können. Bestimmt hatte sie sich die Mühe gemacht, sein Zimmer aufzuräumen, den Kühlschrank mit seinem Lieblingsessen zu bestücken und die ganze Wohnung auf Vordermann zu bringen. Es brach ihm das Herz, wenn er daran dachte, was sie für ihn getan hatte und immer noch tat.

Allerdings fand sie sich, wenn auch nur widerstrebend, damit ab, dass er das dringende Bedürfnis nach einem Tapetenwechsel hatte. Er wollte weg von Darndale, noch einmal von vorne anfangen.

Und wie durch Zauberhand war Ms. Eloise Elliot genau zu diesem Zeitpunkt in sein Leben getreten. Eigentlich glaubte Jake nicht an Wunder. Denn das war gefährlich, wie er auf die harte Tour erfahren hatte. Man machte sich nur falsche Hoffnungen, die einem den Verstand vernebelten. Und dann versetzte einem das Leben wieder einen Tritt ins Gesicht, weshalb es besser war, sich keinen Illusionen hinzugeben. Doch trotz seiner Verbitterung und seines Zynismus geschah nun direkt vor seiner Nase ein richtiggehendes Wunder.

Kurz vor seiner Entlassung hatte Eloise ihn, erneut unter dem Vorwand, an ihrer Serie arbeiten zu müssen, ein zweites Mal besucht. Jake hatte ihr den Gefallen getan und sich mit ihr getroffen, obwohl er noch immer nicht ergründet hatte, was hier im Busch war. Als sie ihn geradeheraus fragte, was er nach seiner Entlassung vorhabe, hatte er die Achseln gezuckt und geantwortet, er habe offen gestanden keine Ahnung. Inzwischen vertraute er ihr genug, um ihr zu erklären, woran das lag. Gut, es gebe jede Menge Wohnzimmersofas, auf denen er übernachten könne, aber er wisse, wie leicht es sei, wieder abzurutschen. Selbst eine eigene Wohnung in Darndale zu mieten sei keine gute Idee, denn es würde sich rasch herumsprechen, dass er wieder draußen war, und prompt würden sie ihm einen Besuch abstatten. Er kenne da einige Leute, die sich nicht mit einem Nein abspeisen ließen, teilte er ihr mit. Den Rest konnte sie sich sicherlich denken.

Sie nickte, lauschte und schien zu wissen, was er meinte. Offenbar spürte sie, dass er nicht zurück auf die schiefe Bahn wollte, und war, im Gegensatz zu vielen anderen, bereit, ihm zu helfen. Sie schlug ihm vor, die Sache nur ihr zu überlassen. Sie werde sich einen Plan ausdenken. Das Planen lag ihr anscheinend im Blut. Dann vergingen zehn Tage, die sich im Gefängnis beinahe wie zehn Jahre anfühlen, ohne dass er auch nur einen Mucks von ihr gehört hätte.

Sie hat mich vergessen, dachte Jake. Schließlich ist sie die viel beschäftigte Chefredakteurin einer überregionalen Zeitung. Natürlich hat sie mich vergessen. Warum sollte sie sich überhaupt für mich interessieren? Aus unerfindlichen Gründen hatte sie spontan die Idee gehabt, ihn unter einem Vorwand zu besuchen. Und nun, nachdem sie Jake kennengelernt und sich selbst davon überzeugt hatte, was für ein absoluter Verlierer er war, hatte sie einen Rückzieher gemacht. Er nahm es ihr nicht übel. An Zurückweisung hatte er sich inzwischen gewöhnt und sich im Laufe der Zeit ein hartes Fell zugelegt, um Dinge wie diese wegzustecken.

Und dann wurde er zu seinem Erstaunen aus heiterem Himmel in den Besucherraum gerufen. Sie erwartete ihn schon. Bei ihrem Anblick grinste er übers ganze Gesicht. Und zum ersten Mal stellte er fest, dass sie sein Lächeln erwiderte.

Sie sagte, sie könne nicht lange bleiben, weil sie zurück in die Redaktion müsse. Obwohl es Sonntag war. Er hatte gedacht, dass sie an diesem Tag frei hatte, so wie alle anderen auch. Nein, antwortete sie, in ihrer Branche gebe es keine freien Tage. Nachrichten machten keine Pause, weshalb sie es auch nicht könne. Seltsam, sagte er sich, obwohl es eindeutig Wochenende war, war Eloise von Kopf bis Fuß in Schwarz gekleidet und trug wieder eines ihrer Businesskostüme, die sie anscheinend immer anhatte.

Kleider machen Leute, dachte Jake, als er sie durch das Gitter betrachtete. Dennoch war sie kreidebleich und wirkte völlig erschöpft, was Jake ebenfalls schleierhaft war. Wie, um Himmels willen, verbrachte diese Frau ihre Freizeit? Hatte sie überhaupt ein Privatleben oder sogar eine Familie? Oder tat sie den lieben langen Tag wirklich nichts anderes als zu arbeiten, zu schlafen und Ex-Knackis zu besuchen? War ihr Leben denn so leer? Fast so leer wie sein eigenes? Das ergab keinen Sinn, was allerdings genauso für die Situation an sich galt. Warum befasste sich eine kluge, erfolgreiche und mitten im Leben stehende Frau wie sie mit seinesgleichen?

Eloise Elliot war eindeutig eine Sphinx, eine geheimnisvolle Frau, die er noch nicht durchschaute. Doch eines Tages würde er es sicher schaffen. Denn wenn er momentan einen Vorteil hatte, dann war es, dass er mehr als genug Zeit zum Überlegen hatte. Aber bis jetzt blieb sie ihm weiterhin ein Rätsel.

»Wissen Sie was?«, eröffnete sie ihm aufgeregt. »Ich habe Neuigkeiten für Sie. Oder eher ein Angebot. Falls Sie interessiert sind.«

»Erzählen Sie mir mehr«, meinte er.

»Nun«, begann sie, »ich habe eine Schwester namens

Helen, die ihre Wohnung in Dublin vermietet hat, als sie vor einigen Jahren nach Cork gezogen ist.«

»Okay …«

»Ich werde Sie nicht mit den Einzelheiten langweilen«, fuhr sie fort, »aber meine Schwester lebt inzwischen … äh … anderswo in Dublin, und zwar auf unbestimmbare Zeit. Ihr Mieter ist schon vor Monaten ausgezogen, und sie kann einfach keinen Nachfolger finden. Sie wissen ja, wie schwierig es ist, bei dieser Wirtschaftslage eine Wohnung zu vermieten.«

Jake wusste das zwar nicht, nickte aber höflich.

»Deshalb braucht Helen unbedingt jemanden, der ein Auge auf die Wohnung hat. Sie wollte schon inserieren, doch da habe ich an Sie gedacht. Also gibt es eine leere Wohnung, in der Sie bleiben können, bis sie wieder einen richtigen Mieter hat. Ich dachte … nun, das wäre für ein paar Wochen genau das Richtige für Sie, während Sie sich selbst etwas suchen. Sie liegt am anderen Ende der Stadt. Das heißt, Sie könnten Schwierigkeiten aus dem Weg gehen. Von Ihren alten Freunden wird Sie niemand dort vermuten. Sie würden ihr einen Gefallen tun, wenn Sie die Wohnung hüten. Sie steht jetzt schon seit sieben Monaten leer.«

Er lehnte sich zurück und überlegte.

»Also, was halten Sie davon?«

»Das ist unglaublich großzügig von Ihnen und Ihrer Schwester, aber Eloise …«

Mist. Es zwar zwecklos. Er musste es einfach aussprechen.

»Ich möchte Sie etwas fragen.«

»Nur zu.«

»Warum machen Sie das? Ich meine, weshalb ausgerechnet ich? Sie sind eine viel beschäftigte Frau und haben keine Zeit für so etwas. Wer sind Sie eigentlich? Einer dieser Gutmenschen? Ein verkleideter Engel? Verstehen Sie mich nicht falsch. Ich bin Ihnen für Ihr Angebot unbeschreiblich dankbar. Ich begreife es nur einfach nicht.«

Sie errötete. Ihm fiel auf, dass sie mit ihrer Antwort zögerte.

»Weil … nun, ich denke … schauen Sie sich doch nur an, Jake … Sie haben so viel Potenzial und ausgezeichnete Abschlussnoten. Sie könnten draußen wirklich etwas aus sich machen und ein neues und besseres Leben anfangen. Ich … ich glaube einfach an Sie, und wenn ich etwas tun kann, um Sie zu unterstützen … bin ich für Sie da. Mehr nicht.«

Er musterte sie eindringlich.

»Ist das die ganze Wahrheit? Sehen Sie mir in die Augen, Eloise. Falls Sie mir etwas verschweigen, werde ich Ihnen auf die Schliche kommen.«

»Tja …«, druckste sie herum. »Es ist ein Teil der Wahrheit.«

»Ein Teil?«

»Ich will es einmal so ausdrücken: Mir wird ständig vorgeworfen, dass ich meinen Beruf wichtiger nehme als meine Mitmenschen. Dauernd muss ich mir anhören, dass ich nichts für andere tue. Und so habe ich mir gedacht, dass das hier meine Chance ist.«

Er nickte, wurde aber dennoch das Gefühl nicht los, dass da noch mehr dahintersteckte. Und zwar um einiges mehr. Nur was?

»Wie dem auch sei«, sprach sie in ihrem befehlsgewohnten Tonfall weiter. »Hätten Sie Lust, die Wohnung zu hüten?«

»Das ist wirklich sehr großzügig von Ihnen. Aber nur unter einer Bedingung.«

»Und die wäre?«

»Ich bestehe darauf, Ihrer Schwester Miete zu bezahlen. Im Voraus und vom ersten Tag an. Daran ist nicht zu rütteln.«

Eloise nickte und schien damit zufrieden zu sein. Dann begann sie, weiter nachzubohren.

»Ach, noch etwas, Jake. Mich würde interessieren, wie Sie nach Ihrer Entlassung Ihren Lebensunterhalt verdienen wollen?«, erkundigte sie sich rundheraus.

»Ach herrje, ist das nicht ein bisschen persönlich?«

»Tut mir leid. Ich war nur neugierig«, entgegnete sie, biss sich auf die Zunge und errötete, als sei sie vielleicht ein wenig zu weit gegangen.

Kopfschüttelnd lehnte Jake sich zurück. Allein die Frage an sich sorgte dafür, dass er sich ganz klein vorkam. Dabei war er sicher, dass sie ihn nicht hatte demütigen wollen. Sie hatte nur leider diese Wirkung auf andere. Dass sie es gewohnt war, Befehle zu geben, die auch prompt ausgeführt wurden, erkannte er schon an ihrem scharfen Umgangston, wenn sie mit dem Wachpersonal sprach. Wirklich ein Jammer, dachte Jake. Denn hinter der abweisenden Fassade verbarg sich ein gutes Herz, wenn man sich die Mühe machte, genauer hinzuschauen.

»Hören Sie, ich wollte nicht unhöflich oder aufdringlich sein, Jake, sondern nur wissen, ob Sie finanziell zurechtkommen.«

Er hielt inne und wartete ab. Als ihm klar wurde, dass sie nicht lockerlassen würde, beschloss er, ihr reinen Wein einzuschenken. Warum auch nicht? Alles andere über ihn hatte sie sowieso schon vom Gefängnisdirektor erfahren. Was hatte er also zu verlieren?

»Kein Problem, danke für die Nachfrage«, erwiderte er,

hüstelte und sprach absichtlich leise, in der Hoffnung, dass sie das Thema wechseln würde.

»Sind Sie sicher?«

»Ja. Ich habe noch etwas auf der hohen Kante. Zwar nicht viel, aber genug für die paar Wochen, bis ich Arbeit gefunden habe.«

»Was möchten Sie denn arbeiten?«

Er seufzte. Gerade darüber hatte er in letzter Zeit viel nachgegrübelt, und die Optionen waren alle nicht sehr vielversprechend.

»Vielleicht mache ich ja den Taxischein«, sagte er, was sie nicht sehr zu begeistern schien. Doch das galt auch für ihn selbst.

»Viele Jungs fangen erst mal so an, wenn sie rauskommen«, erklärte er. »Man hat keine Kosten und muss weder den Unterhalt des Autos noch Steuern oder Versicherung bezahlen, weil sich darum der Unternehmer kümmert. Solange man ihm seinen Anteil vom Umsatz gibt, ist er zufrieden.«

»Oh Jake«, entgegnete sie enttäuscht. »Ist es wirklich das, was Sie mit Ihrem Leben anfangen wollen? Mit Alkopops zugedröhnte Discogänger um vier Uhr früh nach Hause karren, wenn die Clubs zumachen?«

»Das würde mich nicht stören«, antwortete er, nicht sehr überzeugend. »Offen gestanden kommt es mir auf das Geld an. Ich kriege das schon irgendwie hin.«

Der Plan hatte nur einen Nachteil, und den kannte er nur zu gut, obwohl er ihn lieber für sich behielt. Wenn er als Taxifahrer jobbte, würde seine alte Bande ihn umgehend finden. Nichts leichter als das. Außerdem war ein Taxifahrer besonders nützlich für sie, weil man ihn zwingen konnte, Kurierfahrten zu erledigen. Und ehe man sich versah, steckte man wieder in Schwierigkeiten, stand vor Gericht und landete im Knast, also genau an dem Ort, um den man in Zukunft einen Bogen zu machen geschworen hatte.

Eloise schwieg und schien der Idee eindeutig nicht viel abgewinnen zu können. Das erkannte er an ihrem abfälligen Schniefen und auch daran, wie sie ungeduldig mit ihren schmalen Fingerspitzen vor sich auf die Metalltheke klopfte. Wie er inzwischen bemerkt hatte, war sie gut darin, ihr Missfallen auch ohne Worte auszudrücken.

»Aber Sie sind doch als Englischlehrer qualifiziert«, wandte sie ein. »Sie waren Jahrgangsbester! Warum wollen Sie das wegwerfen und stattdessen mitten in der Nacht stundenlang an einem Taxistand herumsitzen? Weshalb nutzen Sie Ihre Qualifikation nicht? Außerdem studieren Sie Englisch und Psychologie. Dieses Ziel weiterzuverfolgen ist doch sicher besser für Ihre Zukunft, als in einem geborgten Taxi morgens um drei die Nachtclubs abzuklappern. Natürlich ist mir klar, dass Ihre Zukunft Ihre Angelegenheit ist und mich nichts angeht«, fügte sie hinzu, »aber ich habe den Eindruck, dass Sie eine realistische Chance haben, etwas aus sich zu machen, noch mal von vorne anzufangen, ein neues Kapitel aufzuschlagen und nicht mehr zurückzuschauen.«

Als er diese Worte hörte, beugte er sich vor und musterte sie eindringlich. Denn ihr letzter Satz hatte eine Saite in ihm angeschlagen, ohne dass sie es ahnte. Er überlegte, ob Eloise wusste, was er in diesem Moment hatte hören wollen. Dass die bloße Vorstellung eines Neuanfangs und eines Vorwärtskommens in der Welt wie Musik in seinen Ohren klang. Durchaus möglich.

Jedenfalls ertappte er sich dabei, dass er ihr nun aufmerksam zuhörte. Bei ihr klang alles so einfach und machbar. Mein Gott, sagte er sich, diese Frau ist besser als jeder Bewährungshelfer, wenn es darum geht, einen aufzumuntern und einen dazu anzuleiten, sich am eigenen Schopf aus dem Sumpf zu ziehen.

»Wissen Sie was, Jake?«, fuhr sie mit zunehmender Begeisterung fort. »Sie könnten sich für eine Stelle als Englischlehrer für ausländische Studenten bewerben. Entweder als Privatlehrer oder an einer der vielen Sprachenschulen, die derzeit in dieser Stadt wie Pilze aus dem Boden schießen. Schließlich ist das Bildungswesen der einzige rezessionssichere Wirtschaftszweig«, sprach sie aufgeregt weiter. »Ich würde jede Wette eingehen, dass Sie etwas finden, vielleicht sogar Teilzeit, und zwar ohne Probleme. Da bin ich ganz sicher. Ich könnte Ihnen auch Empfehlungsschreiben beschaffen. Wir peppen Ihren Lebenslauf ein wenig auf«, ergänzte sie, als sei es bereits beschlossene Sache. »Ihren Aufenthalt hier brauchen wir ja nicht zu erwähnen. Wir behaupten einfach, Sie hätten einige Zeit im Ausland verbracht. Niemand wird es erfahren. Ich helfe Ihnen dabei. Und in Ihrer Freizeit könnten Sie dann weiter an Ihrem Abschluss arbeiten. Wer weiß, was für wundervolle Möglichkeiten Ihnen dann offenstehen? Also, was meinen Sie?«

Jake antwortete nicht, sondern lauschte nur, während er von einem völlig unbekannten Gefühl ergriffen wurde. Er konnte es nicht gleich beim Namen nennen, doch als er später in seiner Zelle genauer darüber nachdachte, wurde ihm klar, was es war. Schlicht und ergreifend Hoffnung. Sie hatte ihm eine Rettungsleine zugeworfen.

Und er wäre ein Idiot gewesen, wenn er sich nicht daran geklammert hätte wie ein Ertrinkender.

So war sie also, die Freiheit. Zum ersten Mal seit zwei Jahren war Jake niemandem mehr rechenschaftspflichtig als sich selbst. Es war eine völlig neue Welt, berauschend, beglückend genug, um davon high zu werden, wenn er den Drogen nicht schon vor Jahren abgeschworen gehabt hätte. Er fühlte sich unbesiegbar. Wie William Wallace, gespielt von Mel Gibson, am Ende des Films *Braveheart*. Am liebsten hätte er nur wieder und wieder aus voller Kehle dasselbe Wort gerufen … Freiheit.

Seltsam, was einem so fehlte, wenn man einsaß. Jeder der Jungs drinnen hatte eine andere Antwort auf diese Frage. Einige vermissten ihre Ehefrauen, Freundinnen und Kinder. Bei manchen waren es Kleinigkeiten wie die Möglichkeit, am Sonntagnachmittag in einen Pub zu gehen, ein Bier zu bestellen, die Zeitung zu lesen und vielleicht im Fernsehen ein Fußballspiel anzuschauen. Für Jake war es vor allem das Alleinsein gewesen, ein unglaublich kostbares Gut, wie er nun wusste. Im Knast war man keine Sekunde allein. Selbst unter der Dusche wurde man beaufsichtigt und rund um die Uhr überwacht. Er schwor sich, dieses Privileg für den Rest seines Lebens wertzuschätzen.

Und nun führte Jake Keane tatsächlich ein anständiges bürgerliches Leben. Er fühlte sich noch immer wie in einem Traum und konnte sein Glück nicht fassen. Wenn ihn Zweifel überkamen, rechnete er jeden Moment damit, dass ihn jemand auf die Schulter tippte, mit einem Anruf alter Bekannter oder einem mitternächtlichen Hämmern an die Wohnungstür. Damit, dass die Vergangenheit ihn einholte. Doch er tat sein Bestes, diese Sorgen beiseitezuschieben und sich stattdessen auf die schönen Dinge des Lebens zu besinnen.

Jake schuldete Eloise so viel. Er war ein stolzer Mann und

es nicht gewohnt, dass ihm jemand ohne Hintergedanken half und nichts dafür verlangte. Dennoch schwor er sich, einen Weg zu finden, sich erkenntlich zu zeigen, koste es, was es wolle.

Da war zuerst einmal diese wunderschöne Wohnung, die ihm nun zur freien Verfügung stand. Die Miete hielt sich im Rahmen, sodass er sie sich gerade noch leisten konnte. Zugegeben, die Wohnung war winzig, ein Einzimmerapartment in einem der neuen Hochhäuser in der Sandymount Road, doch Jake fühlte sich, als nenne er die Penthouse-Suite des *Ritz Carlton* sein Eigen. Ein unbeschreiblicher Luxus, wie er ihn sich in seinen kühnsten Träumen nicht ausgemalt hätte. Endlich wurde er nicht mehr ständig, sogar im Schlaf, durch den Spion in seiner Zellentür beobachtet. Hier in seiner kleinen Wohnung war er absolut frei.

Er konnte tun und lassen, was und wann er wollte. Zum Beispiel lange, einsame Spaziergänge am Sandymount-Strand unternehmen, wenn er Lust dazu hatte, ohne jemanden um Erlaubnis zu fragen. Keine gellenden Sirenen, die vor einer ausbrechenden Schlägerei in einem entfernten Zellenblock warnten, was Einschluss für alle anderen hieß. Keine festgesetzte Schlafenszeit, während draußen kleine Kinder auf den noch hellen, sonnigen Straßen spielten. Keine Handschellen, Sicherheitstore alle fünf Meter oder klappernde Schlüsselbunde. Nur er allein. Manchmal fühlte er sich vor schierer Glückseligkeit wie betrunken.

Endlich war er ein richtiger Erwachsener, der ein normales Leben vor sich hatte, etwas, an das er noch vor wenigen Wochen nicht zu denken gewagt hätte. Nun durfte er es nur nicht vermasseln.

Immer wieder erstaunte Eloise ihn mit ihren überraschenden freundlichen Gesten, die typischerweise brüsk und sachlich ausfielen. Eigentlich hatte er nicht erwartet, sie je wiederzusehen. Sobald er die Wohnung bezogen und ihr eine Monatsmiete und die Kaution für ihre Schwester übergeben hatte, hätte sie genau genommen keinen Kontakt mehr mit ihm zu halten brauchen. Und trotzdem kam sie immer wieder. Nur, um nett mit ihm zu plaudern und sich nach seinem Befinden zu erkundigen. In letzter Zeit schaute sie zu den merkwürdigsten Uhrzeiten bei ihm vorbei. Zum Beispiel spätnachts, wenn sie endlich Feierabend machte, oder am Wochenende frühmorgens auf dem Weg zur Arbeit.

Anfangs blieb sie nie länger als eine halbe Stunde, nur um zu sehen, wie er mit seinem Lebenslauf vorangekommen war und bei welchen Sprachenschulen er sich bewarb. Wie eine Lehrerin, die die Hausaufgaben kontrolliert. Und als ob sie nicht schon genug für ihn getan hätte, half sie ihm auch dabei. Sie hatte auf ihrem Computer im Büro seinen Lebenslauf aufpoliert und ihn auf eine Weise ausgeschmückt, wie es ihm nie eingefallen wäre, indem sie alles, was er in Wheatfield gelernt hatte, als besondere Fähigkeit darstellte.

Deshalb fand sich in der Rubrik »Interessen und Hobbys« nun eine bemerkenswerte Liste von Schreinern bis hin zu Kochen und sogar Metallarbeiten. »So wird die Sache griffiger. Sie machen sich auf diese Weise interessanter, dreidimensionaler.« Das verkündete sie mit der Überzeugungskraft einer Frau, die im Laufe ihrer Karriere Tausende von Lebensläufen gelesen hatte.

Sie riet ihm, sich einen Bibliotheksausweis zu beschaffen, damit er sich die Bücher ausleihen konnte, die er brauchte, um für die Abschlussprüfung in Englisch und Psychologie zu lernen. Dann suchte sie ihm die Sprachenschulen heraus, die, wie ihr zu Ohren gekommen war, dem Studentenansturm nicht mehr gewachsen waren, und meinte, er solle sich zuerst dort bewerben, da Aushilfslehrer sicher dringend gebraucht wurden.

Er nahm ihre Tipps gerne an und stellte zu seiner Überraschung fest, dass seine Tage bald erfüllter und vollgestopfter mit Terminen waren, als er je zu träumen gewagt hätte. Morgens stand er früh auf, machte sich ein richtiges warmes englisches Frühstück (wer drinnen gewesen war, konnte kochen, weil jeder Häftling mindestens drei Monate im Jahr in der Gefängnisküche arbeiten musste, und was man einmal gelernt hatte, vergaß man nicht so schnell) und setzte sich an die Bücher.

Stunde um Stunde verbrachte er an seinem kleinen Schreibtisch in seinem Einzimmerapartment, brütete, eine Tasse Kaffee neben sich, über seinen Lehrbüchern und kam sich vor wie ein richtiger Student. Er fühlte sich so absolut privilegiert, denn alle Chancen, die er als Kind und Jugendlicher nie gehabt, und alle Gelegenheiten, die er verpasst hatte, waren auf wundersame Weise zu ihm zurückgekehrt wie ein Bumerang.

Im Laufe seiner Prüfungsvorbereitungen hatte er auch etwas über das Damoklesschwert gelesen, und wenn er sich elend fühlte, spiegelte das Bild sein eigenes Befinden wider. So als ob jeden Moment der Himmel über ihm einstürzen könnte.

Wie es bis jetzt gewesen war.

Hoffentlich war es nicht nur eine Frage der Zeit.

Kapitel sieben

Eines Abends hatte Jake in seiner Wohnung in Sandymount lange über den Büchern gesessen und stellte plötzlich fest, dass er großen Hunger hatte. Gerade fing er an, sich Reis mit Hühnchen und Gemüse zu machen, als es an der Tür läutete. Eloise wollte ihm die endgültige Fassung seines überarbeiteten, korrigierten und versandfertigen Lebenslaufs vorbeibringen.

»Kommen Sie rauf«, sagte er. »Die Tür ist offen.«

Es war eine dieser unangenehm regnerischen Nächte, wie es sie manchmal mitten im Frühling gibt. Da es sich eher nach November als Mai anfühlte, hatte Jake schon vor Stunden ein Feuer angezündet und neben den warmen, flackernden Flammen gelesen.

Sie war tropfnass und so blass wie schon seit Langem nicht mehr, was etwas zu bedeuten hatte. Obwohl sie eigentlich immer Anspannung und Nervosität verbreitete, war es heute noch schlimmer als sonst. Jake erkannte auf den ersten Blick, dass etwas Schwerwiegendes vorgefallen sein musste. Nicht einmal Menschen, die in einer Strafanstalt lebten, wirkten normalerweise so bedrückt und niedergeschlagen. Und dafür war er schließlich Fachmann.

»Fehlt Ihnen was?«, erkundigte er sich.

»Alles bestens«, entgegnete sie knapp.

Also musste es etwas Ernstes sein, so viel stand fest. Wenn

Frauen behaupteten, dass alles bestens sei, traf für gewöhnlich das genaue Gegenteil zu.

»Gemütlich haben Sie es hier.« Sie warf einen Blick auf den Kamin.

»Danke.« Er nickte. »Setzen Sie sich ans Feuer, damit Sie wieder trocken werden.«

»Schon gut, danke. Ich kann nicht bleiben …«, begann sie hastig, schien es sich aber anders zu überlegen, als ihr der köstliche Duft von Knoblauch und Zwiebeln in die Nase stieg. »Äh … kochen Sie etwa? In der Küche?«

Sie klang so perplex, als hätte er sich in der Küche den Kopf rasiert.

»Äh … dazu benutzen die Leute ihre Küche normalerweise. So was kommt häufiger vor.« Er grinste sie an. »Haben Sie vielleicht Hunger? Das Essen reicht für uns beide.«

Sie musste einfach Hunger haben. Die Frau sah aus, als hätte sie seit den frühen Neunzigern nichts mehr zu sich genommen, dachte er, als er sie betrachtete. Sie war ja nur Haut und Knochen.

»Nein«, stammelte sie, nicht sehr überzeugend. »Das heißt, schon, aber ich muss nach Hause. Da ist ein Haufen unbeantworteter Mails … und ich muss heute noch so viel erledigen …«

»Ach, verdammt, Eloise, tun Sie ausnahmsweise mal, was ich sage. Bleiben Sie, setzen Sie sich und essen Sie etwas«, entgegnete er in einem Ton, der keinen Widerspruch duldete.

Offenbar zu erschöpft, um zu protestieren, ließ sie sich in einen Lehnsessel neben dem knisternden Feuer fallen.

»Braves Mädchen«, meinte Jake. »Tun Sie sich etwas Gutes und lassen Sie sich zur Abwechslung mal verwöhnen.«

»Das ist nett von Ihnen. Mein Tag war heute wirklich besonders anstrengend«, erwiderte sie und verdrehte die Augen zur Decke.

»Dann bleiben Sie einfach sitzen und ruhen Sie sich aus. Essen ist unterwegs.«

Er kehrte in die kleine Küchenzeile zurück, um Fleisch und Gemüse im Wok umzurühren, während Eloise sich umsah.

»Sie haben renoviert«, stellte sie fest und wies mit dem Kopf auf die frisch gestrichenen Wohnzimmerwände. Die Bilder, die der Vormieter auf dem Fußboden zurückgelassen hatte, hingen nun ordentlich gerahmt und geschmackvoll arrangiert an den Wänden.

»Ach ja, ich habe die Bude nur ein bisschen aufgemöbelt.« Er stand achselzuckend am Herd und spielte herunter, dass er seit seinem Einzug alles in der Wohnung repariert und sie auf Vordermann gebracht hatte, damit Eloises Schwester sie leichter würde vermieten können. Er hatte bereits den Holzboden lackiert, alle Wände gestrichen, die Lecks unter Spülbecken und Dusche abgedichtet und die schief in den Angeln hängende Tür des Küchenschranks wieder befestigt. Er fand, dass es das Mindeste war, was er tun konnte.

»So gut hat es hier noch nie ausgesehen«, lobte sie, streckte die Beine in Richtung Feuer und fing allmählich an, sich zu entspannen. »Eins muss ich Ihnen lassen, Jake. Ich hätte Sie nie für einen metrosexuellen Mann gehalten, der sich in Haushaltsdingen auskennt.«

Lachend entfernte er den Schraubverschluss von einer Weißweinflasche und schenkte ihr ein Glas ein.

»Dachten Sie, jemand mit meiner Statur neigt eher dazu, Sachen kaputtzuschlagen, anstatt sie zu reparieren?«, neckte er sie.

»Nein, so habe ich es nicht gemeint. Es ist hier nur so makellos ordentlich. Wenn ein Mann allein in einer Wohnung lebt, stapelt sich normalerweise das schmutzige Geschirr …«

»Sie haben den Gestank des tagealten Fertiggerichts für die Mikrowelle vergessen, der in der Luft hängt …« Er grinste.

»… und die dreckigen Unterhosen auf der Sofalehne …«

»… während im Fernseher in voller Lautstärke Fußball läuft. Ja, ich habe in genug Wohnungen gelebt, auf die diese Beschreibung passen würde. Hier, trinken Sie ein Glas Wein.«

»Ich kann nicht. Bin mit dem Auto da.«

»Eines ist doch erlaubt, oder? Damit Sie wieder ein bisschen Farbe ins Gesicht kriegen.«

Und trotz ihrer Behauptung, dass sie viel zu müde und angespannt sei, um etwas herunterzubringen, verspeiste sie fünf Minuten später genüsslich eine große Schale Reis mit Hühnchen und Gemüse und trank dazu ein Glas Weißwein.

Als plötzlich eine angespannte Gesprächspause entstand, erkundigte sie sich höflich nach seinem Studium, nur um das Schweigen zu brechen. Doch er fiel ihr ins Wort.

»Werden Sie mir jetzt endlich verraten, was Sie heute Abend bedrückt?«, fragte er sie geradeheraus und sah sie unverwandt an.

Sie erwiderte verdattert seinen Blick. Wie er richtig vermutete, war sie Direktheit nicht gewohnt. In ihrer Branche, wo jeder hemmungslos hinter dem Rücken des anderen über ihn lästerte, hatten wahrscheinlich nur wenige den Mut, einem etwas ins Gesicht zu sagen, nahm Jake an.

»Keine Ahnung, wovon Sie reden …«

»Ach, verdammt, muss ich es Ihnen aus der Nase ziehen?«

»Mir fehlt wirklich nichts. Ich bin nur ein bisschen müde …«, protestierte sie und rieb sich erschöpft die Augen.

»Eloise, versuchen Sie nie, jemanden anzulügen, der Fachmann auf diesem Gebiet ist. Als Sie hier reinkamen, sahen Sie aus, als würde die ganze Welt über Ihnen zusammenbrechen. Ich kann Ihnen nur anbieten, dass ich da bin und die ganze Nacht Zeit habe, falls Sie Ihr Herz ausschütten wollen. Nur zu.«

Dann zuckte er die Achseln, um ihr mitzuteilen, dass sie nicht reden müsse, wenn sie nicht wolle.

Und so fing sie zögernd und widerstrebend an, ihm alles zu erzählen. Sie vertraute sich ihm an, wie sie es seiner Vermutung nach schon sehr lange bei niemandem mehr getan hatte und es aus unerklärlichen Gründen bei anderen nicht konnte.

»Es ist … dieser Stress bei der Arbeit«, erklärte sie schließlich. »Ein so gewaltiger Druck, dass ich die meiste Zeit das Gefühl habe, nur noch zu paddeln, um nicht zu ertrinken. Doch ich weiß, dass ich eines Tages, und wie es aussieht, schon sehr bald, untergehen werde. Früher war es nicht so. Da habe ich meinen Beruf geliebt und dafür gebrannt und wollte gar nichts anderes tun. Ich habe gar nicht verstanden, warum meine Kollegen Urlaub und Freizeit brauchten. Ich habe nur für meine Arbeit gelebt. Und jetzt …«

»Erzähl weiter«, forderte er sie leise auf. Mittlerweile war er zum vertrauten Du übergegangen.

»Nun … inzwischen gibt es Momente, an denen ich sicher bin, dass meine Tage als Chefredakteurin der *Post* gezählt sind.«

Als er aufmunternd nickte, sprach sie weiter.

Sie berichtete ihm von der nächsten anstehenden Kündigungswelle und den geplanten Personalkürzungen, um die sie sich kümmern müsse, weil es sonst niemand täte. Alle undankbaren Aufgaben würden bei ihr abgeladen. Und das sei auch der Grund, warum die gesamte Redaktion sie geschlossen hasse. Sie schilderte ihm den Vorstand, dem sie den Spitznamen Tyrannosaurier gegeben habe, den Altherrenclub, der einfach von ihr erwarte, die Online-Ausgabe ohne die geringste Unterstützung von irgendjemandem auf die Beine zu stellen. Sie müsse sich nur ständig Vorhaltungen anhören, wenn der Gewinn nicht stimme. Besonders genüsslich erzählte sie ihm von einem Kerl namens Seth Coleman, dem Redaktionsleiter, der systematisch an ihrem Stuhl säge, da er ihren Job haben wolle, und seinen großen Moment für gekommen hielte.

Als Jake das hörte, wäre er am liebsten in die verdammte Redaktion gestürmt, um sich den Burschen vorzuknöpfen.

Und dann, sie hatte sich das Beste für den Schluss aufgespart, erklärte sie ihm, was sie wirklich belastete.

»Also«, begann sie und trank einen großen Schluck Wein, »ich sitze heute Abend um fünf in einer Besprechung mit Gewerkschaftsfunktionären, bin also voll und ganz beschäftigt. Und was macht Seth? Der kleine Dreckskerl beschließt, mich zu übergehen, und trifft sich hinter meinem Rücken allein mit den Tyrannosauriern.«

»So ein Mistkerl. Den schnappe ich mir, wenn du willst.«

»Das Schlimmste weißt du noch nicht. Er sagt, das langsame und stetige Sinken unserer Auflage drohe die Zeitung zu einer gefährdeten Art zu machen, die vom Aussterben bedroht ist und untergehen wird wie vor kurzer Zeit die *Tribune*. Und dem Prinzip folgend, dass ein sinkendes Schiff einen neuen Steuermann braucht, müsse die Chefredaktion der *Post* sofort in andere Hände übergehen. In anderen Worten, in seine. Im Grunde genommen hat er behauptet, die *Post* sei nun schon zu lange mein Privathobby. Ich hätte meine Chance gehabt und solle nun die Niederlage in Würde wegstecken und verschwinden. Das ist ja schon schlimm genug, doch dann hat dieser dreckige Dreckskerl sie darauf hingewiesen … was übrigens meine größte Angst ist … dass mein Vertrag ja ohnehin bald zur Verlängerung ansteht. Deshalb sei es vermutlich das Beste, mich nicht nur auf einen anderen Posten, sondern gleich vor die Tür zu setzen. Und das hieße natürlich, dass meine Chancen, in der Branche noch einmal einen anständigen Job zu landen, auf null sänken.«

Jake lehnte sich zurück und stieß einen Pfiff aus.

»Verdammt. Wie hast du übrigens davon erfahren?«

»Ich habe meine Mittel und Wege«, erwiderte sie spöttisch. »Man hat mir die Nachricht rasch überbracht. Allerdings achte ich darauf, alles zu wissen, was in der *Post* vor sich geht. Das gehört zu meinem Beruf.«

»Das klingt ja ein bisschen, als würdest du in den Zeiten vor Gorbatschow beim russischen KGB arbeiten«, neckte er sie, was ihr zum ersten Mal seit ihrer Ankunft ein Lächeln entlockte.

»Und jetzt kommt die Preisfrage«, fuhr sie fort, nahm noch einen Schluck aus dem Weinglas vor sich, um ihre Nerven zu beruhigen, schlüpfte aus den Schuhen und zog die Beine an.

Es kostete Jake viel Willenskraft, den Blick von ihren langen, schlanken Beinen abzuwenden und ihr stattdessen in die Augen zu schauen.

»Ich überlege nämlich dauernd, was ich als Nächstes tun soll«, sprach sie weiter. »Seth treibt ein Vabanquespiel. Also muss ich so vorsichtig zu Werk gehen wie bei einem Schachturnier. Ja, natürlich, eines Tages werde ich dafür sorgen, dass dieses verlogene Schwein aufgehängt, sein Kopf auf einen Pfahl gesteckt und der Rest von ihm auf dem Scheiterhaufen verbrannt wird. Das volle Programm also. Aber das muss warten. Momentan bleibt mir nichts anderes übrig, als mir auf die Zunge zu beißen, auf Zeit zu spielen und meinen nächsten Schachzug schlau zu planen … allerdings frage ich mich trotzdem, was zum Teufel ich in einem früheren Leben verbrochen haben könnte, um einen Widerling wie Seth Coleman zu verdienen.«

Er ließ sie einfach weiterreden, hörte ruhig und wortlos zu und ahnte ganz richtig, dass diese Frau nie und nimmer ihre innersten Gedanken aussprechen würde. Dass sie sich ihm nun anvertraute, musste also, wie er instinktiv spürte, bedeuten, dass sie an einem Wendepunkt angekommen war. Sie verschwieg ihm nichts und erzählte ihm sogar von den schrecklichen Dingen, die in der Redaktion hinter ihrem Rücken getuschelt wurden. Und dabei versuche sie doch nur, den Laden am Laufen zu halten und Arbeitsplätze zu retten. Obwohl sie sich Mühe gebe, nicht darauf zu achten, sei sie dennoch tief in ihrem Innersten verletzt. Trotz der allgemeinen Einstellung ihr gegenüber und der Gerüchte, die über sie im Umlauf seien, sei sie doch ein menschliches Wesen mit Gefühlen.

»Wenn ihr uns stecht, bluten wir nicht?«, murmelte er.

»Was?«

»Nichts«, erwiderte er leise. »Das ist aus dem *Kaufmann von Venedig*. Sprich nur weiter. Was tratschen sie denn noch so über dich? Sag es, dann lachen wir darüber, und es ist gleich nicht mehr so schlimm. Glaub mir, ich weiß, wovon ich rede.«

Inzwischen war sie den Tränen nah. Das bemerkte er daran, dass ihre Stimme leicht zitterte. Und das, obwohl sie sonst immer so tough war.

»Der letzte Spruch, danke, Seth Coleman, lautet, dass ich auf Schritt und Tritt Unglück verbreite.«

»Ich kenne den Typen zwar nicht, bin ihm nie begegnet und habe auch nicht die geringste Lust darauf, aber lass mich mal fünf Minuten in einer dunklen Seitengasse mit ihm allein.«

Sie musste lachen, obwohl ihr die Tränen in den Augen standen.

»Das ist nicht so schlimm wie damals, als er überall herumerzählt hat, ich sei gefühlsamputiert. Doch auf der Hitliste der Beleidigungen steht es ziemlich weit oben.«

»Wo ich herkomme, haben wir Mittel und Wege, solchen Idioten sehr schnell den Kopf zurechtzurücken, das kann ich dir verraten. Natürlich nichts, was zum Tode führt, nur eine kleine Abreibung. Zum Beispiel könnte man ihm eine Kniescheibe verbeulen. Du brauchst es nur zu sagen, und ich lasse es für dich erledigen. Niemand wird erfahren, dass du dahintersteckst. Dem Typen muss man eine Lektion erteilen, und ich kenne ein paar Jungs, die da nicht lange fackeln würden. Seth Coleman wird nie wieder gerade gehen.«

Für den Bruchteil einer Sekunde starrte sie ihn entgeistert an, bis sie das kecke Funkeln in seinen Augen bemerkte.

»Das war ein Scherz.« Sie lächelte schief.

»Natürlich war das ein Scherz. Glaubst du, ich würde mich je wieder mit diesen Leuten abgeben?«

Diesmal grinste sie breit, und wie immer fand er, dass sie sofort etwa zehn Jahre jünger und viel weicher wirkte.

»Eloise, beantwortest du mir noch eine Frage?«

Verdammt, es beschäftigte ihn, weshalb es das Beste war, es jetzt herauszufinden, da sie gerade gesprächig war.

»Was ist?«

»Fühl dich nicht auf den Schlips getreten, ich rede gern und jederzeit mit dir. Aber warum erzählst du das alles mir? Wartet zu Hause niemand auf dich und möchte wissen, wie dein Tag war?«

Er stellte fest, dass sie sich sofort wieder verschloss, und das nicht zum ersten Mal. Immer wenn er auch nur andeutungsweise auf ihr Privatleben zu sprechen kam, ließ sie die Jalousien herunter, und es war, als wäre die Zimmertemperatur schlagartig um etwa zehn Grad gesunken.

»Jake«, sagte sie, plötzlich abweisend, »ich schlage dir eine Abmachung vor. Ich interessiere mich nicht für deine Vergangenheit und dein Privatleben und du dich nicht für meins. Einverstanden?«

Er zuckte die Achseln.

»Wenn du es so möchtest.«

»Du musst mir vertrauen. Es ist einfach besser so.«

Sie stand auf, um zu gehen. Inzwischen wirkte sie unbeschreiblich erschöpft und sehnte sich vermutlich nach Schlaf.

»Schau, es ist schon kurz vor elf«, meinte sie, zog den Mantel an und blickte dankbar zu ihm auf. »Ich muss morgen um sechs wieder in der Redaktion sein. Also gehöre ich jetzt dringend ins Bett. Aber … ich möchte mich bei dir bedanken. Du ahnst ja nicht, was für eine große Hilfe es für mich war, mir nach diesem Scheißtag alles von der Seele reden zu können.«

»Gern geschehen«, erwiderte er ruhig. Wie er so mit verschränkten Armen dastand, überragte er sie um gut zwanzig Zentimeter. »Das ist doch das Mindeste, nach allem, was du für mich getan hast.«

»Du weißt doch, dass es von Herzen kommt.«

»Das bedeutet nicht, dass es mir nicht unangenehm ist, so viel Hilfe von dir anzunehmen. Aber ich verspreche dir, Eloise, dass ich dir eines Tages alles zurückzahle.«

»Suche dir einfach nur einen guten Job, in dem du deine Fähigkeiten voll einbringen kannst. Das wäre mir Lohn genug.« Sie lächelte.

Er konnte es sich einfach nicht verkneifen.

»Gib mir einfach Bescheid, wenn du anfangen willst, an deinem Artikel zu arbeiten.«

»Meinem was?«, antwortete sie. Offenbar hatte ihr sonst so lückenloses Gedächtnis unter der Erschöpfung gelitten.

»Der Artikel für deine Zeitung. Darüber, wie Typen wie ich draußen klarkommen.«

»Ach ja«, entgegnete sie, nicht sehr überzeugend, wie er fand. »Der Artikel.«

Im nächsten Moment war sie nach draußen in die regnerische Nacht verschwunden. Jake blieb völlig verdattert zurück. Warum?, dachte er. Warum setzte eine Frau wie sie sich so für seinesgleichen ein? Er hatte es vorhin ehrlich gemeint. Es war ihm ziemlich unangenehm, ihre großzügige Hilfe anzunehmen. Gut, er bezahlte Miete für die Wohnung. Doch da war auch noch die Arbeit, die sie in seinen Lebenslauf gesteckt hatte. Und dass sie ihn ermutigte, diesen gewaltigen Schritt im Leben zu wagen.

Nur den Grund verstand er einfach nicht. War sie wirklich so einsam, dass sie außer ihm keinen Menschen hatte, mit dem sie sprechen konnte, damit sie nach einem schlechten

Tag auf andere Gedanken kam? Wo waren ihre Freunde und ihre Familie?

Die Frage ließ ihn nicht mehr los.

Oder war er wirklich der einzige Mensch auf der Welt, dem sie sich öffnen konnte? Er? Ein Ex-Sträfling?

Kapitel acht

Die Gebete seiner Mam wirkten Wunder und wurden tatsächlich erhört, denn kurz darauf erhielt Jake einen Brief von einer der vielen Sprachenschulen, an denen er sich beworben hatte, um Englisch als Fremdsprache zu unterrichten. Er befürchtete schon, an Halluzinationen zu leiden … doch man lud ihn tatsächlich zu einem Vorstellungsgespräch ein. Einem richtigen Vorstellungsgespräch. Für eine ordentliche, anständige Stelle, nicht als Taxifahrer, Hamburgerbrater oder Verkäufer der Obdachlosenzeitschrift spätabends vor dem Supermarkt, womit die meisten Ex-Knackis, die er früher gekannt hatte, ihren Lebensunterhalt verdienten.

Sofort rief er Eloise an, und obwohl sie im Büro war und nicht frei reden konnte, war er sicher, dass ihre Stimme froh und triumphierend klang. »Wir schmieden später Pläne«, zischte sie ins Telefon.

Planen, organisieren, arrangieren, alles im Griff haben, das waren, wie er inzwischen wusste, ihre Lieblingsbeschäftigungen. Dass diese Frau bei der *Post* arbeitete, war seiner Ansicht nach eine absolute Verschwendung. Sie hätte die CIA leiten sollen.

Wie versprochen stattete sie ihm spätabends auf dem Nachhauseweg einen Besuch ab.

»Gut, wir haben nur ein Problem«, verkündete sie mit Nachdruck, knallte ihren Aktenkoffer auf den kleinen

Couchtisch, schlüpfte aus der unbequemen Jacke und nahm dankbar das Glas Weißwein entgegen, das Jake ihr hinhielt.

»Du bist gerade erst hereingekommen! Willst du mir nicht erst erzählen, wie dein Tag war?«

»Ich kann nicht, Jake. Dazu ist die Sache zu wichtig für uns … ich meine, für dich. Hast du überhaupt eine Vorstellung davon, wie viel wir noch üben müssen, damit du auch wirklich gut vorbereitet bist. Außerdem gibt es da etwas, das mir Sorgen macht …«

»Zum Beispiel, was ich sagen soll, wenn sie mich fragen, was ich in den letzten beiden Jahren so getrieben habe? Ja, ich weiß. Darüber habe ich lange und gründlich nachgedacht. Wahrscheinlich halte ich mich am besten an deinen Vorschlag, dass ich mir eine Auszeit genommen habe, um zu studieren. Aber wenn sie weiter nachbohren, bleibt mir wohl nichts anderes übrig, als reinen Tisch zu machen …«

»Nein, das ist es nicht«, fiel sie ihm ins Wort.

Sie hatten das Thema, wie sich seine Vergangenheit am besten beschönigend darstellen ließ, immer wieder erörtert. Eloise hatte da keine großen Bedenken. »Eine Auszeit, um zu studieren und meine Möglichkeiten neu zu bewerten« sei ein Satz, den sie selbst unzählige Male von so vielen Journalisten gehört hatte. Außerdem habe sie Unmengen von Vorstellungsgesprächen von der anderen Seite des Schreibtischs aus geführt und wisse deshalb aus Erfahrung, dass ein Arbeitgeber um einiges mehr am Potenzial und an der Zukunft des Bewerbers interessiert war als an seiner Vergangenheit.

»Was ist es dann?«

»Wie soll ich es am besten ausdrücken? Nimm es bitte nicht persönlich, aber es ist dein … Äußeres.«

»Was soll damit sein?«

»Äh … Jake, bis jetzt kenne ich dich tagaus, tagein nur in entweder einem schwarzen oder einem blauen T-Shirt und derselben Jeans. Zwei T-Shirts machen keinen gut angezogenen Bewerber. Das reicht nicht. Es steht eine Menge auf dem Spiel. Also musst du dein Bestes geben.«

»Oh Gott, sprich es bitte nicht aus.«

»Du brauchst einen Anzug.«

»Auf gar keinen Fall.«

»Doch.«

»Anzüge sind etwas für gefeuerte Banker und schwule Zauberkünstler im Fernsehen. Ich hatte bislang nur ein einziges Mal im Leben einen Anzug an, und zwar als ich bei meiner Verhandlung vor dem Richter stand.«

»Jake, ich führe ständig Bewerbungsgespräche. Der erste Eindruck zählt. Du musst mir vertrauen.«

Und nicht nur das. Am folgenden Samstag rief sie an und teilte ihm mit, da derzeit verhältnismäßig wenig los sei, könne sie sich kurz aus der Redaktion loseisen, um mit ihm einkaufen zu gehen.

»Was, traust du mir nicht?«, hänselte er sie am Telefon. »Hast du Angst, ich könnte mit Stonewashed-Jeans und einem Hemd aus glänzendem Stoff und der Aufschrift *Megadeath* nach Hause kommen?«

Er hätte schwören können, dass er ein Lächeln aus ihrem Tonfall herausgehört hatte.

»Sei einfach um halb eins am Ende der Grafton Street.«

»Spitze, da gibt es ganz in der Nähe einen Tattoo-Salon. Du kannst mir helfen, mir ein neues auszusuchen. Was hältst du von *Bin Knacki und stolz darauf*?«

»Bitte sag, dass das ein Witz war …«

»Musst du das fragen?«

»Dann führ dich nicht auf wie ein Idiot und sei pünktlich.«

Es war seltsam, dachte er, von jemandem neu eingekleidet zu werden, der tatsächlich Geschmack hatte und für den Designerklamotten eine Selbstverständlichkeit waren. Er kannte die Marken nur aus den lächerlichen Fernsehshows, in denen abgemagerte Models in Sachen, die aussahen wie eine Unterhose mit Haarnetz, über Pariser Laufstege stakten. Im Knast hatten einige Jungs sich diese Sendungen angeschaut, um sich an den Models aufzugeilen. Aber meistens hatte ein Blick auf die Outfits genügt, dass sich alle vor Lachen bogen.

Und jetzt schleppte Eloise ihn in Läden, in die er sein Lebtag nie einen Fuß gesetzt hatte, und ließ ihn Kleidungsstücke anprobieren, die, wie er ihr auch sagte, am Bügel absolut tuntig und schnöselig wirkten. Doch wenn er sie anzog, standen sie ihm eigenartigerweise recht gut.

Sie beharrte darauf, dass er nach jeder Anprobe aus der Garderobe kam, damit sie ihn inspizieren konnte. Und als er in einer eleganten anthrazitfarbenen Hose und einem hellblauen Hemd erschien, das dieselbe Farbe hatte wie seine Augen, erkannte er an ihrer Miene, dass ihr der Anblick gefiel.

»Bist du sicher, dass ich nicht wie ein schwuler Friseur aussehe?«, fragte er unsicher. Außerdem machte es ihn nervös, wie die Verkäufer ihn aufmerksam musterten. »Ich fühle mich nämlich wie einer.«

»Eindeutig nicht. Du siehst ...« – sie hielt inne, betrachtete ihn von Kopf bis Fuß und verkündete dann stolz – »... aus wie ein Lehrer.«

Jake fiel fast in Ohnmacht, als er an der Kasse feststellte, dass er gerade knapp fünfhundert Euro ausgegeben hatte. Mit schweißnassen Händen wurde ihm klar, dass er so den Großteil seiner Ersparnisse aufbrauchen würde, mit denen er die Zeit überbrücken wollte, bis er Arbeit gefunden hatte. Und so erklärte er dem Verkäufer in dem teuren Geschäft stammelnd, er habe sich geirrt und werde etwas zurückhängen müssen.

Aber als der ihn schon mit einem arroganten Blick als Verlierer abtun wollte, trat Eloise in aller Seelenruhe an die Kasse und überreichte ihm gelassen ihre Kreditkarte.

»Nein«, zischte Jake. Er lief hochrot an und wäre am liebsten im Erdboden versunken. »Das kommt überhaupt nicht in Frage. Lieber kaufe ich bei irgendeinem Discounter ein, als dass ich dich bezahlen lasse. Auf gar keinen Fall.«

»Ich bestehe darauf«, entgegnete sie ungerührt. »Außerdem ist es nur ein Darlehen. Diese Kleider sind eine Investition in deine Zukunft. Sobald du dein erstes Monatsgehalt bekommst, zahlst du mir das Geld zurück. Abgemacht?«

Er war zwar überhaupt nicht einverstanden, sondern entsetzlich verlegen und hätte dem Verkäufer am liebsten die arrogante Fresse poliert, als er sein herablassendes Grinsen beim Anblick dieser kleinen Szene bemerkte. Doch da es sich wirklich um ein Darlehen und nichts als ein Darlehen handelte, schluckte er seinen Stolz schließlich hinunter und gab nach. Er würde ihr das Geld zurückzahlen, auch wenn er die Stelle nicht bekam und den Rest seines Lebens als Taxifahrer schuften musste. Jeden einzelnen Cent würde sie von ihm zurückbekommen.

Aber falls er gedacht haben sollte, dass es damit ausgestanden war, hatte er sich zu früh gefreut. Die nächste Station war ein Herrenfriseur in Brown Thomas. Als er sah, wie schrecklich elegant der Laden war, hätte er am liebsten wie ein kleiner Junge die Flucht ergriffen. Eine Innenarchitektur, die angsteinflößend wirken sollte. Wie in einem Herrenclub lagen überall Ausgaben der *Financial Times* herum, und die Sofas waren mit grünem Leder bezogen. In so einem Salon trafen sich die Richter vom Obersten Gerichtshof, ließen sich rasieren und prahlten dabei mit dem Wert ihrer Weinsammlung.

»Ich verschwinde«, murmelte er und machte auf dem Absatz kehrt.

Doch da hatte er die Rechnung ohne Eloise gemacht. »Du wirst mir noch einmal dankbar sein«, raunte sie ihm ins Ohr. Dann rauschte sie hinein, als gehöre ihr der Laden, und arrangierte, dass er sofort einen Haarschnitt und eine Rasur – in dieser Reihenfolge – verabreicht bekam.

»Aber ich kenne einen Typen in der Liffey Street, der einem für einen Fünfer die Haare schneidet«, protestierte Jake. »Und, verdammt, ich bin durchaus in der Lage, mich selbst zu rasieren, vielen Dank auch.«

Er hatte schon den halben Weg zur Tür geschafft, als er ihren Griff am Arm spürte.

»Der erste Eindruck zählt«, beharrte sie. »Und wenn du zu diesem Vorstellungsgespräch erscheinst, möchte ich, dass du gepflegt, elegant und redegewandt wirkst, also wie der richtige Mann für diese Stelle. Ich habe im Leben schon viele Bewerber eingestellt, bitte vertrau mir. Ich weiß, was ich tue.«

Also hatte er gute Miene zum bösen Spiel gemacht, während Eloise auf ihn wartete, auf ihrem Handy herumtippte, Mails verschickte und im Flüsterton ein langes Gespräch mit einem Menschen namens Marc führte, bei dem es um eine der Kritiken im Feuilleton vom letzten Wochenende ging. Nur der Himmel wusste, was der arme Mann geschrieben hatte, doch soweit Jake der Unterhaltung folgen konnte, war Eloise alles andere als begeistert.

»So geht das nicht. Das musst du überarbeiten«, zischte sie ins Telefon, das sie ans Ohr gepresst hielt, und Jake konnte sich ein Schmunzeln nicht verkneifen, als sie hinzufügte: »So ein überkandideltes Geschwafel ist nämlich genau der Grund, warum die Leute nicht mehr ins Theater gehen. Ach, und noch etwas, deine Kritik der Jane-Austen-Serie im Fernsehen ist viel zu streng. Was, wenn ich fragen darf, ist denn so schlimm an einer guten Schnulze, in der es von Korsetts und Hauben nur so wimmelt? Ich will die überarbeiteten Artikel bis vier auf meinem Schreibtisch sehen. Danke.«

Der Friseur fing Jakes Blick auf und zwinkerte ihm verschwörerisch zu, was wohl »Bin ich froh, dass nicht ich diesen Anruf gekriegt habe, Kumpel!« besagen sollte.

Eine halbe Stunde später war er fertig, abgebürstet und bereit, das Ergebnis in Augenschein zu nehmen. Und Jake, der höchstens alle sechs Monate in den Spiegel schaute, erkannte sich kaum wieder, als der Friseur sein Werk vollendet hatte. Er war, anders konnte er es nicht ausdrücken, verwandelt. Sein halblanges blondes Haar wirkte nun ordentlicher und dichter. Seine Haut schimmerte gesund ... das Zerzauste, so als sei er gerade erst aus dem Bett aufgestanden, war verschwunden. Kurz gesagt sah er, wie seine Mam es ausgedrückt hätte, »adrett« aus.

»Besser als beim Gefängnisfriseur, das muss ich zugeben«, meinte er zu Eloise, als sie gingen.

»Pst, genug davon. Das ist vorbei, schau in die Zukunft.«

Da sie zurück in die Redaktion musste, begleitete er sie ein Stück. Allerdings konnte man es kaum als Spaziergang bezeichnen, denn wie er inzwischen wusste, legte Eloise alle Strecken im Power-Walking-Tempo zurück, weshalb man sich Mühe geben musste, mit ihr Schritt zu halten. Bei ihr war sogar das Gehen eine Herausforderung. Trat diese Frau denn nie auf die Bremse? Für niemanden?

»Warum hast du es so eilig?«, fragte er, während sie den College Green entlanghastete, als seien die Apachen aus einem alten Schwarz-weiß-Western hinter ihr her. »Es ist Samstag, und die Sonne scheint. Herrje, wir haben Mittagszeit, und du hast noch nichts gegessen. Machst du denn nie Pause?«

»Jake, wenn du nur wüsstest, was ich heute Nachmittag noch alles erledigen muss ...«, keuchte sie und schlängelte sich dabei geschickt zwischen mit Einkaufstüten bepackten Passanten hindurch, die ihr den Weg versperrten und sie aufhielten.

»Ach, verschon mich. Ich kann dieses Gerede nicht mehr hören«, entgegnete er, packte sie fest am Arm und schob sie so schwungvoll ins Lemon-Café in der Dawson Street, dass ihre Füße beinahe vom Boden abhoben.

»Nein, lass das bitte. Ich habe dir doch gesagt, dass ich keine Zeit habe ...«, protestierte sie. Allerdings wusste er inzwischen, dass sie irgendwann nachgab.

»Ich kann auch in der Redaktion etwas essen.«

»Schon gut, und was? Wenn ich dich so ansehe, ernährst du dich vermutlich von Stangensellerie und Kaffee. Entweder bist du jetzt still und isst oder ich trichtere es dir gewaltsam ein. Deine Entscheidung ...«

»Gut, meinetwegen«, seufzte sie, als ihr der verführerische Geruch von mit Käse überbackenem Schinken in die Nase stieg, der durch das Café wehte. Ihr wurde klar, dass sie wirklich seit sechs Uhr morgens nichts mehr gegessen hatte, und das war ein jämmerlicher Haferflockenriegel gewesen. Hühnerfutter, wie Jake sagen würde. Doch Eloises Interesse am Essen ließ sich wie folgt zusammenfassen: Sie ernährte sich, nicht mit Genuss oder etwa weil sie Freude daran hatte, sondern schlicht und ergreifend deshalb, weil sie anderenfalls gestorben wäre. Wenn sie Zugriff auf die Pillen gehabt hätte, die die NASA an Astronauten im All ausgab, hätte sie zufrieden ihre tägliche Ration Eiweiß und Kohlenhydrate geschluckt und sich über die gesparte Zeit gefreut.

Jedenfalls bestellte Jake ihr einen großen Crêpe mit Eiern, Käse und Speck und zwei Kaffee zum Mitnehmen, bezahlte und drückte ihr dann ihr Essen in die Hand, damit sie es auf dem Weg ins Büro verspeisen konnte.

»Nur mal aus reiner Neugier, nimmst du eigentlich nie frei?«, erkundigte er sich, als sie auf die Redaktion der *Post* zusteuerten. »Schau dich doch nur an. Wir haben Wochenende. Überall auf der Welt spannen normale Menschen aus und tanken wieder Kraft, während du zurück ins Büro rast, um ja deinen Zeitplan nicht durcheinanderzubringen. An einem Samstag. Herrgott, Eloise, was wünschst du dir zu deinem nächsten Geburtstag? Einen Nervenzusammenbruch?«

Sie verschlang hungrig ihren Crêpe und hatte, wie er erfreut feststellte, ihr Gehtempo gedrosselt.

»Ich würde ja gerne freinehmen, aber ich kann nicht«, erwiderte sie mit vollem Mund. »Glaube mir, du ahnst ja gar nicht, unter welchem Stress ich stehe. Wir haben zwar Samstag, aber heute Abend muss die Zeitung trotzdem in den Druck …«

»Ich weiß, ich weiß, ich kenne deine Sprüche. Ohne die *Post* stürzt der Himmel ein, und ohne dich ist die *Post* nicht überlebensfähig. Und falls du einmal eine Minute weniger als achtzehn Stunden am Tag arbeiten solltest, geht die ganze Welt unter. Ich sage doch nur, dass man manchmal innehalten und das Leben genießen muss. Die Friedhöfe sind voll von Leuten wie dir, die im Job unersetzlich waren. Ich meine ja nur.«

Es tat ihm fast weh, ihren langgezogenen Seufzer zu hören.

»Ich verstehe dich ja.« Sie nickte. »Aber ich sage mir immer, dass ich eines Tages Zeit haben werde, all die Dinge zu tun, die ich gern tun würde. Eines Tages.«

»Was zum Beispiel?«

»Ach, ich weiß nicht.«

»Verdammt, natürlich weißt du es. Los, erzähl schon. Ein Tag im Traumleben von Eloise Elliot.«

»Tja ... also ... in meinem Traumleben möchte ich zuerst einmal ausschlafen. Und richtige Mahlzeiten zu mir nehmen. Und einen ganzen Tag lang mein Telefon ausschalten. Und ein Buch von vorne bis hinten durchlesen. Und nachmittags ein Glas Wein trinken, wenn ich Lust dazu habe. Und wochentags ins Kino gehen, einfach so aus einer Laune heraus. Und ... und ... ich würde gern richtig Urlaub machen. In EuroDisney vielleicht, wo ich meine kleine ...«

Ihm fiel auf, dass sie mitten im Satz abbrach. Seltsam. Doch er schwieg.

»Damit wollte ich sagen«, verbesserte sie sich, »dass ich das Gefühl habe, deshalb so viel zu arbeiten, weil ich, so schräg es auch klingen mag, auf diese Weise die Zeit anspare, die ich dann später einmal genießen kann. Kannst du das nachvollziehen?«

Er trank einen großen Schluck Kaffee und nickte. »Ja, schließlich bin ich Experte im Zeitansparen.«

Sie lächelte ihn an. »Offen gestanden«, fügte sie hinzu, »habe ich die letzten Jahre damit verbracht, darauf zu warten, dass der Sturm vorüberzieht. Eines Tages wird es doch so weit sein, oder?«

»Im Leben geht es nicht darum, abzuwarten, bis der Sturm vorüberzieht. Man muss lernen, im Regen zu tanzen.«

Und so schlenderten sie, ins Gespräch vertieft, bis zum Redaktionsgebäude der *Post*. Wenn Jake auf den Gedanken gekommen wäre, sie zu fragen, was ihr gerade so durch den Kopf ging, hätte die Antwort ihn überrascht. Denn sie war erstaunt darüber, wie angenehm sie seine Gesellschaft fand. Sie plauderte so gerne mit ihm und liebte die langen, intensiven Gespräche, bei denen sie von einem Thema zum nächsten kamen. Und obwohl ihre Vergangenheit unterschiedlicher nicht hätte sein können, hatten sie überraschend viel gemeinsam. Jeder von ihnen schlug sich auf seine eigene Weise in der Welt durch, wohl wissend, dass er letztlich siegen würde. Sie schmunzelte, wenn sie sich vorstellte, wie stolz Lily eines Tages auf ihren Vater sein würde, und war froh, ein wenig zu diesem Ergebnis beigetragen und es beeinflusst zu haben …

»Eloise? Bist du das wirklich? Ich dachte schon, ich hätte Halluzinationen.«

Aus ihrem Tagtraum gerissen blickte Eloise auf und sah … oh Mist, nein …

Ruth O'Connell, die Nordirlandredakteurin der *Post*, neugierig wie immer.

Nun sah sie fragend zwischen Eloise und Jake hin und her und wartete darauf, vorgestellt zu werden.

»Äh … tut mir leid«, stammelte Eloise, den Mund voller Crêpe, und errötete wie ein Alkoholiker, der im Schnapsladen ertappt wird. »Äh … Ruth, das ist Jake, Jake, Ruth. Wir sollten jetzt besser loslegen, es gibt viel zu tun. Gehst du rein, Ruth?«

»Jake, richtig?«, sagte Ruth und musterte ihn forschend von Kopf bis Fuß. Ihren Argusaugen entging kein Detail.

»Richtig.« Er hielt ihr mit einem höflichen Nicken die Hand hin.

»Ein Freund von Eloise?«

Das war eine Fangfrage. Alle wussten, dass Eloise keine Freunde, sondern nur Feinde hatte.

»Ja«, erwiderte Jake ruhig und blickte zu ihr hinunter. »So könnte man es bezeichnen.«

Aus unerklärlichen Gründen errötete Eloise bei diesen Worten noch mehr. »Jetzt aber Tempo«, verkündete sie, wobei ihre Stimme vor lauter Panik um einige Töne angestiegen war. »Komm, Ruth, wir müssen.«

»Und woher kennt ihr euch?«, fragte Ruth in ihrem reizenden nordirischen Akzent und machte nicht die geringsten Anstalten, sich zu entfernen.

Eloise sendete einen entsetzten Blick an Jake, doch das war überflüssig. Als Experte im Deuten seiner Mitmenschen hatte er Eloises Verlegenheit längst gespürt und beabsichtigte nicht, etwas preiszugeben oder sie in der Öffentlichkeit zu blamieren.

Eine beklommene Pause entstand, während sie an der belebten Straßenecke darauf lauerten, wer sich zuerst eine Blöße geben würde.

»Eine ganz einfache Frage«, brach Ruth das inzwischen unangenehme Schweigen. Sie verschränkte die Arme und sah Jake finster und von oben herab an. »Ich bin einfach nur neugierig, woher ihr beiden euch kennt.«

»Äh … tja … weißt du …«, stammelte Eloise. »Die Sache ist … ich habe Jake … durch … äh …«

»Eigentlich ist es nicht weiter kompliziert«, ergriff Jake gelassen das Wort. »Ich bin der Mieter von Eloises Schwester.«

Tiefste Dankbarkeit malte sich in ihren Augen.

»Ich verstehe.« Ruth nickte, schien aber nicht überzeugt. »Und wie lange …«

»Weißt du, ich würde zwar gerne hier stehen bleiben und den restlichen Nachmittag verquatschen«, fiel Eloise, die inzwischen wieder beinahe so klang wie gewöhnlich, ihr barsch ins Wort, »aber wir haben in genau zehn Minuten eine Redaktionssitzung, Ruth. Oder hast du das vergessen? Also komm schon, wir müssen.«

»Ja, ja, ich komme«, entgegnete Ruth leicht verschnupft.

»Nett, Sie kennenzulernen.« Jake nickte ihr lässig zu.

»Sicher sieht man sich in Zukunft noch öfter.« Dieser letzte Seitenhieb wurde von einer raschen Musterung von Kopf bis Fuß begleitet.

Mit einem breiten, vergnügten Grinsen hauchte Jake Eloise einen Kuss auf die Wange, meinte, sie würden später weiterreden, und trollte sich.

Eloises späteren Berechnungen zufolge hatte Ruth nur etwa zehn Minuten gebraucht, um die Nachricht nach dem Stille-Post-Prinzip im gesamten Gebäude zu verbreiten.

Am besten setzt du dich erst mal, raunte die Gerüchteküche. Rate mal, wer sich mit einem neuen Typen trifft. Eloise Elliot, die alte Jungfer höchstpersönlich! Kein Scherz. Und außerdem soll er toll aussehen. Groß, blond, gute Figur, gebaut wie ein Rugbyspieler. Ein Kerl in Jeans und Turnschuhen, also nicht, was man vor ihr erwarten würde. Eigentlich würde man meinen, dass irgendein hohes Tier bei einem Konzern der großen Chefin besser ins Konzept passen würde, oder? Ein starker, zurückhaltender Mann ... ein sanfter Riese, aber auch sexy und kein Warmduscher. Was er nur von ihr will, wird sich noch zeigen.

Zwischen den beiden läuft eindeutig was. Sie sind die Tara Street entlangspaziert. Sie hat einen Crêpe verschlungen, und die beiden haben Kaffee getrunken wie zwei verliebte Teenager. Als Ruth sie zusammen erwischt hat, ist sie knallrot angelaufen. Und noch was: Als Ruth wissen wollte, woher sie sich kennen, konnte sie ihr nicht in die Augen schauen. Es ist doch sonnenklar, was das bedeutet. Und das ist das Beste: Bestimmt hat sie ihn aus dem Internet ... aus irgendeinem Singles-Forum für durchgeknallte Arbeitssüchtige, wie sie eine ist. Das ist so sicher wie das Amen in der Kirche. Natürlich erklärt das auch, warum sie sich in letzter Zeit so oft aus dem Büro verdrückt und einfach verschwindet, ohne zu sagen, wohin. Tja, jetzt ist es auf dem Tisch und offiziell ...

Natürlich erfuhr Eloise wie immer früher oder später davon. Fast hätte sie darüber lachen können, wenn das Ganze ihr nicht so viel bedeutet hätte.

Für das Vorstellungsgespräch entwarf Eloise ein intensives Trainingsprogramm, als wolle Jake bei der Olympiade im Hundertmeterlauf antreten, anstatt sich um eine Stelle an einer Sprachenschule in der Camden Street zu bewerben. Da sie nicht lockerlassen konnte, stattete sie ihm am späten Abend vor dem großen Tag sogar nach der Arbeit einen Besuch ab, um alles in Form eines Rollenspiels ein letztes Mal mit ihm durchzugehen.

»Also, erzählen Sie mir mal, warum Sie Englisch als

Fremdsprache unterrichten wollen«, forderte sie Jake auf. Sie saß ihm an dem winzigen Küchentisch gegenüber und hatte die Beine überkreuzt und die Hände ordentlich auf dem Schoß gefaltet wie bei einem Verhör.

»Komisch, dass ausgerechnet du das fragst«, erwiderte er gähnend. Er lümmelte mit ausgestreckten Beinen auf seinem Stuhl, denn er hatte seit dem frühen Morgen für die anstehenden Abschlussprüfungen gelernt, und nun brummte ihm der Schädel. Offen gestanden hatte er nicht die geringste Lust auf das hundertste Bewerbungstraining mit Eloise.

»Komm schon, Jake, antworte.«

»Ach, wissen Sie, da ich zwei Jahre in Wheatfield einsitzen musste, dachte ich mir, eine Ausbildung zum Englischlehrer wäre ein spaßigerer Zeitvertreib, als in der Gefängniswäscherei dreckige Unterhosen zu schrubben.«

Mit einer blitzartigen Bewegung hob Eloise ihren Aktenkoffer vom Boden auf und schickte sich zum Gehen an.

»Wenn du die Sache nicht ernst nimmst, brauche ich es auch nicht zu tun«, fauchte sie ihn an. »Ist dir klar, dass Bewerbungstrainer für so etwas bis zu zweihundertfünfzig Euro die Stunde kassieren? Und hier sitze ich, total kaputt nach einem langen Arbeitstag, und du glaubst offenbar, ich mache das zum Vergnügen. Mein Gott, manchmal frage ich mich, warum ich mich so für dich abmühe, wenn du dich überhaupt nicht anstrengst …«

»Verdammt, jetzt setz dich wieder hin und werd mal ein bisschen lockerer«, entgegnete er, verschränkte die Arme und sah sie spöttisch an. »Das war doch nur ein Scherz. Komm schon, du hast einen langen Tag hinter dir. Können wir uns nicht mal wie ganz normale Leute unterhalten, anstatt uns die ganze Zeit nur blödzuschuften?«

»Das ist auch etwas, das ich dir noch sagen wollte. Deine Ausdrucksweise. Wenn du so redest, stehst du in null Komma nichts wieder vor der Tür.«

»Eloise, beruhigst du dich nun endlich? Meinst du, ich weiß das nicht? Alles wird gut. Ich habe es nicht so weit gebracht, um dich jetzt zu enttäuschen. Also komm wieder runter. Es ist halb zehn«, fuhr er gelassen fort. »Wie du aussiehst, hast du einen höllischen Tag hinter dir, und ich auch. Trink ein Glas Wein und entspann dich. Das Vorstellungsgespräch wird gut laufen. Ich bin derart gründlich vorbereitet, dass ich vermutlich den Personalchef in die Mangel nehmen werde und nicht umgekehrt, so gut hast du mich gedrillt.«

»Jake«, meinte sie müde und mit inzwischen vor Erschöpfung geröteten Augen, »hast du überhaupt eine Vorstellung davon, mit welch harten Bandagen auf dem Arbeitsmarkt gekämpft wird? Gut, du warst zwei Jahre lang aus dem Verkehr gezogen, aber lass mich dir eines verraten. Wir machen gerade die schlimmste Rezession seit der Weltwirtschaftskrise durch. Es gibt fast keine Arbeitsplätze. Wenn du dich morgen vorstellst, trittst du gegen ausgewählte Kandidaten mit Diplom- oder Masterabschluss an. Außerdem muss keiner von ihnen einen, sagen wir mal, Fleck auf seiner weißen Weste vertuschen. Also nimmst du die Sache entweder ernst oder ich verschwinde und komme niemals wieder. Dann kannst du meinetwegen Taxifahrer werden und deine Freizeit damit verbringen, von einem Uniabschluss und einem besseren Leben zu träumen. Denn mehr wird nie daraus werden. Ach übrigens, und denke nicht, dass es eine leere Drohung ist, wenn ich sage, dass ich jetzt gehe. Leere Drohungen sind nämlich nicht meine Sache, darauf kannst du Gift nehmen. Ich habe schreckliche Kopfschmerzen und genauso wenig Lust wie du, die Bewerbungsfragen noch einmal durchzuarbeiten. Aber du wirst es tun. Und ich auch.«

»Okay, okay, verstanden«, seufzte er und breitete schicksalsergeben die Hände aus. »Wenn es dich glücklich macht, ackern wir den ganzen dämlichen Mist eben wieder durch …«

»Was habe ich gerade zum Thema Ausdrucksweise gesagt?«

»… zum tausendsten Mal: Könntest du zuerst ein Glas Wein trinken und dich beruhigen«, meinte er beschwichtigend.

Inzwischen kannte Jake diese Seite ihrer Persönlichkeit, nämlich die getriebene, die keine Gnade kannte und vor nichts haltmachte. Allerdings bedeutete das nicht, dass er diesem Charakterzug viel abgewinnen konnte. Doch zumindest gehorchte sie und nahm mit einem entnervten Seufzer wieder Platz, was er als Stichwort verstand, zum Kühlschrank zu gehen und ihr ein Glas Weißwein einzuschenken.

»Nur aus reiner Neugier«, merkte er an, während er ihr das Glas reichte und zusah, wie sie zur Beruhigung ihrer Nerven einen großen Schluck nahm. »Schaltest du denn niemals ab?«

»Wovon redest du?«, gab sie, offenbar wirklich verdattert, zurück.

»Es ist jetzt später Abend. Wahrscheinlich sitzt du schon seit dem Morgengrauen am Schreibtisch. Und trotzdem läufst du weiter auf Hochtouren und hast noch immer nicht Feierabend. Wir haben schon so viel Arbeit in das Projekt gesteckt, mich für morgen vorzubereiten. Aber die Sache ist … dass du mir einfach vertrauen musst. Es ist in Ordnung, hin und wieder die Verantwortung abzugeben, Eloise. Kannst du nun endlich für fünf Minuten einen Gang herunterschalten und mir erzählen, wie dein Tag war?«

»Das möchtest du wirklich wissen?« Völlig perplex sah sie ihn an. Schließlich interessierte sich nie jemand dafür, wie es ihr ging. Die Leute nahmen einfach an, dass sie schon alles schultern würde. Und zwar immer.

»Ja«, erwiderte er, musterte sie nachdenklich und setzte sich ihr gegenüber. »Das möchte ich.«

»Oh mein Gott«, seufzte sie erschöpft auf und schlug die Hände vors Gesicht. »Wo soll ich nur anfangen?«

Rückblickend betrachtet hätte sie sich überhaupt nicht wegen des wichtigen Vorstellungstermins verrückt machen müssen. Denn am nächsten Tag um die Mittagszeit – Eloise war gerade auf dem Weg zu einer Redaktionssitzung – läutete ihr Telefon. Jake war am Apparat, und sie erkannte am Lachen in seiner Stimme und an seinem beschwingten Tonfall, dass es nur gute Nachrichten sein konnten.

Inzwischen drängten alle Ressortchefs, debattierend und mit iPads, iPhones, Laptops und Kaffeetassen bewaffnet, in den Konferenzraum.

»Ich muss das Gespräch annehmen. Komme in zwei Sekunden nach«, flüsterte sie Robbie vom Auslandsressort zu, der gerade an ihr vorbeischlurfte. Er nickte, betrat den Konferenzraum und schloss die Tür, damit sie ungestört telefonieren konnte.

»Und?«, zischte sie so leise, dass auch Rachel am Empfang sie nicht hörte.

»Katastrophe«, erwiderte er, was sie erstaunte. Sie hätte nämlich schwören können, dass er dabei grinste.

»Was ist passiert?«

»Sie haben mich wegen der auffälligen zweijährigen Lücke im Lebenslauf so richtig in die Mangel genommen.«

»Was?«

»Du hättest dabei sein sollen. Diese Typen waren schlimmer als bei *CSI*. Richtige Verhörspezialisten, die mir mit einer Lampe ins Auge geleuchtet haben, das volle Programm. Sie haben ununterbrochen die Schlüsselsätze wiederholt, wie ausgebildete Agenten es eben so tun …«

»Jake, wenn du mich auf den Arm nehmen willst …«

»Verraten Sie uns Ihr Geheimnis, haben sie immer wieder gesagt …«

»Falls du das witzig findest …«

»Sie waren mal im Knast, richtig? Und weshalb? Haben Sie alten Damen die Handtasche weggerissen? Bewaffneter Raubüberfall? Einbruch? Brandstiftung? Oder noch schlimmer?«

»Jake …«

»Irgendwann bin ich schwach geworden und habe alles gestanden. Und, um es kurz zu machen, sie haben den Sicherheitsdienst gerufen, mich rausgeworfen, mein Zeugnis zerrissen und mir gedroht, ich würde wieder für zwei Jahre in den Knast wandern, falls ich mich noch mal an einer Sprachenschule blicken lassen sollte …«

»Jake!«, zischte sie, inzwischen wirklich besorgt. »Bitte sag, dass das nur ein Scherz ist.«

»Natürlich, du Dummerchen. Es hat so gut geklappt, dass der Typ, der das Bewerbungsgespräch geführt hat, mich gebeten hat, noch ein bisschen zu bleiben, um den Schuldirektor kennenzulernen. Der hat einen Blick auf meine Noten geworfen und gemeint, sie hätten in den Sommermonaten zu wenig Leute. Er hat mich mehr oder weniger gefragt, wann ich denn anfangen könnte. Zunächst könnten sie mir nur ein paar Stunden pro Woche bieten. Aber ich beklage mich nicht. Wahnsinn.«

Unwillkürlich stieß Eloise einen lauten Freudenschrei aus.

»Und jetzt habe ich noch eine Frage, junge Frau«, sagte Jake am Telefon.

»Und die wäre?«

»Wohin soll ich heute Abend mit dir feiern gehen?«

In diesem Moment blickte sie auf und stellte fest, dass Seth Coleman mit seinen Eidechsenaugen direkt vor ihr stand und offenbar alles mitgehört hatte. Mein Gott, wie machte er das bloß?, fragte sie sich. Ihre Hochstimmung war schlagartig wie weggeblasen.

»Ich rufe zurück, kann jetzt nicht reden«, murmelte sie rasch und beendete das Telefonat.

»Ach, plaudern Sie mit Ihrem neuen Freund?«, erkundigte sich Seth gespielt leutselig.

»Genau genommen war es nicht persönlich«, log sie unverfroren.

Eine dämliche und durchsichtige Ausrede, wie sie wusste. Aber egal, für den Moment musste es genügen.

»Hm«, näselte er, während er an ihr vorbeiging. »Ich rechne fest damit, dass Sie den großen Unbekannten, dem ich nur zu gerne begegnen würde, zum Vorstandswochenende mitbringen. Wir alle freuen uns schon darauf.«

Es kostete Eloise alle Selbstbeherrschung, ihn nicht mit ihrem Telefon zu bewerfen, und zwar in der Hoffnung, dass es bleibenden Schaden anrichten würde.

Jake bestand darauf, Eloise am Abend auszuführen, und ließ ein Nein nicht gelten. Er werde zum Dank alles organisieren, sie müsse nur erscheinen und »verdammt noch mal aufhören, über die Arbeit zu labern«. Wie immer hörte er sich geduldig ihre Ausflüchte an: »Ich kann nicht, ich muss E-Mails verschicken und mich auf Sitzungen vorbereiten«, oder wie ihre üblichen Entschuldigungen sonst auch lauten mochten. Doch als sie nach der Arbeit zu ihm kam, hatte er alles arrangiert.

Um den Abend stilvoll einzuläuten, hatte er ihr einen Blumenstrauß gekauft. Aus irgendeinem Grund erinnerte er sich daran, dass sie Lilien liebte. Und das Wort … Lilie – Lily … hatte sich in sein Gedächtnis eingebrannt. Also war er am Nachmittag in eine Blumenhandlung gegangen und so verschwenderisch gewesen, den größten Strauß im Laden zu erstehen. Als er ihr die Lilien überreichte, war sie tatsächlich errötet. So, als sei es schon Jahre her, dass ihr jemand Blumen geschenkt hatte. Sie sah so hübsch, jung und zart aus, dass er plötzlich das Bedürfnis hatte, sie zu umarmen. Aber er befürchtete, dass sie das missverstehen könnte.

»Oh … sie sind wunderschön«, begeisterte sich Eloise. Sie klang völlig verdattert, als sie an dem Band herumnestelte, das das Zellophan zusammenhielt, und ihr Gesicht tief in den Strauß hielt, um den wundervoll süßen Duft zu schnuppern.

»Du hast sie verdient. Überhaupt solltest du viel öfter Blumen bekommen. Und wenn wir schon beim Thema sind: Man sollte dich hin und wieder narkotisieren und mit Gewalt aus diesem dämlichen Büro und ins nächste Restaurant schleppen.«

»Mich? Ha, das soll wohl ein Scherz sein!«

»Warum nicht?«

»Komm, lass das …«

»Ich kapiere die Typen wirklich nicht, mit denen du täglich zu tun hast«, meinte er kopfschüttelnd, während er seine Jacke anzog. »Du bist ein wundervoller, phantastischer Mensch und außerdem klug und erfolgreich. Ein Mann sollte stolz darauf sein, dich am Arm zu haben, und sich freuen, dass er am Freitagabend mit dir ausgehen darf.«

Sie sah ihn tief gerührt an.

»Das meine ich übrigens ernst«, fügte er schlicht hinzu.

»Ich weiß«, erwiderte sie und hatte plötzlich einen seltsamen Kloß im Hals. »Vielen Dank. Nach dem Tag, den ich hinter mir habe, brauche ich … nun, sagen wir mal, dass jemand ein bisschen nett zu mir ist.«

»Also los, worauf warten wir? Ich habe dir versprochen, dich heute Abend nach Strich und Faden zu verwöhnen, und genau das werde ich jetzt tun.«

Mit diesen Worten packte er sie am Arm und schleppte sie trotz ihrer Proteste den ganzen Weg die Straße entlang zu *Raoul's,* einem schicken französischen Restaurant unweit von Sandymount Green. In den letzten Wochen war er fast jeden Tag daran vorbeigekommen und hatte sich geschworen, Eloise zur Feier des Tages dort zum Essen einzuladen, falls es mit der Stelle klappte.

Da er darauf bestand, den Gastgeber zu spielen, bestellte er auch den Wein, als hätte er nie etwas anderes getan. Allerdings erkannte er daran, wie Eloise leicht die Lippen verzog, dass es der falsche gewesen war.

Ach herrje, man musste so viele Regeln befolgen und sich eine Menge Dinge merken, wenn man ein bürgerliches Leben führen wollte, dachte er mit einem innerlichen Aufstöhnen. Das Theater mit dem richtigen Wein war zum Beispiel eine Sache, die er niemals begreifen würde. Für ihn gab es Rotwein und Weißwein, und ansonsten trank man eben Bier. Doch Eloise hatte ihm erklärt, dass Chardonnay inzwischen nicht mehr angesagt sei und sie von Sauvignon Blanc schreckliche Kopfschmerzen bekäme und man sich daher am besten an Pinot Grigio hielte.

Als Jake die Weinliste studierte, die der Kellner ihm reichte, sobald sie saßen, entdeckte er ein weiteres Minenfeld. Die Hälfte war auf Französisch, weshalb Jake demonstrativ die Karte durchblätterte und so tat, als verstehe er den Inhalt. Zu seiner Erleichterung stieß er schließlich auf einen, der nicht ganz so teuer war und sogar auf Englisch angepriesen wurde … vielen Dank. Also bestellte er ihn, und falls die Aussprache nicht stimmte, war der Kellner zumindest höflich genug, ihn nicht in aller Öffentlichkeit zu verbessern.

Ein Junge aus der Arbeiterschicht und aus einem schlechten Wohnviertel zu sein konnte einen in große Schwierigkeiten bringen, dachte er. Doch eines musste er einräumen. Das Leben war dort, wo er herkam, um einiges einfacher. Weniger Fallstricke. Erstens war es völlig egal, was man anhatte. Man konnte den ganzen Tag in Trainingsanzug und Turnschuhen herumlaufen, ohne dass jemand mit der Wimper zuckte. Außerdem musste man seinen Akzent nicht verbergen und das *th* nicht ordentlich aussprechen und konnte mit Kraftausdrücken um sich werfen, wie man lustig war. Alle anderen, sogar seine Großmutter, taten es schließlich auch. (Offen gestanden hätte ihre Ausdrucksweise so manchen Knastbruder erbleichen lassen.)

Ja, er wollte dieses Leben und sehnte sich, seit er denken konnte, verzweifelt danach, ein wohlanständiges und abgesichertes Mitglied der Mittelschicht zu werden. Und dennoch zweifelte er manchmal daran, dass er es schaffen würde. In seinem neuen Job würde es niemandem auffallen. Den spanischen Jugendlichen, die er unterrichten sollte, würde es egal sein, dass er in einer Sozialbausiedlung mit Blick auf ausgebrannte Autos und sich prügelnde Kinder aufgewachsen war. Nicht, solange er ihnen alles über die Zeiten und die *if-clauses* beibrachte.

Auf gesellschaftlichem Parkett hingegen sah die Sache schon ganz anders aus. Insbesondere in Restaurants. Vergiss nicht, die Serviette zu benutzen. Nimm das Besteck von außen nach innen. Ellenbogen vom Tisch. Und immer daran denken, dass er jetzt wirklich ein Lehrer war und sich auch wie einer benehmen musste.

Mein Gott, das war ganz schön anstrengend.

In Eloises Gegenwart fühlte er sich wohl und konnte ganz entspannt sein. Doch schließlich kannte sie seine Herkunft und, was noch wichtiger war, seine Ziele im Leben. Aber was, wenn unweigerlich der Tag kam, an dem er Umgang mit anderen Lehrern und Akademikern aus der Mittelschicht würde pflegen müssen? Was dann? Würden sie ihn alle als den nichtsnutzigen Emporkömmling und Betrüger mit neuer Frisur und schickem Anzug durchschauen? Das machte ihm mehr zu schaffen, als er Eloise je verriet.

Doch nun hatte er wenigstens die Hürde der Weinbestellung erfolgreich genommen. Und nach einem oder zwei Gläsern spürte er regelrecht, wie die Anspannung von Eloise abfiel. Er hatte bereits bemerkt, dass sie sich bei jedem ihrer Gespräche mehr öffnete und ihm von Seth Coleman, seinen letzten Kapriolen und den hinterhältigen Manövern erzählte, mit denen er sie aus ihrem Job zu drängen versuchte.

Aber da war noch etwas, über das sie sich bereits öfter beklagt hatte, allerdings ohne je ins Detail zu gehen. Wie sie ihm anvertraut hatte, wusste sie sehr gut, wie unbeliebt sie in der Redaktion war, und kannte auch die hässlichen Spitznamen, mit denen man sie hinter ihrem Rücken bedachte. Niemand möge sie wirklich, und das sei schon immer so gewesen. Nicht einmal die wenigen Leute, die sie zwar nicht als Freunde bezeichnete, die aber wenigstens ihre Verbündeten waren. Falls es also zur offenen Konfrontation zwischen ihr und Seth kommen sollte, fragte sie – und er hätte schwören können, dass er einen verbitterten Unterton in ihrer Stimme gehört hatte –, würde sich doch kein vernünftiger Mensch auf ihre Seite stellen, oder?

»Aber du arbeitest ja schon seit Jahren dort«, meinte er beschwichtigend. »Warum hast du das Gefühl, keine Freunde zu haben? Das begreife ich nämlich wirklich nicht. Die Eloise, die ich kenne, ist so ganz anders als die Frau, die du beschreibst.«

Sie trank noch einen Schluck Wein und betrachtete nachdenklich ihre Serviette.

»Es war schon mein Leben lang so«, gestand sie schließlich. Ihre Ehrlichkeit rührte ihn mehr, als er in Worte fassen konnte.

»Tatsächlich?«

»Ehrenwort. Und was man nie hatte, kann man auch nicht vermissen, richtig?«, fügte sie hinzu, nippte noch einmal an dem Wein und sprach weiter. »Ich kann dir nur sagen, dass ich vieles anders machen würde, wenn ich noch eine zweite Chance hätte. Vielleicht würde ich meine Kollegen nicht so hart antreiben und mich ein wenig menschlicher, nachsichtiger und verständnisvoller verhalten. Es ist nämlich sehr schwer, Tag für Tag in die Redaktion zu gehen und dafür zu sorgen, dass der Laden läuft, während einem von den Leuten, deren Arbeitsplätze man retten will, buchstäblich Hass entgegenschlägt.«

»Wie genau meinst du das?«, erkundigte er sich und spitzte die Ohren.

»Nun ... wenn jemand um mehr Freizeit bittet, kriegt er von mir normalerweise eine Standpauke, dass er den Job nicht schleifen lassen darf. Schließlich gebe es genug andere Leute, die scharf auf seine Stelle seien. Mein Motto lautet, dass ich anderen nicht mehr abverlange als mir selbst. Und das stimmt auch. Aber ... anstatt Respekt vor mir zu haben, weil ich so hohe Anforderungen an mich und meine Mitmenschen stelle, scheinen sie mich deshalb zu hassen und zu verachten. Ganz gleich, was ich auch tue. Doch wenn ich es anders machen würde, würden wir unsere Zielvorgaben nicht erreichen, und dann wären noch mehr Arbeitsplätze gefährdet. Egal, wie ich es anstelle, der Schwarze Peter landet immer bei mir. Ich bin so oder so unbeliebt.«

»Es ist nie zu spät, sich zu ändern«, entgegnete er mitfühlend und griff unwillkürlich über den Tisch hinweg nach ihrer Hand. Offenbar störte es sie nicht, denn sie zog sie nicht weg. »Warum quälst du deine Mitmenschen nicht ein bisschen weniger und lässt ihnen auch mal einen Fehler durchgehen? Sei lockerer und freundlicher zu deinen Kollegen, und plaudere dann und wann mit ihnen. Los, gib dir einen Ruck.« Er sah sie auffordernd an. »Das Ergebnis wird dich überraschen.«

Als die Vorspeise serviert wurde, nickte sie erleichtert, und Jake spürte, dass sie das Thema wechseln wollte. Und da er ein Gentleman war, tat er ihr den Gefallen.

»Wir sollten jetzt nicht mehr über die Arbeit reden«, meinte er. »Weißt du, was mich interessieren würde?«

»Was?« Sie lächelte.

»Ich würde nur zu gerne etwas über deine Familie hören.« Und, oh Wunder, diesmal verschloss sie sich nicht.

»Tja, da gibt es nicht viel zu erzählen. Du weißt ja, dass meine Schwester momentan in der Stadt ist …« Sie verstummte, ohne hinzuzufügen, warum sie hier war und wie lange sie bleiben würde.

»Was macht sie denn beruflich?«, erkundigte er sich.

Doch sie wich der Frage geschickt aus und berichtete ihm stattdessen von ihrer Mutter, die in Marbella lebt.

»Und jedes Mal, wenn ich sie besuche, was, weiß Gott, selten genug ist, ist sie blonder, brauner gebrannt und noch durchgestylter als beim letzten Mal. Versteh mich nicht falsch. Das Leben in der Sonne bekommt ihr großartig, aber … ich wünschte, ich könnte sie öfter sehen.«

»Vermisst du sie?«

»Natürlich. Jeden Tag.«

»Na, dann tu etwas dagegen. Du musst inzwischen jahrelang Urlaub angespart haben. Nimm dir doch einfach frei und fliege hin. Setz dich mit deiner Schwester in die nächste Maschine, und los geht's. Du hast nur eine Mutter.«

Aber sie verdrehte die Augen.

»Jake«, entgegnete sie spöttisch, »muss ich dich daran erinnern, dass Urlaub etwas für Rentner ist, nicht für Leute wie mich?«

»Eines Tages wirst du es dir anders überlegen«, beharrte er. »Eines Tages wirst du endlich die Zeit haben, zu reisen und die Leute zu sehen, die dir etwas bedeuten. Du könntest – ich wage kaum, es auszusprechen – zur Abwechslung mal sogar das Leben genießen.«

Wehmütig blickte sie aus dem Fenster, als sei sie mit ihren Gedanken ganz weit weg.

Sie verschwieg ihm etwas, und zwar etwas Wichtiges, darauf wäre Jake jede Wette eingegangen.

Ein anderer Mann vielleicht? Jemand von früher, der ihr das Herz gebrochen hatte? Nein, das konnte er sich nicht vorstellen. Es passte einfach nicht zu ihr. Eloise war nicht die Frau, die sich bei Problemen mit einem großen Glas Nutella und einer Wodkaflasche unter der Bettdecke verkriecht.

Warum nur ertappte er sich bei dem Wunsch, unbedingt erfahren zu wollen, was sie gerade dachte? Weshalb sie plötzlich so wehmütig und distanziert wirkte?

Wenn er den Mut gefunden hätte zu fragen, hätte er die Überraschung aller Zeiten erlebt. Denn sie dachte an ihn. Daran, wie lange es her war, dass sie wie eine richtige Frau zum Essen ausgeführt und verwöhnt worden war. Den ganzen Tag war sie von Akademikern umgeben, die sich dennoch nur unhöflich, launisch, aggressiv und des Öfteren auch, sowohl ihr gegenüber als auch hinter ihrem Rücken, bösartig verhielten. Und hier saß sie mit einem verurteilten Straftäter aus dem verrufensten Viertel der Stadt, einem Mann, der immer der Inbegriff eines Gentlemans gewesen war, an einem Tisch.

Hatte er bemerkt, wie sehr sie sich über den wunderschönen Blumenstrauß gefreut hatte? Absurd teuer, wie ihr klar war, und er konnte es sich doch nicht leisten. Und trotzdem war sie ihm die Investition wert gewesen. Jake, dachte sie und trank noch einen Schluck Wein, war einfach charmant. Das war das Wort, das ihn am besten beschrieb. Einfach … charmant.

Im nächsten Moment läutete ihr Telefon. Natürlich die *Post*, wer sonst?

»Lass die Mailbox rangehen«, wies er sie streng an. »Herrje, nimm dir eine Stunde Zeit, um in Ruhe zu essen.

Dann kannst du denjenigen ja zurückrufen. Du hast doch sicherlich ein Recht auf eine Essenspause. Mein Gott, die kriegt man sogar im Knast.«

Sie sah ihn an und überlegte kurz, als wöge sie die verschiedenen Möglichkeiten gegeneinander ab. Dann lächelte sie schief, schaltete das Telefon ab und griff hungrig zu.

Teil drei

Eloise

Kapitel neun

Gute Nachrichten: Lily hat endlich aufgehört, sämtliche fremden Männer in Parks und Bussen anzusprechen und sie zu fragen, ob sie vielleicht ihr Dad seien. Natürlich krabbelt sie frühmorgens immer noch in mein Bett, um mit mir zu kuscheln und ein wenig zu reden. Dann hält sie plötzlich inne, lutscht einen Moment am Daumen und fragt mit ihrem schlaftrunkenen heiseren Stimmchen völlig aus dem Zusammenhang gerissen: »Hast du meinen Daddy schon gefunden, Mama? Du findest ihn doch bald, oder?«

Ich ziehe sie fest an mich, küsse sie, antworte, dass Mama alles hält, was sie verspricht, und sichere ihr zu, dass sie ihn eines Tages kennenlernen wird. Eines Tages.

Übrigens habe ich zur großen Freude aller Kollegen die erste Redaktionssitzung des Tages auf neun Uhr verlegt, hauptsächlich deshalb, damit Lily und ich diese kostbaren Momente miteinander genießen können. Da Helen den restlichen Tag mit ihr verbringen kann, gehören die Morgenstunden mir. Das Thema Dad beschäftigt Lily zwar immer noch, und sie überrascht mich wieder und wieder damit, doch es kommt inzwischen seltener vor. Hauptsächlich, und das muss ich ihr zugutehalten, habe ich das Helen zu verdanken, die dem Kind seit ihrem Einzug vor all den Wochen unbeschreiblich nahegekommen ist.

Jake und ich haben uns im Laufe der letzten Wochen wider

Erwarten angefreundet. Ich kann ihm Dinge erzählen, die sonst niemand weiß und die kein Mensch je verstehen würde. Und er hört mir geduldig zu und findet immer einen Weg, mich zum Lachen zu bringen, wenn ich mich wieder in etwas hineinsteigere. Ich weiß: ich und lachen. Ich werfe tatsächlich den Kopf in den Nacken und muss mir den Bauch halten, bis das Kichern aufhört.

Tag für Tag und Abend für Abend gibt er mir weise und vernünftige Ratschläge. Im fraglichen Moment höre ich sie vielleicht nicht gern, doch die Herangehensweise entpuppt sich unweigerlich als richtig. Außerdem widerspricht er mir nicht, wenn ich mich wieder einmal in Tiraden ergehe und mich über die aktuellen Bürointrigen auslasse. Und dann stutzt er in aller Seelenruhe meine Sorgen auf das richtige Format zurück. Er ist ein richtiger Freund, ein rarer und kostbarer Edelstein, wie ich ihn zuvor noch nie hatte.

Seltsam, zum ersten Mal kommt mir ein anderer, völlig abwegiger Gedanke in den Sinn. Obwohl ich mir ständig auf die Schulter klopfe, weil ich ihn zu seinem Vorteil verändert habe, könnte es sich womöglich genau umgekehrt verhalten. Hat er vielleicht größeren Einfluss auf mich? Ich kriege es noch nicht ganz zu fassen, aber seit ich ihn kenne, bin ich viel entspannter im Umgang mit meinen Mitmenschen. Nicht, dass das jemandem aufgefallen wäre, aber ich ernähre mich besser, schlafe besser, habe seltener Magenkrämpfe (mein persönliches Stressbarometer) und … ich bin einfach zufriedener und dankbarer für alles, was ich habe.

In den letzten Wochen habe ich nach sehr langer Zeit mein Lächeln wiedergefunden.

»Sag mal, Eloise«, meint Helen zu mir, »was hast du langfristig vor? Mit Jake, meine ich?«

Es ist spät am Abend. Ich habe mich gerade von einer Besprechung mit dem Schlussredakteur nach Hause geschleppt, und jetzt gönnen wir uns das dringend nötige Glas Wein und ein Gespräch darüber, wie unser Tag gelaufen ist. Eine andere neue Angewohnheit, die mir allmählich ans Herz wächst. Heute Abend klingt Helen ein wenig geistesabwesend und gestresst, was so gar nicht zu ihr passt. Bislang ist sie immer eine strenge Verfechterin der Einstellung gewesen, dass die Unterstützung, die ich Jake gegeben habe, gut für Lily und somit gut für uns alle ist. Also packe ich nach ein paar aufmunternden Gläsern Wein den Stier bei den Hörnern.

»Helen, hoffentlich stört dich die Frage nicht, aber was ist los? Was bedrückt dich? Ich blicke da nicht ganz durch. Weshalb fragst du mich plötzlich nach langfristigen Plänen?«

»Ich war nur ein wenig … besorgt, worauf das Ganze hinausläuft … mehr nicht.«

»Komm schon, Liebes. Wenn du mir etwas zu sagen hast, würde ich mich freuen, wenn du einfach mit der Sprache herausrückst. Außerdem gibt es doch keinen Grund zur Sorge, oder? Habe ich nicht endlich im Leben einmal etwas richtig gemacht?«

»Ja, schon«, erwidert sie nickend. »Natürlich hast du das, und offenbar hast du bei dem Typen wahre Wunder bewirkt. Ich wollte nie das Gegenteil andeuten …«

»Und was stört dich dann?«

»Nun«, antwortet sie und lässt den Wein am Grunde des Glases kreisen, »es ist nur, dass …«

»Was, Helen. Bitte sag es mir. Denn wenn ich einen Fehler gemacht habe, würde ich gerne wissen, welchen.«

»Nein, du hast keinen Fehler gemacht … du gehst nur sonst immer so strategisch vor …«

»Und?«

»Und inzwischen scheinst du echt mit ihm befreundet zu sein.«

»Jetzt mach mal einen Punkt. Was ist denn daran so schlimm? Es ist … ich kann es nicht beschreiben … eben einfach schön, einen richtigen Freund zu haben. Einen Kumpel.«

»Nein, nein, das habe ich nicht gemeint …«, erwidert sie gedankenverloren.

»Jetzt red schon endlich.«

»Es ist nur … ich denke eigentlich an die Zukunft«, sagt Helen schließlich und kann mir dabei nicht in die Augen sehen.

»An welche Zukunft?«

»Hör mal«, fährt sie nach einer Weile fort. »Gut, ich bin Jake nie begegnet …«

»Dieses Thema hatten wir doch schon. Du weißt, dass es nicht geht. Wer soll denn auf Lily aufpassen, während ich euch beide einander vorstelle?«

»Schon gut«, antwortet sie, streckt die Hand nach der Flasche Pinot Grigio aus, die vor ihr auf dem Couchtisch steht, und schenkt uns beiden großzügig nach. »Aber ich frage mich dauernd, was passiert, wenn du den Zeitpunkt für geeignet hältst, dass Lily ihn kennenlernt. Sobald sich die beiden sehen, wird Jake feststellen, dass du ihm etwas verheimlicht hast. Dann wird er doch sicher wissen wollen, welchen Grund du hattest, ihm die Existenz seiner Tochter zu verschweigen. Seines eigenen Kindes. Und wie wird er sich dann deiner Ansicht nach fühlen? Wie, in Gottes Namen, willst du ihm das erklären? Oder hast du vor, einfach aus seinem Leben zu verschwinden, so schnell, wie du gekommen bist? Wirst du ihn seinem Schicksal überlassen und hoffen und beten, dass er nicht wieder auf die schiefe Bahn geraten ist, wenn Lily alt genug ist, um ihn selbst aufzuspüren? Ich habe nämlich den Eindruck, dass deine Arbeit getan ist. Du hast deine Zauberkräfte walten lassen und einen Ex-Sträfling in einen ehrbaren Lehrer aus der Mittelschicht verwandelt. Wahrscheinlich muss er in einer Tweedjacke mit Lederflicken an den Ellbogen herumlaufen, um das Bild zu vervollständigen. Wie ich dich kenne, lässt du ihn sicher bald in einem lehrermäßigen Fiat Punto herumfahren …«

»Ich werde nicht …«

Obwohl … gar kein so schlechter Gedanke.

»Eloise, ich sage doch nur, dass du es mit einem anderen Menschen zu tun hast, nicht mit einem erfolgreich abgeschlossenen Projekt. Ja, du und er seid nun trotz aller Widrigkeiten Freunde geworden, und das ist wunderbar, falls du das so möchtest. Du hast ihn wirklich gern, wie ich manchmal glaube, sogar mehr, als du selbst es ahnst. Allerdings lügen Freunde einander nicht an und haben keine Geheimnisse voreinander. Du hingegen verheimlichst ihm so viel, dass mir ganz schwindelig wird. Also schenk ihm einfach reinen Wein ein. Denn früher oder später wird er herausfinden, was du ihm alles verschwiegen hast. Und dann würde mich dein Masterplan interessieren.«

Während sie immer weiterredet, trifft mich aus heiterem Himmel eine neue Befürchtung wie ein Schlag ins Gesicht, sodass ich hochfahre und ins Leere starre.

»Was ist?«, fragt Helen, die meinen Stimmungswandel spürt.

»Mir ist nur gerade etwas eingefallen. Gütiger Himmel, warum habe ich nicht schon früher daran gedacht?«

»Los, spuck es aus.«

»Nun … ich bin die ganze Zeit selbstverständlich davon ausgegangen, dass Jake Lily automatisch lieben und vergöttern wird, so wie alle anderen es tun. Dass er eine Rolle in ihrem Leben spielen will. Aber was, wenn ich mich irre?«

»Was soll das heißen?«

»Das haben wir uns noch gar nicht überlegt. Nehmen wir einmal an, ich tue, was du vorgeschlagen hast, und sage Jake die Wahrheit. Was, wenn er die Flucht ergreift und nichts mit Lily zu tun haben will? Dazu hätte er nämlich alles Recht der Welt. Ganz abgesehen von seiner juristischen Position. Du hättest den ganzen Papierkram sehen sollen, den sie mir im Reilly Institute gezeigt haben. Die Spender müssen mehrere Erklärungen unterschreiben, in denen klipp und klar steht, dass sie auf jegliches Umgangsrecht mit ihrem Nachwuchs verzichten. Die Frage ist, wie ich Lily erklären soll, dass ich ihren Dad zwar gefunden habe, er aber keinen Kontakt mit ihr wünscht.«

Sie antwortet nicht. Ich starre weiter grüblerisch ins Leere.

Nach einer langen Pause bricht Helen endlich das Schweigen.

»Willst du meinen Rat hören?«, erkundigt sie sich und lässt nachdenklich den Wein in ihrem Glas kreisen.

»Bitte«, erwidere ich und komme mir vor wie die letzte Idiotin.

»Du hast zwei Alternativen. Plan A: Du beichtest ihm alles, und zwar jetzt, ohne es länger hinauszuzögern. Du verhältst dich wie eine Freundin und sagst ihm die Wahrheit. Es ist zwar ein bisschen spät, aber spät ist besser als nie. Und damit meine ich die ganze Wahrheit. Warum du ihn aufgespürt hast, von Lily und vor allem, dass sie der wahre Grund ist, ihm zu helfen. Es könnte sein, dass ihm das gar nicht gefällt. Vielleicht ist er schockiert oder sogar sauer auf dich, weil du die ganze Zeit über nicht ehrlich zu ihm warst. Doch langfristig betrachtet hättest du es dir von der Seele geredet und das Richtige getan. Falls er Lily nicht sehen will, warst du wenigstens offen und hast ihm die Entscheidung überlassen.«

»Und wie lautet Plan B?«, frage ich Helen kleinlaut.

»Das wirst du jetzt nicht gerne hören.«

»Schieß los.«

»Plan B ist, dass du jeglichen Kontakt zu ihm abbrichst. Sofort. Triff dich nicht mehr mit ihm. Du hast ihn unterstützt, so gut du konntest, und nun ist Schluss. Denn abgesehen davon, dass er vielleicht nichts mit Lily zu tun haben will, verhältst du dich schrecklich unfair. Du hast dich mit jemandem angefreundet, den du gleichzeitig an der Nase herumführst. Du hintergehst ihn. In jeder Minute, die du mit ihm verbringst, lügst du ihn mehr oder weniger an. Also überleg mal. Wie würdest du es finden, wenn dich jemand so behandelt? Ich weiß, wie schön es für dich ist, einen Kumpel zu haben, aber vertrau mir: Freunde gehen nicht so miteinander um. Ich beneide dich um keine der beiden Möglichkeiten, Liebes, doch etwas anderes bleibt dir nicht übrig. Schenk ihm reinen Wein ein, oder hör auf, ihn zu täuschen. Und das kannst du nur, indem du Abstand gewinnst.«

Sie blickt mich auffordernd an.

»Also? Was wirst du tun?«

Das kann ich nicht beantworten.

»Komm schon, sonst bist du doch auch nicht so zögerlich.«

Ich kann es zwar nicht laut aussprechen, aber … nun, den Kontakt zu Jake abzubrechen ist für mich unvorstellbar. Absolut. Ich … ja … ich würde ihn vermissen. Er ist mein einziger Freund, mit dem ich nicht verwandt bin, und ich wage nicht, mir ein Leben ohne ihn auszumalen.

»Eloise?«

Verzweifelt fahre ich mir mit den Fingern durchs Haar.

»Gut, aber es wird dir nicht gefallen. Die Antwort lautet, dass ich ehrlich nicht weiß, was ich tun soll. Ich will nur … dass alles so bleibt, wie es ist. Bis ich mich entschieden habe und, noch wichtiger, bis der richtige Zeitpunkt gekommen ist. Helen, zum ersten Mal im Leben bin ich mit dem Ist-Zustand zufrieden. Darf ich nicht wenigstens momentan in dieser Blase weiterleben? Bitte?«

Falls ich geglaubt haben sollte, dass die schleichende Veränderung, die in mir vorgegangen ist, in der Redaktion unbemerkt bleiben wird, habe ich mich schwer geirrt. Am nächsten Morgen sitze ich am Schreibtisch und schaue die Anzeigenseiten für den Feuilletonteil des nächsten Wochenendes durch. Es ist kurz vor elf, als es sacht an die Bürotür klopft und Rachel hereinkommt. Sie steht schluchzend vor mir. Ja, sie weint tatsächlich. Heiße Tränen sprudeln aus ihren vor Trauer geröteten Augen, und sie zittert, als habe sie gerade einen Schock erlitten.

Sofort springe ich auf, schieße auf sie zu, nehme sie in die Arme und wiege sie beinahe wie Lily, wenn sie müde ist.

»Was hast du? Was ist passiert?«, frage ich, nachdem ich sie in den Sessel vor meinem Schreibtisch verfrachtet habe. Dabei reibe ich ihr mit den Armen über die Schultern, wie es Mitglieder der Küstenwache bei Menschen machen, die sie gerade vor dem Ertrinken gerettet haben.

»Es liegt an H-h-harry«, ist alles, was ich ihr zwischen den Schluchzern entlocken kann. Harry ist, wie ich mich erinnere, ihr Freund und der Vater ihrer kleinen Tochter, die etwa ein halbes Jahr älter ist als Lily.

»Erzähl mir, was los ist, Liebes. Red es dir von der Seele.«

Die Ärmste braucht ungefähr zehn Minuten, um mir alles zu schildern, denn vor lauter Verzweiflung bringt sie kaum zwei zusammenhängende Sätze heraus. Währenddessen bemuttere ich sie nach Kräften, hole Kleenex, krame eine Flasche Rescue-Tropfen aus den Tiefen meiner Handtasche hervor und stecke den Kopf aus der Tür, um mir eine vorbeieilende Volontärin zu schnappen, der ich sage, sie solle zu Slattery's Bar gegenüber gehen und nicht ohne ein ordentliches Glas Brandy wiederkommen.

Dann wende ich mich wieder der armen Rachel zu, die inzwischen ein bisschen besser Luft bekommt.

»Ich weiß, dass ich deine Zeit nicht so in Anspruch nehmen sollte, Eloise«, stammelt sie. »Es tut mir so leid, dass ich dich damit belästige … aber … aber …«

»Pst, alles in Ordnung. Erzähl es mir einfach, Liebes. Was ist passiert?«

»Ich bin gekommen, um zu kündigen. Es tut mir so leid, dass ich dich im Stich lasse, aber ich kann nicht mehr so weitermachen, ich kann einfach nicht.«

»Sei doch nicht albern«, erwidere ich sanft und kauere mich neben sie auf den Boden. »Du gehst nirgendwohin, bevor du mir nicht genau erklärt hast, was bei dir und Harry los ist. Komm schon. Wir kennen uns jetzt bereits so lange, du kannst mir alles anvertrauen. Über deine Kündigung reden wir später. Zuerst möchte ich wissen, was dir fehlt, das finde ich nämlich viel wichtiger.«

Festnetzanschluss und Mobiltelefon läuten gleichzeitig und ununterbrochen, aber ich achte nicht darauf. Stattdessen sehe ich sie abwartend an und versuche, sie dazu zu bringen, dass sie redet, sobald sie bereit dazu ist. Sie starrt mich benommen und verdattert an und scheint überrascht, dass ich mich nicht sofort auf die Telefone stürze, sondern mir wirklich Zeit für sie nehme. Als sei die Tatsache, dass wir uns schon so lange kennen, genau der Grund, warum sie sich nicht vorstellen kann, mir zu sagen, was sie bedrückt. Doch offenbar überzeugt sie etwas in meinem Augenausdruck davon, dass der Drachen von einer Chefredakteurin, den sie gewohnt ist, auch eine weiche Seite hat. Denn als der Brandy geliefert wird und ich sie auffordere, auf Ex zu trinken, bekommt sie wieder ein bisschen Farbe und berichtet mir stockend, was geschehen ist. Offenbar hat Harry sich von ihr getrennt. Sie sind seit knapp fünf Jahren zusammen und haben eine niedliche kleine Tochter namens Molly. Und heute Morgen hat der miese Typ ihr eröffnet, er hielte »das nicht mehr aus« und wolle »mit jemandem zusammen sein, der mehr für ihn da« sei. Übrigens wurde diese Nachricht ... ja, wirklich ... per E-Mail übermittelt.

Und das ist noch nicht alles. Obwohl er vor etwa sechs Monaten seine Stelle bei einer Computerfirma verloren hat und seitdem von der armen Rachel finanziell abhängig ist, wirft er ihr vor, dass sie zu lange arbeitet. Angeblich müsse Molly aufwachsen, ohne ihre eigene Mutter wirklich zu kennen, während er unfairerweise in die Rolle des Hausmanns gedrängt würde.

Eine Anschuldigung, die reinhaut wie der Biss einer Giftschlange. Schließlich habe ich sie mir in der Vergangenheit oft genug gefallen lassen müssen. Es kotzt mich an, dass eine Frau bestraft und als Rabenmutter hingestellt wird, nur weil sie gezwungen ist, zu arbeiten und den Laden am Laufen zu halten.

»Mistkerl!«, sage ich immer wieder. »So ein feiger Mistkerl!«

»Entschuldige, Eloise«, meint Rachel und schickt sich auf zitternden Knien zum Gehen an. »Ich sollte dich nicht damit belästigen, weil du so viel zu tun hast. Aber jetzt weißt du ja, warum mir nichts anderes übrig bleibt, als zu kündigen. Er ist für immer weg, und deshalb kann ich wegen Molly nicht mehr so lange arbeiten. Und das ist in meinem Job Gift, richtig? Du brauchst eine Assistentin, die immer da ist, wenn du es bist. Ansonsten wäre es unfair. Und so ... so ... bleibt mir eben nichts anderes übrig. Ich muss hier aufhören. Oder?«

Der nächste Weinkrampf sorgt dafür, dass ich mich hastig nach einer neuen Schachtel Kleenex umsehe und sie ihr hinhalte.

»Rachel«, beginne ich, »wenn ich dir eine ehrliche Frage stelle, kriege ich dann auch eine ehrliche Antwort?«

Sie nickt schwach.

»Willst du das wirklich? Willst du wirklich kündigen?«

Dann füge ich spöttisch hinzu: »Bin ich als Vorgesetzte wirklich so ein Drache?«

»Nein! Nein, ganz und gar nicht. Du weißt, dass ich nie auf das geachtet habe, was die anderen ...«

Gerade noch rechtzeitig hält sie inne.

»Gut, dann machen wir Folgendes«, erwidere ich sachlich. »Nichts würde mich mehr freuen, als wenn du meine Assistentin bleiben würdest. Also setzen wir heute einen neuen Vertrag auf. Ich kürze deine Arbeitszeit ...«

Als sie mich entsetzt anstarrt, falle ich ihr ins Wort.

»... natürlich ohne Gehaltseinbußen. Herrgott, Rachel, du bist schon so lange hier wie ich. Du bist meine rechte Hand.

Und in all den langen Jahren hast du von mir zu meiner Schande keine einzige Gehaltserhöhung oder Beförderung bekommen. Ich werde eine Volontärin damit beauftragen, für dich einzuspringen, damit du eine normale Vierzigstundenwoche bekommst. So kannst du jeden Abend um sechs zu Hause bei Molly sein.«

Sie sieht mich mit weit aufgerissenem Mund an.

»Eloise ... wirklich? Äh ... meinst du das ernst?«

»Ich habe noch nie etwas ernster gemeint. Ach, noch etwas, wann hast du denn das letzte Mal Urlaub gemacht?«

Sie muss lange nachdenken. Ich weiß genau, dass sie beinahe so viel arbeitet wie ich.

»Äh ...«, stammelt sie. »Tja ...«

Ich schüttle den Kopf und lege die Nase in Falten. »Nun, ich kann mich auch nicht daran erinnern, wann ich das letzte Mal frei hatte. Also gut. Los, hol deinen Mantel. Ich setze dich jetzt in ein Taxi. Und die restliche Woche nimmst du frei, um die Situation zu Hause in Ordnung zu bringen.«

Sie blickt mich an, als ob ich diejenige wäre, die gerade einen Zusammenbruch hat, und nicht sie.

»Eloise«, sagt sie mit Tränen in den Augen, »bist du wirklich sicher?«

»Ich lasse ein Nein nicht gelten. Molly braucht dich jetzt, und du musst bei ihr sein. Das ist wichtiger als irgendein dämlicher Job. Versprich mir nur eines: Komm erst wieder, wenn du bereit bist. Deine Stelle wartet auf dich, Ehrenwort.«

Am Freitag derselben Woche lässt Robbie die Andeutung fallen, er werde heute die Firmung seiner Tochter verpassen, weil er in der Redaktion bleiben müsse, um die Live-Berichterstattung über die Vorwahlen der Republikaner in den USA zu verfolgen.

Es dauert etwa eine Stunde, bis es mir zu Ohren kommt, doch dann gehe ich sofort zu seinem Schreibtisch. Er sitzt wie immer über den Computer gebeugt da und arbeitet wie ein Wilder. Ich teile ihm ohne Umschweife mit, dass er den restlichen Tag frei hat, um bei der Firmung dabei zu sein. Falls sein Stellvertreter es nicht auf die Reihe kriegt, würde ich es selbst übernehmen.

Am kommenden Samstag denke ich mir, dass ich mir auch mal eine kleine Pause gönnen könnte, wenn ich die anderen durchatmen lasse. Helen ruft an, um mir zu sagen, dass heute Nachmittag im Stephen's Green ein Sommerfest mit Teddybärenpicknick für Kinder unter fünf Jahren stattfindet. Es ist ein wunderschöner, sonniger Tag, und Lily und sie würden ihren Lieblingsteddy mitbringen, der den passenden Namen Mr. Kuschel trägt. Ich wünsche den beiden einen tollen Nachmittag. Doch als ich auflege, verspüre ich nicht die übliche Mischung aus Neid, gemischt mit Schuldgefühlen, weil Helen dort ist und nicht ich. Stattdessen habe ich eine Idee.

Ungeduldig schaue ich auf die Uhr und stelle fest, dass es kurz vor eins ist. Und dann habe ich eine plötzliche Eingebung. Ich kann es schaffen, denke ich. Nichts leichter als das. Stephen's Green ist nur zehn Fußminuten entfernt. Was hindert mich also daran, zur Abwechslung mal eine richtige Mittagspause zu machen, anstatt am Schreibtisch eine Banane oder einen Müsliriegel in mich hineinzustopfen? Ich könnte die beiden überraschen und ein Picknick für uns drei mitbringen, oder? Da ist doch nichts dabei.

Verdammt, denke ich mir, Lily wird nicht immer so klein bleiben, und ich habe es gründlich satt, alle angenehmen Erlebnisse mit ihr zu verpassen. Also gestatte ich mir jetzt eine Stunde Mittagspause und kümmere mich nicht um die Seth Colemans dieser Welt.

Und es ist wirklich der beglückendste Moment seit Wochen. Unterwegs haste ich in die Lebensmittelabteilung von Marks & Spencer und fülle eine Kühltasche mit Saft, Sandwiches, Schokolade und Eiscreme für uns drei. Dann schlängle ich mich auf der Grafton Street durch die träge dahinfließende Masse der mit Einkaufstüten beladenen Passanten bis zum Stephen's Green. Unterwegs schreibe ich Helen eine SMS, um herauszufinden, wo genau sie sind. Kein Scherz, aber es bricht mir fast das Herz, denn ein Strahlen breitet sich auf Lilys sommersprossigem Gesichtchen aus, als sie sieht, wie ich durch den belebten Park auf sie zusteuere. Und natürlich auch beim Anblick des Cornetto Erdbeer, das ich ihr mitgebracht habe.

Es ist ein Glücksgefühl, das ich seit Jahrzehnten nicht mehr gekannt habe, an einem heißen Sommertag auf einer Decke zu liegen und zuzuschauen, wie mein großes Baby Freundschaften knüpft und mit einem anderen kleinen Mädchen die Teddybären tauscht. Helen und ich räkeln uns auf der mitgebrachten Picknickdecke, genießen den Sonnenschein und lauschen der Jazzband, die in einem Konzertpavillon sommerliche Melodien spielt. Wir reden über alles Mögliche wie zwei richtige Schwestern und stopfen uns dabei mit den Leckereien voll.

Ganz in der Nähe ist ein schäbiger Mini-Supermarkt, wo es Biolebensmittel aus der Region gibt. Und sobald wir unsere gesamten Vorräte verschlungen haben, bittet Helen mich, kurz zu warten. Sie habe nämlich eine tolle Idee. Sie verschwindet und kehrt kurz darauf zurück. Auf ihren zu hohen Keilabsätzen stakst sie über das unebene Gras zurück zu der Stelle, wo ich Lily und ihre kleine neue Freundin beaufsichtige. Sie hat zwei Gläser Pimm's und ein Körbchen Erdbeeren für uns dabei.

»Ach nein, Helen«, protestiere ich. »Ich kann doch keinen Alkohol trinken, wenn ich zurück zur Arbeit muss.«

»Ein Glas wird dich schon nicht umbringen. Wir haben Samstagnachmittag, verdammt. Normale Menschen nehmen sich hin und wieder einen Tag frei.«

»Inzwischen redest du wie Jake«, entgegne ich lachend.

»Sei still und trink.«

Ich gehorche und finde es wunderbar, als ich mich wieder auf die Decke lege, die Schuhe ausziehe und mich so friedlich und entspannt fühle wie schon seit Jahren nicht mehr. Zufrieden döse ich vor mich hin.

Nicht zum ersten Mal überkommt mich Reue wegen all der vielen Jahre, die ich als Kind und als Jugendliche damit verbracht habe, auf meine jüngere, hübschere und beliebtere Schwester eifersüchtig zu sein.

Was für eine Verschwendung … wie habe ich nur zulassen können, dass wir uns so weit voneinander entfernt haben? Schließlich sind wir nicht gerade eine große Familie: nur wir beide und Mum, die ich nur selten sehe. Auch daran muss ich bald etwas ändern. Und obwohl Helen und ich nur einander haben, war ich kurz davor, unser Verhältnis im Sande verlaufen zu lassen.

Und was schließe ich daraus? Ich habe mir fest vorgenommen, die Jahrzehnte wiedergutzumachen, in denen ich ihr eine miese große Schwester war. Denn unsere Gemeinsamkeiten wiegen viel schwerer als unsere oberflächlichen Unterschiede. Und wenn ich gnadenlos ehrlich mit mir bin, denke ich manchmal tief in meinem Innersten, dass sie eigentlich die Klügere von uns beiden ist. Sie hat viel mehr Lebensqualität als ich, und sie hat mir beigebracht, einfach den Tag zu genießen und mich an den wundervollen Menschen in meiner Umgebung zu erfreuen. So, wie ich von Jake langsam lerne, ein bisschen lockerer zu werden. Anders, als in meinem Wertesystem verankert, bin ich nicht unersetzlich. Es ist in Ordnung, wenn ich mir hin und wieder eine Auszeit nehme, um Bilanz zu ziehen, innezuhalten und die schönen Dinge des Lebens zu genießen.

Jake. Komisch, wie er sich immer wieder in mein Unbewusstes schleicht.

Ich krame Lilys Kindersonnencreme aus meiner überquellenden Handtasche und klatsche sie in mein inzwischen sicher feuerrotes Gesicht.

»Lily? Kommst du mal her, Schatz, damit ich dich noch mal eincremen kann?« Das Kind hat gerade großen Spaß mit einem anderen unbeschreiblich niedlichen kleinen Mädchen, dessen wuschelige schwarze Korkenzieherlocken bis zum Po reichen.

»Nein, Mama! Ich und Hannah spielen Teddypicknick! Hannah ist jetzt meine Freundin!«

Normalerweise drängt Lily sich immer in den Vordergrund, wenn Erwachsene dabei sind. »Mama, schau mich an!« So geht es alle zwei Sekunden. Heute jedoch ist sie so mit ihrer neuen Freundin beschäftigt, dass sie Helen und mich kaum eines Blickes würdigt. Ich lächle und freue mich unbändig darüber, wie unabhängig sie inzwischen geworden ist.

Lieber Gott, das ist der Himmel, denke ich froh. Die Welt ist schön.

Das warme Glücksgefühl dauert knapp zwei Minuten an. Dann sehe ich sie.

Ganz entspannt und ins Gespräch vertieft schlendern sie durch den Park.

Jake, aber er ist nicht allein, sondern in Begleitung einer jungen Frau. Sie ist so groß, dass ich, als ich hinschaue, nur sonnengebräunte lange Beine wahrnehme. Sie hat eine Bermuda an, die so eng ist, dass eigentlich nur eine Achtzehnjährige damit durchkommt. Sie sieht aus, als wäre sie unterwegs zu einer Werbeveranstaltung für Sportwagen. Langes, dunkles, fliegendes Haar. Armbänder, die beim Gehen klappern. Zähne so weiß, dass sie einen fast blenden. Aus irgendeinem Grund muss ich plötzlich an das Lied *The Girl from Ipanema* denken.

Ich fahre hoch und durchwühle meine Handtasche nach der Sonnenbrille, die zum Glück die Größe von zwei Esstellern hat und beinahe mein ganzes Gesicht verdeckt.

Er hat mich nicht bemerkt. Ganz sicher hat er mich und Helen nicht bemerkt …

Ach, verdammter Mist, Lily …

Ich schaue mich um, wohl wissend, dass sie den ganzen Park zusammenschreien und Aufmerksamkeit erregen wird, falls ich auch nur den Versuch unternehmen sollte, sie von ihrer neuen Freundin und dem Spiel wegzuholen.

Am besten lasse ich sie in Ruhe und hoffe, dass er weitergeht … bitte, lieber Gott, mach, dass er nicht in meine Richtung schaut …

Aber es ist zu spät. Der Weg gabelt sich, und Jake und *The Girl from Ipanema* steuern natürlich, weil das Leben immer so ist, direkt auf uns zu.

Alles in Ordnung, denke ich, obwohl ich in Panik gerate. Es ist noch nicht aller Tage Abend. Wenn ich einfach den Kopf senke und mich lautlos verdrücke … sofort … dann wird vielleicht alles gut.

Helen und Lily wird er nicht erkennen, solange er mich nicht sieht. Möglicherweise überstehe ich das hier ja lebend …

Ich blicke mich verstohlen nach einem Baum oder einem Gebüsch um, um mich dahinter zu flüchten. Im nächsten Moment richtet Helen sich ruckartig auf. Offenbar spürt sie die nervöse Anspannung, die plötzlich von mir ausgeht.

»Fehlt dir was, Liebes?«, fragt sie mich besorgt.

»Ich muss los«, zische ich barsch. »Ich erkläre dir alles später. Keine Zeit. Gib Lily einen Kuss von mir. Ich rufe dich an, sobald ich …«

»Eloise, bist du das? Ich dachte schon, ich hätte Halluzinationen.«

Verdammter Mist.

Zu spät. Er hat mich gesehen. Ein erfreutes Lächeln breitet sich auf seinem Gesicht aus.

»Oh … äh … Jake! Hallo«, flötete ich gekünstelt fröhlich, stehe auf und klopfe mir ein paar Krümel vom Rock. »Schön, dich zu sehen! Ich wollte … gerade gehen! Jetzt!«

Offenbar bemerkt er die wachsende Hysterie in meinem Tonfall und hat mich wie immer innerhalb einer Nanosekunde durchschaut.

»Ist … äh … mit dir alles in Ordnung?«, fragt er und verzieht besorgt das Gesicht.

»Oh ja, alles bestens! Ich muss nur wirklich los. Sofort … wir unterhalten uns ein andermal. Tschüs!«

»Fehlt dir auch sicher nichts?«

Er und *The Girl from Ipanema* wechseln einen beklommenen Blick und wundern sich offenbar, warum ich so unhöflich bin und unbedingt verschwinden will. Unterdessen bombardiere ich Helen mit telepathischen Botschaften, damit sie ja den Mund hält und unter gar keinen Umständen Lily erwähnt …

Lily, die tickende Zeitbombe, die nur wenige Meter entfernt friedlich spielt.

»Äh … tja … das ist Monique«, stellt Jake seine Begleiterin nach einer Weile in seiner typisch lockeren Art vor. Monique setzt ein strahlendes Lächeln auf und sagt mit einer sehr erotischen und kehligen Stimme »allo«.

»Monique studiert an der Sprachenschule«, fährt Jake lässig fort. »Sie ist aus Katalonien und lernt hier Englisch, richtig, Monique? Sie hat schon große Fortschritte gemacht.«

»Jedes Tag mein Englisch ein bisschen besser«, haucht sie, während Jake sie spielerisch anstößt. Ich bemerke ihren bewundernden Blick, als sie sein Lächeln erwidert.

Trotz meiner Panik, und obwohl es sich nur um eine winzige Geste handelt, habe ich das Gefühl, Zeugin einer keimenden Vertrautheit zwischen den beiden zu werden. Was mich überhaupt nicht stören dürfte, aber es dennoch tut.

Nun schaut Jake auffordernd zwischen Helen und mir hin und her und wartet offenbar darauf, vorgestellt zu werden.

Verdammte Sch… Das heißt, ich bin jetzt dran. Und es gibt kein Entrinnen.

»Äh … nun … äh … das ist Jake«, sage ich zu Helen. Mein drängender Blick soll ihr mitteilen, dass sie nicken, lächeln, den Mund halten und vor allem Lily von hier wegschaffen muss.

»… und das ist Helen«, fahre ich fort. »Meine … äh … Schwester.«

Helens Augen leuchten auf, als sie ihm und Monique die Hand schüttelt. Als Jake klar wird, wer sie ist, wird sein Lächeln noch breiter.

»Na, da muss ich mich ja bei dir bedanken«, meint er freundlich. »Wusstest du, dass ich der Glückliche bin, der in deiner wunderschönen Wohnung wohnen darf?«

Ich sehe sie voller Angst an, doch das ist überflüssig. Helen lässt mich nicht im Stich und plaudert vergnügt darüber, wie sehr sie sich freut, dass er sich so gut eingewöhnt hat. Dann fügt sie hinzu, er solle sie sofort anrufen, falls es Probleme mit dem Absperrhahn am Klo oder dem unter der Spüle geben sollte. Nicht zum ersten Mal spreche ich ein lautloses Dankgebet, weil Helen so leicht Kontakt zu wildfremden Menschen findet, indem sie mit ihnen über bedeutungslose Kleinigkeiten spricht. Während Jake ihr seine Renovierungsarbeiten schildert, sehe ich mich unauffällig nach Lily um.

Bis jetzt ist alles in Ordnung, denke ich. Es könnte klappen. Sie spielt etwa zwei Meter hinter uns fröhlich mit ihrer kleinen Freundin, ohne sich um uns zu kümmern, irgendetwas wahrzunehmen oder wie sonst alle zwei Sekunden meine Aufmerksamkeit zu fordern.

Das ist gut. Das ist spitze. Es heißt nämlich, dass ich heil aus der Sache rauskommen könnte. Vielleicht werde ich rückblickend betrachtet, nun, nicht gerade darüber lachen, aber wenigstens wieder richtig durchatmen können.

Im nächsten Moment bemerke ich, dass der Smalltalk versiegt ist und alle mich ansehen, weshalb ich dem nächsten peinlichen Schweigen vorbeuge, indem ich anfange, meine Tasche zu packen.

»Tja, tut mir leid, Leute«, verkünde ich mit einem schrillen Auflachen. »Aber ich muss jetzt wirklich …«

»Zurück in die Redaktion, richtig geraten?« Jake grinst, und ich überreagiere, indem ich loslache wie eine Idiotin.

»Kein Problem«, sagt er und mustert mich so forschend, dass ich mich frage, wie er meine Verlegenheit wohl deuten mag. »Monique und ich haben gleich Unterricht. Also sollten wir jetzt auch gehen.«

»Klar! Viel Spaß. Lasst euch von mir nicht aufhalten!«

Von Monique kein Wort. Nur ein knappes Nicken und ein zähnefletschendes Lächeln.

»So, schön, euch getroffen zu haben. Tschüs!«, rufe ich fröhlich, die Tasche in der Hand und sprungbereit.

»Ich rufe dich an, Eloise.« Jake lächelt mir freundlich zu. »Was hältst du davon, dieses Wochenende etwas zusammen zu unternehmen? Wir könnten etwas trinken oder einen Happen essen gehen.«

»Äh … tja … weißt du …«

Ich kann im Moment nicht klar denken, ihm antworten oder sonst etwas Sinnvolles tun.

»Keine Sorge.« Er grinst lässig. »Ich melde mich.«

Dann wendet er sich an Helen und sagt ihr, wie sehr es ihn gefreut hat, sie endlich kennenzulernen. »Habe schon viel von dir gehört.«

»Ich auch von dir«, erwidert Helen lächelnd und wirft mir einen diskreten Wenn-du-wüsstest-Blick zu.

Fast sind sie weg. Beinahe habe ich es überstanden, als aus dem nichts … die Katastrophe naht.

Lily hat mich mit umgehängter Tasche gesehen und sofort daraus geschlossen, dass ich verschwinden will. Und nun läuft sie auf mich zu, so schnell ihre pummeligen Beinchen sie tragen.

»Geh nicht weg … bitte!!!«, kreischt sie. Ich bücke mich und versuche, einem Kleinkind die panische Botschaft zu übermitteln, dass es mich bloß nicht Mama nennen soll. Bitte nicht jetzt, nur dieses eine Mal, nur so lange, bis sie endlich weg sind.

»Ich habe eine neue Freundin!« Sie grinst mich an. »Und du musst Hallo zu ihr sagen! Sie heißt Hannah.«

»Dann also tschüs«, meine ich zu Jake und zum *Girl from Ipanema* und wünsche mir nichts sehnlicher, als dass sie sich endlich verabschieden.

Aber das Glück ist mir nicht hold.

Im nächsten Moment kniet Jake sich hin, um mit Lily auf Augenhöhe zu sprechen.

»Na, hallo, junge Dame«, begrüßt er sie grinsend, während sie ihn gebannt anstarrt. »Wie heißt du denn?«

Und plötzlich scheint die Luft still zu stehen.

Ich kann nur völlig hilflos und wie gelähmt zusehen.

»Lily, aber in Wirklichkeit heiße ich Lilibet Emily«, erklärt sie ihm feierlich und betrachtet ihn fasziniert.

Mein Gott, die Ähnlichkeit zwischen den beiden ist so stark, dass es mir den Atem verschlägt.

Augen, Haut, Haarfarbe, Körperbau … alles gleich … es ist erstaunlich.

Nach Helens völlig entgeisterter Miene zu schließen hat sie es ebenso bemerkt.

Jake ist es doch sicher auch aufgefallen … es kann ihm nicht entgangen sein, dass Lily ihm wie aus dem Gesicht geschnitten ist …

Ich stehe da wie angewurzelt.

Helen bemerkt meine Erstarrung und scheint zu ahnen, dass ich wie gelähmt und ganz und gar nicht einsatzfähig bin. Also rettet sie mich in aller Seelenruhe, indem sie Lily auf den Arm und die Sache in die Hand nimmt.

»Komm, Schätzchen, magst du noch ein Eis? Vielleicht

möchte deine Freundin Hannah ja auch eines. Ich glaube, ich habe gerade den Eiscremewagen gehört. Wollen wir ihn suchen gehen?«

»Ja! Danke!«, jubelt Lily und strahlt übers ganze rosige Gesichtchen. »Ich will Schokoeis mit rosafarbenen Streuseln.«

»Dann lass uns gehen«, meint Helen, als Lily strampelt, damit sie losziehen und ihre Freundin holen kann.

»So ein hübsches Kind, eine richtige kleine Prinzessin«, sagt Jake mit innigem Ausdruck und blickt ihr nach, als sie davonrennt.

»Deine Tochter?«, wendet er sich an Helen.

Mein Herzschlag setzt aus.

»Ich bin nur die Babysitterin«, erwidert Helen.

»Und wie alt ist sie? So um die drei, schätze ich.«

»In ein paar Wochen. Wie kommst du darauf?«

»Ich habe einen Neffen in diesem Alter. Allerdings ist er nicht so niedlich wie Lily.«

Eine beklommene Pause entsteht, die noch dadurch verschlimmert wird, dass ich wortlos dastehe. Inzwischen schwitze ich Blut und Wasser und weiß nicht, was ich tun soll, um die Lage nicht noch zu verschlimmern. Das ist Lilys Cousin, ist mein einziger Gedanke. Und das, während Lily ständig quengelt, sie hätte gerne einen kleinen Cousin, mit dem sie spielen kann. Das Tragische daran ist, dass sie einen hat und es nur nicht weiß.

Doch die Tortur scheint endlich ausgestanden zu sein. Im nächsten Moment nickt und lächelt Jake und wünscht uns einen wunderschönen Nachmittag. Eine Sekunde später sind er und *The Girl from Ipanema* verschwunden.

Völlig erledigt lasse ich mich wieder auf die Decke fallen

und kippe nicht nur den Rest von meinem Pimm's hinunter, sondern auch den von Helens.

»Oh mein Gott, der sieht ja phantastisch aus ... das hast du nie erwähnt!«, sagt Helen und blickt ihm verträumt nach.

»Ich weiß ja nicht, wie es bei dir ist«, stoße ich mühsam hervor. Ich stehe noch immer unter Schock und bin leichenblass, und die Schweißperlen rinnen mir langsam von den Achselhöhlen den Brustkorb hinunter. »Aber ich bin gerade um zwei Jahre gealtert. Und jetzt entschuldige mich bitte, während ich einen Herzinfarkt kriege.«

Als ich, mit sonnenverbrannter roter Nase und Gras an den Absätzen, endlich in die Redaktion komme und im Erdgeschoss in den Lift steige, bin ich fast eine ganze Stunde zu spät dran. Doch zum ersten Mal in meiner beruflichen Laufbahn ist mir das völlig egal.

Helen hat recht. Ich muss Jake alles gestehen, denke ich. Meine Gedanken überschlagen sich. Die Situation von gerade eben kann und will ich nicht noch einmal durchmachen ... Drückebergerei oder Verzögerungstaktik gilt nicht, nur weil ich zu sehr damit beschäftigt bin, seine Gesellschaft zu genießen. Ich muss den Stier bei den Hörnern packen und die Sache endlich in Angriff nehmen. Kein Herumlavieren und Vorsichherschieben mehr. Wenn ich ihn das nächste Mal sehe, schenke ich ihm reinen Wein ein. Er wollte sich doch dieses Wochenende mit mir treffen. Natürlich werde ich mir zuvor mit einigen Gläsern Pinot Grigio Mut antrinken müssen, aber was soll's ...

Im nächsten Moment bemerke ich, dass der Lift nicht im vierten Stock gestoppt hat, wo sich mein Büro befindet. Stattdessen saust er weiter hinauf, bis in die oberste Etage zu den

Tyrannosauriern. Mist. Wieder drücke ich kräftig auf den Knopf für mein Stockwerk, während ich verzweifelt versuche, mich zu beruhigen und mich aufs Ein- und Ausatmen zu konzentrieren. Dabei überprüfe ich, ob ich nach Alkohol rieche, und pflücke mir die Grashalme von den Absätzen. Nach einem großen Schluck Rescue-Tropfen fühle ich mich ein wenig besser. Das heißt, zumindest haben meine Hände aufgehört zu zittern, und der Schwindel legt sich langsam, aber sicher.

Wenn du ihn das nächste Mal siehst, nehme ich mir fest vor. Bring es hinter dich. Ganz gleich, was dabei herauskommt. Alles wird gut, sage ich mir beschwichtigend. Ich bin in der Redaktion. Es ist vorbei. Ich kann wieder ruhig atmen.

Wie bei Tiffany's in New York kann mir hier nichts zustoßen.

Ruckartig hält der Aufzug in der Etage der Tyrannosaurier. Wieder ein leichter Anflug von Panik, doch ich zwinge mich zur Ruhe. Schließlich haben wir Samstagnachmittag. Also sind die Chancen, dass sich ein Vorstandsmitglied hier anstatt auf dem Golfplatz herumdrückt, ziemlich gering … oder?

Aber dann, mit einem Krachen, dass mir fast das Herz stehen bleibt, öffnen sich die Türen, und hereinkommt … oh mein Gott, nein …

Doch. Kein anderer als Sir Gavin Hume, unser geschätzter Vorstandsvorsitzender, ein gewichtiger, rotgesichtiger, sehr von sich selbst überzeugter Mittsechziger, der als Gorbatschow der Printmedien gilt. Allgemein beliebt und geschätzt. Würdevolles Äußeres und – wie wir alle wissen – ein rechter Geizkragen. Außerdem eilt ihm der Ruf voraus, dass er, wie man es früher höflich ausgedrückt hat, ein Freund der

Damenwelt ist. Frauenheld würde es besser treffen. Allerdings muss ich ihm zugutehalten, dass er immer fair zu mir war und in vielen Auseinandersetzungen Partei für mich ergriffen hat.

»Ah, Madame Editrix«, begrüßt er mich lächelnd.

So nennt er mich übrigens immer. Ich bin für ihn schlicht ein Neutrum, also weder männlich noch weiblich, weshalb Editrix das Spektrum recht gut abdeckt. Außerdem erspart er sich so die Mühe, mit einer Frau flirten zu müssen, die er ganz offensichtlich unattraktiv findet.

»Alles in Ordnung?«, erkundigt er sich ein wenig besorgt, als er mich sieht.

»Hm? Oh ja, bestens … nur … Sie kennen es ja … viel zu tun wie immer.« Ich lächle übertrieben fröhlich, während ich versuche, ruhig und gelassen zu klingen. Dabei klopfe ich panisch an meinem Rock herum und versuche, mein zerzaustes Haar zu bändigen.

»Gut«, meint er nur und beäugt mich weiter zweifelnd. »Gut.«

Okay, das erste »Gut« hat mich beruhigt, das zweite nicht.

Bis zum Abend sind die Gerüchte nach dem Stille-Post-Prinzip wieder bei mir angekommen.

Hier das Neueste: Entweder hat Eloise Elliot einen Nervenzusammenbruch oder sie ist verliebt. Offenbar hat sie heute Nachmittag blaugemacht. Der Himmel weiß, wo sie war. Als sie zurückkam, war sie sturzbetrunken und voller Gras. Außerdem hat sie gezittert wie Espenlaub. Das ist die reine Wahrheit, schließlich ist Sir Gavin Hume ihr persönlich über den Weg gelaufen. Außerdem gibt es keine andere Erklärung für ihr Verhalten in letzter Zeit. Hast du gehört, was sie zu Rachel gesagt hat, bevor sie sie nach Hause schickte? Deine

Familie ist wichtiger als irgendein dämlicher Job! Ich weiß, wie absurd das klingt, aber es stimmt wirklich.

Außerdem hat sie zu Robbie gemeint, wir seien hier schließlich nicht in einer asiatischen Ausbeuterfabrik. Und dann hat sie ihm den restlichen Nachmittag freigegeben, nur damit er zu irgendeiner Firmung gehen konnte … ja … vor ein paar Monaten wäre sie ihm ins Gesicht gesprungen, wenn er sie darum gebeten hätte … Denk an meine Worte. Bei ihr tut sich etwas. Entweder schluckt sie eine hohe Dosis Valium und benimmt sich deshalb so komisch oder es liegt an diesem neuen Typen, mit dem sie angeblich zusammen ist …

Kapitel zehn

Um fünf Uhr morgens bin ich hellwach und startklar. Mein Verstand arbeitet auf Hochtouren. Offen gestanden habe ich die ganze Nacht kaum ein Auge zugetan. Mich beschäftigt nur ein Gedanke, der die ganze Zeit wie auf Endlosschleife in meinem Kopf abgespult wird. Ich werde es tun. Noch ehe dieser Tag zu Ende geht. Ganz gleich, was auch geschieht. Helens weiser Ratschlag ist die einzige Lösung. Sie hat absolut recht, und das weiß ich auch. In jeder Stunde, die ich mit Jake verbringe, während jedes Telefonats und während jedes unserer ausufernden Gespräche führe ich den Mann an der Nase herum. Wenn ich die Freundschaft mit ihm auf diese Weise weiterführe, täusche ich ihn. So einfach ist das. Und Freunde tun so etwas nicht.

Nicht, dass ich besonders viel Erfahrung in Sachen Freundschaft hätte. Aber zum Teufel damit. Wie ich Helen erklärt habe, bin ich noch dabei zu lernen.

Seit der peinlichen Begegnung gestern im Park schaffe ich es sowieso nicht mehr, ihm die Wahrheit auch nur einen Tag länger zu verheimlichen. Ja, ich weiß, dass es nicht angenehm werden wird. Es wäre Jakes gutes Recht, sauer auf mich zu werden. Doch ich werde es ihm beichten. Sollte er beschließen, Lily kennenlernen und in ihrem Leben eine Rolle spielen zu wollen – phantastisch! Wenn nicht, hoffe ich wenigstens darauf, dass wir als Freunde auseinandergehen.

Das hoffe ich wirklich.

Ach herrje, die Feststellung, dass ich gestern beinahe einen Herzinfarkt gekriegt hätte, ist noch untertrieben. Ich erschaudere noch immer bei dem Gedanken, was alles hätte passieren können. Lily hätte nur auf mich zulaufen, ein Stück Schokolade fordern und mich Mama nennen müssen, wie sie es immer tut. Dann wäre die Katze aus dem Sack und das Spiel aus gewesen. Und mich lässt der Gedanke nicht los, dass es gegenüber dem armen Jake so schrecklich unfair gewesen wäre, es auf diese Weise zu erfahren.

Doch, Wunder über Wunder, hatten die Engel Mitleid mit mir und haben mich entkommen lassen – auch wenn ich den restlichen Tag wie ein Schatten meiner selbst durch die Redaktion geschlichen bin. Also ist es sicherlich das Beste, wenn ich es hinter mich bringe. Ich kann nur beten, dass er nicht türenknallend davonläuft, sobald ihm klar wird, wie ich ihn hinters Licht geführt habe. Denn, wie ich mir widerstrebend eingestehen muss, es wäre ihm nicht zu verdenken.

Wenn ich, was selten vorkommt, in mich gehe, muss ich zugeben ... ja, die Gespräche mit ihm würden mir fehlen. Ich würde es vermissen, ihn nach seiner Meinung zu fragen und ihm die Tausenden kleinen, anstrengenden Einzelheiten, die meinen Durchschnittstag ausmachen, in allen Details zu schildern. Es überrascht mich selbst, wie sehr es mir das Herz in der Brust zusammenkrampft, wenn ich daran denke, dass ich ihn nach dem heutigen Tag vielleicht niemals wiedersehe. Es würde mir fehlen, dass er mich anruft und mir erzählt, wie es heute in der Sprachenschule war. Es würde mir sogar fehlen, über die grausigen Foltermethoden zu kichern, die er sich für Seth Coleman ausdenkt, weil der mir weiter tagtäglich auf die Nerven fällt.

Schlagartig wird mir klar, wie abhängig ich inzwischen von Jake bin. Wie ich mich auf ihn verlasse. Ausgerechnet ich, die immer damit geprahlt hat, ich sei eine Insel, auch wenn es außer mir sonst niemand sei.

Heute ist der Tag X. Showdown. Da heute Sonntag ist, hatte ich eigentlich am Nachmittag mit Lily in einen Disney-Film gehen wollen, mit dem sie mir schon seit einer Weile in den Ohren liegt. Ich wollte Jake fragen, ob er mitkommen will, damit Lily und er sich besser kennenlernen. Doch auf Helens weisen Rat hin habe ich es mir anders überlegt.

»Ich fürchte, es könnte zu früh sein. Für ihn und vor allem auch für Lily«, entgegnete sie. »Triff dich besser allein mit ihm und schenk ihm reinen Wein ein.«

»Leichter gesagt als getan. Und was dann?«

»Schau, wie er darauf reagiert, und verhalte dich dementsprechend. Falls er Kontakt mit Lily haben möchte, und nur dann, kannst du es ihr sagen. Meinst du nicht? So verhinderst du wenigstens, dass sie enttäuscht wird. Vergiss nicht, dass wir noch nicht wissen, ob er etwas mit ihr zu tun haben will. Also geh erst mal auf Nummer sicher, oder?«

Um vier Uhr nachmittags schieben Helen, Lily und ich uns mit den Menschenmassen aus dem Multiplex-Kino. Lily singt aus voller Kehle und fordert wie immer ein Eis, als mein Telefon läutet. Natürlich ist es die Redaktion, die mein sofortiges Erscheinen fordert, weil es ein Problem gibt.

Verdammt, so viel zu meiner kostbaren Zeit am Sonntagnachmittag, die ich mit meinem Kind verbringen möchte. Widerstrebend setze ich Lily und Helen zu Hause ab und rase ins Büro. Unterwegs rufe ich, immer noch fest entschlossen, Jake an und verabrede mich zum Abendessen mit ihm. Er hat mir gestern Abend bereits einige Nachrichten hinterlassen, die ich zu meiner Schande noch nicht beantwortet habe. Es ging nicht, da ich mir überlegen musste, was zum Teufel ich tun soll.

»Ach, ich würde ja gerne«, sagt er. »Aber ich habe um acht einen Abendkurs. Ich könnte dich allerdings vorher von der Arbeit abholen, damit wir schnell etwas essen gehen können. Klappt das bei dir?«

Ich erwidere, das sei in Ordnung, obwohl es das eigentlich nicht ist. Ich hätte gern den ganzen Abend Zeit, um mit ihm zu reden, ohne dass er ständig auf die Uhr sieht. Doch es ist besser als nichts. Er ist einverstanden, in der Redaktion vorbeizuschauen. Also gut. Alles ist vorbereitet.

Zwei Stunden später steht Jake in meinem Büro. Er grinst breit und hat, ach herrje, einen riesigen Strauß Lilien, meine Lieblingsblumen, in der Hand. Einerseits erhellt sich meine Stimmung, da ich mich wirklich freue, ihn zu sehen. Doch ich werde auch ein wenig nervös, weil ich weiß, was jetzt gleich kommt. Und weil ich eine Todesangst davor habe.

Nun ist er da. Und es gibt kein Zurück.

»Hallo«, sagt er. Er ist so kräftig gebaut, dass er beinahe den Türrahmen ausfüllt, und sieht auf seine lässige, zerzauste Art umwerfend aus.

»Hallo.«

»Die sind für dich«, meint er und drückt mir die Blumen in die Hand.

»Sie sind wunderschön, Jake. Danke.«

»Komm. Ich habe diese Woche mein Gehalt gekriegt und lade dich jetzt zum Abendessen in das schickste Restaurant ein, das wir finden können.«

Zwanzig Minuten später sitzen wir an einem gemütlichen Tisch für zwei im *Ciao Bella,* einem reizenden italienischen

Bistro, nur zehn Fußminuten entfernt von der Redaktion. Heute Abend ist nicht viel los, was mir gut ins Konzept passt. Angesichts dessen, was ich ihm zu beichten habe, ist es sicher besser, wenn wir ungestört sind. Wir bestellen, und während wir warten, denke ich … verdammt, tu es endlich. Los. Bring es hinter dich.

Aber … ich schaffe es einfach nicht. Stattdessen sitze ich schweigend da, betrachte ihn und zermartere mir das Hirn darüber, wo ich nur anfangen soll. Ich bin so ein Feigling.

»Schön, dass du dir ein bisschen freinimmst und etwas Ordentliches isst.« Als er mir über den Tisch hinweg zulächelt, funkeln seine Augen.

Ich antworte nicht. Im nächsten Moment nehme ich die Hintergrundmusik wahr: Marilyn Monroe singt *My Heart Belongs To Daddy*. Ein Zeichen?

»… weißt du, deine schauderhaften Essgewohnheiten machen mir Sorgen …«

Ich nicke geistesabwesend, weil meine Gedanken immer noch um ein und dasselbe Thema kreisen und ich überlege, wie ich die Sache am besten angehen soll. Dabei fühle ich mich wie ein Kind, das sich in ein kompliziertes Lügengebilde verheddert hat.

Weißt du was, Jake? Du bist Vater … und ich habe es dir nie erzählt. Ach, und übrigens belüge ich dich schon seit unserer ersten Begegnung … Äh … wahrscheinlich keine gute Idee.

»… außerdem finde ich es immer schön, mit dir in einem richtigen Restaurant zu sitzen« – er grinst mir über den von einer Kerze erleuchteten Tisch zu –, »anstatt dich zu überreden, zwischen zwei Besprechungen wenigstens ein Sandwich hinunterzuschlingen.«

Noch immer keine Reaktion von mir. Inzwischen ist unser

Essen da, und während Jake sich hungrig über seine doppelte Portion Cannelloni hermacht, plaudert er vergnügt weiter. Ich stochere in meinem Salat nach Art des Hauses herum und gebe vor zu essen. Allerdings braucht er wie immer nicht lange, um zu bemerken, dass etwas mit mir nicht stimmt, und sagt es mir sofort ins Gesicht.

»Eloise?«

»Hm?«

»Worüber habe ich gerade gesprochen?«

»Äh …«

»Hab ich's doch gleich gewusst. Du warst ganz weit weg.«

»Entschuldige, ich bin nur ein bisschen …«

»Ich habe ausführlich über meine Abschlussprüfungen gejammert, die nächste Woche anstehen. Normalerweise hättest du schon längst dein iPad herausgeholt und einen Lernplan für mich aufgestellt. Aber stattdessen starrst du ins Leere und bist total geistesabwesend. Fehlt dir etwas?«

»Tut mir leid, Jake«, reiße ich mich aus meinen Grübeleien. »Ich wollte nicht unhöflich sein. Deine Prüfungen sind wichtig. Erzähl mir mehr.«

»Lassen wir die dämlichen Prüfungen für einen Moment.«

»Nein, schieß los.«

»Ein andermal«, entgegnet er, schiebt seinen Teller weg und mustert mich eindringlich. »Jetzt will ich erst mal wissen, was mit dir ist. Du bist heute so anders als sonst und hast auf dem Weg hierher kaum ein Wort geredet. Also raus mit der Sprache: Was bedrückt dich?«

Aber ich kann ihm nicht antworten. Verdammter Mist, genauso benimmt sich Lily, wenn sie in Schwierigkeiten steckt. Sie schweigt eisern, sodass ich ihr alles aus der Nase ziehen muss.

»Eloise, du machst mir allmählich Sorgen. Ist etwas passiert?« Inzwischen starrt er mir direkt ins Gesicht. Da komme ich nicht mehr raus. »Gibt es bei der Arbeit etwas oder jemanden, der dir Probleme macht? Komm schon, du weißt, dass du mir alles erzählen kannst. Du kannst immer mit mir reden. Oder sind die Wände hier von den Tyrannosauriern bei der *Post* verwanzt?«

»Jake, ja, ich muss wirklich mit dir über etwas sprechen.«

»Dann tu es. Es ist in Ordnung, ganz gleich, worum es geht. Du kannst mir alles sagen.«

»Kann ich das wirklich, Jake?«

»Natürlich.«

Mist, wo bleibt denn das dämliche Glas Wein, das ich bestellt habe? Ich brauche Alkohol, um das durchzustehen. Und zwar dringend.

»Nun ... du und ich hatten doch abgemacht, unser Privatleben auszusparen.«

»Äh, ja ...«

»Die Sache ist ...« Wieder verstumme ich hilflos.

Schweigen entsteht, und ich könnte schwören, dass ich seinen bohrenden Blick spüre.

»Eloise ... warst du ... das heißt, bist du ...«

»Ich versuche, dir zu erklären ...«

»Eloise, bist du verheiratet? Ist es das, was du mir mitteilen möchtest?«

Nun macht er ein ratloses und leicht gekränktes Gesicht.

»Nein! Wie kommst du denn auf die Idee?«

»In einer festen Beziehung? Lebst du mit einem Typen zusammen, der nichts von mir erfahren darf?«

»Nichts von alldem. Du hast das völlig falsch verstanden ... es ist nur ...«

»Aber, aber, wen haben wir denn da? Von allen Spelunken auf der ganzen Welt …«

Mist, Mist und noch mal Mist. Verdammt, das darf doch nicht wahr sein. Neben uns steht Seth Coleman, und dicht hinter ihm erkenne ich, ein übliches gütig-leutseliges Lächeln auf den Lippen, keinen anderen als Sir Gavin Hume, der die Szene – mich, Jake, den Blumenstrauß, das Kerzenlicht – auf sich wirken lässt.

»Ah, Madame Editrix, hier sind Sie also«, meint er schmunzelnd, während ich aufspringe, um ihm die Hand zu schütteln.

Elender Mist. Weshalb, zum Teufel, treibt sich Sir Gavin mit Seth herum? Und noch dazu ausgerechnet hier, obwohl ich so dringend mit Jake allein sein muss? Außerdem: Was tut sich hinter meinem Rücken zwischen den beiden?

»Hallo«, sage ich, um Ruhe bemüht. »Nicht zu fassen, dass Sie sich außerhalb der Redaktion treffen … und noch dazu an einem Sonntag! Ist etwas passiert?«

Eigentlich soll das fröhlich und beiläufig klingen, hört sich aber eher gepresst an.

»Oh, Seth und ich müssen das eine oder andere erörtern«, erwidert er leichthin. »Nichts, worüber Sie sich den Kopf zu zerbrechen brauchen, Madame Editrix. Sie beide scheinen ohnehin beschäftigt zu sein.«

Wenn jemand zu mir meint, ich brauche mir nicht den Kopf zu zerbrechen, verkrampfen sich meine Schultern wie auf ein Stichwort, und ich bekomme Herzklopfen. Und wenn dieser Satz dazu auch noch vom Vorstandsvorsitzenden kommt, bin ich kurz davor, einen Krankenwagen zu rufen.

»Wir wollen uns nur ein kleines Abendessen unter vier Augen gönnen«, näselt Seth selbstzufrieden.

»In der Tat«, sagt Sir Gavin und tätschelt sich den dicken Wanst. »Und wenn wir nicht bald bestellen, Seth, falle ich sicher vor Hunger um.«

Mein Verstand läuft auf Hochtouren. Ein kleines Abendessen? Nur die beiden? So etwas ist noch nie passiert! Deshalb interessiert mich am meisten, wer wohl wen eingeladen hat. Und so verharre ich mit einem gefrorenen Lächeln.

»Äh … möchten Sie sich nicht zu uns setzen?«, frage ich in meiner Verzweiflung.

»Ich will doch Ihren romantischen Abend nicht stören. Einen guten Appetit wünsche ich Ihnen. Wir unterhalten uns lieber unter vier Augen.«

»Dann viel Vergnügen«, erwidere ich mit zitternder Stimme und hoffe, dass es höflich geklungen hat. Allerdings befürchte ich, dass mir meine wahren Gefühle ins Gesicht geschrieben stehen. Ihnen viel Vergnügen, Sir Gavin, aber Seth Coleman soll eine Spargelspitze im Hals stecken bleiben, damit er in einer überfüllten Notaufnahme landet, inmitten von kreischenden Kindern, die sich ihr Töpfchen auf den Kopf gesetzt haben und es jetzt nicht mehr abkriegen. Das wäre die gerechte Strafe für ihn, wenn er hinter meinem Rücken die Fäden zieht. Aber ich werde herausfinden, was da gespielt wird, und wenn es meine letzte Tat im Leben ist.

»Aber, aber, Eloise, wo sind denn Ihre Manieren?«, sagt Seth, der Schleimer, mustert Jake und hat es auf einmal gar nicht mehr eilig. »Möchten Sie uns Ihren neuen … Freund nicht vorstellen?«

Herrgott, denke ich, plötzlich wütend. Wie macht er das bloß? Wie schafft er es, dass sich das Wort Freund bei ihm anhört wie Gigolo?

Ich nuschle mich durch die üblichen Floskeln und kriege dabei Hitzewellen wie eine Matrone in den Wechseljahren.

»Schon viel von Ihnen gehört«, näselt Seth und mustert Jake von Kopf bis Fuß, während Sir Gavin ihm einfach nur die Hand schüttelt. Dann wartet er geduldig und wirft hin und wieder einen Blick auf die Tafel mit den Tagesgerichten.

»Ebenfalls.« Jake lächelt höflich.

»Also, dann wünsche ich guten Appetit«, sage ich. Zuvor muss ich mich ein paarmal räuspern, um den Satz herauszubekommen.

»Dann lassen wir Sie jetzt in Ruhe.«

Verdammt, denke ich, warum es nicht aussprechen?

»Äh ... Sir Gavin, sind Sie sicher, dass ich mich nicht für das, was Sie erörtern wollen, zu interessieren brauche?«

»Völlig überflüssig. Machen Sie sich keine Sorgen. Sie haben ohnehin genug um die Ohren. Das ist ja nicht zu übersehen. War nett, Sie kennenzulernen, Jake.«

»Das Vergnügen war ganz auf meiner Seite, Sir Gavin.« Jake lächelt freundlich und lässt sich von der Situation nicht beirren. Ich hingegen stehe da und ringe die nassgeschwitzten Hände.

Fast ist es überstanden, doch Seth bleibt noch einmal an unserem Tisch stehen und dreht sich um wie Peter Falk in *Columbo*.

»Ach, noch etwas ... Jake, richtig?«, sagt der widerliche Schleimer. »Ich nehme an, wir sehen uns am nächsten Wochenende bei der Einladung des Vorstands.«

Anstelle einer Antwort wirft Jake mir einen fragenden Blick zu, weshalb ich versuche, mich aus der Affäre zu ziehen.

»Wissen Sie, ich glaube, das wird nicht klappen ...«,

stammle ich. »Jake unterrichtet, und seine Arbeitszeiten sind ein wenig …«

»Unsinn, natürlich müssen Sie kommen«, beharrt Seth. Offenbar spürt der Mistkerl, wie verlegen ich bin. »Oder, Sir Gavin?«

»Ja, ja, natürlich«, beteuert Sir Gavin. »Sie müssen dabei sein, Jake.« Er nickt höflich. »Als Gast von Madame Editrix wären Sie uns sehr willkommen. Ich bestehe darauf. Wir freuen uns sehr darauf, Sie kennenzulernen.«

»Wundervoll!«, stoße ich mit erstickter, schriller Stimme hervor, die ich kaum als meine eigene erkenne.

»Dann wäre das geklärt«, lauten Seths triumphierende Abschlussworte. »Dann bis zum nächsten Wochenende … äh … Jake … ich freue mich schon auf eine Runde Golf mit Ihnen.«

Ich stelle fest, dass Jake schweigt und ihn nur mit verschränkten Armen ansieht, ohne etwas preiszugeben.

Und dann verdrücken sie sich endlich in die obere Etage des Restaurants und lassen uns in Ruhe.

Oh, verdammter Mist. Nun ist es in Stein gemeißelt. Wenn Sir Gavin höchstpersönlich Jake eingeladen hat, gibt es kein Entrinnen, sofern die *Post* nicht bis zum nächsten Wochenende Konkurs anmeldet. Er muss mit, daran führt kein Weg vorbei.

Sobald die beiden außer Sichtweite sind, springt Jake auf, packt mich am Arm und bugsiert mich sanft auf meinen Stuhl.

»Alles in Ordnung?«, erkundigt er sich und schaut mir besorgt in die Augen. »Herrje, du warst ja schon verkrampft genug, bevor sie aufgekreuzt sind. Du solltest dich jetzt mal sehen …«

»Überhaupt nichts ist in Ordnung.«

Du ahnst nur nicht, warum.

»Sir Gavin scheint ein netter Kerl zu sein«, meint er nachdenklich, »aber falls du willst, dass ich mir diesen Seth einmal vorknöpfe, wäre es mir ein Vergnügen. Ich möchte dich beschützen, und Gott steh demjenigen bei, der dir ans Leder will.«

»Eines Tages würde ich mich freuen, wenn jemand diesen Kerl zerstampft, aber im Moment …«

»Jetzt klingst du wieder wie sonst.« Als er lächelt, beginnen seine Augen erneut zu funkeln. »Das passt schon eher zu der seltsamen und gestressten Frau, die ich kenne. Also hör mir gut zu. Lass. Es.«

Ich lächle zittrig. Wie komme ich jetzt wieder auf unser ursprüngliches Thema zurück?, denke ich dabei. Er setzt sich, und wieder herrscht Stille, sodass man eine Stecknadel fallen hören könnte. Doch Jake missversteht es.

»Eloise«, sagt er leise, »grüble nicht darüber nach, warum Sir Gavin sich mit diesem Mistkerl Seth trifft. Es ist die Mühe nicht wert. Ganz gleich, was die beiden auch aushecken, du brauchst dir sicher deshalb keine Sorgen zu machen.«

Nein, verglichen mit dem, was du gleich von mir zu hören kriegen wirst, ist es nichts.

»Außerdem hätten sie es dir sicher erzählt, wenn es etwas mit dir zu tun hätte.«

Ich nicke, obwohl das im Moment meine geringste Sorge ist. Ja, die beiden führen etwas im Schilde, das kann ich förmlich riechen. Allerdings ist es nur eine Frage der Zeit, bis ich es erfahre. Früher oder später kommt mir alles zu Ohren. Und erst dann werde ich mich damit befassen.

Ich trinke einen Schluck von dem Wein, der endlich serviert worden ist, und betrachte Jakes bedrückt dreinblickendes Gesicht. Doch er steht sicher nicht die gleichen Todesängste aus wie ich.

»Jake, um auf das Thema …«

Und wieder missversteht er.

»Bitte«, sagt er, lehnt sich ans Fenster und mustert mich eindringlich. »Ich weiß, was du denkst, und ich möchte nicht, dass du dich deshalb aufregst. Das ist unnötig. Denn ich gehe nur mit, wenn du das möchtest. Jetzt mal ehrlich. Was habe ich auf einer Firmenveranstaltung verloren? Soll ich etwa mit Idioten wie Coleman, diesem Wichser, Golf spielen? Willst du mich auf den Arm nehmen? Wahrscheinlich würde ich ihm die selbstzufriedene Fresse polieren, wenn er dich nur schief anschaut.«

»Das ist es nicht, Jake«, erwidere ich und rutsche verlegen auf meinem Stuhl herum.

»Schade, dass du ihm nicht erzählen konntest, was wir dort, wo ich herkomme, mit Golfschlägern machen …«

»Du verstehst nicht.«

»Was denn? Dann erklär es mir.«

Gerade in diesem Augenblick kommt die Rechnung, und Jake besteht darauf zu bezahlen.

»Die Rechnung? Schon?«, stammle ich. Er darf jetzt noch nicht gehen.

»Ja, tut mir leid, aber ich habe dir ja gesagt, dass ich heute Abend noch einen Kurs unterrichten muss. Ich muss mich sogar beeilen, sonst komme ich zu spät. Also, was wolltest du mir erzählen, bevor wir so unhöflich unterbrochen wurden?«

Oh Gott, nicht jetzt, wenn er gleich weg muss. Verdammte Scheiße …

»Äh … das kann auch warten.«

»Du zermürbst dich wegen dieses Firmenwochenendes, richtig? Bist du deshalb den ganzen Abend so nervös?«

»Tja, zum Teil …«

»Eine Veranstaltung mit Partnern, richtig?«

»Ja … aber das ist meine geringste Sorge.«

»Aha«, sagt er nachdenklich und fügt nach einer weiteren Pause und einem langen Blick hinzu: »Und ich denke, ich weiß, was du mir sagen wolltest. Oder besser, was du nicht gesagt hast.«

Im nächsten Moment schlüpft er in seine Jacke und schickt sich zum Gehen an.

»Jake? Musst du wirklich sofort weg?«

»Ja, sonst komme ich zu spät.«

»Oh«, erwidere ich enttäuscht. »Kann ich vielleicht nachher mit dir reden?«

»Pass auf, Eloise.« Er lächelt mich an. »Falls du bei dieser Firmensause Begleitung brauchst, kannst du dich auf mich verlassen. Ich bin für dich da und unterstütze dich. Du weißt doch, dass ich alles für dich tun würde.«

Ich lächle schief. Ich will nicht, dass er jetzt schon geht.

»Aber was die Partnersache angeht …«, fährt er fort, ohne mir in die Augen schauen zu können. »Eloise, du warst so gut zu mir, und das werde ich dir nie vergessen. Du warst ein richtiger Kumpel, als ich einen gebraucht habe. Aber …«

»Ja?« Ich bin nicht sicher, worauf dieses »Aber« hinaussoll.

»Vielleicht beruhigt es dich ja ein bisschen. Ich wollte es dir eigentlich schon früher sagen, aber …«

Aber was?, denke ich.

»Das Mädchen, das letztens im Park dabei war?«

»Ja, ich erinnere mich. Monique, richtig?«

Wie sollte ich *The Girl from Ipanema* vergessen?

»Es ist nämlich so …«

Mit dem untrüglichen Instinkt einer Journalistin erspüre ich, was jetzt kommt.

»… sie möchte schon eine Weile mit mir ausgehen. Also feiern wir am Wochenende bei ein paar Drinks, dass ich die Prüfungen hinter mir habe. Nur rein freundschaftlich.«

»Oh, ich verstehe.«

»Wir waren doch immer offen zueinander. Also dachte ich, ich sage dir Bescheid.«

Ich? Offen zu dir? Du hast ja keine Ahnung, mein Schatz, denke ich und kann ihm kaum in die Augen schauen.

»Ach, kein Problem.« Ich zwinge mich zu einem strahlenden Lächeln. »Das sind ja gute Nachrichten.«

»Ja, Monique ist wirklich ein sehr nettes Mädchen. Sie ist zweiundzwanzig.«

»Zweiundzwanzig?«

»Ja. Unterrichtet Bikram-Yoga und muss, wie du letztens vermutlich bemerkt hast, dringend Englisch lernen.«

»Bikram-Yoga?«, wiederhole ich wie benommen.

»Nur, für den Fall, dass du dir Gedanken machst, ich könnte diese Partnersache ernst nehmen …«

»Oh nein, nein, nein, überhaupt nicht …«

»Doch wenn du möchtest, dass ich dich als Freund begleite, kannst du dich auf mich verlassen.«

»Kein Problem. Einen wunderschönen Abend. Sehen wir uns diese Woche?«

»Klar, ich rufe dich an, sobald die Prüfungen vorbei sind.«

»Viel Glück!«, wünsche ich ihm lächelnd, und zwei Sekunden später ist er fort.

Ich kippe den Rest meines Weins herunter, rufe Helen an,

sobald er außer Sichtweite ist, und schildere ihr im Flüsterton die Ereignisse.

»Soll das heißen, du hast es ihm nicht gesagt?«

»Ich konnte nicht. Ich habe es wirklich versucht, aber dann sind wir von Sir Gavin und dem verdammten Seth Coleman gestört worden.«

»Ich fasse es nicht!«

»Ich auch nicht. Ich hätte fast einen Herzinfarkt gekriegt.«

»Dann sag es ihm, bevor du übers Wochenende wegfährst.«

»Das geht nicht.« Ich seufze hilflos auf. »Er hat in den nächsten fünf Tagen Abschlussprüfungen. Wie kann ich ihn da mit so etwas belasten? Wenn er durchfällt, wäre das ganz allein meine Schuld. Und er hat doch so fleißig gelernt …«

»Dann am Wochenende. Du musst ihm reinen Wein einschenken. Du kannst es nicht länger vor dir herschieben. Wenn du so lange gewartet hast, kannst du auch noch sechs Tage warten. Und bis dahin hör auf zu grübeln, und denk nicht mehr daran. Du kannst nichts weiter tun. Wahrscheinlich eignet sich das Wochenende sogar besser, weil ihr auf dem Land seid. Ihr könnt euch sicher einen Moment von den anderen loseisen, oder?«

Aber ich höre ihr nur mit halbem Ohr zu.

»… und noch etwas, er geht mit dieser Monique aus, mit der wir ihn gestern im Park getroffen haben.«

»Oh Mist, ist das dein Ernst?«

»Mein voller.«

»Weißt du was?«, meint sie. »Ich bin Hellseherin. Ich habe es gleich geahnt.«

»Was hast du geahnt?«

»Tja, du hast ihn ja darauf vorbereitet, oder?«

»Wie bitte?«

»Du hast aus ihm einen vollendeten Gentleman gemacht. Du hast ihn aufgestylt und gepusht, und wofür? Damit eine andere blöde Kuh die Nutznießerin ist? Ich weiß ja nicht, wie er anfangs war, aber wenn ich ihn mir jetzt anschaue, denke ich, dass dieser Typ jede Frau haben kann, die er will. Er ist ein Traum. Attraktiv, charmant, sympathisch, höflich, intelligent. Und du hast das alles in die Wege geleitet.«

»Stimmt. Und jetzt ist es Monique, die mit ihm um die Häuser zieht.«

Nun, Sie kennen mich ja inzwischen. Ich habe so viel arrangiert, wie möglich war, ohne Jake einen Stundenplan für das kommende Wochenende in die Hand zu drücken. Am Samstagnachmittag findet ein geselliges Beisammensein statt, gefolgt von einem eleganten Abendessen, Reden und allem, was so dazugehört. Aber am Sonntagmorgen ist »Freizeit«. Klartext: vier oder fünf Stunden, in denen die Jungs den Golfschläger schwingen und fachsimpeln können. Also wird es am Sonntagmorgen passieren.

Ich habe mir alles genau überlegt und zurechtgelegt. Nach dem Frühstück werde ich mit Jake einen Spaziergang auf dem Gelände unternehmen und mir ein ruhiges Plätzchen suchen, weit weg von Ablenkungen und Störenfrieden. Und dann werde ich reinen Tisch machen und ihm alles beichten. Doch sosehr ich mich auch innerlich darauf vorbereite und mir einrede, dass alles gut werden wird, will die verspannte Stelle in meiner Magengrube einfach nicht verschwinden. Was, wenn er zwar begeistert reagiert und Lily kennenlernen will, aber trotzdem das verdammte *Girl from Ipanema* heiratet, sodass Lily Mummy zu ihr sagen muss? Was dann?

Darauf habe ich keinen Einfluss, sage ich mir. Also schicke ich ein Stoßgebet gen Himmel, dass es nicht passieren wird, und lasse los.

Und was, wenn jemand Lily Jake gegenüber erwähnt, bevor ich es kann? Was dann?

In den letzten Tagen hat Helen sich ausführlich genug über dieses Thema ausgelassen, und ich habe versucht, ihre Befürchtungen zu zerstreuen, wie ich es nun mit meinen eigenen tue. Weil es einfach so unwahrscheinlich ist, das ist der Grund. Schließlich ist es ein Firmenwochenende, sage ich immer wieder. Niemand interessiert sich für mein Privatleben. Das haben die Kollegen ohnehin nie getan. Nach Lilys Geburt wurde zwar ein Blumenstrauß im Krankenhaus abgegeben, doch seitdem hat sich weder ein Mitglied des Vorstands noch eine der Ehefrauen oder sonst jemand, der auch nur entfernt Verbindung zu diesem Personenkreis hält, nach Lilys Befinden oder auch nur nach ihrem Namen erkundigt.

Selbst die Kollegen im Büro erwähnen sie nicht, mit Ausnahme von Rachel, die gerade ihren wohlverdienten Urlaub nimmt. Soweit sich also ein Kontrollfreak wie ich einigermaßen sicher fühlen kann, bin ich ziemlich überzeugt, dass dieses Thema nicht aufs Tapet kommen wird. Verglichen mit meinem üblichen Zustand bin ich also wundervoll entspannt.

Und dann ist da noch eine andere Sorge, die in die Liste aufgenommen gehört: In einem unvorsichtigen Moment und unter Alkoholeinfluss könnte Jakes Vergangenheit versehentlich ans Licht kommen. Nicht durch seine Schuld, denn ich vertraue darauf, dass er den Mund halten kann. Doch meine Kollegen sind berüchtigt, wenn es darum geht, ihre Mitmenschen auszufragen.

Ach herrje, wenn ich nur daran denke, was alles passieren könnte, kriege ich gleich wieder eine Panikattacke …

»Eloise, hör mir zu«, meint Jake, als wir vor dem großen Ereignis miteinander telefonieren. »Hör endlich auf, dich verrückt zu machen. Wir haben das jetzt schon tausendmal durchgekaut. Du hast mich gründlich vorbereitet, und mehr können wir nicht tun. Ich weiß, wer wer ist, und habe genug Informationen über jeden, um eine dreimonatige Luxuskreuzfahrt durchzustehen. Es ist doch nur ein Wochenende. Ich weiß, was ich sagen und, noch wichtiger, was ich nicht sagen darf. Also werd ein bisschen lockerer, verdammt. Wir haben nun einen Punkt erreicht, an dem du die Kontrolle abgeben und lernen musst, mir zu vertrauen.«

»Ich vertraue dir. Du hast nur keine Ahnung, worauf du dich einlässt. Ach, und da wäre noch etwas …«

»Mein Gott, was denn noch?«

»… Robbie Turner …«

»… Auslandsressort. Ich werde ihn am weißen Schopf erkennen, das hast du mir schon eingebläut …«

»… lässt du mich bitte mal ausreden? Ich wollte nur sagen, dass seine Frau Adele heißt und sehr reizend, sympathisch und freundlich ist.«

»Also brauche ich mir bei ihr keine Gedanken zu machen, richtig?«

»Aber sei gewarnt. Sie ist kein Fan von mir, denn sie gibt mir die Schuld, dass sie und die Kinder Robbie so selten sehen, weil er so wahnwitzige Arbeitszeiten hat …«

»Ach, Eloise. Hast du denn gar kein Mitleid mit dem Mann?«

»Glaub mir, ich habe mir Mühe gegeben. Doch du ahnst ja nicht, was man als Politikredakteur alles zu tun hat. Allein die vielen Stunden. Und dann muss man auch noch den Zeitunterschied bedenken, wenn sich gerade in Washington etwas tut …«

»Schon gut, ich verstehe. Die Welt wird untergehen, wenn ihr euch nicht alle mindestens achtzehn Stunden täglich an eure Schreibtische kettet.«

»Ich möchte dich nur warnen, weil Adele mich nicht mag.«

»Eloise, wir können uns auf dieses Wochenende nicht besser vorbereiten, als wir es getan haben, außer du schickst mir von jedem ein Foto mit beiliegendem Lebenslauf. Also komm endlich runter und hör auf zu grübeln, verdammt. Sollen das nicht gesellige und erholsame Tage werden, an denen man ein bisschen Spaß hat? Ich kann dir gar nicht sagen, wie ich mich nach dieser Prüfungswoche darauf freue.«

»Spaß? Hast du gerade dieses Wort in Zusammenhang mit einem Firmenwochenende benutzt? Denn ich kann dir nur beteuern, dass es hier nur um Stress, Schweiß, Tränen und Haarausfall geht. Spaß spielt dabei überhaupt keine Rolle.«

»Ich sage doch bloß, dass wir alles Menschenmögliche getan haben. Und jetzt beruhig dich.«

»Ja, ich gebe mir Mühe, einverstanden.«

»Da wäre noch etwas.«

»Was?«, frage ich, überrascht, dass jemand mir Vorschriften macht.

»Wenn man davon ausgeht, dass es sich um ein lässiges Wochenende auf dem Land handelt …«

»Lässig? Vermutlich ist die Stimmung in vielen Straflagern lässiger als bei einem Firmenwochenende der *Post*.«

»Ich war noch nicht fertig«, fällt er mir ins Wort. »Eigentlich wollte ich über dich reden.«

»Was soll mit mir sein?«

»Erinnerst du dich an den Tag, als du vor meinem Vorstellungsgespräch mit mir einkaufen gegangen bist? Du hast mir Klamotten aufgebrummt, die ich mir nie im Leben ausgesucht hätte. Und anfangs habe ich mich darin schrecklich unwohl gefühlt. Doch ich habe deshalb die Stelle bekommen, und inzwischen bin ich so daran gewöhnt, nicht nur in Sportsachen herumzulaufen …«

»… und tagaus, tagein in Turnschuhen, Gott sei Dank …«

»… dass es mir fast in Fleisch und Blut übergegangen ist, mich anzuziehen … als gehörte ich zur Mittelschicht. Du hingegen …«

»Hast du ein Problem damit, wie ich mich anziehe?«, stoße ich, plötzlich empört, hervor. »Verzeihung, aber meine Kostüme sind alle von Reiss oder von Karen Millen, und ich besitze sogar ein Paar Louboutins.«

»Äh … darf ich raten? Alles schwarz?«

»Nun … ja.« Gut, die Sohlen meiner schicken Schuhe sind knallrot, aber ja, ansonsten ist alles schwarz. Ich betrachte meine Kleidung von heute, und natürlich ist alles von der blickdichten Strumpfhose bis hin zu dem Kostüm mit der quadratisch geschnittenen Jacke schwarz, schwarz und nochmals schwarz.

»Hab ich mir doch gleich gedacht«, neckt er mich. »Klingt ganz nach dir.«

»Was hast du gegen Schwarz? Es passt in die Redaktion und ist … praktisch, professionell.«

»Gar nichts. Ich habe nur genug davon, dass du immer aussiehst, als wärst du auf dem Weg zu einer Beerdigung.«

Ich schaue noch einmal an mir herunter. Ja, er hat gar nicht so unrecht. Alles schwarz, wohin ich auch sehe.

»Das soll doch ein entspanntes Wochenende auf dem Land werden«, fährt Jake ruhig und gelassen fort. »Würde es dich umbringen, wenn du einmal Jeans und ein sportliches Oberteil anziehst? Ein farbiges? Das würde dir sicher stehen.«

Jeans, denke ich. Das war vor einer Ewigkeit. Ich habe mich seit meiner Collegezeit nicht mehr in Jeans gezwängt.

»Hör zu«, spricht er weiter, ohne sich von meinem Schweigen beirren zu lassen. »Du warst mit mir beim Einkaufen, und nun bin ich dran. Hast du gerade Zeit?«

»Jake, du musst doch lernen! Ich habe nur angerufen, um mich zu erkundigen, wie es bis jetzt mit deinen Prüfungen gelaufen ist.«

»Schau, ich büffle seit heute Morgen um halb sieben. Mir raucht der Kopf. Ich hätte wirklich nichts dagegen, eine Stunde vor die Tür zu gehen und Pause zu machen. Ich sag dir was. Wir treffen uns in zwanzig Minuten oben an der Grafton Street. Komm, es ist Donnerstagabend, und die Läden haben länger geöffnet. Du schaffst das ohne Probleme.«

Im nächsten Moment ertönt aus der Küche ein lautes Kreischen. Lily und Helen, die Éclairs backen, scheinen eine besonders wilde Mehlschlacht auszufechten. Ich halte die Hand vor die Sprechmuschel und spähe um die Tür herum. Beim Anblick der beiden weißen Gespenstergesichter, die mich aus großen, erstaunten Augen anschauen, brülle ich vor Lachen fast los.

»Nein, Mama, nein!«, ruft Lily aufgeregt. Ihre Augen funkeln spitzbübisch, als sie mich wegschiebt und dabei kleine bemehlte Handabdrücke auf meinem ordentlichen schwarzen Rock hinterlässt. »Du darfst hier nicht rein! Tante Helen und ich machen eine Überraschung für dich!«

»Gib uns eine Stunde, und komm dann zurück«, bittet mich Helen leise. »Lily will unbedingt Éclairs für dich backen.«

»Was ist denn das für ein Krach?«, fragt Jake. »Bist du noch im Büro?«

»Nichts, gar nichts«, antworte ich rasch und presse die Hand fest aufs Telefon. »Ich muss jetzt aufhören. Aber klar, warum nicht? Dann also in zehn Minuten.«

Ich beende das Gespräch, sage Helen, dass ich in etwa einer Stunde wieder da bin, und haste zum Auto, das in der Auffahrt steht. Von meinen vielen Befürchtungen dreht sich mir alles.

Doch Jake zu sehen, und wenn es nur für eine Stunde ist, wird mich sicher ein wenig beruhigen.

Das tut es irgendwie immer.

Und was soll falsch daran sein, die letzten Tage der Normalität mit ihm zu genießen?

Kapitel elf

Anders als früher findet das Firmenwochenende nicht mehr in einem Schwellenangst erzeugenden Fünf-Sterne-Hotel, sondern in einem bescheideneren Etablissement statt, da die *Post* mittlerweile nicht mehr so mit dem Geld um sich wirft. Also ist der Schauplatz des diesjährigen Klemmigkeitsfestivals die Davenport Hall, einst eine verfallene Villa in Privatbesitz, doch inzwischen renoviert und zu einer geldbeutelschonenden Drei-Sterne-Herberge umgebaut. Am wichtigsten ist, dass es hier einen riesigen Golfplatz gibt, denn so haben die Tyrannosaurier Gelegenheit, das zu tun, weshalb sie eigentlich hier sind – nämlich auf den Fairways herumzulungern, zu fachsimpeln und auszubaldowern, wer als Nächstes seinen Hut nehmen muss. Obwohl mich die Vorstellung, zwei ganze Tage von Lily getrennt zu sein, fast umbringt, kann ich nur daran denken, dass sie danach ja vielleicht einen Dad haben wird, der darauf brennt, sie kennenzulernen. Falls die Götter mir gewogen sind.

Das Hotel ist eine Autostunde von Dublin entfernt, und ich muss zugeben, dass ich mich unterwegs wirklich über Jakes Gesellschaft freue. Was der morgige Tag auch bringen mag, ich werde den heutigen einfach genießen.

Ich kann gar nicht beschreiben, wie wundervoll es ist, gemeinsam mit einem anderen Menschen anzukommen, auch wenn derjenige nicht der eigene Partner ist. Für eine chronische Eigenbrötlerin wie mich ist das eine ganz neue Erfahrung. Und das Schönste ist, sich mit einem wirklichen Freund an der Seite auf den Weg zu dem grässlichen Getümmel zu machen, das sich »geselliges Beisammensein« nennt. Gut, ich wäre zwar nicht auf die Idee gekommen, ihn einzuladen, doch nun freue ich mich schrecklich darüber, dass er hier ist.

Wie ich zugeben muss, ist es nach all den Jahren, in denen ich mich mutterseelenallein unter die Leute gemischt habe, eine unbeschreibliche Wohltat, einen Freund bei mir zu haben, der mich unterstützt. Er bleibt an meiner Seite, umsorgt mich und achtet darauf, dass ich stets etwas zu trinken habe, und wenn wir getrennt werden, schaut er immer wieder in meine Richtung und zwinkert mir verstohlen zu, wie um zu sagen: »Du machst das prima.«

Es ist bestimmt wundervoll, eine richtige Beziehung mit jemandem zu führen, der so einfühlsam ist und einen unterstützt, denke ich.

Nicht, dass ich das aus Erfahrung wüsste. Nur so eine Vermutung.

Und eins muss ich Jake lassen. Ihn kann nichts aus der Ruhe bringen. Er hat nicht mit der Wimper gezuckt, als man uns ein Doppelzimmer zugeteilt hat. Auf meine Bitte nach einem zweiten teilte man mir mit, das Hotel sei völlig überbucht, weshalb uns nichts anderes übrig bliebe. Das Bett entpuppte sich als Doppelbett, aber Jake lachte nur über mein peinlich berührtes Schweigen und erbot sich, ganz Gentleman, auf dem Sofa zu schlafen.

Außerdem sieht Jake einfach umwerfend aus. Beim geselligen Zusammensein im Aufenthaltsraum des Hotels trägt er Chinos und ein gebügeltes blaues Hemd. Immer wieder schaue ich unwillkürlich zu ihm hinüber und bewundere ihn, wenn ich glaube, dass er es nicht bemerkt. Er ist einfach unverschämt attraktiv. Allerdings scheint er meine Blicke zu spüren, denn er erwidert sie sofort, lächelt, zwinkert und flüstert mir zu, dass alles gut ist.

Und für den Moment hat er sogar recht. Zumindest heute ist wirklich alles gut.

Nicht zu glauben, wie er fröhlich mit allen plaudert, sich unters Volk mischt, fremden Leuten die Hand schüttelt und wissend nickt, wenn sie sich vorstellen. Ich kann buchstäblich sehen, wie in seinen Augen Erkennen aufleuchtet und er den Namen mit den Hintergrundinformationen verknüpft, die ich ihm über jeden der Anwesenden gegeben habe.

So, als hätte er schon immer in diesen Kreisen verkehrt.

Wenn ich es nicht besser wüsste, würde ich schwören, dass er ein millionenschwerer Geschäftsmann ist, der die Rezession auf wundersame Weise überstanden hat. Er könnte auch ein wohlhabender und erfolgreicher Hedgefonds-Manager sein, der sich ein wohlverdientes erholsames Wochenende gönnt. Nie und nimmer würde man auch nur im Entferntesten vermuten, dass dieser Mann erst vor wenigen Monaten aus dem Gefängnis entlassen wurde und nur auf Bewährung auf freiem Fuß ist.

Ich habe den Überblick verloren, wie viele Leute mich inzwischen darauf angesprochen haben, wie sympathisch sie meinen neuen Partner finden. Meine Einwände (»Tja, wir sind eigentlich nur gut befreundet …«) werden abgetan. Die Gerüchteküche brodelt auf Hochtouren. Die Ergebnisse erreichen mich wie eigentlich immer mit der üblichen Verzögerung von etwa dreißig Minuten.

Sie sind ja so ein hübsches Paar … Und sein Einfluss auf Eloise Elliot ist wirklich erstaunlich … seit einiger Zeit ist sie wie ausgewechselt … so viel lockerer … gar nicht mehr die Sklaventreiberin von früher … und schau sie dir nur an! Sie trägt doch tatsächlich Jeans, anstatt wie sonst in einem ihrer immer gleichen einschüchternden Businesskostümen herumzulaufen … schade, dass sie diesen Jake nicht schon vor ein paar Jahren kennengelernt hat … uns wäre einiges erspart geblieben, das kann ich dir sagen …

Und da ist noch etwas, warum ich heute Nachmittag so gute Laune habe. Ich war noch nie im Leben beliebt, aber das hat sich jetzt schlagartig geändert. Es fängt mit Adele Turner an, Robbies Frau, die sich mir gegenüber normalerweise herablassend und kühl verhält. Nun kommt sie tatsächlich auf mich zu und umarmt mich! Sie drückt mich so fest, dass mir fast die Luft wegbleibt, und ich weiß, dass es von Herzen ist. Dann bedankt sie sich wortreich dafür, dass ich Robbie freigegeben habe, damit er bei der Firmung ihrer Tochter dabei sein konnte. Es habe ihnen den Tag gerettet, und sie sei mir so dankbar. Danach fragt sie mich, ob ich Robbie wirklich persönlich vertreten hätte, was ich abtue und mich stattdessen erkundige, wie die Firmung selbst so gelaufen sei.

Die Nächste ist Jenny Wilson aus der Buchhaltung – auch keine Anhängerin von mir, seit ich im Zuge der letzten Kündigungswelle ihre Stelle auf drei Tage zusammenstreichen musste. Sie lächelt, ist sehr gesprächig und sagt, sie habe gehört, was ich für die arme Rachel getan hätte, die außerdem ihre beste Freundin sei. Sie habe sie vor Kurzem zu Hause besucht, und es gehe ihr schon viel besser.

»Das war wirklich rücksichtsvoll von dir, Eloise«, verkündet sie mit aufrichtigem Blick. »Du hättest das nicht tun müssen. Die meisten Vorgesetzten wären nicht so einfühlsam gewesen. Rachel war sehr gerührt, das kann ich dir sagen. Und wir anderen auch, als es sich herumgesprochen hat.« Natürlich winke ich bescheiden ab.

Doch ich muss zugeben, dass es mir runtergeht wie Öl.

Bei grauenhaft langweiligen Veranstaltungen wie diesen werde ich normalerweise von einem der Tyrannosaurier in die Ecke gedrängt und bis zum Erbrechen mit seinem Golfhandicap zugetextet. Ansonsten stehe ich, einen Drink in der Hand, allein am Rand, ohne mit jemandem zu reden, sehe zu, wie die anderen Spaß haben, und spüre, wie blanker Hass mir entgegenschlägt. Oh, und ich schaue alle paar Minuten auf mein iPhone, damit es nicht den Eindruck macht, als würde es mich stören, dass sich niemand mit mir abgibt.

Und jetzt ist alles anders. Zum ersten Mal im Leben finde ich mich mitten in einer großen Gruppe von Kollegen wieder, die sich alle angeregt mit mir unterhalten, mich in ihre Anspielungen einschließen und mir das Gefühl vermitteln, dass ich wirklich dazugehöre. Und ich genieße es. Es ist ein wundervolles Gefühl, und zu meiner Schande muss ich eingestehen, dass mir bis jetzt gar nicht klar war, was für tolle Kollegen ich habe.

Und das Beste ist, dass ich aus den Augenwinkeln einen Blick auf Jake erhasche, der gerade mit Shania, der Frau von Sir Gavin Hume, in ein Gespräch vertieft ist. Ich hatte ihm im Vorfeld schon eingebläut, dass sie darauf besteht, mit Lady Hume angesprochen zu werden. Hin und wieder schaut er zu mir hinüber, um sich zu vergewissern, dass es mir gut geht. Ich finde, dass es gar nicht mehr besser werden kann.

Und wie sich herausstellt, behalte ich recht.

Der Totalabsturz steht nämlich unmittelbar bevor.

Den ganzen Nachmittag lang sonne ich mich in meiner so völlig neuen Beliebtheit, bis wir alle, fröhlich und ein wenig beschwipst, die gewaltige Steintreppe hinauf in unsere Zimmer gehen, um uns zum Essen umzuziehen. Ich hatte zwar nur etwa zweieinhalb Gläser Champagner, habe aber kaum etwas gegessen, da ich so mit Reden und Lachen beschäftigt war. Die Folge ist, dass ich nun leicht betrunken und aufgekratzt bin und mein Glück kaum fassen kann, weil alles bis jetzt so unglaublich gut gelaufen ist.

Wie immer der perfekte Gentleman, gibt Jake mir im Bad den Vortritt. Ich ziehe mich um und klatsche mir großzügig Make-up ins Gesicht, während wir uns durch den Türspalt unterhalten.

»Du scheinst ja in deinem Element zu sein«, verkünde ich stolz, schäle mich dabei aus der hautengen Jeans und meinem Oberteil und schlüpfe in ein langes, mit silbernen Pailletten besticktes Cocktailkleid. Dabei halte ich mich mit einer Hand am Handtuchhalter fest, so beschwipst bin ich. Nachdem ich die hauchdünnen Träger hochgeschoben habe, ziehe ich den Reißverschluss so weit zu, wie ich es allein schaffe, und trete dann zurück, um mich im bodenlangen Spiegel zu betrachten, der praktischerweise neben der Badewanne hängt.

Gar nicht schlecht, sage ich mir, während ich um die eigene Achse wirble, um mich von allen Seiten zu begutachten. Das Kleid umschmeichelt erotisch meine Figur, schimmert selbst in der schauderhaften Neonbeleuchtung und verwandelt mich auf eine Art, die dafür sorgt, dass ich mich wunderschön fühle.

Außerdem stelle ich fest, dass meine dunklen Augenringe ein wenig verblasst sind, weil ich in letzter Zeit so oft mit Lily draußen bin. Auch meine Wangen sind rosig wie nie zuvor, was ich wahrscheinlich der Tatsache zu verdanken habe, dass Jake ein Talent darin hat, mich zum Essen zu zwingen. Da ist eindeutig ein Strahlen, das bis jetzt gefehlt hat und das ich nur auf einen Faktor zurückführen kann … ich bin nicht mehr allein.

»Was ist denn mit dieser Shania, Lady Leckmich, los?«, fragt Jake durch die Badezimmertür. »Jemandem wie ihr bin ich, glaube ich, noch nie begegnet.«

»Was meinst du damit?«, rufe ich zurück und versuche, das Gesicht praktisch an den Spiegel über dem Waschbecken gepresst, mich zu schminken. Das ist schwieriger, als es sich anhört, wenn man es nur sehr selten tut.

»Nun, es ist echt komisch. Sie redet zwar mit einem und scheint Interesse an einem einigermaßen normalen Gespräch zu haben, tippt aber die ganze Zeit auf ihrem Telefon herum und twittert pausenlos.«

Ich verdrehe die Augen.

»Stimmt. Ich habe das schon tausendmal erlebt. Sie muss jede Sekunde ihres Lebens dokumentieren. Ich nenne das das ZVI-Syndrom.«

»Und das bedeutet?«

»Zu viele Informationen. Menschen, die twittern müssen, was es bei ihnen zum Frühstück, Mittagessen und Abendessen gab. Das ist sicher eine ziemlich langweilige Lektüre.«

»Eine richtige Blenderin, oder?«

Schmunzelnd sammle ich feuchte Handtücher ein und hänge sie zum Trocknen auf.

»Und was ist mit deinem Kulturredakteur, diesem Marc?«, spricht Jake weiter. »Der ist doch schwul, oder?«

»Ende des Monats heiratet er«, antworte ich. »Eine eingetragene Partnerschaft mit einem Typen, der in der Anzeigenabteilung der *Post* arbeitet. Und was noch interessanter ist, er hat es mir heute Nachmittag nicht nur erzählt, sondern mich sogar zur Hochzeit eingeladen. Ist das zu fassen?«

»Warum sollte er das nicht tun?«

»Nun, ich kenne ihn jetzt schon seit so vielen Jahren und bin automatisch davon ausgegangen, dass er mich nicht mag. Er und ich liegen uns doch nur ständig in den Haaren.«

»Warum sollte er dich nicht mögen? Herrje, du hättest dich heute Nachmittag sehen sollen. Die Leute sind dir auf Schritt und Tritt gefolgt. Und offenbar wollten sie sich nicht nur bei dir einschleimen, weil du ihre Chefin bist. Sie schienen richtig Spaß mit dir zu haben.«

»Findest du wirklich?«

Das heißt, ich hatte eigentlich auch diesen Eindruck, aber es ist spitze, von einem unbeteiligten Beobachter eine Zweitmeinung einholen zu können.

»Soll das ein Witz sein? Alle waren begeistert von dir und haben dich umschwärmt wie Wespen ein Marmeladenglas. Jeder wollte mit dir reden, ich auch. Nur dass es unmöglich war, diese Frau abzuschütteln. Ach, du meine Güte, die ist wirklich die Härte. Ich meine Shania, Lady Leckmich.«

»Oh Jake«, erwidere ich schuldbewusst. »Es tut mir ja so leid, dass ich dich nicht gerettet habe … ich war nur einfach so damit beschäftigt, mit anderen Leuten zu reden … immer wenn ich zu dir wollte, hat mich wieder jemand abgefangen.«

»Kein Problem«, meint er nachsichtig. »Es war toll mitzuerleben, wie du dich amüsierst.«

»Vielen Dank. Hoffentlich hast du dich nicht zu Tode gelangweilt.«

»Überhaupt nicht. Ich sage es zwar nur ungern, Eloise«, fährt er im Plauderton fort, »doch die Sache war viel interessanter, als ich nach deiner Schilderung angenommen habe. Mir hat nämlich furchtbar davor gegraut. Aber ich muss zugeben … ich habe dich, seit ich dich kenne, noch nie so lebendig gesehen wie gerade eben. Das hat mich wirklich gefreut.«

Tief gerührt halte ich inne. Was für ein Schatz, denke ich und weiche vom Spiegel zurück, wo ich versucht habe, einen geraden Lidstrich zu ziehen. Nicht viele Männer würden die Geduld aufbringen, sich so etwas anzutun. Zumindest meiner Erfahrung nach.

Kurz schießt mir ein Gedanke durch den Kopf. Soll ich es ihm jetzt sagen? Betrunken genug bin ich ja, und der Zeitpunkt scheint der richtige zu sein … doch ich verwerfe die Idee. Nicht vor dem großen Abendessen heute. Halt dich an deinen Plan, Eloise. Morgen. Nach dem Frühstück. Draußen im Garten, wo uns niemand stört. Hab Geduld. Ein Geständnis, das vielleicht sein Leben verändern wird, ist es wert, dass man den richtigen Augenblick dafür wählt, oder? Außerdem habe ich schon so lange gewartet, und es ist im Moment so schön …

Als ich in meinem silbernen Kleid aus dem Bad komme, ernte ich einen langen Pfiff von Jake, den ich errötend abtue. Inzwischen liegt er, an einen Kissenberg gelehnt, auf dem Bett, hat die Schuhe ausgezogen und das Hemd aufgeknöpft.

Und sieht unverschämt sexy aus, wie ich plötzlich denke.

Herrje, wie komme ich denn darauf?

Ich nehme mir fest vor, für den restlichen Abend dem Alkohol zu entsagen. Ab jetzt gibt es nur noch Wasser.

Offenbar bin ich um einiges betrunkener, als ich geglaubt habe.

»Du siehst wundervoll aus«, meint er leise und mustert mich von Kopf bis Fuß. So bin ich schon seit Jahren nicht mehr angeschaut worden. Oder sogar seit Jahrzehnten.

»Jetzt mach mal halblang«, kichere ich und laufe feuerrot

an. »Das bin nicht ich, sondern nur das Kleid. Außerdem bist du mich ja nur im schwarzen Witwengewand gewohnt.«

»Du siehst trotzdem wundervoll aus«, wiederholt er langsam, verschränkt die Arme hinter dem Kopf und betrachtet mich so voller Bewunderung, dass es mich allmählich ein wenig aus dem Konzept bringt.

»Eins muss ich dir lassen«, fährt Jake träge fort. »Bis jetzt war mir gar nicht klar, dass du unter deinen immer gleichen schwarzen Businesskostümen so einen tollen Körper versteckst.«

»Jake?!«

»Schau dich doch nur an. Du hast wirklich eine phantastische Figur. Nur, dass es dir nie jemand sagt. Ich fand schon immer, dass du zu wenig Komplimente bekommst und ständig nur mit irgendwelchem Mist belästigt wirst. Also glaub mir, heute Abend bist du ein wahr gewordener Männertraum. Schade, dass du die Einzige bist, die es nicht bemerkt. Und für mich bist du die anziehendste, hinreißendste und schönste Frau hier.«

Nach unserem scherzhaften Geplänkel entsteht plötzlich verlegenes Schweigen. Wir betrachten einander und ahnen, dass unsere Freundschaft kurz davor ist, eine wichtige Grenze zu überschreiten.

Aber wohin wird das führen?

Es ist mucksmäuschenstill. Unser fröhliches Geplauder ist verstummt. Die Luft im Raum scheint sich nicht mehr zu bewegen.

»Dein Kleid ist offen«, murmelt er schließlich und deutet auf den Reißverschluss.

»Oh Mist, ja, ich komme da nicht hin«, erwidere ich und starre ihn verdattert an.

»Darf ich?«

»Oh, äh … danke.«

Ich gehe zum Bett, setze mich vorsichtig auf die Kante, kehre ihm den Rücken zu und halte mein Haar hoch. Im nächsten Moment spüre ich, wie er mit seinen warmen Händen den Reißverschluss zuzieht. Ich bekomme am ganzen Körper eine Gänsehaut.

Um Himmels willen, schießt es mir durch den Kopf. Wünsche ich es mir wirklich so sehr, von einem anderen Menschen berührt zu werden? Und schon so lange?

Seine Hände liegen auf meinem Nacken und fangen dann an, langsam mit einer meiner Haarsträhnen zu spielen. Vor Sehnsucht krampft es mir den Magen zusammen … ganz gleich, was auch passiert, ich will nicht, dass er aufhört …

Gut, inzwischen fühle ich mich schwindelig, als ich mich unwillkürlich zu ihm umdrehe. Er umfasst mein Gesicht und liebkost es langsam mit seinen Fingern.

»Ist das in Ordnung?«, flüstert er so leise, dass ich ihn kaum höre.

Meine Vernunft rät mir, diesem Wahnsinn Einhalt zu gebieten, aufzustehen, solange ich noch kann, eine schlagfertige Bemerkung zu machen und mich wieder nach unten zu den anderen zu gesellen. Denn ich bin gerne mit Jake befreundet. Eine Freundschaft ist doch eine viel sicherere und dauerhaftere Angelegenheit, oder? Ganz zu schweigen von der Bombe, die ich morgen platzen lassen werde … warum also riskiere ich das alles, indem ich mich ihm zuwende, leise aufseufze und mir nichts sehnlicher wünsche, als in seinen Armen zu liegen und seine Lippen auf meinen zu spüren … sicher hört er, wie mein Herz klopft, das muss er einfach …

Ich brauche nicht lange zu warten. Eine Sekunde später

hat er mich neben sich aufs Bett gezogen und drückt mich an sich. Er raunt mir etwas ins Ohr und schlingt die kräftigen Arme um meine Taille, dass ich ihm nicht mehr entkommen kann. Nicht, dass ich das möchte. Im Moment habe ich keine Ahnung, was ich will – ganz zu schweigen, was ich da eigentlich tue.

»Weißt du, wie wundervoll du bist?«, murmelt er mir ins Haar, und ich spüre, wie seine Zunge sanft mein Ohr streift. »Ich bin noch nie einem so unglaublichen Menschen wie dir begegnet.«

Wieder erröte ich, worauf er lächelt.

»Ich sehe so gern, wie du rot wirst. Es passt so gar nicht zu dir, und du bist dann so hübsch.«

Ich weiche ein kleines Stück zurück und schaue ihm ins Gesicht.

»Jake …«

»Mmmm …«, brummt er und zieht mich wieder an sich.

»Was machen wir da? Sind wir wirklich sicher?«

»Ich bin mir noch nie sicherer gewesen.«

»Aber was ist mit deiner Freundin? *The Girl from Ipanema* … entschuldige, ich meine … wie heißt sie noch mal … Monique?«

»Nichts.« Er schenkt mir ein spöttisches Grinsen. »Da ist nichts. Wir sind nur befreundet und waren einmal zusammen im Kino, mehr nicht. Das habe ich dir doch schon erzählt.«

»Ja, aber ich habe mich gefragt …«

»Ach, Liebling.« Er lächelt und zeichnet mit Küssen die Konturen meines Schlüsselbeins nach. »Ich habe sie nur erwähnt, weil du letzte Woche beim Abendessen so nervös warst. Ich dachte wirklich, du würdest mir jetzt eröffnen, dass du verheiratet bist oder in einer festen Beziehung lebst.

Also wollte ich dich beruhigen und den Druck von dir nehmen, indem ich dir von Monique erzähle. Erinnerst du dich nicht, dass ich gesagt habe, wir würden uns nur rein freundschaftlich treffen …«

Jetzt. Der richtige Moment ist gekommen.

»Jake, ich wollte dir an diesem Abend etwas sagen … und hatte keine Gelegenheit dazu …«

»Pst. Merkst du denn nicht, dass ich dich gerne küssen möchte?«

Mit diesen Worten umfasst er meine Taille und zieht mich an sich, sodass nur noch wenige Zentimeter unsere Gesichter trennen und ich nicht anders kann, als zu vergessen, was ich sagen wollte, und in seine wunderschönen großen blauen Augen zu schauen. Ich will, dass er mich küsst … und als er es endlich tut, ist es ein endloser Kuss, so weich und innig und erotisch, dass ich unwillkürlich aufstöhne. Er streichelt meinen Körper … und es wird heißer und heißer. Ich will nicht, dass er aufhört. Dieser Moment darf nie vorübergehen. Ich will, dass er sich in mein Gedächtnis einprägt, damit ich ihn später noch einmal durchleben kann …

Es kostet mich alle Willenskraft, mich loszumachen. Aber irgendwie gelingt es mir.

»Bitte nicht, Jake, zuerst muss ich mit dir reden …«

»Was ist, Liebling?«

Im nächsten Moment läutet das Telefon.

Ich erschrecke so, dass ich fast wieder nüchtern werde.

»Lass es klingeln und erzähl mir, was los ist«, sagt er mit belegter Stimme und schließt fest die Arme um mich.

Aber das geht nicht. Es könnte ja Helen oder Lily sein. Vielleicht ist zu Hause etwas passiert. Also befreie ich mich, rutsche in Richtung Nachttisch und hebe ab.

»Hallo?«

»Eloise, wo zum Teufel steckst du?«

Ruth O'Connell, die noch beschwipster klingt, als ich mich gerade fühle.

»Hallo, Ruth, alles in Ordnung?«

»Los, die Party hat schon angefangen, und du bist zu spät dran! Wir warten alle auf dich. Also beweg deinen Hintern! Und bring deinen tollen Typen mit! Steve aus der Buchhaltung baggert mich schon wieder an, und ich muss unbedingt von Frau zu Frau mit dir reden!«

Schmunzelnd lege ich auf und drehe mich zu Jake um.

»Die Party läuft schon«, teile ich ihm mit. »Wir müssen.«

Jetzt kann ich es ihm nicht beichten. Doch zum ersten Mal in dieser Woche habe ich die Hoffnung, dass alles gut wird, wenn ich es tue.

»Das Beste kommt erst noch.« Er grinst breit. »Warte nur, bis wir beide wieder hier oben sind. Das wird dann die richtige Party.«

Fünf Minuten später schreiten wir Arm in Arm die Steintreppe hinunter und steuern auf die Bibliothek zu, wo vor dem Abendessen die Aperitifs serviert werden. Jake hält mir die Tür auf, zwinkert mir zu und streichelt mir dann sanft über den nackten Rücken, als ich an ihm vorbeirausche. Es ist so aufregend und sexy, als ich ihn verführerisch anlächle und nur an später denken kann.

Ich brauche nur bis später zu warten. In wenigen Stunden ist diese dienstliche Veranstaltung abgehakt, und dann sind wir beide allein. Ich werde ihm alles beichten, und mit ein wenig Glück können wir dann dort weitermachen, wo wir vorher aufgehört haben. Offenbar bereut er auch nicht, was gerade passiert ist. Bei jeder Gelegenheit streift er mich, legt mir den Arm um die Schulter und verkündet der Welt, dass wir zusammengehören. Das haben zwar ohnehin alle angenommen, aber trotzdem.

Während Jake uns an der Bar etwas zu trinken holt, verdrücke ich mich in eine ruhige Ecke, um zu Hause anzurufen und Lily Gute Nacht zu sagen. Ich schmatze Küsse ins Telefon, bis sie kichert, und verspreche ihr, dass ich morgen Abend rechtzeitig zu Hause sein werde. Zufrieden trollt sie sich, und Helen übernimmt.

»Und wie läuft es?«, fragt sie mich aufgeregt. »Kannst du reden?«

»Sehr gut«, zische ich. »Ich habe dir eine Menge zu erzählen. Ich glaube … es wird alles klappen … er wird sicher kein Problem damit haben, wenn ich es ihm erzähle … Ich habe zum ersten Mal im Leben wirklich das Gefühl, dass alles gut wird …«

Im nächsten Moment stelle ich fest, dass Jake mit zwei Gläsern Weißwein von der Bar zurückkommt.

»Ich muss jetzt Schluss machen. Bis später«, sage ich und beende das Gespräch.

Später, später, später. Jake und ich müssen nur bis später warten. Auf die Fortsetzung …

Heute gestatte ich mir das, was mir nur so selten vergönnt ist … Spaß. Und vielleicht sogar noch Sex, obwohl man den Tag nicht vor dem Abend loben soll. Alles läuft bislang so unbeschreiblich gut. Weshalb also sollte diese wunderbare Glückssträhne nicht anhalten?, denke ich mir selbstzufrieden.

Alle machen Fotos mit ihren Mobiltelefonen, während ich Jake anlächle und mich leichter fühle als Luft. Als er sich herunterbeugt und mir einen Kuss auf die Lippen haucht, werden wir fotografiert. Ich spüre den Blitz im Gesicht und fahre erschrocken zurück. Im nächsten Moment fangen wir beide zu lachen an.

Es ist zwar schwer zu glauben, doch das ist der letzte Augenblick der Normalität zwischen uns.

Natürlich ist es Seth Coleman, der den Stein ins Rollen bringt. Wahrscheinlich ist er als Einziger noch einigermaßen nüchtern. Sobald uns dieser Schleimer erspäht, schlängelt er sich zu Jake durch und lotst ihn unauffällig von mir weg, damit ich ihr Gespräch nicht belauschen kann.

Er ist wirklich geschickt: Sie sind gerade so außer Hörweite, dass ich nur Wortfetzen verstehe. Und das, was ich aufschnappe, lässt mir das Blut in den Adern gefrieren. Denn er verhört Jake geradezu.

Noch schlimmer ist, dass ich unterdessen in die Fänge von Lady Hume geraten bin, die schon einige Gläser intus hat. Das erkenne ich daran, dass sie mich drängt, sie doch Shania zu nennen. Die gesellschaftliche Rangordnung schlägt sie nämlich nur dann in den Wind, wenn sie sturzbetrunken ist. Ausnahmsweise hat sie ihr Telefon weggesteckt, aber ich weiß nicht, was schlimmer ist: Eine halbherzige Unterhaltung mit ihr, während sie unhöflicherweise herumtwittert, oder eine richtige, ohne Telefon und Twitter.

Es ist wieder einmal typisch, dass ich ausgerechnet von der Person belagert werde, mit der ich auf gar keinen Fall reden wollte. Und als ob das nicht genügen würde, teilt sie mir Einzelheiten aus ihrem Eheleben mit, die so intim sind, dass es einem peinlich wäre, sie dem eigenen Therapeuten anzuvertrauen. Ganz zu schweigen von einer Person wie mir, mit der sie bis zum heutigen Abend kaum ein Wort gewechselt hat.

»Alle hier hassen mich«, lallt sie und rückt mir dabei so auf die Pelle, dass ich wegen ihrer Fahne fast zu husten anfange. »Sogar ...«, fügt sie hinzu, wobei sie gefährlich ins Schwanken gerät, »... oder insbesondere er.« Diese Worte schleudert sie mir praktisch entgegen, und als ich höflich ihrem Blick folge, wird mir klar, dass sie keinen anderen meint als Sir Gavin, ihren Mann.

»Ich bin ziemlich sicher, dass er eine Affäre hat. Sie ist erst vierunddreißig. Irgendeine Journalistenzicke. Er glaubt, ich wüsste es nicht ...« – ihre Stimme senkt sich zu einem theatralischen Flüstern –, »aber ich überprüfe jeden Monat seine Telefonrechnung und seine Kreditkartenauszüge ... was halten Sie davon?«

Ich nicke so mitfühlend ich kann, während ich mich hilfesuchend nach Rettung umsehe. Ich werfe einen panischen Blick zu Jake. Doch Seth monopolisiert ihn immer noch, und er ist zu weit weg, um mir zu helfen.

»Ich gebe Ihnen einen Rat, Eloise«, fährt sie fort. »Lassen Sie die Finger von den Männern. Selbst von dem tollen Typen, den Sie heute Abend mitgebracht haben. Haben Sie Ihren Spaß mit ihm, und jagen Sie ihn dann zum Teufel. Führen Sie Ihr eigenes Leben. Verstehen Sie mich?«

Ich nicke beschwichtigend und gebe mitfühlende Geräusche von mir. Zugleich spitze ich die Ohren, um herauszufinden, was Seth von Jake in Erfahrung bringen will. Das wenige, was ich verstehe, lässt mich erstarren.

»Welche Schule haben Sie denn besucht?«, bohrt Seth. »Und woher kommen Sie ursprünglich? Ich kann Ihren Akzent nicht richtig einordnen, und normalerweise bin ich ziemlich gut darin. Könnte ich Ihre Eltern oder Ihre Angehörigen kennen? Haben Sie Geschwister? Und was machen die so beruflich? Und womit haben Sie Ihre Brötchen verdient, bevor Sie bei der Sprachenschule angefangen haben? Und wo, sagten Sie, haben Sie studiert? An welchem College? Warum? Und wovon haben Sie da gelebt? Und wo?«

Seth ist stocknüchtern. Wahrscheinlich ist er der einzige Mensch im Raum, der inzwischen nicht wegen der Hitze und von zu viel Alkohol rot im Gesicht ist. Ich beuge mich so weit zurück wie möglich, um Jakes Antworten zu verstehen oder seinen Blick aufzufangen. Doch Shania hat den sechsten Sinn, mit dem Betrunkene es erspüren, wenn sich jemand von ihnen loseisen will, und packt mich jedes Mal so fest am Arm, dass ich fast blaue Flecken kriege, um mich wieder zurückzuholen.

Der Himmel weiß, was Seth alles aus dem armen Jake herausholt. Inzwischen ist Shania nicht mehr betrunken, sondern nur noch peinlich, und wenn sie erst einmal in Fahrt ist, kann sie nichts mehr aufhalten.

»Jetzt verstehen Sie mich bitte nicht falsch, Eloise«, sagt sie und spuckt mich dabei an, »... dieser Typ, den Sie da dabeihaben ... Jack?«

»Jake«, verbessere ich sie geistesabwesend, da ich mit meinen Grübeleien ganz weit weg bin.

»Ja ... den mein ich, Jake. Sieht wirklich spitze aus, Eloise. Und Sie haben sich seitdem so verändert, das sagen alle ... die ganze Party redet über Sie ...«

Oh mein Gott, halt endlich den Mund. Sei still ... merkst du denn nicht, wie du mich blamierst?

»Und sexy ist er auch. Der starke, zurückhaltende Typ. Den würd ich nicht von der Bettkante stoßen, wenn der Idiot, mit dem ich verheiratet bin, nicht dauernd rüberglotzen würde ...«, verkündet sie in schneidendem Tonfall.

»Trinken Sie doch einen Schluck von dem erfrischenden

Eiswasser«, fordere ich sie gekünstelt fröhlich auf. Alles, nur damit sie endlich mit diesem peinlichen Thema aufhört und ich wieder weiter vor mich hin grübeln kann.

»Ach, scheiß auf das Wasser!«, ruft sie aus und stößt so heftig meinen Arm weg, dass mir ein Teil davon übers Kleid schwappt.

»Und jetzt hören Sie mir mal zu, Eloise. Ich mochte Sie schon immer. Immer. Auch wenn alle anderen behauptet haben, Sie seien eine blöde Zicke, die nur für ihren Job lebt ... aber ich habe Sie immer verteidigt. Das stimmt nicht, habe ich gesagt. Sie sind nicht die herrschsüchtige Sadistin, für die alle Sie gehalten haben.«

Anstelle einer Antwort zermartere ich mir das Hirn nach einem Weg, sie endlich zum Schweigen zu bringen.

Und sie redet immer weiter.

»Wollen Sie wissen, was ich gesagt habe?« Shania stupst mich so heftig an, dass ich fast vom Stuhl falle. »Mir ist es scheißegal, wie ihr über Eloise Elliot denkt. Ich bewundere es, wenn eine Frau Ehrgeiz hat ...«

Sie ahnt, dass ich fliehen will, und umklammert meinen Arm.

»Sie müssen mir zuhören, Eloise, und zwar sehr gut. Lassen Sie nicht zu, dass irgendein Idiot über Ihr Leben bestimmt. Denn das machen Männer irgendwann immer. Niemals. Ich will nicht, dass Sie so enden wie ich. Denken Sie an meine Worte, Eloise. Bei Männern verliert man mehr, als man gewinnen kann. Vertrauen Sie mir ... ich habe schon einiges erlebt und weiß, wovon ich rede ...«

Jake, der vermutlich gerade von Seth zu Tode gelangweilt wird, wirft mir einen raschen Blick zu, der wohl »alles okay?« besagen soll.

»Wollen Sie wissen, was das Allertollste war, das Sie je in Ihrem ganzen Leben gemacht haben, Eloise?«

»Warum erzählen Sie es mir nicht später?«

Aber keine Chance.

»Das Beste, was Sie je gemacht haben, war, ein Baby zu kriegen, ohne dazu auf einen Kerl zu warten«, verkündet sie lautstark.

Mir krampft sich schmerzhaft der Magen zusammen, und ich werfe ihr einen drohenden Blick zu, als wolle ich sie gleich mit bloßen Händen erwürgen. Doch es ist zwecklos.

Vielleicht hat Jake es ja nicht verstanden ... durchaus möglich ... die Wahrscheinlichkeit besteht ... sie ist sogar recht hoch ...

Im nächsten Moment fängt Shania an, mir laut Beifall zu klatschen, nur für den Fall, dass wir nicht schon genug Aufmerksamkeit erregen.

»Hut ab, Eloise, das muss ich sagen. Sie haben die Sache selbst in die Hand genommen. Wer braucht heutzutage denn noch einen Typen, um ein Kind zu bekommen?«

»Pst, Shania, bitte!« Ich bin kurz davor, sie anzuschreien.

»Ich lasse mir von Ihnen nicht den Mund verbieten! Sie sollten auf meinen guten Rat hören!«

Und um das Maß vollzumachen, haben inzwischen die Reden angefangen. Jimmy Doorley, unser Finanzchef, leiert durch ein vor Rückkopplungen pfeifendes Mikrofon die Gewinnzahlen des letzten Jahres herunter und fügt hinzu, unsere Gewinnerwartung werde in diesem Jahr um fünf Prozent sinken, bla, bla, bla ...

Währenddessen signalisiere ich Shania panisch, dass wir unbedingt zuhören müssen. Obwohl es in mir tobt, versuche ich, mich so zu benehmen wie immer.

Doch alle meine Bemühungen sind vergeblich.

Inzwischen ist sie so blau, dass sie nicht mehr zu bremsen ist.

»Im Jahr 2011 ist unser Nettogewinn nach Steuern im Vergleich zum letzten Geschäftsjahr bedauerlicherweise um fünf Prozent gesunken …«, dringt Jimmys Stimme knisternd aus dem defekten Mikrofon.

Obwohl es still im Raum geworden ist und alle wenigstens so tun, als würden sie aufmerksam lauschen, ist Höflichkeit für Shania kein Thema.

»Natürlich erinnere ich mich noch gut an die Gerüchte, die damals über Sie im Umlauf waren.« Sie versetzt mir einen kräftigen Rippenstoß.

»Pst … wir stören sonst die Rede«, zische ich ihr zu.

»Ach, machen Sie sich doch nicht lächerlich!« Inzwischen ist ihr Tonfall gehässig. »Welcher vernünftige Mensch hört sich denn freiwillig den öden alten Jimmy Doorley an?«

Die ärgerlichen Blicke um uns herum nimmt sie nicht zur Kenntnis.

»Oh, die Leute haben damals viel über Sie geredet. Die Frage, wer wohl der Daddy von Eloises Baby ist, war das große Partygespräch … aber wollen Sie wissen, was ich gesagt habe? Schert euch zum Teufel, hab ich gesagt. Ich würde jede Frau bewundern, die den Mumm hat, so etwas zu tun. Denn alleinerziehend zu sein ist ziemlich schwer. Und Sie waren diejenige, die zuletzt gelacht hat. Jetzt haben Sie ein reizendes Kind … Junge oder Mädchen? Das habe ich vergessen … es muss inzwischen etwa drei sein, richtig?«

»Pst, bitte!« Ich sehe sie strafend an und packe sie fest am Arm. Sinnlos.

Ich schicke ein Stoßgebet gen Himmel, dass Jake nichts

mitgekriegt hat. Doch das ist unmöglich festzustellen. Stocksteif steht er da, starrt geradeaus und fixiert das Podium mit einem bohrenden Blick.

»… als dann die Wahrheit herauskam, haben alle ihren Ohren nicht getraut! Künstliche Befruchtung … genial! Hut ab, habe ich gesagt. Wozu braucht eine moderne Frau heutzutage noch einen Partner, um schwanger zu werden? Wozu sich von einem Kerl Vorschriften bei der Kindererziehung machen lassen? Sie hatten ganz recht, Eloise. Hören Sie mir auch zu? Schauen Sie mich an, wenn ich mit Ihnen rede! Ich wollte Ihnen sagen, dass es die beste Idee war, die Sie je hatten, zur Samenbank zu gehen. Ich glaube, ich kann mir denken, in welcher Klinik Sie waren. Reilly irgendwas … Reilly Institute … irgendwo in Sandyford … richtig? Den Namen hab ich mir gemerkt, weil eine Freundin sich dort wegen ihrer Wechseljahresprobleme behandeln lässt. Das ist der einzige Laden in der Stadt, der künstliche … wie nennt man das noch mal … aber Sie wissen ja, was ich meine. Stimmt es also? Eloise, antworten Sie, verdammt!«

Mittlerweile schlägt sie tatsächlich auf den Tisch, so wütend ist sie, weil ich nicht auf sie achte und sie am liebsten wegretuschieren würde. Schließlich starrt der halbe Raum auf uns.

»So, Shania, ich glaube, ich gehe jetzt mit Ihnen raus, frische Luft schnappen. Jetzt gleich … kommen Sie …«

Verzweifelt sehe ich mich nach jemandem um, der mir zur Hilfe eilen könnte, doch niemand rührt sich. Nicht einmal Jake, der meinem Blick ausweicht. Also versuche ich, sie allein vom Stuhl hochzuziehen. Mittlerweile beobachtet auch die andere Hälfte des Raums die kleine Szene. Aber Shania macht sich schwer und rührt sich nicht.

»Finger weg. Ich gehe nirgendwohin!«, kreischt sie und schlägt kräftig nach mir. »Ich will noch einen Drink!«

»Verzeihung, gibt es irgendein Problem?«, erkundigt Jimmy sich höflich durchs Mikrofon.

»Nein, äh … überhaupt nicht! Alles bestens!«, rufe ich gekünstelt fröhlich und lächle so verkrampft, dass ich Muskelzuckungen bekomme.

Inzwischen bemerke ich zu meiner großen Verlegenheit, dass sämtliche Augen im Raum auf Shania und mich gerichtet sind. Nur Jake blickt schweigend und reglos geradeaus, als ginge ihn das alles nichts an.

Jake, der bisher den ganzen Abend damit verbracht hat, nach mir zu schauen, auf mich zu achten, mir aufmunternde Worte zuzuflüstern und den Arm um mich zu legen, wenn er sich unbeobachtet glaubte. Und nun ist diese unsichtbare Brücke zwischen uns plötzlich zerbrochen.

»Verdammte Scheiße, Eloise, lassen Sie mich los!«, schreit Shania. »Ich wollte Ihnen nur ein Kompliment machen, Sie dumme Pute!«

Vor Erleichterung werden mir fast die Knie weich, als ich Robbie sehe, der aufspringt, um mir zu helfen, sie hinauszubringen.

»Ich will Ihnen nur sagen«, zetert Shania, als wir sie gewaltsam nach draußen zerren, »dass ich es genauso machen würde wie Sie, wenn ich noch eine zweite Chance hätte! Ich würde mich nicht mehr mit einem Kerl abgeben, sondern einfach zu einer Samenbank gehen, und damit basta. Lassen Sie mich jetzt endlich los, verdammt!«

Unterdessen schaut Seth zwischen Jake und mir hin und her, und zwar mit einem Gesichtsausdruck, der wohl »der Abend verspricht, interessant zu werden« besagen soll.

»Sie wissen ja, *in vino veritas*, wie es so schön heißt«, verkündet er seinem Umfeld, während Robbie und ich Shania weiter hinausbugsieren.

Es kostet mich meine gesamte Selbstbeherrschung, nicht umzukehren, ein Glas Rotwein zu nehmen und es Seth über den schmierigen Kopf zu kippen.

Ein richtig lautstarker Streit, bei dem die Fetzen fliegen, wäre mir lieber. Damit würde ich klarkommen. Mit Zorn, Leidenschaft, aufgewühlten Gefühlen und Angst kann ich umgehen. Das wäre offen gestanden kein großer Unterschied zu meinem Arbeitsalltag bei der *Post*.

Aber nicht damit. Damit nicht.

Vier endlose Stunden später sind Jake und ich wieder in unserem Zimmer. Irgendwie haben wir es geschafft, den restlichen Abend durchzustehen, ohne ein Wort miteinander zu wechseln. Doch jetzt können wir uns nicht mehr aus dem Weg gehen. Und es ist unbeschreiblich schrecklich. So, als wäre der warmherzige, rücksichtsvolle, einfühlsame Jake, mein Freund Jake, mein Kumpel, wie ich ihn noch vor wenigen Stunden kannte, einfach verschwunden. An seine Stelle ist eine Art Avatar getreten, der zwar so aussieht und klingt wie er, aber sich mir gegenüber eiskalt und abweisend verhält und nur einsilbig mit Ja und Nein antwortet.

Noch vor ein paar Stunden hatte ich alles, was ich für mich und Lily wollte, in diesem Zimmer. Und nun, nun umkreisen wir uns steif wie Fremde. Die Anziehungskraft und Sehnsucht, die sich den ganzen Abend in seinen Augen gemalt haben, haben sich schlagartig in Luft aufgelöst. Da ich seine Miene nicht deuten kann, betrachte ich ihn und warte darauf, dass das Beil fällt. Doch es passiert nichts. Ich weiß nur, dass er wütend ist, was man, wenn man ihn nicht kennt, nie bemerken würde, so still ist er.

Sobald wir die Zimmertür hinter uns geschlossen haben und unter uns sind, fängt er an zu packen.

Verdammt.

Also versuche ich es mit Vernunft.

»Jake, es ist doch Unsinn, jetzt zu gehen. Wir haben nach Mitternacht. Du kriegst niemals ein Taxi, um nach Hause zu fahren.«

»Gut, dann laufe ich eben.«

»Ich finde, du verhältst dich kindisch.«

Sobald ich den Satz ausgesprochen habe, möchte ich ihn wieder zurücknehmen.

Seine Reaktion besteht nur aus einem langen, kalten Blick. Das zärtliche Funkeln ist aus seinen Augen verschwunden.

»Ich glaube, die Zeiten, in denen du mir sagen konntest, wie ich mein Leben zu führen habe, sind vorbei«, entgegnet er mit Bitterkeit im Ton.

»Darf ich es dir nicht erklären? Nach allem, was ich für dich getan habe, könntest du es mich dir wenigstens erklären lassen.«

»Da gibt es nichts zu erklären«, erwidert er, während er ein Hemd und eine Jacke ordentlich in seinem Koffer verstaut.

»Was mich betrifft, Eloise, brauchst du im Moment nur zu wissen, dass ich deine Gegenwart jetzt nicht aushalte.«

»Jake, du musst mir glauben. Ich wollte es dir dieses Wochenende sagen … morgen. Ich hatte alles geplant … ich habe es ja schon früher probiert. Erinnerst du dich an unser Abendessen letzte Woche? Ich war fest dazu entschlossen, es dir zu erzählen, aber …«

»Offenbar nicht entschlossen genug.«

»Lässt du nun endlich die dämliche Packerei und hörst mir zu!«

Wieder ein kalter Blick.

»Also los.«

»Jake, du hast ja keine Ahnung, wie sehr mich die Sache belastet hat. Aber du musst verstehen, dass ich dir nur deshalb nicht früher reinen Wein eingeschenkt habe, weil ich eine Todesangst hatte, dass du dann nichts mit uns zu tun haben willst. Glaube mir, ich habe es versucht, doch es ist immer etwas dazwischengekommen … zum Beispiel deine Prüfungen letzte Woche … also dachte ich …«

»Heißt das im Ernst, dass du die bescheuerten Prüfungen wichtiger gefunden hast als die Tatsache, dass ich Vater bin, dass wir ein Kind haben und dass du mich ab dem ersten Tag getäuscht hast? Herrgott, Eloise, weißt du überhaupt, was du da redest?«

»Hör zu, ich hätte früher ehrlich zu dir sein müssen …«

»Viel früher …«

»Aber abgesehen davon«, fahre ich fort, absichtlich ruhig und gelassen, »ist mein einziges Verbrechen, dass ich dir helfen wollte …«

»Du hast mich praktisch vom ersten Tag an angelogen, und zwar in allem. Soll das deine Entschuldigung sein?«

»Nun, du hast zuerst gelogen!«

»Wie soll ich dich angelogen haben?«

»Verzeihung, aber erinnerst du dich an das Aufnahmeformular, das du im Reilly Institute ausfüllen musstest? Herrgott, fast alles, was darin stand, war frei erfunden! Erstens hast du deinen Namen mit William Goldsmith angegeben.«

»Das habe ich dir ja schon erklärt.«

»Und dass du eine Doktorarbeit über den ökonomischen Untergang und den Weg zur Besserung in unserem Land geschrieben hast.«

»Jetzt geht es wieder los mit deinem fotografischen Gedächtnis.«

»... dass du konzertreif Klavier spielst.«

»Was hätte ich denn schreiben sollen? Trillerpfeife?«

»... und darf ich noch anmerken, dass du am Trinity College angeblich Goldmedaillen im Zweihundertmeterlauf gewonnen hast und Mitglied der Rudermannschaft warst?«

»Hörst du jetzt endlich auf? Was hätte ich denn sagen sollen? Dass ich Darts spiele?«

»Jake, ich habe all das geglaubt! Ich bin auf jeden Satz hereingefallen, und es war erstunken und erlogen.«

»Ich habe das Geld gebraucht. Also hätte ich alles Mögliche behauptet«, erwidert er kühl. »Gut, dann habe ich vor vier Jahren auf einem bescheuerten Formular in einem Krankenhaus gelogen. Meinst du, die hätten mich genommen und mich bezahlt, wenn sie gewusst hätten, wer ich wirklich bin? Außerdem, was ist mit dir? Verglichen mit dem, was du getan hast, ist das ein Klacks. Praktisch jedes Wort von dir, seit wir uns kennen, war nichts als Mist. Erst hast du mich in Wheatfield aufgespürt und mir diese Schwachsinnsgeschichte aufgetischt, du würdest für einen Artikel darüber recherchieren, was aus Sträflingen nach ihrer Entlassung wird.«

»Ich wollte dir helfen!«, beharre ich. Meine Stimme wird in direktem Verhältnis zu meiner wachsenden Verzweiflung immer höher und schriller. »Mehr wollte ich wirklich nicht. Du musst mir glauben.«

»Nur noch eine Frage, bevor ich gehe«, sagt er. Inzwischen

hat er fertig gepackt, eine Hand am Türknauf und schickt sich an zu verschwinden.

»Warum, Eloise? Warum hast du das alles gemacht? Warum hast du dich mit jemandem wie mir abgegeben?«

Ich versuche, mich zusammenzunehmen, was nicht leicht ist, da ich kurz vor einer ausgewachsenen Panikattacke stehe.

»Willst du die Wahrheit hören?«

»Ja.«

Ich lasse mich auf die Bettkante fallen. Etwas anderes bleibt mir nicht übrig, weil mir vor lauter Schwindel übel wird. Der Bettpfosten erscheint mir plötzlich schief.

Einen bangen Moment später weiß ich, dass ich antworten muss.

»Ich habe es nicht für dich getan, sondern für meine kleine Tochter.«

»Eine … du hast … eine Tochter?«, fragt er mit leicht zitternder Stimme.

Mir krampft es den Magen zusammen. Es ist auch seine Tochter.

Nur zwei Sekunden lang wünsche ich mir, der alte Jake würde zurückkommen. Er würde mich verstehen, mir zuhören und meine Motive erkennen. Er würde meine Gefühle instinktiv erspüren, mich fragen, wie es mir geht, und dann für Klarheit sorgen. Mit dem alten Jake könnte ich reden. Ich könnte ihm von Lily erzählen und ihm die Fotos von ihr zeigen, die ich überallhin mitnehme. Ich könnte ihm sagen, wie sehr sie ihm ähnelt, angefangen vom blonden Haar bis hin zu den großen blauen Augen. Er soll wissen, wie klug sie ist und wie schrecklich stolz ich auf sie bin. Niemand hat eine intelligentere, hübschere und wundervollere kleine Tochter als ich … als wir.

Dem alten Jake könnte ich erklären, warum ich mich vor all den Wochen auf die Suche gemacht und nahezu sämtliche Sozialbausiedlungen im Norden von Dublin abgeklappert habe. Nämlich weil ich nicht wollte, dass meine traumhafte kleine Tochter heranwächst, beschließt, ihren leiblichen Vater zu finden, und feststellen muss, dass er ein Vorstrafenregister hat, ständig den Wohnort wechselt und unter falschen Namen auftritt, um sich Schwierigkeiten zu ersparen. Und was wäre aus Jake geworden, wenn ich mich nicht um ihn gekümmert hätte? Das würde mich wirklich interessieren, denke ich, plötzlich von Empörung und Wut ergriffen.

Und vor allem könnte ich dem alten Jake sagen, dass ich, wie immer im zwischenmenschlichen Bereich, alles in den Sand gesetzt habe. Denn wenn ich es genauer betrachte, habe nicht ich ihn verändert, sondern eher umgekehrt. Als ich versuche, mich zu erinnern, wie ich vor unserer Begegnung war, versagt mein Gedächtnis.

Denn der Drache von früher ist längst einem geerdeteren und entspannteren Menschen gewichen. Und das habe ich einzig und allein Jake zu verdanken. All das und noch viel mehr möchte ich ihm sagen. Ich will, dass er mich in den Armen hält wie vorhin, um mich an seinem Hals auszuweinen. Doch als ich ihm in die Augen schaue, lässt etwas in seinem Blick mich erstarren.

»Wie heißt sie?«, fragt er und sieht mich drohend an. »Und lüg nicht, das würde ich merken.«

»Lily«, antworte ich leise. »Sie heißt Lily.«

»Oh mein Gott … das Mädchen, das im Park bei dir war?«

»Ja.«

»Und du hast trotzdem geschwiegen? Herrgott, Eloise, lügst du denn immer, wenn du den Mund aufmachst?«

»Hör auf damit … bitte. Falls du die Wahrheit hören willst …«

»Du und die Wahrheit sind ein Widerspruch in sich.«

»Beleidige mich, so viel du willst, aber die Wahrheit ist, dass ich es für Lily getan habe. Sie wollte wissen, wer ihr Vater ist, und hat nicht mehr lockergelassen … und …«

»Und sie sollte nicht erfahren, dass sie einen ehemaligen Knacki zum Vater hat«, beendet er tonlos den Satz.

Ich nicke und schaue zu Boden. Ich kann Jake nicht in die Augen sehen, da ich nicht weiß, ob ich seinen kalten und steinernen Blick aushalte.

»Und das hast du mir die ganze Zeit über nicht erzählen können? Warum hast du mir nicht vertraut? Wir waren Freunde, verdammt, beste Freunde, und es hätte noch so viel mehr daraus entstehen können. Nur, dass Freunde einander nicht so behandeln. Ist dir klar, wie schwierig es für jemanden wie mich ist, überhaupt wieder einem anderen Menschen zu vertrauen? Ich habe dir vertraut, ich Idiot …«

Genau, was Helen mir vorausgesagt hat. Wortwörtlich. Verdammtes fotografisches Gedächtnis …

»Wovor hattest du Angst, Eloise?«, spricht er weiter. Inzwischen ist er bleich vor kalter Wut. »Dass ich dich vors Familiengericht zerre und mein Umgangsrecht einklage? Oder dass ich einem kleinen Kind beibringe, wie man einbricht und Autos stiehlt, ohne erwischt zu werden? War das wirklich dein Bild von mir? Einmal Knacki, immer Knacki, dem Typen kann man nicht trauen, insbesondere nicht, wenn es um ein Kind geht …?«

»Nein, das war nicht der Grund!«, protestiere ich mit Nachdruck. Inzwischen bin ich wieder aufgestanden, denn wenn ich es ihm jetzt nicht sage, bevor er geht, habe ich vielleicht nie wieder Gelegenheit dazu. »Ich wollte nur, dass Lily auf ihren Vater stolz sein kann! Und schau dich an, Jake. Schau, wie weit du es gebracht hast! Vor ein paar Monaten hast du noch befürchtet, keine Bewährung zu kriegen, und jetzt ... Du bist ...«

Ich schaffe es nicht, den Satz zu beenden. Wie gerne würde ich ihm sagen, wie sehr er mir ans Herz gewachsen ist und wie sehr ich mich mittlerweile auf ihn verlasse. Doch die Worte bleiben mir im Halse stecken.

»Das weiß ich«, spricht Jake gleichmütig weiter. »Du brauchst es mir also nicht unter die Nase zu reiben. Du hast mich zu einem anständigen Menschen gemacht. Ein Vater aus der Arbeiterschicht war nicht gut genug für dich, das passte nicht zu deinen bürgerlichen Vorstellungen. Stattdessen hast du mich zum mustergültigen Dad geformt. Mein Gott, Eloise, ist dir eigentlich klar, was für ein Snob du bist?«

Als er mich so mit Vorwürfen und Beleidigungen überhäuft, steigt Wut in mir auf und verleiht mir neue Kräfte.

»Es ging doch nicht nur darum, was ich wollte«, entgegne ich zitternd. »Du wolltest es doch auch. Los, Jake, so gib es schon zu. Du hast dir auch ein Leben in der Mittelschicht gewünscht. Verdammt, du bist ein erwachsener Mann. Niemand hat dich dazu gezwungen. Also ist es nicht fair, wenn du mich als Snob bezeichnest. Ich habe viel falsch gemacht, und ich bereue es wirklich. Aber bitte versteh, dass ich es aus den richtigen Gründen getan habe. Ich wollte, dass du deine Fähigkeiten nutzt. Mehr nicht, das schwöre ich dir ...«

»Und du hast mich dabei die ganze Zeit nur angelogen.«

Für den Bruchteil einer Sekunde sehen wir einander an wie zwei Schauspieler auf der Bühne, die ihren Text vergessen haben.

Es ist ein herzzerreißender Moment, doch er ist im Nu vorbei.

»Versuche nicht noch einmal, mich zu finden, denn das wirst du nicht schaffen«, lauten seine Abschiedsworte, und ich schwöre, es fühlt sich an, als hätte mir jemand ein Messer ins Herz gestoßen.

Dann ein schnelles und kräftiges Türenknallen. Und Schluss.

Danach stehe ich lange Zeit stocksteif da. Ich kann mich nicht rühren, und das Blut rauscht in meinen Ohren.

Ich brauche eine Weile, um zu begreifen, dass er wirklich fort ist.

Für immer.

Teil vier

Kapitel zwölf

Seth Coleman hatte noch nie so viel Spaß bei einem der grässlichen Firmenwochenenden wie dieses Mal. Bis jetzt hatte er sich auf solche Veranstaltungen gefreut wie auf eine Wurzelbehandlung. Denn der Vorstand hatte bei dieser Gelegenheit Eloise Elliot stets bis zum Erbrechen und über den grünen Klee gelobt.

Das war die große Zeit von Madame Elliot gewesen, als niemand in der Chefetage auch nur einen Kratzer an ihrer Fassade hatte erkennen können. Alle, angefangen bei Sir Gavin, hatten vor ihr gekatzbuckelt und jeden von Seths berechtigten Einwänden mit einem »Wissen Sie, Eloise hat in der Vergangenheit Wunder bewirkt, also sehen wir mal, wie sie es diesmal regelt« abgetan.

Und so hatte Seth sich bedeckt gehalten, auf Zeit gespielt, den richtigen Moment abgewartet und zugesehen, wie die Online-Ausgabe Geld verschlang und es mit der Auflage stetig bergab ging. Natürlich war es leicht, alles auf die Rezession zu schieben. Das Geld saß den Leuten einfach nicht mehr so locker. Ein weiterer Grund, warum die Online-Ausgabe wichtiger war denn je. Und dass dort Madame Elliots Schwachstelle lag, war nur allzu offensichtlich. Ihre Herangehensweise war bestenfalls miserabel zu nennen und eindeutig nicht von Erfolg gekrönt. Und das hieß ganz klar, dass nun Seths Stunde geschlagen hatte.

Nun sah es endlich ganz danach aus, als würde sich das lange Warten bezahlt machen. Seit Wochen schon bereitete Seth alles vor und hatte nicht nur Sir Gavin, sondern auch zwei andere sorgfältig handverlesene Vorstandsmitglieder bearbeitet. Es war erstaunlich einfach, Eloise Elliots bisherige Leistungen beiseitezuwischen und zu betonen, dass sich eine »Veränderung von oben« zum allgemeinen Vorteil auswirken würde.

Es war wirklich ein Kinderspiel. Man brauchte sich die Herren nur vorzuknöpfen, sie bei einem vertraulichen sonntäglichen Abendessen zu impfen und ihnen einzuflüstern, was jetzt zu tun sei. Natürlich war es dabei wichtig zu betonen, dass man vor allem schnell handeln musste.

Eloise habe nun lange genug die Zügel in der Hand gehabt, war sein wichtigstes Argument gewesen. Und habe sie nicht untätig mit angesehen, wie die Online-Ausgabe unter ihrer Regie immer mehr Verlust einfuhr? Wenn diese Tendenz sich fortsetzte, könne die Zeitung in wenigen Jahren Konkurs anmelden. Das liege in der heutigen Zeit durchaus im Bereich des Möglichen. Schließlich sei die *Tribune* längst untergegangen, und auch die größten Konkurrenten der *Post* kürzten hinten und vorne und strichen Stellen.

Allerdings hatte er eines übersehen, und zwar eine gefährliche Entwicklung, die er nicht hatte vorausahnen können. Und zwar die Popularität, die Eloise plötzlich nicht nur in der Chefetage genoss. Seth verstand die Welt nicht mehr. Als er bei der *Post* angefangen hatte, war ihm noch nie ein Mensch begegnet, der so unbeliebt gewesen wäre wie Madame Elliot. Keiner hatte auch nur ein gutes Wort über sie zu sagen.

Ich brauche höchstens zwei Jahre, hatte Seth damals kühn

kalkuliert. In der Zeit würde er den undankbaren Job eines Redaktionsleiters hinter sich lassen und auf dem vergoldeten Thron der Chefredakteurin Platz nehmen können. Das Eckbüro in der vierten Etage, die Gehaltserhöhung und den Bekanntheitsgrad eingeschlossen. Das ganze Programm. Also alles, was er sich immer erträumt und wofür er nach Kräften intrigiert hatte.

In letzter Zeit hatte sich jedoch etwas verändert. Das Ganze hatte schon vor einigen Wochen angefangen, als Eloise sich immer wieder unter irgendeinem geheimnisvollen Vorwand aus der Redaktion verdrückt hatte, ohne dass jemand hinter den Grund gekommen wäre. Und dann war das Unfassbare geschehen. Sie begann tatsächlich, ihre Kollegen wie menschliche Wesen und nicht wie an den Schreibtisch gekettete Roboter zu behandeln.

Sie hat jemanden kennengelernt, verlautete es aus der Gerüchteküche. Und dieser Mann schien einen positiven Einfluss zu haben, denn der Drache stellte endlich sein Privatleben vor den Beruf. Deshalb hatte Seth auch dafür gesorgt, dass er diesen großen Unbekannten kennenlernte und der Mann zum Firmenwochenende eingeladen wurde. Damit er ihn nach Strich und Faden verhören konnte.

Die beste Entscheidung seit Langem, wie sich herausstellte. Denn das vergangene Wochenende würde wirklich in die Annalen eingehen. Sir Gavins Frau hatte eine betrunkene Szene hingelegt und dann der ganzen Welt verkündet, dass Eloise ihr Kind durch künstliche Befruchtung bekommen hatte … eine Sensation, die man nicht für Geld kaufen konnte. Seth bedauerte, dass er keine Videokamera dabei gehabt hatte, um Eloises entsetzte Miene für die Nachwelt festzuhalten. Offenbar hatte sie ihrem Freund dieses hübsche

Detail verschwiegen, das war für niemanden zu übersehen gewesen, der noch bei klarem Verstand war.

Nicht, dass das illegal gewesen wäre, bedauerlicherweise nicht. Aber trotzdem war es etwas, das sich nicht so einfach übergehen ließ. Und außerdem hatte dieser Jake etwas an sich, das Seth nicht richtig zu fassen bekam. Wenigstens noch nicht.

Oh, um keine Missverständnisse aufkommen zu lassen: Er hatte ihn beim Stehempfang vor dem Essen ausgehorcht, so gut es ging. Und war gegen eine Wand gelaufen. Obwohl er ihn mit unzähligen Fragen über seine Vergangenheit gelöchert hatte, war das Ergebnis praktisch null gewesen. Dennoch konnte es ja nicht schaden, noch ein bisschen nachzuforschen. Schließlich hat auch Seth seine Karriere als Reporter begonnen und wusste, dass niemand, wirklich niemand, einfach auf der Bildfläche erscheinen kann, ohne eine Vorgeschichte zu haben.

Aber dieser Kerl? Absolut nichts. Hatte eine Schule besucht, von der Seth noch nie gehört hatte. Wich allen Fragen aus. Sie hatten nicht einen einzigen gemeinsamen Bekannten. Nicht einmal einen Arbeitskollegen, bei dem Seth Erkundigungen hätte einziehen können. Und das war in einem Dorf wie Dublin ungewöhnlich, um nicht zu sagen seltsam. Schließlich kannte hier jeder jeden und wusste alles über seine Mitmenschen.

Und dann war da noch dieser Akzent, den Seth nicht einordnen konnte, obwohl er normalerweise ein Händchen dafür hatte, anhand der Sprechweise zu erkennen, in welcher gesellschaftlichen Schicht sein Gegenüber angesiedelt war. Es war ein angelernter Akzent, einer, an dem gefeilt und geschliffen worden war, so viel stand fest.

Wenn Seth von einem überzeugt war, dann von Folgendem: Dieser Jake Keane war nicht der Mensch, der er auf den ersten Blick zu sein schien. Welchen Grund konnte er sonst haben, Gesprächen über seine Herkunft oder seine Familie, die üblichen Themen eben, über die man bei gesellschaftlichen Anlässen plaudert, so geschickt auszuweichen? Wirklich merkwürdig.

Seth hatte vorsichtshalber am Morgen nach dem katastrophalen Abendessen bei einer Runde Golf ein Gespräch mit Sir Gavin geführt. Dabei hatte er beiläufig anklingen lassen, Eloise Elliots neuer Freund schiene ein Mann mit, sagen wir einmal, den falschen Freunden zu sein. Obwohl Sir Gavin mit einem gleichgültigen Nicken in Richtung Fairways marschiert war, war Seths Neugier nun wirklich geweckt. Er hatte Blut geleckt und war fest entschlossen, der Sache auf den Grund zu gehen. Welcher Sache eigentlich?

Da war er selbst noch nicht ganz sicher, aber eines stand fest. Die Chefredakteurin einer führenden Zeitung wie der *Post* war eine öffentliche Person. Und deshalb musste ihr Privatleben über alle Zweifel erhaben sein. Also war es doch nur im Interesse des Vorstands, wenn man ihn auf dunkle Flecken in der Vergangenheit von Eloises neuem Partner hinwies, oder? Aber natürlich. Solange Seth etwas mitzureden hatte. Und falls irgendwelche zweifelhaften Kontakte ein schlechtes Licht auf Madame Elliot werfen sollten, dann war das doch wohl kaum seine Schuld, oder?

Und aus diesem Grund war er eines späten Abends um elf auf dem Weg in Finnegan's Bar in der Poolbeg Street. Der Pub war ein Treffpunkt für Journalisten der alten Schule.

Wieder mal typisch für Jimmy Kelly, sich ausgerechnet diesen Schuppen auszusuchen, dachte Seth abfällig. Er bemerkte ihn sofort in einer Ecke, wo er vor einem großen Glas

Guinness saß. Doch Jimmy Kelly war nun einmal ein Schreiberling vom alten Schlag, an den sich jeder bei der *Post* wandte, wenn er Informationen der, nun ja, vertraulicheren Art brauchte.

»Da sind Sie ja. Zu spät«, brummelte Jimmy, als Seth sich auf dem hölzernen Barhocker ihm gegenüber niederließ.

Er entschuldigte sich nicht für seine Unpünktlichkeit, sondern kam sofort auf den Punkt. Je eher er aus dieser Kaschemme flüchten konnte, desto besser.

»Sie müssen mir einen Gefallen tun«, sagte er zu Jimmy.

»Klar, weshalb hätten Sie mich sonst anrufen sollen?«

»Könnten Sie Eloise Elliots neuen Freund für mich überprüfen? Der Typ heißt …«

»Lassen Sie mich raten«, erwiderte Jimmy und lehnte sich mit verschränkten Armen zurück.

»Ein gewisser Jake Keane, liege ich richtig?«

Seth nickte.

»Woher wussten Sie das?«, fragte er, ein wenig verdattert, weil Jimmy ihn so rasch durchschaut hatte.

»Dinge zu wissen ist mein Geschäft«, entgegnete Jimmy ausweichend.

»Und was können Sie mir über ihn sagen?«

»Falls Sie Hintergrundinformationen über diesen Typen wollen«, meinte Jimmy und trank einen Schluck Guinness, »kann ich uns beiden einige Umwege ersparen. Aber ich warne Sie. Das wird Sie etwas kosten.«

Eine halbe Stunde später stand Seth, erleichtert, den Kneipenmief hinter sich zu lassen, wieder auf der Straße und war so selig wie schon seit Monaten nicht mehr.

Denn unter Eloise Elliots Karriere tickte eine Zeitbombe.

Und er wusste genau, wie man sie am besten zündete.

Kapitel dreizehn

Eloise hatte seit dem Firmenwochenende nichts mehr von Jake gehört. Er war mit Sack und Pack aus Helens Wohnung ausgezogen und ging nicht ans Mobiltelefon. Wenn Eloise in ihrer seltenen Freizeit Gelegenheit hatte, düsteren Gedanken nachzuhängen, schwankte ihre Stimmung zwischen unsäglicher Wut auf ihn und seit einiger Zeit auch der Sorge, was nur aus ihm geworden sein mochte.

Offen gestanden wurde es von Tag zu Tag schwerer zu sagen, was schlimmer war.

Ja, sie hatte richtig Mist gebaut und so vieles falsch gemacht. Das war ihr klar, und der Himmel wusste, wie oft sie sich deshalb mit Vorwürfen zermürbt hatte. Doch wenn sie es zuließ, konnte sie auch zornig auf ihn sein. Sie war so unbeschreiblich wütend, weil er einfach empört davonmarschiert war, ohne die Freundlichkeit zu besitzen, ihr noch eine zweite Chance zu geben. Hatte er nicht gerade selbst eine bekommen? Aber nein. Anstatt ihr ihre Fehltritte zu verzeihen und noch einmal von vorne anzufangen, schmollte er und ließ sie schmoren, während er sich irgendwo versteckte. Er bestrafte sie, quälte sie und benahm sich absolut kindisch.

Und natürlich verwandelte sich dieser Zorn rasch in Ärger über sich selbst. Verdammt, dachte sie, wenn es ihr zur Abwechslung einmal besser ging. War es nicht Mist wie dieser, weshalb sie sich bewusst entschieden hatte, einen Bogen um

Beziehungen zu machen? Oder sogar Freundschaften? Denn so etwas geschah unweigerlich früher oder später. Man investierte Zeit und Kraft in einen anderen Menschen, nur damit einem plötzlich die Tür vor der Nase zugeschlagen wurde. Warum also hatte sie sich überhaupt so in die Sache hineingehängt?

Und dann war da noch Lily, inzwischen mehr oder weniger der einzige Mensch, der sie zum Lächeln bringen konnte. Jeden Abend, wenn Eloise zu ihr nach Hause eilte, um mit ihr zu spielen, ihr etwas vorzusingen, sie zu baden und sie ins Bett zu bringen, ging ihr derselbe Gedanke durch den Kopf. Das einzig Gute an dem ganzen Debakel war, dass sie ihn nie mit Lily bekannt gemacht hatte. Falls er sich nämlich anschließend aus dem Staub gemacht hätte, hätte Eloise ihn ganz sicher eigenhändig erwürgt, und wenn sie dafür in den Knast gekommen wäre.

Zumindest ging es Lily gut. Sie ahnte nichts von dem Drama, das sich hinter den Kulissen abgespielt hatte. Wenn sie sich nun im Morgengrauen an Eloise kuschelte und fragte: »Mama, hast du meinen Daddy schon gefunden?«, zog Eloise sie nur fest an sich und wechselte das Thema, indem sie ihr sagte, welches Glück sie doch habe, mit ihrer Mama und Tante Helen zusammenzuleben. Dann lächelte Lily und hakte nicht weiter nach.

Allerdings gab es da noch ein Problem: Warum konnte sie nicht weiterleben wie früher, sich in die Arbeit stürzen und sich auf ihre Karriere konzentrieren, nachdem er sich offiziell davongemacht hatte? Das hatte doch sonst immer geklappt?

Aber aus unerklärlichen Gründen funktionierte es nicht mehr, sie konnte sich einfach nicht konzentrieren.

Sie wusste nicht, woher ihre ständige Angst kam, Jake könnte etwas Schreckliches zugestoßen sein.

Das war die gerechte Strafe dafür, dass sie sich vor gar nicht so langer Zeit ein wenig Glück gestattet hatte. Ach, das Glück, es lullte einen ein und war anfangs so wundervoll. Es vermittelte einem das Gefühl, ein Recht darauf und es verdient zu haben. Und dann löste es sich in Luft auf, sodass man einsam und leer zurückblieb. Nicht, dass sie sich beschwert hätte. Schließlich hatte sie eine kleine Tochter, die sie so unbeschreiblich liebte, dass es ihr beinahe Angst machte. Das Problem war nur, dass dieses Verhalten so gar nicht zu Jake passte. Immerhin war er derjenige, der ihr ständig gepredigt hatte, sie müsse toleranter werden und mehr Verständnis zeigen. Er hatte ihr beigebracht, nicht so hart und unnachgiebig zu sein. Manchmal hatte sie darüber lachen müssen, dass er, der ehemalige Sträfling, daherreden konnte wie der Dalai Lama. Und deshalb verstand sie einfach nicht, warum er sich plötzlich in Luft aufgelöst hatte.

Das war normalerweise der Punkt, an dem sich ihre Sorgen und Befürchtungen zu einer ausgewachsenen Panikattacke steigerten.

War dieses Verhalten typisch für Jake Keane? Hatte er so etwas schon immer getan, also lange vor ihrer Begegnung? War er mit immer wechselnden Identitäten von Ort zu Ort gezogen, wie es ihm gefiel, und hatte dabei wer weiß wie viele Frauen um den kleinen Finger gewickelt? Andere leichtgläubige Idiotinnen, wie sie eine war?

Und was sollte sie jetzt tun? Wieder sämtliche Sozialbausiedlungen in Darndale abklappern, in der Hoffnung, ihn zu finden? Das war mittlerweile nicht mehr möglich. Außerdem wusste er ja genau, wo er sie antreffen konnte, falls er

Lust dazu bekam. Also würde er sich entweder besinnen und ihr verzeihen – oder eben nicht. So einfach war das. Und bis dahin hatte sie keine andere Wahl, als den Laden so gut wie möglich am Laufen zu halten, auch wenn ihr bei jedem Klopfen an die Bürotür noch immer das Herz stehen blieb, weil er es sein könnte. Mit Bagels und Kaffee für sie wie früher. Um sicherzugehen, dass sie auch genug aß.

Auch das versetzte ihr einen Stich. Hatte sie es auch genug wertgeschätzt, wie gut, fürsorglich und einfühlsam er sie behandelt und stets beschützt hatte? Nein, nicht wirklich. Sie hatte es für selbstverständlich gehalten. Und das war jetzt der Preis, den sie dafür bezahlen musste.

Und das Schlimmste war die eine Tatsache, an der kein Weg vorbeiführte.

Abgesehen von ihren übrigen aufgewühlten Gefühlen und den Fragen, wo und bei wem Jake nun sein mochte, war da nämlich noch etwas: Sie vermisste ihn als Freund, und zwar so sehr, wie sie es nie für möglich gehalten hätte. Sie vermisste ihn so sehr, dass es wehtat. Nachts war es am unerträglichsten, denn um diese Zeit hatten sie ihre Gespräche geführt. Nicht über weltbewegende Themen, sondern einfach nur darüber, wie ihr Tag gewesen war. Und wenn sie das Jammern und Klagen wieder einmal nicht lassen konnte, hatte er sie aus ihrem Tief geholt, indem er sie zum Lachen brachte und ihr das Gefühl vermittelte, nicht allein gegen die ganze Welt zu stehen. Aus und vorbei, seufzte sie bedrückt ins leere Zimmer hinein. Aus und vorbei, und sie würde ihn nie mehr wiedersehen. Ihr Verstand hatte sich inzwischen damit abgefunden.

Sie wünschte nur, jemand würde es auch ihrem Herzen begreiflich machen.

»Weißt du, was dich ein bisschen aufheitern würde?« Ruth versetzte Elaine einen spielerischen Rippenstoß, als sie am Konferenztisch Platz nahmen, wo sich alle Redakteure schon mit ihren Aktenkoffern, Notizbüchern, iPhones, iPads und Starbucks-Bechern häuslich eingerichtet hatten und darauf warteten loszulegen.

»Und das wäre?«

»Eine leidenschaftliche Nacht mit deinem tollen Typen. Dann wärst du sicher gleich nicht mehr so blass um die Nase.«

Eine halbe Stunde später nahm die Rohfassung der morgigen Titelseite allmählich Gestalt an. Nachdem Robbie lautstark die Werbetrommel dafür gerührt hatte, würde die Titelstory die Vorwahlen der Republikaner in Washington behandeln, gefolgt von einem Artikel zum Thema Zinspolitik, die der Finanzredakteur Jack Dundon, wie immer die einzige Stimme der Ruhe in einem Raum voller durcheinanderschreiender Journalisten, eingebracht hatte.

Eloise machte sich mit Feuereifer an die Arbeit und hatte in weiteren zwanzig Minuten auch das Politikressort abgehakt. Der Bericht handelte von einem Minister, der während des Immobilienbooms der Korruption verdächtigt worden war, weshalb man ihn gut im Auge behalten musste. Allerdings hatte Eloise den Eindruck, dass sich der Inhalt dieses Artikels nun schon seit drei langen Jahren wiederholte. Herrje, meinte sie zu den übrigen Anwesenden, hat der Mann denn keinen Funken Verstand? Merkt er denn nicht, dass er sich, um endlich einen Schlussstrich unter die Sache zu ziehen, öffentlich von seiner Vergangenheit distanzieren muss? Und dann sollte er seinen Parteifreunden eine Strategie zur Wiedergutmachung vorschlagen. Dazu braucht man doch kein Genie zu sein. So etwas nennt man Vergangenheitsbewältigung. Beifälliges Gebrummel und Nicken am Tisch, worauf Eloise zum nächsten Thema überging.

Wie schön wäre es, wenn einfach ein Außenstehender auf der Bildfläche erscheinen und mein Leben überarbeiten würde, schoss ihr durch den Kopf, als sie die Hand nach dem nächsten Stapel Unterlagen ausstreckte. Warum kann nicht eine höhere Macht an irgendeinem Konferenztisch im Himmel entscheiden, was ich genau tun soll, um aus meiner privaten Misere herauszukommen, und mir die nötigen Marschbefehle geben? Ich wünschte, da oben wäre jemand, der sich wirklich für mein Schicksal interessiert und mir erklärt, wie meine »Vergangenheitsbewältigung« aussehen muss.

Ziemlich unwahrscheinlich, dachte sie seufzend laut und bemerkte plötzlich, dass es beängstigend still im Raum geworden war. Alle starrten sie an, denn dass sie geistig abschweifte, kam sonst nie vor.

Und so nahm sie sich zusammen und wandte sich den Inlandsthemen zu. An diesem Tag war nicht viel vorgefallen. Der Aufmacher war eine Verlautbarung des Justizministers, der die gewalttätigen Ausschreitungen während einer Parade der protestantischen Bruderschaft Apprentice Boys im nordirischen Derry scharf verurteilte. Allerdings hatten sie bereits in allen Einzelheiten darüber berichtet, und obwohl Ruth auf den Tisch schlug und lautstark eine halbe Seite forderte, wollte Eloise sich mit dem nächsten Punkt befassen.

»Und was tut sich bei Gericht?«, erkundigte sie sich.

»Heute nicht viel, aber die nächsten Tage müssten interessant werden«, erwiderte Joe McHugh, Gerichtsreporter und bei Weitem der Älteste im Raum.

Joe war Ende sechzig, weißhaarig und ein Journalist der alten Schule, der bei der *Post* bereits unter sage und schreibe fünf Chefredakteuren gedient hatte. Da er sich standhaft weigerte, in Rente zu gehen, hatte man ihn mit der Beobachtung von Gerichtsverfahren beauftragt, eine Aufgabe, die es ihm ermöglichte, seine Stundenzahl zu reduzieren und trotzdem seine Stelle zu behalten. Niemand, nicht einmal die mächtigen Tyrannosaurier, brachten es übers Herz, ihn aufs Abstellgleis zu schieben, denn immerhin arbeitete er nun schon seit fast fünfzig Jahren hier. Die Gerichte tagten nur sieben Monate im Jahr, und außerdem brauchte er nicht mehr als zwei Nachmittage wöchentlich zu opfern, um über die Sitzungen zu berichten, wenn nicht gerade ein sensationeller, medienwirksamer Mordprozess stattfand, über den das halbe Land sprach.

»Also keine scharfen, langbeinigen Models, die irgendeines unserer Konkurrenzblätter wegen übler Nachrede verklagen«, witzelte Kian vom Sport, worauf die Männer am Tisch zu kichern anfingen. »Schade. Wir könnten ein paar Fotos von einer ehemaligen Miss Irland mit verlaufener Wimperntusche beim Kreuzverhör gut gebrauchen. Ich sehe die Bildunterschrift schon vor mir: Alle Bräunungscreme der Welt kann sie nicht retten …«

»Pst, Ruhe, Kian … entschuldige, sprich weiter, Joe«, mahnte Eloise.

»Okay, hier ist meine Story … sagt dir der Name Michael Courtney etwas?«, erwiderte Joe lässig über den Tisch hinweg.

Alle anderen Anwesenden unterhielten sich weiter, sodass das übliche Stimmengewirr herrschte. Nur Eloise blickte ruckartig von ihren Notizen auf.

»Was ist mit ihm?«

»Nächste Woche kommt er endlich vor Gericht. Das wird

sicher spannend. Inzwischen sitzt er schon seit knapp drei Jahren in Portaloise in Untersuchungshaft, während man versucht, genügend Zeugen zusammenzukriegen, die bereit sind, gegen ihn auszusagen. Und das ist leichter gesagt als getan. Das wäre etwas für Seite sechs, später vielleicht sogar für Seite drei. Ich schaue, was sich machen lässt. Im Moment kann ich dir etwa fünfhundert Wörter darüber anbieten, weswegen man ihn anklagen und wie das Urteil vermutlich ausfallen wird. Außerdem könnte ich die Leser daran erinnern, was für ein schwerer Junge der Kerl ist. Ich könnte ein kurzes Profil darüber schreiben, was ihm vorgeworfen wird und aus welchen Gründen er hinter schwedischen Gardinen gelandet ist … Was hältst du von ungefähr fünftausend Wörtern?«

Das Gemurmel dauerte an. Nur Eloise starrte Joe an und erbleichte zusehends.

»Nein«, entgegnete sie mit Nachdruck. »Wir berichten nicht darüber. Und wir erwähnen auch die Anklagepunkte nicht.«

»Hoppla, Eloise, der Prozess gegen Michael Courtney wird eine Sensation und ist es wert …«

»Ich habe Nein gesagt«, gab sie beinahe patzig zurück und wünschte, sie könnte ihren unangemessenen Tonfall ungeschehen machen, sobald sie die Worte ausgesprochen hatte.

»Ich finde trotzdem, dass wir die Leser daran erinnern sollten, was damals passiert ist. Schließlich ist es inzwischen über drei Jahre her, weshalb wir ihrem Gedächtnis auf die Sprünge helfen müssen. Damals war es ein großer Aufmacher auf Seite eins, wie du sicher noch weißt. Eine tolle Story.«

»Ich weiß es noch sehr gut, danke. Doch im Moment halte ich es nicht für nachrichtenwürdig. Tut mir leid, Joe, Nein heißt Nein.«

»Tja, wenn wir es nicht bringen, wird sich der *Chronicle* die Hände reiben …«

»Sollen sie doch. Lass dir etwas anderes einfallen. Also gut, wer ist der Nächste? Gut, Kian, da du offenbar gerade recht redselig bist, erzähl mal, was im Sport los ist.«

Und so nahm die Sitzung ihren Lauf, ohne dass jemandem etwas aufgefallen wäre. Schließlich berichtete die *Post* häufig nicht über Ereignisse, wenn das Thema als zu trivial, sensationslüstern oder einer niveauvollen Zeitung nicht würdig eingestuft wurde.

Doch Seth, der Eloise genau gegenübersaß, hatte die Szene schweigend beobachtet.

Er konnte sein Glück kaum fassen.

Nur noch ein paar Tage, dachte er. Dann würde die Warterei ein Ende haben.

Dann war er am Ziel.

Kapitel vierzehn

Am nächsten Morgen wandte sich Ben Casey mit einem tiefen Seufzer vom Computerbildschirm in seinem Homeoffice ab.

Ach herrje, was sonst noch? Denn ganz gleich, wie man es auch drehte und wendete, es waren schlechte Nachrichten.

Und zwar ausgesprochen schlechte.

Jake Keane war ihm schon immer sehr sympathisch gewesen, und zwar seit er damals in Wheatfield unter seine Aufsicht gestellt worden war. Ben war Bewährungshelfer und kannte seine Pappenheimer. Für so viele seiner Jungs hatte er sich eingesetzt, während sie noch im Gefängnis saßen, und versucht, draußen ehrliche Arbeit für sie zu finden.

Allerdings wusste Ben nur zu gut, wie rasch einige der Jungs wieder auf die schiefe Bahn gerieten. Leicht verdientes Geld war zu verführerisch, weshalb er nahezu täglich auf verlorenem Posten kämpfte. Trotz aller intensiven Beratung und beruflicher Begleitung waren schwindelerregende neunzig Prozent der Männer, mit denen er zu tun hatte, Wiederholungstäter. Sie hatten nicht das geringste Interesse daran, ehrlich zu werden, sondern trieben sich bald wieder mit ihren alten Freunden herum, waren zu allem bereit, was mehr Profit brachte als eine Festanstellung, und gingen das Risiko ein, früher oder später erneut in Wheatfield zu landen.

Wenn Ben sich nach der letzten Besprechung von ihnen

verabschiedete, wäre er meistens jede Wette eingegangen, dass sie über kurz oder lang wegen irgendeiner anderen Straftat oder Ordnungswidrigkeit wieder vor ihm stehen würden.

Und genau aus diesem Grund war Jake Keane so eine willkommene Abwechslung gewesen. Er wollte sich wirklich ändern und nicht mehr in den alten Trott zurückfallen. Begegnungen mit Männern wie Jake bestätigten Ben in der Überzeugung, dass er einen sinnvollen Beruf ausübte.

Jake und er hatten sich auf Anhieb gut verstanden. Sie waren etwa gleichaltrig und beide Bücherwürmer, hatten ähnliche Interessen und den gleichen lockeren und lässigen Sinn für Humor. Jake war jemand, von dem man sicher noch hören würde, hatte Ben sich gedacht. Denn ein Mann wie er würde dank seines Engagements und seiner Selbstdisziplin sicher keine fünf Jahre brauchen, um es in der Freiheit zu etwas zu bringen. Und in der ersten Zeit hatte er auch recht behalten.

Dann, vor etwa zehn Tagen, hatte Ben spätabends einen Anruf von Jake bekommen, der ihn in seiner entwaffnend bescheidenen Art gefragt hatte, ob er ein paar Tage bei ihm übernachten dürfe. Er habe nichts dagegen, auf dem Sofa zu schlafen, falls er nicht störe. Er müsse sich nur über ein paar Dinge klar werden und brauche jemanden, dem er vertrauen könne. Da Ben Jake schon immer gemocht hatte, hatte er sofort zugesagt. Wenn der Mann in Schwierigkeiten steckte, würde ihn unter seinem Dach zumindest niemand belästigen. Oder überhaupt wissen, wo er ihn finden konnte.

Allerdings war Jake bis jetzt nicht sehr mitteilsam gewesen. Er hatte nur gesagt, er habe nun eine Festanstellung als Lehrer, die ihm große Freude mache, und offenbar war er auch erfolgreich darin. Als Ben ihn fragte, wo er gewohnt habe, hatte Jake nur ausweichend erwidert, in einer Wohnung, die er nun nicht mehr benutzen könne. Er werde sich rasch etwas Neues suchen und benötige nur eine Unterkunft für den Übergang.

Ben musste zugeben, dass Jake ein angenehmer Mitbewohner war, obwohl er viel stiller und ernster wirkte als früher. Jake war schon immer ein umgänglicher Mensch gewesen, und Ben genoss noch immer seine Gesellschaft. Jedoch hatte sein Freund, anders als früher, nicht mehr immer einen Scherz auf den Lippen, sondern strahlte eine düstere Leere aus. Etwas Persönliches, wie Ben vermutete. Vielleicht eine Frau? Wenn ja, war er bei ihm an der richtigen Adresse, denn Ben war ein guter Zuhörer.

Ben trank einen Schluck lauwarmen Kaffee aus der Tasse, die vor ihm stand, und blickte geistesabwesend hinaus auf seinen Garten. Er musste unwillkürlich schmunzeln: Dort draußen stand Jake und trug Bens fünfjährigen Sohn Josh huckepack. Josh kreischte vor Lachen und schien großen Spaß zu haben. Es war so schön, den Jungen einmal von Herzen lachen zu hören, etwas, das trotz Bens Bemühungen in diesem Haus nur sehr selten geschah.

Nicht seit … nun, seit …

Kurz wanderten seine Augen von seinem Sohn und Jake, die im Garten herumtollten, zu dem Foto auf seinem Schreibtisch. Susan und er an ihrem Hochzeitstag. Das war neun Jahre her, und seitdem war so viel geschehen. Sie sah auf dem Foto so atemberaubend aus. Große braune Augen, die denen von Josh sehr ähnelten, und ein sorgloses Lächeln.

Vier Jahre waren sie verheiratet gewesen, vier Jahre, ohne dass etwas ihr Glück gestört hätte, und das konnten nicht viele Paare von sich behaupten. Susans Krebserkrankung kurz vor ihrem dreißigsten Geburtstag hatte sie völlig überrascht. Ben hatte während der Chemotherapie und der anschließenden Erholungszeit jeden Tag ihre Hand gehalten und ihr versichert, dass alles gut werden würde.

»Wenn das das Schlimmste ist, was uns passieren kann«, versuchte er, sie aufzuheitern, »dann schaffen wir es schon.«

Allerdings war es noch längst nicht das Schlimmste. Die größte aller Tragödien hatte sich das Schicksal für das Weihnachtsfest vor zwei Jahren aufgespart, als Josh gerade drei gewesen war. Nun musste sich Ben dem schlimmsten Albtraum aller Eltern stellen. Wenn er den Schmerz kaum ertrug, weil er Susan so jung verloren hatte, wie sollte ein kleiner Junge dann damit zurechtkommen? Würde er sich überhaupt an seine Mum erinnern? Daran, was für ein lebensfroher, fröhlicher, wundervoller und warmherziger Mensch sie gewesen war? Seitdem erzählte Ben ihm jeden Tag, wie sehr seine Mummy ihn geliebt hatte, dass sie ihm vom Himmel aus zusah und dass sie sehr stolz auf ihn war. Dennoch konnte er nicht leugnen, dass der Junge seine Mutter vermisste und sehr darunter litt. Das war ja nur natürlich.

Er warf einen letzten Blick auf Susans Foto, um sich Mut zu machen, und ging dann hinaus in den Garten, um die Hiobsbotschaft so schonend wie möglich zu überbringen.

Kapitel fünfzehn

Seltsam, doch rückblickend sollte Eloise diesen unwirklichen Moment betrachten, als sei eigentlich nicht sie selbst dabei gewesen, sondern ein Avatar, der für einen Tag in ihre Haut geschlüpft war. Es dauerte ziemlich lange, bis sie den Ablauf der Ereignisse überhaupt rekonstruieren, geschweige denn verarbeiten konnte. Allerdings war sie ziemlich sicher, dass der Albtraum in den frühen Morgenstunden begonnen hatte, als sie in ihrem Büro saß, den Leitartikel für den nächsten Tag heruntertippte und dabei gleichzeitig fünf andere Dinge tat.

Dann: ein Klopfen an der Tür. Sir Gavin höchstpersönlich, leger mit einem Golfpulli und einer Stoffhose bekleidet, als hätte man ihn überraschend vom Golfplatz geholt und wegen eines Notfalls in die Redaktion geschleppt. Sofort schrillte in Eloises Kopf eine Alarmglocke. Was zum Teufel wollte er hier? Morgens war er fast nie im Büro und sogar dafür berüchtigt, dass er, wenn möglich, bis zur Mittagspause einen großen Bogen um das Gebäude machte. Noch besorgniserregender war, dass die Tyrannosaurier sie erst gestern zum wöchentlichen Rapport einbestellt und ihr die Hölle heißgemacht hatten. Warum wollte er sie heute also schon wieder sprechen? Und warum rief er sie nicht an und zitierte sie nach oben in die Chefetage wie üblich?

Außerdem sprach er sie nicht mit Madame Editrix an.

Ein. Sehr. Schlechtes. Zeichen.

»Kommen Sie herein, setzen Sie sich«, brachte sie einigermaßen ruhig heraus, auch wenn ein leichtes Händezittern verriet, wie nervös sie war.

»Wir müssen miteinander reden«, begann Sir Gavin, während er sich in den Sessel ihr gegenüber sinken ließ. Er hatte eine Zeitung unterm Arm, die er nun gespielt beiläufig auf seinem Schoß ausbreitete. Ärgerlicherweise mit der Schlagzeile nach unten, sodass Eloise sie nicht lesen konnte. Allerdings war sie ziemlich sicher, dass es sich um den *Chronicle*, das Konkurrenzblatt, handelte.

Was wollte Sir Gavin damit?

»Nur eine kleine Unterredung unter vier Augen, Eloise, ehe sich der Vorstand mit Ihnen befasst. Ich fand, das ist das Mindeste, was ich für Sie tun kann.«

Oh mein Gott, dachte sie. Das ist ja noch viel schlimmer, als ich geglaubt habe.

»Sagt Ihnen der Name Michael Courtney etwas?«

Sie nickte wortlos. Plötzlich wurde ihr flau im Magen, denn ihre jahrelange Erfahrung verriet ihr, worauf er hinauswollte.

»Es ist mir zu Ohren gekommen ...«

Durch Seth Coleman natürlich, dachte sie geistesgegenwärtig wie immer. Wer sonst sollte ihr so etwas antun?

»... dass Sie aus irgendwelchen persönlichen Gründen einen Artikel über ihn haben sterben lassen, Eloise. Was haben Sie dazu zu sagen?«

Sie biss sich auf die Zunge und war nicht sicher, wo sie anfangen sollte. Sir Gavin kannte die ganze Wahrheit, davon war sie überzeugt. Jemand hatte sie ihm eingeflüstert. Also blieb ihr nichts anderes übrig, als den Stier bei den Hörnern zu packen.

»Weil«, stammelte sie verlegen, »mir die Geschichte zu diesem Zeitpunkt nicht ausreichend nachrichtenwürdig erschien.«

Eine faule Ausrede. Dass er das wusste, wurde ihr klar, sobald sie die Worte ausgesprochen hatte.

»Nicht nachrichtenwürdig?«, wiederholte er und musterte sie kühl. »Der Bandenchef, der den Großteil des Heroinhandels in dieser Stadt kontrolliert? Dessen Terrorregime auf derselben Ebene anzusiedeln ist wie die Entführung von Tigern, Banküberfälle und Kunstdiebstahl? Und Sie als Chefredakteurin halten das nicht für nachrichtenwürdig?«

Eloise konnte sich nicht erinnern, dass sie sich je so klein gefühlt hatte. Sie musste wenigstens versuchen, sich zu verteidigen, aber wie? Schließlich war er über alles informiert, und es war nicht schwer zu erraten, wem sie das zu verdanken hatte.

»Wie ich bereits sagte, Sir Gavin«, erwiderte sie mit dünner Stimme, »hatte ich vor, den Fortgang des Prozesses im Auge zu behalten. Doch zum fraglichen Zeitpunkt habe ich mir nichts von einer Berichterstattung versprochen ...«

»Also besteht kein Zusammenhang damit, dass Michael Courtney zufällig der Bandenchef ist, für den Ihr ... enger Freund Jake Keane gearbeitet hat? Wofür er, wie ich inzwischen gehört habe, eine Haftstrafe verbüßen musste?«

Oh mein Gott, dachte sie, er weiß wirklich alles. Aber wenn er das alles von Seth hat – wie ist der bloß dahintergekommen?

Und plötzlich fiel es ihr wie Schuppen von den Augen. Jimmy Kelly, der verdammte Schnüffler persönlich, hatte geplaudert. Wer sonst hätte diese Informationen besitzen sollen? Hatte sie selbst Jake nicht auf diesem Wege gefunden?

Für Seth Coleman war es sicher ein Kinderspiel gewesen, ihn hinter ihrem Rücken auszuhorchen.

Sie fühlte sich mulmig, als ihr die Tragweite der Ereignisse bewusst wurde. Denn sie hatte nichts in der Hand. Sie wusste es. Sir Gavin wusste es. Ausgespielt. Sie hatte die Sache so richtig in den Sand gesetzt. Und wofür? Für einen Mann, der sie nicht zurückrief, der sich in Luft aufgelöst hatte und den sie wahrscheinlich nie wiedersehen würde.

Aber wenn sie glaubte, das Schlimmste ausgestanden zu haben, hatte sie sich schwer geirrt.

»Und als ob es nicht schon böse genug für Sie aussehen würde«, fuhr Sir Gavin fort, griff nach dem *Chronicle* und warf ihn ihr über den Schreibtisch hinweg zu, »hat man mich heute Morgen im Golfclub auf das hier hingewiesen. Jimmy Doorley hat ihn, sagen wir mal, zufällig vom Firmenwochenende wiedererkannt.«

Gütiger Himmel, was noch?, dachte Eloise, schnappte sich die Zeitung und überflog in blitzartiger Geschwindigkeit die Titelseite. Doch sie konnte nichts entdecken. Also las sie die Schlagzeilen noch einmal, nur für den Fall, dass sie etwas übersehen hatte, aber nichts. Im Grunde genommen wurden nur die Meldungen der *Post* übernommen. So eine faule, phantasielose Bande, sagte sie sich ärgerlich.

»Schauen Sie auf Seite fünf nach«, meinte Sir Gavin gelassen, ja, beinahe gleichmütig.

Eloise gehorchte, und da stand es schwarz auf weiß, damit alle Welt es lesen konnte.

Ihr schlimmster Albtraum war Wirklichkeit geworden. Genau das, was sie immer zu vermeiden versucht hatte, war eingetreten.

Wie immer hatte Joe McHugh, ihr Gerichtsreporter, den

richtigen Riecher gehabt. Und da sie nicht zugegriffen hatte, hatte die Konkurrenz es getan.

Neben einem halbseitigen Foto von Michael Courtney und einer vollständigen Auflistung der Anklagepunkte verkündete eine fünf Zentimeter hohe Schlagzeile: Und hier sind seine treuen Helfershelfer … Darunter waren fünf Namen aufgeführt, doch erst als sie den letzten las, krampfte sich ihr das Herz zusammen.

»… was uns zu dem Jüngsten seiner Handlanger bringt, der verurteilt wurde, weil er bei dem Überfall auf die Allied Irish Banks 2010 in Arklow den Fluchtwagen gefahren hat. Jake Keane. Allerdings tritt Keane, 34, unter verschiedenen Decknamen auf und wurde vor Kurzem auf Bewährung aus dem Gefängnis Wheatfield entlassen …«

Und es wurde noch schlimmer.

Da war auch ein Foto von Jake, allerdings ein schlechtes.

»Also, Eloise, habe ich folgende Frage an Sie«, sagte Sir Gavin mit hochrotem Kopf. »Wie lange wird es wohl dauern, bis die Verbindung zwischen Ihnen und Jake Keane ans Licht kommt? Und was dann? Sie verstehen doch sicher, dass ich die heilige Pflicht habe, den Ruf unserer Zeitung zu schützen.«

Sie konnte ihm nicht in die Augen schauen, spürte jedoch seinen lodernden Blick und wusste, dass sie antworten musste. Ganz gleich, was. Im nächsten Moment stellte sie fest, dass ihre Lippen sich zwar bewegten, aber kein Mucks herauskam. Es war zwecklos einzuwenden, dass Jake sich nur der Verführbarkeit schuldig gemacht hatte und nicht fähig gewesen war, sich gegen falsche Freunde abzugrenzen, die er schon seit frühester Jugend kannte. Es hatte auch keinen Sinn zu erklären, dass er für sein Verbrechen gebüßt und seine Schuld gegenüber der Gesellschaft beglichen hatte.

In Sir Gavins Augen fiel Jakes schlechter Ruf auch auf sie zurück, und damit war Schluss. Es war aus. Sie hatte eine Story sterben lassen, um Jake zu schützen. Nun war es nur noch eine Frage der Zeit, bis sie selbst zur Akteurin in dieser Story werden würde.

»Wie möchten Sie weiterverfahren?«, fragte sie und war selbst überrascht, dass sie inzwischen wieder ein wenig ruhiger klang.

Sir Gavin lehnte sich zurück und seufzte tief auf.

»Ich habe Sie sehr gern, Eloise, aber das wissen Sie ja.«

Sie wusste das zwar nicht, da er sie in all den Jahren ihrer Zusammenarbeit stets nur kühl, sachlich und distanziert behandelt hatte, doch sie lächelte dennoch höflich.

»Allerdings fürchte ich, dass Ihnen aus dieser Sache niemand heraushelfen kann. Sicher brauche ich Ihnen nicht zu sagen, dass der Vorstand die Angelegenheit als einen schweren Fall von unprofessionellem Verhalten werten wird. Immerhin sind Sie eine Persönlichkeit des öffentlichen Lebens und allgemein bekannt. Vermutlich wird die Konkurrenz sich die Hände reiben, wenn sich das herumspricht. Die Chefredakteurin einer seriösen Zeitung muss über jeglichen Tadel erhaben sein, und leider …«

Eloise war ihm wirklich dankbar, dass er den Satz nicht beendete.

»Hören Sie, Eloise«, fuhr er in einem gütigen Tonfall fort, der sie überraschte. »Sie sind eine kluge Frau. In Ihrer Position kommt Ihnen sicher einiges zu Ohren. Außerdem läuft Ihr Vertrag ohnehin in wenigen Wochen aus. Falls Sie also etwas von, sagen wir mal, einem Konkurrenzblatt erfahren, schauen Sie sich die Sache an. Vielleicht sollten Sie auch mit ein paar Headhunting-Agenturen sprechen. Ich werde in der

Chefetage ein gutes Wort für Sie einlegen und Ihren Abschied so würdevoll wie möglich gestalten. Ich stelle Ihnen auch gerne ein ausgezeichnetes Arbeitszeugnis aus. Natürlich werden Sie sich mit dem gesamten Vorstand treffen müssen, um die Angelegenheit weiter zu erörtern. Je früher, desto besser. Ich erledige die notwendigen Anrufe, damit alles so schnell wie möglich über die Bühne geht.«

Sie brachte keinen Ton mehr heraus und konnte sich weder rühren noch verstehen, was er ihr durch die Blume mitzuteilen versuchte. Stattdessen waren da nur ein Gefühl der Benommenheit und die Erwartung des scharfen Schmerzes, der noch kommen würde.

»Aber ich muss wohl kaum betonen, dass es nicht gut für Sie aussieht. Ganz und gar nicht.«

»Ich weiß«, flüsterte sie. Ihr war von Anfang an klar gewesen, dass es darauf hinauslaufen würde, wenn die Wahrheit über Jake jemals ans Licht kam.

»Darf ich mir noch eine persönliche Anmerkung erlauben?«, fügte Sir Gavin hinzu, während er sich aus dem Sessel hievte und sich zum Gehen anschickte. »Wirklich, Eloise, ein ehemaliger Knastbruder? Ein dahergelaufener Sträfling? Und ausgerechnet Sie lassen sich mit so jemandem ein. Sie wissen doch sicher, dass das der absolute Wahnsinn ist.«

Sie konnte nur wortlos nicken. Natürlich wusste sie das. In letzter Zeit kreisten ja all ihre Gedanken darum.

»Allerdings muss ich zugeben«, lauteten seine abschließenden Worte, »dass ich ziemlich überrascht war, das zu hören. Ich habe Jake für einen vollendeten Gentleman gehalten, als wir uns kennenlernten.«

»Das ist er auch«, brachte sie nur heraus.

Was man von mehr als neunzig Prozent der Leute, mit

denen ich zusammenarbeite, nicht behaupten kann, sagte sie sich, als die Tür mit einem entschlossenen und sehr endgültigen Krachen hinter Sir Gavin ins Schloss fiel.

Die Geschichte breitete sich aus wie ein Virus. Eloise stand unter Schock und verbunkerte sich den restlichen Vormittag in ihrem Büro.

Bitte mach, dass es sich nicht herumspricht, schickte sie ein Stoßgebet gen Himmel. Bitte mach, dass es jetzt ausgestanden ist und dass es nicht noch schlimmer wird ... bitte lass mich mit einem blauen Auge davonkommen ... ich brauche diesen Job, denn ohne ihn ... was bin ich denn ohne ihn ...?

Ab und zu keimte Hoffnung in ihr auf. Schließlich, versuchte sie sich Mut zu machen, hatten nur wenige sie zusammen mit Jake gesehen. Sie hatten ihre Freundschaft stets vertraulich behandelt. Wer von den Leuten, mit denen sie täglich Umgang hatte, konnte eine Verbindung zwischen ihr und Jake herstellen? Eigentlich nur Helen und ihre Kollegen.

Wie sie sich zu ihrer Schande eingestehen musste, hätten die meisten von ihnen sie noch vor ein paar Monaten mit Vergnügen an die Medien verhökert. Alles wäre ihnen recht gewesen, um ihrem Dasein als Chefredakteurin ein Ende zu bereiten. Aber das hatte sich inzwischen doch geändert, richtig? Oder machte sie sich da etwas vor? Sie verstand sich inzwischen ja so gut mit allen. Weshalb also sollte ihr jemand ans Leder wollen?

Und so führten ihre Grübeleien immer wieder zu ein und demselben Ergebnis: Hinter dem Debakel konnten nur die hinterhältigen, böswilligen und heimtückischen Machenschaften von Seth Coleman stecken. Natürlich hatte sie nicht die geringste Chance, das zu beweisen. Aber sie war felsenfest davon überzeugt, dass er der einzige Maulwurf im ganzen

Gebäude war, der ihr schaden wollte und nicht zögern würde, seine Informationen weiterzugeben.

Es war völlig zwecklos, sich auf die Arbeit konzentrieren zu wollen. Der altbewährte Zauber wirkte plötzlich nicht mehr. Stattdessen ging sie alle drei Minuten ins Internet und googelte sich selbst, um sich zu vergewissern, dass sie noch nicht in den Skandal verwickelt war. Wenn sie mit zitternden Fingern »Eloise Elliot« in den Suchbalken eintippte, stieß sie auf buchstäblich Tausende von Ergebnissen. Doch eine rasche Durchsicht bestätigte ihr stets, dass es sich nur um berufliche Inhalte handelte. Artikel und hin und wieder ein Foto von ihr, leichenblass und im schwarzen Kostüm neben den Tyrannosauriern, die mit geröteten Gesichtern und in grauen Anzügen einen leicht angeheiterten Eindruck machten.

Also gut ... kein Grund zur Sorge. Zumindest noch nicht.

Das Glück blieb ihr bis zur Mittagspause hold, und schließlich war es Robbie, der ihr die Hiobsbotschaft überbrachte. Er hatte den Takt und, nicht zu vergessen, das Mitgefühl, sie zu warnen, weil es sich inzwischen herumgesprochen hatte.

Robbie klopfte diskret an die Tür, steckte den weißen Haarschopf herein und fragte sie höflich, ob er kurz mit ihr sprechen könne. Noch nach einigen Stunden hatte sie lebhaft vor sich, wie er leise die Tür hinter sich geschlossen und dann ihren Schreibtisch umrundet hatte, um es ihr zu sagen.

Die Story war auf dem Tisch. Robbie hatte gerade bei Twitter etwas über sie und Jake gelesen. Der Benutzername des Verfassers klang frei erfunden, aber das galt ja eigentlich für alle. Und um es noch schlimmer zu machen, hatte der Übeltäter einen Link zu einem Foto von ihr und Jake gepostet, das Robbie ihr nun zögernd zeigte. Mit zitternder Hand klickte sie den Link an ... und da waren sie beide und sahen aus wie der Inbegriff eines Liebespaars: Eloise in dem silbern schimmernden, eng anliegenden Kleid und Jake, wie er den Arm um sie legte. Sie hatte Mühe, die heißen Tränen zu unterdrücken, die ihr in die Augen traten. Sie wirkten so … es gab kein anderes Wort dafür … glücklich.

»Chefredakteurin und Ex-Sträfling bei einem romantischen Wochenende in luxuriösem Fünf-Sterne-Hotel«, lautete die marktschreierische Bildunterschrift.

Entsetzt sackte Eloise in ihrem Sessel zusammen und starrte ins Leere. Das verdammte Firmenwochenende. Jemand hatte sie fotografiert und das Bild per Twitter verbreitet. Wer der Übeltäter war, war nicht schwer zu erraten. Allerdings wusste Eloise nur zu gut, dass sie es dem Schuldigen niemals würde nachweisen können, so gern sie das auch getan hätte. Aber nein, Seth war mit äußerster Vorsicht zu Werke gegangen. Selbst sein Twitter-Konto lief unter einem Decknamen: @besorgter_buerger. Herrgott, was war denn das für ein Benutzername? Jedenfalls hatte sie keine Chance, ihn zur Rede zu stellen.

Außerdem musste sie sich eingestehen, dass die Geschichte bis auf das »romantische Wochenende« zu hundert Prozent wahr war. Sie konnte nichts abstreiten, dementieren oder sich wie ein Politiker aus der Affäre ziehen. Ihre einzige Hoffnung war, dass rasch Gras über die Sache wachsen würde.

Gut, inzwischen war ihr kotzübel. Und ein Blick in die traurigen Augen des armen Robbie bestätigte ihre schlimmsten Befürchtungen: Alle, die in diesem Gebäude arbeiteten, wussten Bescheid.

Und damit nicht genug. Sobald Informationen bei Twitter auftauchten, konnten die Zeitungen blitzschnell zugreifen. Twitter war ein Gottesgeschenk für faule Journalisten.

Sich dort eine Story herauszusuchen war schon die halbe Miete.

Und der Skandal war perfekt.

Wo würde das alles enden?

Im nächsten Moment musste sie an Lily denken. Ein Albtraum. Würde sie auch in die Sache hineingezogen werden? Würde jemand einen Zusammenhang zwischen Jake und Lily vermuten? Bei der bloßen Vorstellung geriet sie in Panik. Sie musste Helen anrufen und sie bitten, das Haus nicht zu verlassen und Lily gut zu verstecken, bis sie zurück war …

»Eloise, ist es sehr schlimm?«, fragte der arme Robbie und musterte sie ausgesprochen besorgt. Sie zuckte zusammen, denn vor lauter Nachgrübeln über ihre Ängste hatte sie ganz vergessen, dass sie nicht allein war. »Ich bin immer für dich da. Wir alle sind das. Und falls ich etwas für dich tun kann …«

Irgendwie gelang es ihr, seinen Worten zu folgen und ihn sogar, den Tränen nah, zittrig anzulächeln.

»Das weiß ich, Robbie … vielen Dank«, brachte sie mühsam heraus, wobei sie beinahe zu weinen angefangen hätte. »Das ist sehr nett von dir. Aber würdest du mich jetzt bitte entschuldigen … ich muss dringend telefonieren.«

Kapitel sechzehn

Noch nie in ihrem ganzen Leben hatte sich Helen Elliot Sorgen um ihre Schwester gemacht. Schließlich hatte es dafür nie einen Grund gegeben. Sorgen? Um Eloise? Um die Frau, die völlig unabhängig war und mit links das ganze Land hätte regieren können? Absolut zwecklos.

Doch nun war Helen wirklich und wahrhaftig besorgt.

Sie hatte Eloise aufmerksam beobachtet und erkannte klar und deutlich, dass ihre Schwester nicht mehr sie selbst war. Und zwar seit dem Firmenevent. Bis zu dem fraglichen Wochenende war sie offen, freundlich, gesprächig und schlagfertig gewesen, sodass es Spaß machte, mit ihr zusammen zu sein. Inzwischen zog sie sich wieder zurück und schleppte sich meistens schweigsam und niedergeschlagen durchs Haus.

Außerdem aß und schlief sie nicht. Helen schloss das daraus, dass ihr seit einiger Zeit weicher und rosiger gewordenes Gesicht allmählich wieder bleich und eingefallen wurde. Nacht für Nacht hörte sie, dass sie im Arbeitszimmer auf dem Computer tippte und, wenn überhaupt, frühestens um drei oder vier Uhr morgens zu Bett ging.

Bis zu diesem verdammten Wochenende hatte sie so eine schöne Zeit mit Eloise gehabt, sagte sie sich. So viele Jahre lang hätte sie das nicht für möglich gehalten. Und jetzt war es plötzlich vorbei.

Allerdings gelang es ihr nicht, ihre Schwester auf das

Thema anzusprechen. Natürlich kam Eloise noch immer jeden Abend pünktlich von der Arbeit nach Hause, um Lily zu sehen, ihr etwas vorzulesen und mit ihr zu spielen, bevor sie ins Bett musste. Das waren die einzigen Momente, wenn Helen den Anflug eines Leuchtens in ihren müden Augen bemerkte. Doch ansonsten war sie einsilbig. Wenn Helen sich nach ihrem Befinden erkundigte, lautete die Antwort: »Ach, gut, so wie immer. Ich geh mal ins Arbeitszimmer und frage meine Mails ab.«

Das war alles bloß wegen Jake, das war Helen sonnenklar. Die Frage war nur, was sie nun tun sollte. Eloise hatte ihr alles erzählt, und Helen hatte nicht gewusst, was sie sagen sollte. Sie wagte kaum, sich auszumalen, was Jake empfunden haben mochte, als er die Wahrheit erfuhr. Und eigentlich konnte sie es ihm nicht zum Vorwurf machen, dass er jetzt ein wenig Abstand brauchte.

Vorausgesetzt, dass es wirklich nur eine vorübergehende Auszeit war.

Allerdings hatte Jake sich offenbar endgültig in Luft aufgelöst. Er war sogar mit Sack und Pack aus Helens Wohnung ausgezogen, und sie hatten keine Ahnung, wo er stecken könnte.

Helen hatte das herausgefunden, als sie eines Abends heimlich hingefahren war, während Eloise oben Lily ins Bett brachte und ihr eine Gutenachtgeschichte vorlas. Sie hielt es nämlich nicht mehr aus und konnte die tiefe Trauer ihrer Schwester nicht länger ertragen.

Offenbar bedeutete Jake Eloise sehr viel. Das konnte Helen als Expertin in Sachen Zwischenmenschlichkeit deutlich erkennen. Bis vor Kurzem hatte es ständig »Jake sagt«, »Jake findet«, »das muss ich Jake erzählen, der lacht sich kaputt«

geheißen. Helen hatte schmunzelnd zugehört und sich gefragt, ob ihre Schwester sich wohl selbst eingestand, wie wichtig er ihr war. Offenbar mochte sie ihn wirklich, denn anders als früher kämpfte sie sich nicht mehr verbissen durchs Leben oder verschloss sich gegenüber ihren Mitmenschen. Außerdem schien er großartig zu Eloise zu passen, die weniger einen Lebenspartner als einen wirklichen Freund brauchte. Allerdings war ihre Schwester, wie Helen nur zu gut wusste, schon seit ihrer Kindheit eine Meisterin darin, ihre Gefühle zu verbergen, sodass es ihr in Fleisch und Blut übergegangen war, sie nicht einmal selbst zur Kenntnis zu nehmen.

Im nächsten Moment hatte Helen eine Idee. Sie rief die Auskunft an und ließ sich mit der Sprachenschule in der Camden Street verbinden, wo Jake unterrichtete. Es reicht, dachte sie sich. Wenn Eloise nicht den ersten Schritt macht, erledige ich das. Ein Blick auf die Uhr verriet ihr, dass es erst halb vier war. Sicher würde sie jemanden erreichen, der zumindest wusste, wann er den nächsten Kurs geben würde.

»Englisches Spracheninstitut, wie kann ich Ihnen helfen?«, ertönte eine gelangweilt und gleichgültig klingende Stimme.

»Äh … ja, hallo. Ich suche einen Ihrer Lehrer, einen gewissen Jake Keane. Ist er da?«

»Jake Keane. Ja … das sagt mir etwas. Ich glaube, er arbeitet nur Teilzeit.«

»Könnten Sie mal bitte nachschauen, ob er da ist. Ich müsste kurz mit ihm reden, falls das geht«, bat sie höflich. »Ich weiß, dass er vermutlich gerade einen Kurs gibt, aber es ist eine Art Notfall«, fügte sie hinzu, um die Angelegenheit zu beschleunigen.

»Einen Moment, ich sehe nach«, erwiderte die Frau. Helen

hörte das Klicken einer Computertastatur. »Nein, tut mir leid, noch nicht. Er kommt erst um vier. Möchten Sie eine Nachricht hinterlassen?«

»Nein, schon gut, danke«, antwortete Helen. Ihre Gedanken überschlugen sich.

Also um vier. Wenn bis dahin nicht ein Wunder geschah, wusste sie wenigstens, wo er in nur einer halben Stunde sein würde.

Denn eines stand fest: Sie musste mit Jake sprechen. Und zwar am besten persönlich, am Telefon würde es nämlich zu leicht für ihn sein zu behaupten, dass er jetzt Schluss machen müsse. Alles würde gut werden.

In null Komma nichts hatte sie Lily zum Spazierengehen fertig macht. Gerade schob sie den Buggy aus der Tür und stellte sich der täglichen Herausforderung, ihn vorsichtig sechs holperige Steinstufen herunterzuwuchten, als plötzlich aus dem Nichts ein kleiner, gedrungener Mann mit einer Kamera um den Hals erschien und selbstbewusst den Gartenweg hinaufmarschierte.

Er schritt so zielstrebig aus, als sei er mit einer bestimmten Absicht hier.

»Moment, ich helfe Ihnen«, sagte er, griff nach dem Fußende des Buggys und hievte ihn hinunter in die Einfahrt.

»Danke«, sagte Helen automatisch. »Äh … kann ich etwas für Sie tun?«

»Ich suche Eloise Elliot. Ist sie zu Hause? Ich brauche nur ein Foto.«

Sofort schrillte in Helens Kopf eine Alarmglocke los. Wozu wollte dieser Mensch ein Foto von Eloise? Dazu hätte er doch nur bei der *Post* anzurufen brauchen. Weshalb machte er sich dann die Mühe, hierherzukommen?

Im nächsten Moment läutete ihr Telefon.

»Verzeihung«, stammelte Helen und kramte in ihrer viel zu großen und vollgestopften Tasche danach.

Es war Eloise. Sie klang ... nun, seltsam. Überhaupt nicht wie sie selbst.

»Helen, bist du zu Hause?«, fragte sie drängend.

»Nein ... eigentlich nicht. Lily und ich wollten gerade ...«

»Geh zurück ins Haus und bleib da«, erwiderte Eloise scheinbar ganz ruhig. Allerdings kannte Helen sie gut genug, um den panischen Unterton ausmachen zu können.

»Eloise, ist etwas passiert? Du hörst dich an, als hätte es eine Katastrophe gegeben.«

»Tu einfach, was ich sage. Du musst mir vertrauen. Mach unter gar keinen Umständen die Tür auf, und lass Lily nicht in den Vorgarten. Geh wieder rein, schließ ab und bleib da, bis ich nach Hause komme. Bitte, Helen. Frag jetzt nicht, ich erkläre dir später alles.«

»Äh, es ist schon jemand hier, der ein Foto von dir will ...«

»Oh mein Gott ...«, drang Eloises zitternde Stimme aus dem Hörer. Also war der Zug abgefahren. Der Albtraum hatte begonnen.

Leider viel früher, als sie gedacht hatte.

»Keine Sorge. Wir gehen rein und bleiben drinnen«, antwortete Helen so beruhigend sie konnte.

»Sofort, Helen. Beeil dich. Und geh nicht ans Telefon oder an die Tür, bis ich alles geregelt habe.«

»Liebes, was ist los? Hast du etwas?«, fragte Helen. Sie war kurz abgelenkt, und der Bruchteil einer Sekunde, den sie den Blick abwendete, genügte. Die Digitalkamera wurde erst auf ihr Gesicht gerichtet, dann auf das von Lily ...

»Lassen Sie das!«, schrie sie den Fotografen an und versuchte, Lilys Gesicht zu verdecken. »Ich will nicht, dass Sie mich fotografieren …«

»Helen?«, erkundigte sich Eloise in heller Angst. »Macht jemand Fotos von dir und von Lily?«

»Nur ein Schnappschuss, meine Liebe«, sagte der Fotograf, der ahnte, dass jede Minute die Höllenhunde auf ihn gehetzt werden würden. »Das ist doch Eloises Tochter, oder?«

Zwei Minuten später hatte Helen unter Aufbietung all ihrer Kräfte den Buggy wieder die Treppe hinaufgezerrt, bedachte den Fotografen mit einem möglichst finsteren Blick und ließ den Türriegel mit einem lauten Krachen einrasten, damit der Mistkerl es auch hörte.

»Eloise, bist du noch dran?«, keuchte sie ins Telefon. »Erzähl mir endlich, was los ist. Dieser Typ hat Lily und mich einfach fotografiert, obwohl ich es ihm verboten habe … was will er denn mit einem Foto von uns? Was, um Himmels willen, ist geschehen?«

»Okay, du musst jetzt ganz ruhig bleiben«, entgegnete Eloise und wünschte dabei, sie könnte ihren eigenen Rat beherzigen. Denn wenn bereits der erste Fotograf aufgekreuzt war, würden andere sicher mit Lichtgeschwindigkeit folgen. Und falls es einer von ihnen wagen sollte, Lily mit hineinzuziehen …

Jetzt war Improvisieren angesagt. Sie sprach weiter.

»Helen, hör zu. Wie heißt noch mal das kleine Mädchen, von dem Lily immer spricht? Rose? Das Kind, mit dem sie morgen einen Spieltermin hat?«

»Ja … was ist mit ihr?«

»Du verstehst dich doch sehr gut mit ihrer Mum, richtig?«

»Ellen … ja. Aber warum willst du das wissen? Eloise, jetzt mach schon endlich den Mund auf. Allmählich kriege ich Angst.«

»Kannst du sie anrufen und sie fragen, ob Lily heute bei Rose schlafen darf? Mehr brauchst du ihr nicht zu verraten. Vertrau mir einfach. Ich möchte nicht, dass Lily heute Nacht zu Hause ist. Keine Sorge, ich erkläre dir alles, wenn ich zurück bin.«

Entsetzt stimmte Helen zu und legte auf. Dass Eloise Lily erlaubte, anderswo zu übernachten, war noch nie vorgekommen, sosehr das Kind auch betteln mochte.

Helen hatte nicht die leiseste Ahnung, was da gespielt wurde. Aber sie würde es ja bald genug herausfinden. Bis dahin hatte sie Dringenderes zu tun.

Während Lily im Hintergrund jammerte, griff sie wieder zum Telefon und wählte die Nummer der Sprachenschule.

»Tante Helen«, schluchzte Lily, die noch im Buggy saß, »warum sind wir reingegangen? Können wir bitte wieder rausgehen? Mir ist so schrecklich langweilig. Ich will gehen!«

Helen zauste beruhigend ihr Lockenköpfchen und kramte ein Päckchen Schokolinsen aus ihrer Tasche, um sie aufzuheitern … zumindest für den Augenblick.

»Pst, Lily, sei ein braves Mädchen. Vielleicht habe ich für heute Abend sogar noch eine bessere Überraschung. Aber dazu musst du mucksmäuschenstill sein und mich telefonieren lassen.«

»Was für eine Überraschung?« Lily musterte sie argwöhnisch. Ihr Weinen verstummte, während sie über diese Option nachdachte.

»Einen Moment, Schatz«, sagte Helen, als jemand ans Telefon ging.

»Englisches Spracheninstitut«, meldete sich dieselbe gelangweilte Stimme wie zuvor.

»Hallo, ich habe vor ein paar Minuten schon einmal angerufen, um Jake Keane zu sprechen. Ist er inzwischen da? Ich muss wirklich dringend mit ihm reden.«

»Nein, tut mir leid, noch nicht. Außerdem kommt er zu spät zum Unterricht. Sie können ja eine Nachricht hinterlassen, wenn Sie möchten.«

»Mach schon, Tante Helen … ich will wissen, was das für eine Überraschung ist. Jetzt!!!«, kreischte Lily vom Kinderwagen aus. Helen musste einsehen, dass es zwecklos war. So höflich sie konnte, hinterließ sie Namen und Telefonnummer und legte auf, um sich um Lily zu kümmern. Inzwischen verstand sie die Welt nicht mehr.

Wenn Jake nicht bei der Arbeit war, wo er eigentlich hätte sein sollen, wo war er dann?

Im selben Moment saß Jake, den Kopf in die Hände gestützt, in Bens kleinem Arbeitszimmer vor dem Computer und war völlig verzweifelt.

Denn nun war der schlimmstmögliche Fall eingetreten. Das, wovor er sich am meisten gefürchtet hatte. Courtney kam vor Gericht, und er wurde in den Skandal hineingezogen. Gut, dass Ben ihn gewarnt hatte, als sein Name mit Foto heute Morgen in der Zeitung gewesen war. Allerdings ahnte Ben nicht, was das für Folgen haben würde. Er hatte sich nur Sorgen um Jakes Ruf an der Sprachenschule gemacht und befürchtet, dass er vermutlich seine Stelle verlieren würde. Anfangs war es ihm ganz ähnlich gegangen.

Nur, dass das seit etwa fünf Minuten sein geringstes Problem war. Als Jake die Geschichte aufmerksam weiter verfolgt hatte, hatte er bemerkt, dass nun auch Eloise in die Angelegenheit verwickelt war. Und jetzt hatte er es vor sich, gestochen scharf in der Online-Ausgabe der *Evening News* … ein Foto von ihnen beiden, aufgenommen an jenem Abend … dazu ein seitenfüllender Artikel, dessen Inhalt jedoch zum Großteil frei erfunden war.

»Eloise Elliot, der allseits bekannten Chefredakteurin der *Post*, wurden heute Verbindungen zu Michael Courtney nachgewiesen, dessen Fall nächste Woche vor Gericht verhandelt wird. Offenbar ist Ms. Elliots langjähriger Lebenspartner Jake Keane als Fahrer bei Courtney beschäftigt und wurde vor Kurzem aus dem Gefängnis Wheatfield entlassen, wo er eine zweijährige Haftstrafe verbüßt hat …«

Jake brachte es kaum über sich weiterzulesen. Vom schlechten Gewissen geplagt versuchte er, Eloise mobil anzurufen, doch es läutete, ohne dass sie sich gemeldet hätte. Auch der zweite Versuch war vergeblich. Deshalb hinterließ er ihr eine Nachricht, aber sie rief nicht zurück.

Also musste es viel schlimmer um sie stehen, als er gedacht hatte.

Mist, sagte er sich entsetzt. Seine Gedanken überschlugen sich, und er hatte die schrecklichsten Befürchtungen. Warum war er ihr seit diesem elenden Wochenende aus dem Weg gegangen? Weil er sich in Selbstmitleid gesuhlt hatte, das war der Grund. Er hatte sich verkrochen und nach dem Schock seine Wunden geleckt. Wie ihm inzwischen klar war, hatte er Nabelschau betrieben und niemanden sehen oder sprechen wollen, bis er wieder einen klaren Kopf hatte. Er wusste nicht, wie er Ben dafür danken sollte, dass er ihm eine Unterkunft gegeben hatte, als er mit dem Rücken zur Wand stand.

Und nun das. Der Himmel allein wusste, was Eloise durchgemacht hatte, seit es die Spatzen von den Dächern pfiffen ... und sie ging einfach nicht ans Telefon, verdammt ...

Melde dich, bitte melde dich ...

Wie mochte sie sich wohl fühlen?, fragte er sich voller Angst. Und im nächsten Moment fiel ihm noch etwas Schreckliches ein.

Ihre Tochter. Seine Tochter. Mein Gott, was, wenn es den Medien gelang, das kleine Mädchen in die Sache hineinzuziehen ... Lily ...

Zwei Minuten später hastete Jake nach oben, um mit Ben zu sprechen. Er konnte sich nicht erinnern, jemals so in Panik gewesen zu sein.

»Ben«, sagte er mit belegter Stimme. Ben, der gerade eine Tasche packte, weil Josh bei einem Freund übernachten wollte, hielt in seiner Arbeit inne und erkannte auf den ersten Blick, dass eine Katastrophe passiert sein musste.

»Ganz ruhig«, meinte er. »Erzähl mir einfach, wie ich dir helfen kann.«

»Notfall. Ich brauche dein Auto.«

»In deinem Zustand lass ich dich nicht ans Steuer«, erwiderte Ben beschwichtigend. »Ich bringe dich hin.«

Kapitel siebzehn

Die letzten dreißig Minuten hatte Eloise wie betäubt und apathisch in ihrem Büro gesessen. Sie ließ das Telefon Telefon sein und achtete auch nicht auf die Mails, die mit einem nachdrücklichen Ping in ihrem Posteingang landeten. Ihr Handy war auf stumm geschaltet. Hin und wieder leuchtete ein verpasster Anruf auf … den sie standhaft ignorierte. Sie konnte nur reglos aus dem Fenster hinter ihrem Schreibtisch hinunter auf die Straße starren, wo das Leben weiterging. Die Menschen eilten geschäftig auf der Tara Street hin und her. Sie hatten etwas zu erledigen oder wurden irgendwo erwartet. So wie sie früher einmal.

Wie können sie einfach tun, als wäre nichts geschehen?, fragte sie sich. Und das, obwohl sich ihr eigenes Leben inzwischen im freien Fall befand. Ahnten sie denn nicht, welche Höllenqualen sie ausstand? Sieben lange Jahre hatte sie in diesen Arbeitsplatz investiert, und nun würde er ihr binnen Sekunden weggenommen werden. Einfach so. Ein Fehler, eine falsche Entscheidung, wie Sir Gavin es ausgedrückt hatte, und alle ihre Bemühungen waren zunichtegemacht.

Es klopfte an der Tür, und im nächsten Moment stand Ursula, Rachels Vertretung, vor ihr.

»Äh … ich störe Sie wirklich nur ungern, Eloise«, entschuldigte sie sich. »Aber ich soll Ihnen ausrichten, dass Sie seit etwa zehn Minuten oben im Sitzungssaal erwartet wer den. Es wurde eine außerordentliche Sitzung einberufen. Man hat Sie angerufen, aber Sie … Sie gehen nicht ran.«

Eloise nickte und schaffte es sogar, ihr zittrig zuzulächeln. Ob Ursula es schon weiß?, fragte sie sich. Ja, natürlich tut sie das. Inzwischen war vermutlich die ganze Redaktion im Bilde. Die Nachricht hatte sich bestimmt binnen weniger Minuten im gesamten Gebäude verbreitet wie ein Lauffeuer. Und währenddessen hatte sie sich feige in ihrem sicheren Büro verschanzt, voller Angst vor dem Gang in die obere Etage, wo ihr ein Donnerwetter bevorstand. Und alle Blicke würden ihr folgen, wohl wissend, dass sie Mist gebaut hatte.

Nun konnte sie es nicht länger hinausschieben. Schließlich war sie Auseinandersetzungen noch nie ausgewichen und würde es auch jetzt nicht tun. Also würde sie den Stier tapfer bei den Hörnern packen und den Kopf hoch erhoben tragen. Und danach würde sie sich so schnell wie möglich nach Hause flüchten, um ihre Wunden zu lecken. Nach Hause zu Lily und zu Helen, wo sie hingehörte.

Wieder klopfte es, diesmal nachdrücklicher.

»Herrgott, ich komme ja schon!«, schimpfte sie gereizt, biss sich aber sofort auf die Zunge und drehte sich um, um sich bei Ursula zu entschuldigen. Doch als sie aufblickte, war es gar nicht Ursula. Kurz verschwamm alles, und sie traute ihren Augen nicht.

Und war nicht sicher, ob sie überhaupt wieder glauben würde, was sie sah.

Denn vor ihr stand Jake.

Im nächsten Moment gewannen ihre Instinkte die Oberhand, und bevor sie Zeit zum Nachdenken hatte, warf sie sich ihm schluchzend in die Arme und weinte bittere Tränen, die sie sich sonst nie erlaubte.

»Pst, Liebling«, murmelte er beruhigend, drückte sie fest an sich und schlang beschützend die Arme um sie. »Ich habe mir solche Sorgen um dich gemacht. Ich musste einfach kommen …«

»Ach, Jake, ich habe immer wieder darüber nachgedacht, was ich dir angetan habe. Es war falsch, dich so zu täuschen …« Sie hielt inne und wischte sich die Tränen ab, die nicht mehr zu fließen aufhören wollten.

»Ach, das alles ist doch nur meine Schuld«, erwiderte er leise. »Wenn du mir nie begegnet wärst, hättest du jetzt keine Probleme. Dein Name wäre nie in den Schmutz gezogen worden …«

»Sag nicht so etwas«, flüsterte sie. Es war unbeschreiblich tröstend, sich an ihn zu klammern, seinen vertrauten Geruch zu schnuppern und sich an seine Brust zu schmiegen. Sie fühlte sich klein, zerbrechlich, ermattet und so unbeschreiblich hilflos.

»Pst, Liebling, später«, erwiderte er, und sie hätte schwören können, dass seine Stimme die einzige ruhige und freundliche war, die sie den ganzen Tag gehört hatte. »Wir reden später. Jetzt möchte ich, dass du mitkommst und einen Bogen um diesen Laden machst, bis Gras über die dämliche Geschichte gewachsen ist.«

»Ich … ich kann nicht«, antwortete sie mit dünner Stimme, die sie kaum als ihre eigene erkannte. »So einfach ist das nicht. Ich werde oben erwartet. Vom gesamten Vorstand. Das wird wie eine öffentliche Kreuzigung.«

»Aber Eloise, und wenn der Medienrummel noch so groß ist, können sie dich doch nicht rausschmeißen, weil du mich kennst. In diesem Fall könntest du sie vors Arbeitsgericht zerren.«

»Nein, das könnten sie wirklich nicht. Aber das ist auch nicht der Grund, warum sie mich rausschmeißen.«

»Sondern?«

»Weil … weißt du … ich … vor ein paar Tagen … ach, Scheiße.« Ihre Stimme erstarb, und sie fühlte sich plötzlich so schwach, dass sie sich setzen musste, damit ihr die Knie nicht nachgaben.

Vorsichtig führte Jake sie zu einem Sessel, bugsierte sie hinein, kauerte sich neben sie und streichelte ihre Hand.

»Erzähl es mir«, forderte er sie auf und sah sie an.

»Ich wusste schon vor Tagen, dass der Prozess gegen Courtney eine große Sache wird. Wir alle wussten es. Die *Post* wollte einen Artikel über ihn bringen, in dem du auch namentlich genannt worden wärst. Und deshalb habe ich die Story sterben lassen. Sie gestrichen. Natürlich hat die Konkurrenz sofort Lunte gerochen und rausgekriegt, dass wir uns kennen, und jetzt …«

Sie brach ab, denn sie konnte nicht mehr weitersprechen. Der Rest war offensichtlich. Und für eine Geschichte wie diese gab es nur ein mögliches Ende. Eines, das an eine griechische Tragödie erinnerte.

»Du hast es … für mich getan?«

Mit Tränen in den Augen schaute sie zu ihm auf und nickte wortlos.

Im nächsten Moment schloss Jake sie in die Arme.

Das Telefon läutete zum wohl hundertsten Mal.

»Das sind sie«, stellte sie fest und machte sich los. »Ich muss da durch, Jake. Ich muss rauf und mich den Vorwürfen stellen. Lass uns den Tatsachen ins Auge sehen. Mir bleibt nicht viel anderes übrig, oder?«

»Oh doch.«

Sie starrte ihn verständnislos an.

»Schau dich nur an, Eloise. Du bist ja völlig fertig und überhaupt nicht in der Lage, dich irgendjemandem zu stellen.«

»Ich weiß, ich weiß …«, stammelte sie. »Außerdem mache ich mir solche Sorgen um Helen und Lily … heute war ein Fotograf bei mir zu Hause und hat die beiden belästigt … ich … ach, Jake, du musst mir helfen, ich kann nicht mehr klar denken …«

»Damit steht es fest«, verkündete er. »Ruf den Vorstand an, melde dich krank oder sag, dass du eine Auszeit brauchst, um deine Möglichkeiten neu zu bewerten. Und dann schaffe ich dich hier raus, keine Widerrede.«

Sie betrachtete ihn fassungslos und verstand erst nicht, worauf er hinauswollte. Gehen? Einfach verschwinden und den ganzen Haufen zum Teufel wünschen?

Doch im nächsten Moment kam ihr ein überraschender Gedanke. Im Grunde genommen … interessierte es sie wirklich? Jake hatte recht, sie konnte sich kaum noch auf den Beinen halten. Wie sollte sie sich da in die Höhle des Löwen wagen?

»Hast du eigentlich noch Urlaubstage?«, fragte er und packte sie fest bei den Schultern.

Zum ersten Mal an diesem Tag des Grauens musste sie zu ihrem eigenen Erstaunen lächeln.

»Nun ja … nur die der letzten sieben Jahre.«

»Dann ist die Sache wohl eindeutig. Nimm deinen Mantel. Ich bringe dich nach Hause.«

Er hat recht, dachte sie und fühlte sich plötzlich wie von einer Zentnerlast befreit. Sollte der verdammte Vorstand die Hinrichtung ruhig verschieben. Sie war diesen Leuten doch völlig gleichgültig, weshalb also höflich zu ihnen sein? Sie hatten sie ohnehin nur nach oben zitiert, um sie hochkant rauszuschmeißen, so viel stand fest. Sollten sie doch warten. Schließlich spielte es keine Rolle, ob sie heute oder morgen die Kündigung bekam.

Es zählte nur, dass Jake wie durch ein Wunder zu ihr zurückgekehrt war. Zum ersten Mal an diesem Tag fühlte sie sich sicher … und geborgen.

»Bring mich nach Hause«, stieß sie mühsam hervor.

Teil fünf

Eloise

Kapitel achtzehn

Ich habe ja wirklich schon viele merkwürdige Dinge erlebt, aus Kriegsgebieten berichtet und politische Entwicklungen verfolgt, bis ich kaum noch geradeaus schauen konnte. Ganz zu Anfang meiner Karriere war ich sogar gezwungen, diversen zweitklassigen Promis nachzuspionieren, wenn sie aus den Wohnungen von Freundinnen kamen, von denen ihre Ehefrauen nichts ahnten. (Da ist mir Afghanistan übrigens allemal lieber.)

Aber so etwas ist mir mein Lebtag nicht untergekommen.

Nachdem ich so viele Jahre lang Nachrichtenmeldungen hinterhergejagt oder sie redigiert habe, ist es wirklich ausgesprochen seltsam, plötzlich selbst eine Nachricht zu sein.

Mein gesamtes soziales Umfeld beteuert, dass sich die Sache bald totgelaufen haben wird. Sie wiederholen es wie ein Mantra, als ob es dadurch wahr werden würde.

Allerdings weist nichts darauf hin. Die Situation spitzt sich eher zu.

Bis jetzt war ich die Geschichte auf Seite zwei von sage und schreibe vier Abendzeitungen, das Thema Nummer drei in drei Radiotalkshows, die zur Berufsverkehrszeit laufen, und der vorletzte Punkt in den Achtzehn-Uhr-Nachrichten. Vielen Dank an die Mistkerle von Channel Six. Mein großes Pech ist, dass gerade das Sommerloch ist und man mit einer Skandalgeschichte wie dieser … oh … drei Minuten Sendezeit füllen kann. Ach, und um das Maß der Demütigungen vollzumachen, bin ich zur Witzfigur geworden, über die sich die Leute nach Herzenslust die Mäuler zerreißen. »Hast du es schon gehört? Die Chefredakteurin der *Post* deckt den Knacki, mit dem sie zusammen ist.« Oder so ähnlich. Brauche ich noch mehr zu sagen? Außerdem ist ein weiteres Foto, das uns am fraglichen Wochenende zeigt, auf »geheimnisvolle Weise« aufgetaucht und ziert jetzt jede sensationslüsterne Webseite. Jake hat den Arm um mich gelegt, und wir beide biegen uns vor Lachen. Das war kurz vor dem schrecklichen Zwischenfall … damals, als zwischen uns noch alles in Ordnung war und ich mir Hoffnungen auf die Zukunft gemacht habe.

Eins liegt jedenfalls auf der Hand. Der Informant stammt aus unseren Reihen. Ich kann förmlich riechen, dass Seth Coleman hinter alldem steckt. Scheibchenweise kommen immer neue Informationen ans Licht. Für gewöhnlich werden sie bei Twitter gepostet und von dort aus aufgegriffen. Um die Sache auf direktem Wege zu verbreiten, ist er viel zu gerissen, denn so genießt er vollständige Anonymität und die Freiheit, mich mit Dreck bewerfen zu können, wie es nur unter dem Deckmantel eines erfundenen Benutzernamens möglich ist. Neun von zehn Malen enthalten die Meldungen sogar ein Körnchen Wahrheit, doch natürlich ist der Großteil maßlos übertrieben.

»Exklusiv: Lesen Sie hier, wie Eloise Elliot sich aus dem Büro davonstahl, um ihren Geliebten, einen Knastbruder, zu treffen …«, lautete eine Schlagzeile. Jake hat tapfer versucht, sie ins Lächerliche zu ziehen, aber das Lachen ist mir im Hals stecken geblieben. Was soll ich tun? Die Leute verklagen, weil Jake und ich kein Paar sind und niemals eines sein werden? Zwecklos, und das wissen die genauso gut wie ich.

Und dann sind da noch die unzähligen vagen, unbelegten und indirekten Zitate, deren Abdruck ich als Chefredakteurin niemals zugelassen hätte. Aber offenbar hat die Konkurrenz da weniger Skrupel. »Ein Freund bei der *Post* hat mir anvertraut …« und ähnlicher Mist. Jake versucht, die absurderen Meldungen mit Humor zu sehen. Wie zum Beispiel: »… Kollegen bei der *Post* berichten, dass Eloise Elliot seit ihrer Beziehung mit dem Ex-Sträfling einen, wie es heißt, völligen Persönlichkeitswandel durchgemacht und sich von einer eiskalten, arbeitssüchtigen Sklaventreiberin zu einer liebenswürdigeren und rücksichtsvollen Vorgesetzten entwickelt hat …«

Allerdings konnte ich das nicht witzig finden, weil es den Nagel auf den Kopf trifft.

Bei der Schlagzeile »Wie sie ihr Liebesleben vor ihren Chefs bei der *Post* geheim hielt …« blieb mir beinahe die Luft weg, bis Jake den Computer ausschaltete und mich gewaltsam vom Schreibtisch entfernte.

Außerdem werde ich immer wieder von Übelkeit und Panik ergriffen. Jake und Lily. Wie lange wird die Regenbogenpresse brauchen, um es herauszufinden? Ist es nur eine Frage der Zeit, bis es in allen Zeitungen steht? Denn obwohl sich die Sache inzwischen zur Hölle auf Erden entwickelt hat, bin ich so unbeschreiblich erleichtert, dass sie noch nicht hinter Jakes Verhältnis zu Lily gekommen sind.

Beim bloßen Gedanken daran wird mir heiß und kalt. Herrgott, ist es möglich? Kann so ein Albtraum Wirklichkeit sein? Anfangs hat sich ja nur ein einsamer Fotograf vor dem Haus herumgedrückt. Inzwischen drängt sich eine Horde dieser elenden Wichte vor dem Tor, alle mit riesigen Objektiven bewaffnet.

Verdammt, denke ich und werde plötzlich von Wut ergriffen. Ich wohne in einem hübschen, ordentlichen Haus mit einer Alarmanlage und einer Eingangstür mit Sicherheitsriegel und Lorbeerbäumchen davor. Und das auch noch in einer Straße, in der ein Sicherheitsdienst patrouilliert. Das hier kann doch nicht mein Leben sein. Ich bin schließlich nur eine auf Abwege geratene Zeitungsredakteurin, mehr nicht.

Aber als ich stumm auf dem Wohnzimmersofa sitze, in eine warme Decke gehüllt wie das Opfer eines Autounfalls und eine Tasse heißen Tee vor mir, von deren Anblick mir schon schlecht wird, sagt mir der winzige Teil meines Gehirns, der trotz des Nebels noch funktioniert, laut und deutlich, dass es stimmt. Das ist die Wirklichkeit. Es passiert tatsächlich. Mir. Jetzt. Und wie es aussieht, wird dieser Zustand noch eine Weile anhalten.

Jake weicht mir nicht von der Seite. Sein Arm, den er warm und beschützend um mich legt, ist in meinem derzeitigen Zustand das Einzige, was ich spüren kann. Auch Helen ist da. Und außerdem ein sehr sympathischer Mensch namens Ben Casey, der mir im Sessel gegenübersitzt. Offenbar ist er genauso besorgt wie ich, und da ich momentan wie betäubt und zu nichts in der Lage bin, freue ich mich, dass er hier ist. Er hat sich als Jakes Bewährungshelfer vorgestellt. Den ganzen Tag schon ist er uns eine große Unterstützung. Er hat sogar Jake und mich hierhergefahren, denn am Steuer wäre ich eine öffentliche Gefahr gewesen.

Lily ist wohlbehalten bei ihrer kleinen Freundin Rose untergekommen. Ich habe sie vorhin angerufen, ihr eine gute Nacht gewünscht und versprochen, sie gleich morgen früh abzuholen. Dabei habe ich mich gezwungen, mit hoher, fröhlicher Stimme zu sprechen, damit sie nicht merkt, dass Mama den Tränen nah ist. Positiv ist zu vermelden, dass ihr Stimmchen wohltuend auf mich gewirkt hat, und ich wusste, dass sie sich wunderbar amüsiert, als sie sagte: »Aber nicht zu früh, Mama. Ich und Rose wollen zum Frühstück Kuchen backen!«

»… schließlich war es nur ein Job …«, meint Helen gerade, und ich tue mein Bestes, um ihr Lächeln zu erwidern und so auszusehen, als stimmte ich ihr wirklich zu.

»… außerdem«, fügt Jake hinzu und drückt meine Hand, »darfst du nicht vergessen, wie schnell Geschichten wie diese Schnee von gestern sind. Sollen sie sich doch die Mäuler zerreißen. In ein paar Tagen wird sich niemand mehr daran erinnern.«

Eine sehr angenehme Vorstellung, und obwohl ich es nicht ganz glaube, ist es beruhigend, es zu hören.

Dann klingelt es an der Haustür. Helen eilt nach oben, um nachzuschauen, ob es ein Reporter ist. Kurz darauf kommt sie kreidebleich zurück.

»Eloise, du hast Besuch. Er wartet im Wohnzimmer auf dich«, meldet sie.

»Sie ist doch jetzt nicht in der Lage, jemanden zu sehen«, protestiert Jake, doch Helen unterbricht ihn.

»Es ist Sir Gavin«, teilt sie mir mit. »Und er will dich sprechen.«

Es dauert etwa zehn Minuten, meine siebenjährige berufliche Laufbahn mit fliegenden Fahnen untergehen zu lassen … und dennoch gelingt es mir nicht, etwas zu empfinden. Sir Gavin verhält sich kühl und höflich, kennt aber, wie zu erwarten war, keine Gnade. Er möchte sich nicht einmal setzen oder etwas trinken, sondern bleibt an der Tür stehen und will es offenbar schnell hinter sich bringen.

Er sagt in etwa das Gleiche wie bei dem Gespräch von heute Morgen. Ich hätte einen schweren Fehler gemacht und auch noch die Frechheit besessen, den Vorstand heute Nachmittag warten zu lassen. Und nun sehe es ganz danach aus, als ob die Chefredakteurin dieser seriösen Zeitung selbst ein Thema für die Nachrichten geworden sei.

Jedenfalls läuft es auf eines hinaus: Ich bin draußen, und Seth ist drin. So einfach ist das. Ich kann ihn nur ansehen, als befände ich mich außerhalb meines Körpers. Dir habe ich all die Jahre meines Lebens geopfert, ist alles, was ich denke. Ich habe meine kleine Tochter kaum zu Gesicht bekommen, obwohl sie mir mehr bedeutet als jeder dämliche Job. So viel habe ich investiert. Und wofür? Für nichts, wie sich jetzt herausstellt.

Zu meiner eigenen Überraschung lächle ich sogar, als ich ihn hinausbegleite. Natürlich ächzt und stöhnt er, weil er die Demütigung ertragen muss, beim Betreten und Verlassen meines Hauses fotografiert zu werden. Doch das ist mir völlig egal.

»Ich bin verwundert, Eloise«, lauten seine Abschiedsworte. »Sie stecken das bemerkenswert gut weg.«

»Warum auch nicht?«, entgegne ich. »Vermutlich haben Sie mir gerade den größten Gefallen meines Lebens getan.«

Inzwischen ist es lange nach zehn. Ich liege immer noch auf dem Sofa und kann nicht ganz fassen, was gerade passiert ist. Ich habe die Kündigung gekriegt … und irgendwie ist es in Ordnung so. Der Himmel ist mir nicht auf den Kopf gefallen. Die Erde dreht sich weiter. Und seltsamerweise fühle ich mich so leicht wie schon seit Jahren nicht mehr. Außerdem angenehm schummerig von dem Wein, den die anderen mir praktisch eintrichtern. Ich bin genauso heilfroh wie ein Unfallopfer, wenn der außer Kontrolle geratene

Wagen endlich zu schleudern aufhört. Das ganze Leben gleitet am geistigen Auge vorbei, aber man denkt … ja, mir ist nichts passiert. Ich habe das Schlimmste überlebt. Und wenn ich eines gelernt habe, dann, dass ich es mit der Unterstützung der Menschen, die ich zum Glück kenne, schaffen und noch einmal von vorne anfangen kann.

Jake, Helen und Ben, der uns den ganzen Abend eine große Hilfe war. Außerdem muss ich schmunzelnd feststellen, dass er Helen besonders viel Aufmerksamkeit schenkt. Ständig fordert er sie auf, doch noch ein Sandwich zu essen, bietet ihr mehr Wein an, plaudert mit ihr und will alles über sie wissen. Er ist aufmerksam und fürsorglich und mir sehr sympathisch.

Inzwischen sitzt er mit ihr am Küchentisch und bringt sie mit einer Anekdote über einen Burschen zum Lachen, den er derzeit als Bewährungshelfer betreut. Ben hat sich wirklich für ihn ins Zeug gelegt und ihm sogar einen Job als Gabelstaplerfahrer in einer Maschinenfabrik im Industriegebiet Westgate besorgt.

»Also habe ich ihm die gute Nachricht überbracht und geglaubt, er würde sich freuen.« Ben lächelt Helen an. »Ich habe ihm gesagt, dass er am Montag anfangen kann, und weißt du, was der Typ gesagt hat?«

»Was denn?«, erwidert Helen.

»›Ich soll in Westgate arbeiten? Da muss ich ja umsteigen! Vergiss es!‹, hat er geantwortet.«

Die beiden biegen sich vor Lachen, während ich schweigend zuschaue.

Ach herrje, denke ich mir lächelnd. Heute bin ich gefeuert worden und muss bald auf dem Arbeitsamt Schlange stehen, und jetzt betätige ich mich auch noch als Kupplerin!

Muss der Schock sein.

Mir fällt auf, dass Helen Darren kein einziges Mal erwähnt hat. Das passt so gar nicht zu ihr.

»Sicher bist du auch müde«, meint Ben gerade zu ihr und wirft ihr über den Tisch hinweg einen zärtlichen Blick zu.

»Hm, das liegt bestimmt am Wein.« Helen lächelt ihn an und unterdrückt ein Gähnen.

»Für dich war es genauso ein langer Tag wie für Eloise. Am besten gehst du jetzt schlafen.«

»Keine schlechte Idee«, entgegnet sie und streckt die Arme aus.

»Ich mache mich nun auch auf den Weg«, sagt Ben zu mir und Jake. Wir sitzen nebeneinander auf dem Sofa. Er trinkt ein Bier, ich bin schon beim vierten Glas Wein, der wunderbar wirkt. Nach diesem grauenhaften Tag fühle ich mich allmählich ein bisschen ruhiger und entspannter.

»Ich habe den armen Josh bei den Nachbarn gelassen«, erklärt Ben. »Also muss ich nach Hause, damit ich ihn gleich morgen früh abholen kann.«

»Josh … ist das dein Sohn?«, fragt Helen.

»Ja«, antwortet Ben und zieht die Jacke an, um zu gehen. »Fünf Jahre alt und mein Ein und Alles.«

»Mit Lily ist es bei mir ganz ähnlich.« Sie lächelt ihn reizend an.

»Ich weiß nicht, wie ich es ohne Josh ausgehalten hätte, seit seine Mum … gestorben ist.«

»Das tut mir leid.«

Seltsam, denke ich benommen. Helen wirkt ganz und gar nicht so, als würde sie es bedauern.

Nicht im Geringsten.

»Dann bringe ich dich zur Tür, bevor ich mich hinlege.« Sie steht auf und umarmt mich und Jake.

»Äh … soll ich dich mitnehmen, Jake?«, erkundigt sich Ben.

Bitte lehn ab … ich brauche dich heute Abend hier …

»Ich glaube, ich bleibe noch ein bisschen«, erwidert Jake und wendet sich dann an mich. »Falls es dich nicht stört.«

Anstelle einer Antwort grinse ich ihn nur beschwipst an. Kaum zu fassen, dass so ein grauenvoller Tag so wundervoll enden konnte. Kurz darauf klappern die Schritte von Helen und Ben auf der Treppe, und Jake und ich sind endlich allein.

Sofort schlingt er mir den Arm um die Schulter und streichelt zärtlich mein Haar.

»Es war heute nicht leicht für dich«, beginnt er.

Obwohl er recht hat, habe ich weder Kraft noch Lust, über Arbeitsthemen zu sprechen. Ganz zu schweigen davon, dass ich nun offiziell arbeitslos bin. Außerdem erscheint mir all das angesichts dessen, dass Jake tatsächlich hier ist, so schrecklich unwichtig. Es war doch nur ein Job, sage ich mir wieder und wieder.

»Jake, wenn du nicht gewesen wärst … ich weiß nicht, wie ich das ausgehalten hätte … du warst wundervoll … wie ein Fels in der Brandung.«

»Eloise.« Er seufzt tief. »Du hättest so etwas Schreckliches nicht durchmachen müssen, wenn ich nicht wäre. Ich kann mir das einfach nicht verzeihen. Mein Gott, der Gedanke allein bringt mich um. Du hast alles verloren, wofür du so hart gearbeitet hast.«

Ich lege auch den Arm um ihn und liebkose seine Wange. Nach allem, was er heute für mich getan hat, muss ich ihn einfach trösten.

»Mir ist klar, was in dir vorgeht«, entgegne ich leise. »Aber es war nicht deine Schuld. Wie auch? Ich trage die alleinige Verantwortung.«

Da er zu Boden blickt, gelingt es mir diesmal nicht, seine Gedanken zu erahnen.

»Jake, schau mich an«, sage ich streng.

Als er es tut, sind seine Augen tränennass und gerötet.

»Lass die Vergangenheit ruhen«, fahre ich mit Nachdruck fort. »Nun ist die Wahrheit auf dem Tisch. Niemand kann mich oder andere Menschen, die du kennst, mehr unter Druck setzen. Es ist vorbei. Aus und vorbei.«

»Dann hätte ich noch eine Frage«, meint er und beugt sich zu mir vor.

»Nur zu.«

»Kannst du mir verzeihen, dass ich einfach verschwunden bin und dich im Stich gelassen habe? Ich war so wütend und, wenn ich ehrlich bin, ein bisschen erschrocken ...«

Von Erleichterung ergriffen sinke ich an seine Brust.

»Jake, es ist genau umgekehrt. Ich sollte mich bei dir bedanken, weil du nach dem, was ich dir angetan habe, überhaupt noch mit mir sprichst ... die Halbwahrheiten ... die Lügen ... dieses elende Wochenende ...«

»Für mich fühlt es sich an, als sei seitdem eine Ewigkeit vergangen«, antwortet er. Inzwischen schließt er beide Arme um mich. »Und ich komme mir vor wie das Hinterletzte ... einfach abzuhauen ...«

»Hör auf ... du brauchst wirklich nicht ...«, murmle ich erschöpft in sein Hemd hinein.

»Ich hatte ja keine Ahnung ... wegen Lily, meine ich. Und obwohl ich so wütend auf dich war, da du Heimlichkeiten vor mir hattest, habe ich mich bei Ben ein wenig beruhigt, und mir ist klar geworden, dass du das alles nur für sie getan hast.«

Ich nicke, und zum wohl vierzigsten Mal an diesem Tag treten mir Tränen in die Augen.

»Und … und … was ich eigentlich sagen will und nicht weiß, wie ich es ausdrücken soll, ist Folgendes: Du hast mir so geholfen, und natürlich respektiere ich jede deiner Entscheidungen, was das Kind betrifft, aber …«

»Aber?«

»Wenn du und natürlich Lily es wollt, würde ich gerne eine Rolle in ihrem Leben spielen. Ich möchte sie richtig kennenlernen und ihr nicht nur zufällig im Park begegnen, also wirklich ihr Dad sein. Ich würde so gern mit ihr ins Kino gehen, ihr das Fahrradfahren beibringen, ihr ein Eis kaufen und sie nach Strich und Faden verwöhnen. Sie scheint ein wunderbares Kind zu sein und es würde mich sehr freuen, ihre Vaterfigur sein zu dürfen.«

Ich brauche nicht zweimal zu überlegen. Schmunzelnd erinnere ich mich an die Zeit, in der ich mich damit gebrüstet habe, alleinerziehend zu sein sei der einzige Weg für eine Alphafrau wie mich.

Doch das hat sich nun von Grund auf geändert.

»Jake, das wäre wunderschön«, sage ich nur. »Und ich weiß, dass du nicht bloß ihre Vaterfigur sein wirst, sondern ihr Dad.«

Lächelnd zieht er mich an sich und küsst mich auf die Stirn. Und obwohl ich schrecklich erschöpft bin, will ich plötzlich mehr.

Im nächsten Moment umfasst er mit beiden Händen mein Gesicht, und seine Küsse werden leidenschaftlicher. Als ich fest die Arme um ihn schlinge, spüre ich, wie sich sein Körper verspannt. Der langsame, forschende Kuss zweier einsamer, verlorener Seelen, die einander wiedergefunden haben. Dann streift er mit den Lippen meine Wangen, bis ich es nicht mehr aushalte. Er knöpft mir langsam die Bluse auf und bedeckt mein Schlüsselbein mit Küssen, während ich mich seufzend zurücklehne und überlege, wie lange wir wohl nach oben in mein Schlafzimmer brauchen werden.

Kapitel neunzehn

Am nächsten Morgen hole ich Lily bei ihrer Freundin ab und verkünde ihr, dass zu Hause eine ganz tolle Überraschung auf sie wartet. Sofort leuchten ihre Augen auf, und sie veranstaltet den gesamten Heimweg lang ein Ratespiel mit mir. Die inzwischen stark geschrumpfte Fotografenhorde vor dem Haus – seit die Story ihren Höhepunkt überschritten hat, sind es viel weniger geworden als gestern – nimmt sie kaum zur Kenntnis, und sie fragt auch nicht, warum wir das hintere Gartentor benutzen, um den Idioten aus dem Weg zu gehen.

Bevor wir durch die Terrassentür eintreten, beuge ich mich zu ihr hinunter.

»Schatz?«, flüstere ich ihr ins Ohr, »weißt du noch, dass ich dir versprochen habe, Himmel und Erde in Bewegung zu setzen, um deinen Dad zu finden?«

Erwartungsvoll strahlend blickt sie zu mir auf und schiebt sich die Locken aus der Stirn.

»Nun, er ist hier, Schatz.« Dann nehme ich sie in die Arme und trage sie in die Küche, wo Jake uns nervös erwartet.

»Das ist er, Lily. Hier ist dein Dad.«

Lächelnd streckt Jake die Arme nach ihr aus. Gleichzeitig malt sich ein Anflug von Besorgnis in seinem Gesicht, da er sich offenbar fragt, ob sie auch zu ihm kommen will. Doch das hätte er sich sparen können. Mit einem breiten Lächeln macht Lily buchstäblich einen Satz in seine Arme und klatscht überglücklich in die Hände, als sie das Zauberwort »Daddy« hört.

»Ich wusste es, Mama!«, jubelt sie, während Jake sie fest an sich drückt. »Ich wusste, dass du mich eines Tages besuchst! Das habe ich immer gesagt! Erinnerst du dich, Mama?«

Es ist eindeutig einer der glücklichsten Tage meines Lebens. Ich würdige die Zeitungen keines Blickes und google mich auch nicht ständig. Stattdessen gibt es tatsächlich ganze Minuten am Stück, in denen ich zu meinem Erstaunen alles ausblende, was außerhalb dieser vier Wände geschieht. Einfach so.

Ich weiß nicht, wie ich das schaffe, aber irgendwie gelingt es mir zu ignorieren, dass ich meine gesamte Zukunft aufs Spiel gesetzt habe. Ganz zu schweigen davon, dass meine Karriere endgültig vorbei ist.

Jake und Lily zusammen zu erleben rührt mich zu Tränen. Sie lässt ihn nicht aus den Augen, klettert ständig auf ihm herum und besteht darauf, ihm alle ihre Spielsachen vorzuführen. Am Nachmittag zeigt sie ihm sogar, wie man Éclairs backt.

Als ich rasch eine Zwischenbilanz meiner Gefühle ziehe, steht das Ergebnis fest: Ich bin glücklich. Zum ersten Mal seit Jahren bin ich wirklich glücklich. Wir essen, wir lachen, wir erzählen uns Geschichten, wir sehen uns einen Film an. All die Dinge also, die ein Familienleben erst schön machen. Und es ist mehr als wundervoll.

Später am Abend lasse ich Jake und Lily auf dem Sofa zurück. Lily führt ihn gerade in die Freuden von *Shrek* ein. »Mein absoluter Lieblingsfilm!!!« Helen macht die Küche sauber, und Lily ist viel zu sehr damit beschäftigt, ihrem neuen besten Freund zu erklären, was es mit dem Königreich auf sich hat, um zu bemerken, dass ich aus dem Zimmer schlüpfe und mich nach oben schleiche. Ich spüre nur Jakes lodernden Blick am Hinterkopf, sonst hält mich niemand auf.

Ich gehe ins Arbeitszimmer und schalte mit zitternden Händen den Computer ein. Und da ist sie und wartet auf mich, die heutige Online-Ausgabe der *Post*, die erste seit Jahren, an der ich nicht mitgewirkt habe. Auf der ersten Seite befindet sich eine diskrete Mitteilung mit folgendem Wortlaut: »Aufgrund überraschender Ereignisse wurde der ehemalige Redaktionsleiter Seth Coleman mit sofortiger Wirkung zum Chefredakteur der *Post* ernannt. Ms. Eloise Elliot hat sich eine Auszeit genommen, um ihre Möglichkeiten neu zu überdenken.« Kurz, knapp und auf den Punkt gebracht, eine kleine Gnade, für die ich dankbar bin.

Aber offenbar bin ich masochistisch veranlagt, denn ich kann der Versuchung nicht widerstehen, weiterzugraben. Zwei Sekunden später google ich mich selbst, um zu sehen, was so über mich getratscht wird. Gerade will ich die erste von offenbar zwanzig Seiten herunterscrollen, als es laut an der Tür meines Arbeitszimmers klopft, sodass ich vor Schreck beinahe einen Satz mache.

Jake steht mit verschränkten Armen da und mustert mich kopfschüttelnd. Auf seinem Gesicht malt sich das wundervolle schiefe Grinsen, das ich so liebe.

»Hab ich mir doch gedacht, dass ich dich hier finde«, sagt er, tritt hinter mich und massiert mir den Nacken. »Komm, schalt es ab, Liebling. Das ist jetzt nicht mehr wichtig.«

»Aber ich wollte nur …«

»Nein, und keine Widerrede«, entgegnet er mit Nachdruck.

»Bitte ... ich will nur noch lesen, was heute im *Chronicle* steht ...«

»Ich schalte den Computer ab. Jetzt.«

»Es würde mich beruhigen zu wissen, wie schlimm ...«

»Nein, würde es nicht. Ich kenne dich. Du würdest vor lauter Sorgen bis fünf Uhr morgens im Zimmer hin und her tigern. Komm wieder runter, Liebling. Du musst dir das nicht antun.«

Mit diesen Worten schaltet er den Computer ab und schiebt mich sanft zur Tür hinaus.

Ich seufze tief auf und sehe ihn mit einem erleichterten Lächeln an.

Viele Stunden später – Lily liegt inzwischen im Bett, nachdem Jake ihr geduldig mindestens sechs Geschichten vorgelesen hat – verabschiedet sich Helen taktvoll, um eine Freundin zu besuchen, sodass Jake und ich uns allein vor dem Fernseher aneinanderkuscheln können.

Wortlos zieht er mich an sich, und ehe ich reagieren kann, liebkost er zart die Spitze meines Ohres. Seine Küsse sind so leicht wie Luft. Dann gleiten seine Lippen nach unten, und er küsst meine Lippen und meinen Hals. Seine Haut ist so weich und warm. Sein kräftiger Körper presst sich an meinen. Und die gewaltige Welle der Lust, die über mich hinwegschwappt, raubt mir den Atem. Im nächsten Moment spüre ich seine heiße Brust an meiner. Seine Hände fahren mir durchs Haar und gleiten dann langsam hinunter zu meinen Brüsten, öffnen meine Bluse und umfassen sie fest und dennoch zärtlich.

Und dann höre ich das Geräusch von Kinderfüßen auf der Hintertreppe.

»Mama? Bist du in der Küche? Bist du wach?«

Blitzschnell fahren Jake und ich auseinander und entwirren unsere Gliedmaßen, und ich knöpfe mir hastig die Bluse zu. Im nächsten Moment kommt Lily in ihrem niedlichen rosafarbenen Pyjama herein. Sie zieht ihre Schmusedecke hinter sich her. Ihr Haar erinnert an ein Vogelnest, und sie reibt sich schlaftrunken die Augen. Bei Jakes Anblick fängt sie sofort an zu strahlen.

»Daddy! Daddy ist auch noch da! Spitze!«

»Schätzchen«, sage ich, richte mich auf und nehme sie in die Arme. Mein Gesicht glüht wie ein Buschfeuer. »Warum bist du nicht im Bett? Bist du nicht müde?«

»Nein, Mama, ich habe davon geträumt, wo ich überall mit Daddy hin will. Es war schön.« Sie befreit sich aus meinen Armen, stürzt sich auf Jake und kuschelt sich an ihn.

»Wo willst du denn mit mir hin, Schatz?« Er grinst sie an.

»In den Park, Daddy!«, ruft sie, während er beschützend die Arme um sie legt. »Morgen! Du musst alle meine neuen Freundinnen kennenlernen. Und zu meiner Geburtstagsfeier nächste Woche musst du auch kommen. Wir haben einen Schokobrunnen!«

»Nur, wenn du mir verrätst, was du dir zum Geburtstag wünschst«, erwidert er ernst. »Geburtstagsgeschenke sind nämlich sehr wichtig.«

Sie kräuselt die Nase, überlegt und fängt dann an zu lächeln.

»Jetzt weiß ich genau, was ich will. Mama, komm und setz dich hin!«

Lächelnd gehorche ich und nehme auf ihrer anderen Seite Platz. Sie greift mit ihrem pummeligen kleinen Händchen nach meinen Fingern und mit dem anderen nach denen von Jake.

»Ich habe mir eine richtige Familie gewünscht, und schaut, mein Wunsch ist in Erfüllung gegangen!«

Epilog

Sechs Monate später

… und Jake und ich sind noch immer zusammen. Ich weiß, das glaubt keiner, nicht einmal ich. Bis jetzt dauerte meine längste Beziehung … nun … soll ich das Schicksal wirklich herausfordern und hemmungslos das B-Wort benutzen? Niemals werde ich mich daran gewöhnen. Ja, ich werde es wagen, haltet die Druckerpresse an: Ich lebe tatsächlich in einer richtigen Beziehung! Und ich muss sagen, dass es einfach wundervoll ist.

Erstaunlicherweise sind wir noch immer verliebt, und offenbar bringt ihn nichts, was ich sage oder tue, auf die Palme. Noch nicht. Wie ich schon immer festgestellt habe, ist Jake so entspannt, dass man ihm eins mit der Bratpfanne überziehen könnte und noch immer keinen Streit hätte. Er ist einfach ein umgänglicher Mensch, und es ist so schön, mit ihm zusammenzuleben und ihn zu lieben. In anderen Worten, der Traummann für jemanden wie mich.

Aber passe ich auch zu ihm?, frage ich ihn häufig im Scherz, und seine Antwort ist immer dieselbe: »Eloise, ich liebe dich wegen des Großteils deiner Eigenschaften und trotz einiger anderer.«

Also wirklich der ideale Mann für jede Frau, ganz zu schweigen von mir.

Er vergöttert Lily, und sie betet ihn ebenfalls an, schafft es allerdings wie alle kleinen Mädchen, ihn gnadenlos um den kleinen Finger zu wickeln. Ihre große Geburtstagsfeier fand trotz Mamas Arbeitslosigkeit statt, und zwar mit allen Schikanen, inklusive Clown, Zauberer und Schokobrunnen.

Zu meiner Überraschung ist sogar meine Mutter aus Spanien eingeflogen und hat mich gefragt, ob sie noch ein bisschen bleiben könne. Sie sagte, es mache ihr solchen Spaß, Zeit mit Helen und mir zu verbringen und Lily nach Strich und Faden zu verwöhnen. Es sei so schön mit ihrer Familie, dass sie einfach noch nicht abreisen wolle. Natürlich habe ich begeistert zugesagt und war froh, sie bei mir zu haben.

Seltsam, aber obwohl ich gelegentlich mit ihr telefoniere und sie höchstens an Weihnachten kurz sehe, muss ich zu meiner Schande eingestehen, dass ich seit Jahren nicht mehr wirklich Zeit mit ihr verbracht habe. Das habe ich Helen überlassen und erkenne jetzt, und das nicht zum ersten Mal, wie viel mir entgangen ist. Außerdem ist Mum inzwischen sanfter geworden. Sie ist nicht mehr die sonnenbankgebräunte Kreuzfahrtblondine, als die ich sie so grausam abgestempelt habe. Verstehen Sie mich nicht falsch, sie gehört immer noch zu den Damen, die sich zum Mittagessen verabreden, und ist stets makellos gepflegt, frisch aus dem Nagelstudio und elegant. Doch mit anzusehen, wie sie mit Lily Verkleiden spielt und sie in schicke Läden entführt, die ich niemals betreten würde, um ihr hübsche Kleidchen zu kaufen, ist wirklich rührend.

Als Helen und ich vorsichtig nachgehorcht haben, ob sie vielleicht nach Irland zurückkehren möchte, haben wir uns ein eindeutiges Nein eingefangen. Gut, ein Nein, aber mit dem Versprechen, dass mein Gästezimmer immer für sie frei ist, falls sie Lust hat, uns zu besuchen. In Zukunft häufiger, wie ich betont habe. Sie sagt, inzwischen habe sie ihre Freunde und ihren Lebensmittelpunkt in Spanien. Doch sie sei froh, immer hier willkommen zu sein, also häufiger als einmal im Jahr zu Weihnachten.

Ich glaube, Lilys Geburtstagsfeier hat ihr großen Spaß gemacht, und ich muss zugeben, dass es schön war, nach so langer Zeit wieder Tochter zu sein. Ich weiß nicht, was Mum mehr überrascht hat – wie groß und selbstständig Lily geworden ist oder wie sehr ich mich verändert habe. Dass Jake ihr gefällt, ist nicht zu übersehen. Das habe ich in dem Moment bemerkt, als sie ihm mit einem Zwinkern mitteilte, er solle das »Noch eine Tasse Tee, Mrs. Elliot?« lassen und ihr einen Aschenbecher und einen großen Gin Tonic besorgen. Ihr Standardspruch bei Leuten, die sie wirklich mag, lautete schon immer: »Mrs. Elliot war meine Schwiegermutter, ich heiße Vera.«

Jedenfalls war die Geburtstagsfeier ein voller Erfolg, über den Lily ein halbes Jahr später immer noch redet. Eine Horde kleiner Mädchen stürmte das Haus, und Lily hatte Spaß wie noch nie. Bozo, der Clown, war besonders beliebt. Allerdings ahnte die Bande zuckergedopter Dreijähriger nicht, dass Bozo ein alter Bekannter von Jake aus Wheatfield ist, der gerade wegen guter Führung nach sechs Monaten entlassen worden war. Jake fand, dass er eine Starthilfe brauchte, und nachdem er ihn inständig angefleht hatte, nicht mehr zu fluchen wie ein Hafenarbeiter mit Tourette-Syndrom, hat er nun eine Festanstellung als Clown bei einem Partyveranstalter und verdient, soweit ich weiß, mehr als ein Jungreporter bei der *Post*.

Ach, die *Post*. Das ist die größte Überraschung. Nach den Ereignissen der vergangenen Monate habe ich mir auf Jakes Beharren hin eine längere Auszeit genommen – und zwar obwohl die Tyrannosaurier wiederholt angerufen haben, um sich, »sobald es mir zeitlich passt, mit mir zu treffen, um einige neue Optionen zu erörtern«.

Die Sache mit den Optionen hat mich zunächst verwirrt. Schließlich hatten sie mich doch bereits vor die Tür gesetzt. Warum also wollten sie mich noch einmal sprechen? Dann dachte ich mir, sie könnten vielleicht befürchten, dass ich sie vors Arbeitsgericht zerre. Was ich niemals täte und auch gar nicht könnte. Allerdings war das die einzige Erklärung, die mir einfiel. Deshalb habe ich mir den Spaß gegönnt, auf keinen der Anrufe zu reagieren. Sollten sie doch schmoren, dachte ich mir. Gott weiß, dass ich mir im Laufe der Jahre ihretwegen genug die Nerven strapaziert habe.

Stattdessen habe ich mir eine wundervolle Auszeit zu Hause gegönnt und etwas getan, was ich mir bis jetzt niemals zugestanden habe: einfach nur Hausfrau und Mutter zu sein und jeden Augenblick zu genießen. Ich gehe mit Jake und Lily in den Park oder in die Kindervorstellung ins Kino oder tue ganz alltägliche Dinge wie die beiden zu bekochen, zu reden, herumzualbern, zu lachen oder vor dem Fernseher abzuhängen.

Und dann, als ich wirklich dazu bereit bin, aber keinen Tag eher, spaziere ich in die Redaktion, um mich mit dem Vorstand zu treffen. Und zwar in meinem Mama-Outfit, bestehend aus Jeans, T-Shirt und Flip-Flops. Meine Botschaft zwischen den Zeilen, die besagen soll: »Äh … Verzeihung … meine Tochter wartet zu Hause, also fassen Sie sich bitte kurz.«

Und Sie können mir glauben, dass es nicht lange dauert.

Bevor ich ging, umarmte Jake mich fest.

»Ganz gleich, was sie von dir wollen, Liebling«, sagte er,

»ich bin sicher, dass du die richtige Entscheidung treffen wirst. Und ich halte zu dir, was immer auch passiert … solange du nur weißt, was du tust.«

»Mach dir nur keine Sorgen.« Ich lächelte ihn an und stellte mich auf die Zehenspitzen, um ihn zu küssen. »Das weiß ich genau.«

Und wie sich herausstellt, stimmt das auch. Sobald ich in der Chefetage aus dem Lift steige, kommen mir alle, angeführt von Sir Gavin persönlich, entgegen. Plötzlich bin ich von alten Männern in Anzügen umringt, die mir alle die Hand schütteln und mir herzlich dazu gratulieren, dass ich »diese Hetzkampagne in den Medien« (Sir Gavins Formulierung, nicht meine) überstanden hätte. Dann werde ich in den Sitzungssaal geleitet, wo man mir ohne Umschweife mitteilt, ich hätte riesigen Mist gebaut, weil ich die Berichterstattung im Fall Courtney unterdrückt hätte, um mein Privatleben zu schützen. Allerdings haben sich die Vorzeichen seitdem geändert.

Wie sich herausstellt, hat sich Seth Coleman auf meinem Posten nicht als die Traumbesetzung entpuppt, für die er selbst sich gehalten hat. »Er braucht eine starke Hand, die ihm einen kleinen Schubs gibt, damit hier alles weiter so reibungslos läuft wie bisher«, scheint die allgemeine Meinung über ihn zu sein. Und angesichts dieser Entwicklungen lautet die Frage: Könnte ich mir vorstellen zurückzukommen?

Da Seth nun den Stuhl des Chefredakteurs besetzt und laut Vertrag daran klebt, bietet mir der Vorstand seinen alten Job als Redaktionsleiter an, bei leicht gekürztem Gehalt und direkt rechenschaftspflichtig gegenüber der Chefetage. Vom Redaktionsleiter werden noch längere Arbeitszeiten erwartet als vom Chefredakteur, was bedeutet, mehr Schufterei für weniger Geld.

»Ich würde Ihnen dringend raten, darüber nachzudenken, Eloise«, drängt Sir Gavin. »Sie dürfen das auf keinen Fall als Herabstufung verstehen. Wir sind bereit, Ihren kürzlichen Ausrutscher zu übersehen, weil Sie schließlich nur Ihre Familie schützen wollten und überdies bis dato eine makellos weiße Weste hatten. Es ist ein großzügiges Angebot. Wir brauchen Sie.«

»Es ist wirklich ein sehr großzügiges Angebot«, erwidere ich bestimmt, »aber die Antwort lautet Nein.«

Die Entscheidung ist tatsächlich nicht schwierig. Ich brauche nicht einmal darüber nachzudenken.

»Eloise, ich würde Ihnen wirklich empfehlen, sich ein wenig Bedenkzeit zu nehmen. Überstürzte und emotionale Entscheidungen sind immer unklug, was Ihnen ja besonders klar sein müsste …«

Aber das ist überflüssig. Ein Bild nach dem anderen blitzt vor meinem geistigen Auge auf. Der arme weißhaarige Robbie Turner, vorzeitig gealtert und immer noch bis spät in die Nacht am Schreibtisch. Ruth, die nicht einmal wagt, am Sonntagnachmittag freizunehmen. Meine leidgeprüfte Assistentin Rachel, die vor lauter Überlastung beinahe einen Nervenzusammenbruch erlitten hätte.

Und deshalb bleibt es beim Nein, so großzügig das Angebot auch sein mag.

Weil ich nun eine Familie habe.

Als ich innehalte, den Blick durch den Raum schweifen lasse und noch einmal bestätigen will, dass an meiner Entscheidung nicht mehr zu rütteln ist, ergreift plötzlich unser Finanzchef Jimmy Doorley das Wort. »Nur aus reiner Neugier«, sagt er vom Ende des Tisches aus, »falls es nicht zu persönlich ist. Aber wie sieht Ihre derzeitige Beziehung zu Jake Keane aus? Er war doch früher Fahrer für Courtney und hat den Preis dafür bezahlt. Zwei Jahre wegen Mittäterschaft, richtig? Ich mache mir nur Sorgen um Ihre Sicherheit und um die Ihrer Tochter, Eloise. Ganz zu schweigen von unserem Ruf als seriöse Zeitung, falls er weiter eine Rolle in Ihrem Leben spielen sollte.«

Ich hole tief Luft, fixiere ihn mit einem Blick und lasse mir mit meiner Antwort viel Zeit. Einerseits bin ich zwar empört darüber, dass er es wagt, mir so eine Frage zu stellen, aber andererseits ... schließlich habe ich es mit den Tyrannosauriern zu tun. Was ist da anderes zu erwarten? Respekt vielleicht? Oder gar Einfühlungsvermögen?

»Natürlich dürfen Sie fragen, Jimmy«, entgegne ich in möglichst schneidendem Ton, »was jedoch nicht zwingend bedeutet, dass ich Ihnen antworte. Jake Keane ist mein Lebenspartner, und ich hoffe, dass das noch lange so bleiben wird. Ja, er war früher Fahrer für Courtney, was er nicht hätte tun sollen, wurde erwischt und hat dafür gebüßt. Aber einen Fehler im Leben dürfen wir alle machen, oder? Das Gleiche gilt ja auch für mich.«

Ich füge nicht hinzu, dass es mein größter Fehler war, jahrelang bei der *Post* zu bleiben, und hoffe, dass sie die Anspielung verstehen würden.

»Dennoch eine erstaunliche Geschichte«, erklingt eine andere Stimme vom Ende des Tisches. »Ich hoffe für Sie, dass die Boulevardblätter nicht weiter darin herumwühlen.«

»Wenn doch, kann ich nur den Herzog von Wellington zitieren.« Ich lächle liebreizend. »Veröffentliche es und geh zum Teufel.«

Natürlich spricht es sich sofort herum, dass ich das Angebot abgelehnt habe. Und so bekomme ich am nächsten Tag einen Anruf von Rachel, die mich fragt, ob ich kurz vorbeischauen möchte, »um ein paar Sachen abzuholen, und damit wir uns richtig verabschieden könnten«.

Ich tue es und finde zu meinem Erstaunen das riesige Großraumbüro absolut verlassen vor. Keine Menschenseele. Als ich schon umkehren und später wiederkommen will und mich frage, warum es hier zugeht wie auf einem Geisterschiff, läutet mein Mobiltelefon. Es ist Ruth, die mir Bescheid gibt, dass alle mich im Konferenzraum erwarten.

Und dort steigt die Party. Eine tatsächliche, richtige Abschiedsparty. Für mich. Mit einem riesigen Kuchen, auf dem *Wir werden dich vermissen, Eloise!* steht, Fahnen, Luftschlangen, Champagner und allem, was dazugehört. Sie haben sogar zusammengelegt und mir ein wunderschönes silbernes Glücksarmband von Tiffany gekauft. Alle sind gekommen, niemand fehlt, und sie rühren mich mit ihren herzlichen Ansprachen zu Tränen, in denen sie beteuern, wie sehr ich ihnen fehlen werde, und mir mit der Todesstrafe drohen, falls ich mich nicht melden sollte.

Plötzlich steht mir der grässliche Abend meines dreißigsten Geburtstags vor all den Jahren vor Augen, als niemand erschienen ist, sodass ich ganz allein feiern musste. Es war kaum zu fassen, wie sich mein Leben seit diesem schrecklichen Abend verändert hat. Lily, Jake … wer hätte das je gedacht?

»Du wirst uns fehlen, Eloise«, sagt Marc vom Kulturressort, und ich weiß, dass er es ernst meint.

»Mach mal halblang, Marc«, hänsle ich ihn. »Darf ich dich daran erinnern, dass wir die ganze Zeit nur gestritten haben?«

»Egal. Du warst meine Chefin und Freundin. Eine Cheffreundin sozusagen. Früher war das nicht so, aber es hat sich geändert. Nun, zumindest bis du dem Vorstand gesagt hast, dass er dich kreuzweise kann. Wodurch du übrigens zu meiner Heldin geworden bist. Wenn du nur etwas an deiner Frisur tun könntest …«

»Marc, schon verstanden«, erwidere ich lachend. »Und jetzt hör auf, bevor du dich noch tiefer reinreitest.«

Viele Stunden später und nach viel zu viel Champagner wanke ich, gestützt von Rachel und Kian, beschwipst hinaus. Wie mir auffällt, hat nur einer darauf verzichtet, sich von mir zu verabschieden. Hinter der geschlossenen Jalousie meines alten Büros kann ich die hagere Gestalt von Seth Coleman erkennen, der wie ein Gespenst die Feierlichkeiten beobachtet.

Ob ich mit ihm tauschen will? Nur über meine Leiche.

Es ist kurz vor Weihnachten, und es hat sich so viel verändert. Jake arbeitet noch immer in der Sprachenschule, inzwischen sogar Vollzeit, unterstützt mich und Lily und zahlt die Raten fürs Haus. Währenddessen habe ich mich auf die Stellensuche gemacht, wobei ich mich geweigert habe, von meinen Anforderungen abzuweichen.

Ich arbeite nicht mehr am Wochenende.

Ich mache um fünf Uhr Feierabend.

Ich fordere sechs Wochen Urlaub im Jahr, und damit basta.

Einige Headhunting-Agenturen haben mich angesprochen und mir Stellen angeboten, die der bei der *Post* zum Verwechseln ähnlich waren. Ich habe sie alle abgelehnt.

»Überleg mal, was du am allerliebsten tun würdest«, meinte Jake eines späten Abends, als Lily schon im Bett lag und wir allein waren. Meine liebste Tageszeit. »Und dann schau, ob du damit Geld verdienen kannst.«

Und da kam mir die Erleuchtung. Ich erinnerte mich daran, wie sehr ich meine Anfangstage als Reporterin geliebt habe, und auch, wie aufregend es vor all den Monaten war, Jakes Aufenthaltsort zu recherchieren. Und so habe ich beim *Daily Echo* angefragt, ob ich als freie Journalistin bei ihnen anfangen könnte. Sie haben sofort zugegriffen und mir seitdem immer wieder einen Posten als leitende oder verantwortliche Redakteurin angeboten. Doch ich habe nicht angenommen.

Und so habe ich zum ersten Mal seit Jahren wirklich Spaß an meiner Tätigkeit. So lange habe ich tagtäglich mit der Angst im Nacken gelebt, dass ich die neue Leichtigkeit fast nicht erkenne, die ich empfinde, seit ich nicht mehr dauernd unter Druck stehe. Am späten Vormittag gehe ich beschwingt zur Arbeit. Oder, was noch besser ist, ich arbeite von zu Hause aus. Es klappt, und ich habe trotzdem genug Zeit, um für meine Tochter da zu sein. Glauben Sie mir, nichts auf der Welt wird je wieder etwas daran ändern.

Auch bei Helen entwickeln sich die Dinge prächtig. In einer überraschenden Kehrtwende und mit meiner vollen Unterstützung hat sie Darren und seiner Pension in Cobh den Rücken gekehrt und wieder bei ihrer alten Firma angeheuert und ist mit Sack und Pack in ihre Wohnung in Sandymount gezogen. Außerdem hat Ben nicht lange gefackelt und sich richtig mit ihr verabredet. Inzwischen scheint es etwas Ernstes zu sein. Zumindest Jake zufolge, der sagt, Helen sei die erste Frau, die Ben seit dem Tod seiner Frau zum Lächeln gebracht habe. Sie versteht sich auch blendend mit seinem kleinen Sohn Josh, mit dem Lily inzwischen auch bestens befreundet ist.

Mittlerweile kennt Lily mehr Leute als jeder Erwachsene, der mir je untergekommen ist. Seit Jake in ihr Leben getreten ist, hat sich einer ihrer sehnlichsten Wünsche erfüllt, denn sie hat nun Horden von Cousins und darüber hinaus noch eine zweite Oma. Jake hat insgesamt sieben Nichten und Neffen. Lily ist begeistert von ihnen und liegt mir ständig in den Ohren, dass sie mit ihnen spielen will. Es ist so schön, sie dabei zu beobachten, weil sie im Kreise ihrer Familie glücklich ist.

Jetzt haben wir Weihnachten, und Jake hat Lily und mich wie versprochen für ein paar Tage ins EuroDisney nach Paris entführt. Ich glaube, das Kind platzt gleich vor lauter Glückseligkeit, hier zu sein, und um ehrlich zu sein, ist die Mutter nicht weit davon entfernt.

Nun sitzen wir drei in einem dieser Fahrgeschäfte, die sich um die eigene Achse drehen, und werden mal hierhin, mal dorthin gewirbelt, kreischen und lachen und genießen unser Zusammensein. Ich sehe Jake an, wir grinsen beide breit und können es kaum fassen, dass unsere Geschichte so glücklich ausgegangen ist. Doch es ist wahr. Auch wenn ich es noch kaum glaube.

Und plötzlich erstreckt sich die Zukunft vor uns wie ein roter Teppich, so weit das Auge reicht.

Sarah Harvey

Kann ich den umtauschen?

Roman. Aus dem Englischen von Marieke Heimburger. 368 Seiten. Piper Taschenbuch

Alice Cooper ist verwirrt. War ihr Freund Nathan schon immer so unachtsam? Oder hat sie nur nicht gemerkt, wie er sich im Laufe der Zeit veränderte? Während Alice noch darüber nachdenkt, tut er etwas (fast) Unverzeihliches. Er schenkt ihr zu Weihnachten einen Bürokalender und ein Wörterbuch – beides hat er noch schnell von seinem Schreibtisch mitgenommen. Unglaublich! Wütend schnappt sich Alice den Kalender und verfasst ihr ganz persönliches Wörterbuch: eine Abrechnung mit ihrem Horrorfreund von A-rmleuchter bis Z-eugungsverweigerer …

»Dieses Buch ist nicht nur außen rosarot, sondern auch innen: Es verzaubert mit viel Witz, Situationskomik und Charme.«
Laura

05/2662/01/L

Kim Schneyder

Hilfe, ich hab den Prinzen verzaubert

Roman. 304 Seiten. Piper Taschenbuch

»Hallo, ich bin Heidi Martens. Also, dieser Abstecher nach Monaco damals war schon ziemlich verrückt, rückblickend jedoch das einzig Richtige, nachdem Robert mich mit dieser blöden Kuh betrogen hat. Aber schätzungsweise mache ich nicht als Erste die Erfahrung, dass man die besten Typen nie für sich alleine hat. Was wir da alles erlebt haben, könnte locker die Jahresausgabe eines Klatschmagazins füllen, und dass Albert dann ausgerechnet wegen mir um die Hand seiner Charlene angehalten hat, will mir bis heute niemand glauben, obwohl es sogar Zeugen dafür gibt. Aber am besten erzähle ich die Geschichte noch einmal ganz von vorn …«

05/2708/01/R

Emma Hamberg

Für Wunder ist es nie zu spät

Roman. Aus dem Schwedischen von Susanne Dahmann. 368 Seiten. Piper Taschenbuch

Nach außen wirkt Majas Leben perfekt: Als Ehefrau eines berühmten Künstlers lebt sie auf einem alten Schloss, romantisch gelegen auf einer Insel im schwedischen Vänersee. Doch während ihr Mann immer gigantischere Kunstwerke schafft, sieht es mit ihrer eigenen Karriere als Bildhauerin mau aus. Zu allem Überfluss fühlt sie sich von ihm nicht mehr begehrt. Das muss anders werden, beschließt sie und schmiedet einen ungewöhnlichen Plan: Sie eröffnet eine Schwimmschule für Erwachsene. Zwei heiße Sommerwochen lang stellen die Kursteilnehmer den Schlossalltag auf den Kopf, unter ihnen der extrem attraktive Alex. Und schon bald steht nicht nur ihre eigene Beziehung auf dem Prüfstand …

05/2707/01/L

Samantha Wilde

Das kommt davon

Roman. Aus dem Amerikanischen von Hanna Klimesch. 432 Seiten. Piper Taschenbuch

Schlanker Single war gestern … heute findet sich Joy als verheiratete Frau und frischgebackene Mama wieder und weiß plötzlich nicht mehr, was schlimmer ist: postnatal oder postmortal? Denn seit der Geburt ihres Babys spielt sich ihr Alltag nur noch zwischen Wickeltisch und Waschmaschine ab. Ihr Mann, ihre Schwiegermama und selbst die eigene Mutter rauben ihr – gemeinsam mit dem chronischen Schlafentzug – den letzten Nerv. Was für ein Glück, dass es beste Freundinnen und Schokolade gibt! Als plötzlich ihr umwerfend aussehender Exfreund und der charmante neue Yogalehrer auftauchen, spielen ihre Gefühle verrückt. Oder sind es nur die Hormone?

»Wilde, Yoga-Lehrerin und selbst Mutter von zwei Kleinkindern, schreibt erfrischend und authentisch.«
Publishers Weekly

05/2661/01/R